CAMINHOS CRUZADOS

ERICO VERISSIMO

CAMINHOS CRUZADOS

Apresentação
Antonio Candido

Prefácio
Moacyr Scliar

10ª reimpressão

COMPANHIA DE BOLSO

Copyright © 2005 by Herdeiros de Erico Verissimo

Texto fixado pelo Acervo Literário de Erico Verissimo (PUC-RS) com base na edição princeps, *sob coordenação de Maria da Glória Bordini.*

Grafia atualizada segundo o Acordo Ortográfico da Língua Portuguesa de 1990, que entrou em vigor no Brasil em 2009.

Capa
Jeff Fisher

Supervisão editorial e textos finais
Flávio Aguiar

Estabelecimento do texto
Maria da Glória Bordini
Cristiana Bergamaschi

Preparação
Maria Cecília Caropreso

Revisão
Renato Potenza Rodrigues
Larissa Lino Barbosa

Atualização ortográfica
Página Viva

Dados Internacionais de Catalogação na Publicação (CIP)
(Câmara Brasileira do Livro, SP, Brasil)

Verissimo, Erico, 1905-1975
    Caminhos cruzados / Erico Verissimo ; apresentação Antonio
Candido ; prefácio Moacyr Scliar. — 1ª ed. — São Paulo :
Companhia de Bolso, 2016.

    ISBN 978-85-359-2671-2

    1.Romance brasileiro I. Candido, Antonio. II. Scliar, Moacyr.
III. Título.

15-10552   CDD-869.3

Índice para catálogo sistemático:
1. Romances : Literatura brasileira 869.3

2020
Todos os direitos desta edição reservados à
EDITORA SCHWARCZ S.A.
Rua Bandeira Paulista, 702, cj. 32
04532-002 — São Paulo — SP
Telefone: (11) 3707-3500
www.companhiadasletras.com.br
www.blogdacompanhia.com.br

SUMÁRIO

Apresentação — Antonio Candido 7
Prefácio — Moacyr Scliar *13*
Prefácio do autor *18*

Sábado *23*
Domingo *135*
Segunda-feira *191*
Terça-feira *241*
Quarta-feira *295*

Crônica literária *349*
Crônica biográfica *355*
Sobre o autor *359*

APRESENTAÇÃO

Quando tem valor, um romance pode tornar-se fonte de experiência intelectual e afetiva que fornece a mais de uma época o indispensável alimento espiritual. *Caminhos cruzados* é dos melhores livros de Erico Verissimo e com certeza os leitores de hoje gostarão dele tanto quanto nós gostamos quando foi publicado, há setenta anos. Mas, provavelmente, de maneira diversa. Relendo-o pela quarta ou quinta vez depois de longo intervalo, senti o quanto permanece vivo e atraente, apesar de certa banalidade nos traços caricaturais.

Para os jovens do meu tempo ele representou antes de mais nada uma etapa na grande aventura que foi o *boom* da ficção brasileira nos anos 1930, depois que o movimento armado de outubro liberou tanta energia na vida política, na vida cultural, no ensino, no comportamento. Foi um decênio de opções ideológicas, marcado pela polarização fascismo-comunismo e pela convicção, nova no Brasil, de que o intelectual deveria definir--se politicamente.

Por isso, tudo parecia impor a "tomada de posição", ou "engajamento", como se dizia, e nesse sentido o neorrealismo, que era tendência dominante na ficção narrativa, funcionou muitas vezes como fator de radicalidade. Os retirantes de Amando Fontes e Graciliano Ramos, os cortadores de cana de José Lins do Rego, os trabalhadores do cacau de Jorge Amado pareciam convidar o leitor a assumir atitudes de crítica social, como se das páginas do livro saísse um impulso de inconformismo em relação à ordem vigente. Além disso, esses e outros autores traziam a imagem de um Brasil pouco conhecido para nós, moços do Sudeste. Foi nos anos 1930 que o Brasil começou a se conhecer melhor como um todo contínuo, acima da diversidade regional e da dificuldade de comunicação. O rádio, e logo a seguir o avião, com os beneméritos DC-3 que cortavam o país, ajudaram a nos aproximarmos uns dos outros, papel desempenhado também a seu modo pela música popular a partir do Rio de Janeiro e, para os mais instruídos, pelo romance, provindo de diferentes paragens.

Foi nesse contexto que lemos Erico Verissimo, graças a quem ficamos familiarizados com o Rio Grande do Sul, que estava se impondo com força na liderança política da nação. Resumindo: *Caminhos cruzados* nos mostrava uma parte pouco familiar do país, segundo uma visão que nos parecia radical e inconformada.

Essa radicalidade não decorria de determinada opção política nem era formulada explicitamente; desprendia-se ao seu modo da estrutura do livro e da maneira de conduzir a narrativa. De fato, os personagens se encaixam na burguesia abastada, que ocupa o espaço social como coisa sua, e na pequena burguesia sem recursos, confinada às áreas pobres, sempre à beira da miséria. Ora, o autor trata os primeiros com acidez sarcástica e desmistificadora, enquanto os segundos são vistos com um tom de solidariedade compreensiva que pressupõe certa revolta ante a injustiça da sua condição.

Não era preciso mais nada para incorporarmos Erico Verissimo ao nosso universo juvenil de aspirações reformistas, levando-nos a vê-lo como autor capaz de assumir uma posição social profundamente humana, inconformada ante o peso das desigualdades mas atenta aos direitos da literatura. Nesse sentido, *Caminhos cruzados* nos pareceu um marco. Mais tarde verificaríamos que foi da parte do autor, além disso, uma espécie de compromisso, ao qual permaneceu fiel.

Como cada leitor tem direito a preferências, na obra extensa de Erico Verissimo há três livros que me prendem de maneira especial: *Música ao longe* (uma estrela), *Caminhos cruzados* (duas estrelas) e *O Continente* (três estrelas), seguidos a certa distância por *O resto é silêncio* e *Incidente em Antares*.

Os três primeiros cobrem três níveis da sociedade gaúcha:

a pequena cidade, a capital, a província na perspectiva histórica, e parecem ter sido escritos em estado de graça, porque neles é como se a realização formal aderisse com êxito às intenções do autor. Relendo agora *Caminhos cruzados*, tive uma impressão tão favorável quanto a da primeira leitura em 1935, embora, é claro, o tirocínio adquirido no intervalo permita ver coisas que não estavam claras na leitura sôfrega da adolescência.

Assim foi que verifiquei, por exemplo, como os elementos do livro são bem dosados, no sentido em que é bem dosada uma receita eficiente. Os personagens têm a cota necessária de vida interior e se articulam exteriormente bem uns com os outros, além de se inscreverem de maneira adequada no espaço ficcional. Tudo é distribuído de maneira justa, sem excesso analítico, de um lado, sem descritivismo, de outro. E também sem doutrinação indiscreta nem formulações ideológicas, pois, como ficou dito, o cunho participante do livro é imanente, decorrendo da estrutura e da maneira de tratar os personagens. Há, portanto, acentuada parcimônia em todos os níveis, a começar pelo da linguagem, de uma naturalidade traduzida pelo estilo simples, com preferência pelo período curto, que freia a ênfase e corresponde à ausência de *efeitos*. Em vários momentos a perícia narrativa alça largamente o voo, como na cena da piscina, admirável de relevo plástico e movimento, com Salu e Chinita se enrolando e desenrolando em arabescos eróticos (segmento 33). Mas há outros trechos de igual maestria, como o baile do segmento 17, onde o ritmo musical parece comunicar-se aos períodos. No limite do laconismo, lembro o segmento 119, uma simples dúzia de linhas carregadas de tragédia, sugerida com extrema economia de palavras. Imaginação plástica, senso dos ritmos, domínio dos recursos verbais combinam-se na escrita sóbria deste livro, fazendo dele uma etapa de plenitude na obra de Erico Verissimo.

Outro exemplo de parcimônia é a maneira por assim dizer orgânica com que o mundo exterior aparece, desde o céu e as águas até a paisagem urbana, devendo ser destacada sob esse aspecto a presença da cidade de Porto Alegre, nunca descrita, sempre referida por meio de toques ligeiros que atuam como sinais do todo. Nada que a caracteriza aparece como elemento autônomo, porque tudo está bem integrado na narrativa. O que há é uma rua aqui, um edifício público ali, um bonde além, mais a hora do dia, a chuva incômoda, a margem do rio, a cor do céu. No entanto, para a minha geração de jovens leitores de outros estados, Porto Alegre se configurou como presença na literatura dessa maneira aproximativa, que ficaria mais explícita logo a seguir em *Um lugar ao sol* e, depois, em *O resto é silêncio*. No processo de incorporação do Brasil à sensibilidade dos brasileiros, ocorrida nos anos 1930, o papel de Erico Verissimo foi fundamental.

A estrutura do livro tem a mesma simplicidade, própria das coisas fortes. Tem a mesma parcimônia, que torna expressiva a realidade selecionada pela convenção ficcional. E isso leva a pensar na maneira diferente com que o autor usou a composição em contraponto. Ele diz que se inspirou no então famoso e hoje esquecido livro de Aldous Huxley assim intitulado. Mas nesse os personagens, todos situados nos níveis superiores da sociedade britânica, estão dispersos no espaço da narrativa, enquanto em *Caminhos cruzados* eles se dispõem em dois blocos socialmente estratificados. Por isso, num ensaio já antigo, sugeri que Erico Verissimo efetuou uma espécie de democratização da técnica de contraponto.

Se pusermos de lado alguns simples figurantes, os personagens propriamente ditos são pouco mais de vinte, organizados nos referidos blocos: o dos ricos e o dos pobres, ou, se quiserem, na classe A e na classe B. Na primeira há três famílias: a do comerciante Teotônio Leitão Leiria, sua mulher, Dodó, sua filha Vera; a do também comerciante Honorato Madeira, com a mulher, Virgínia, e o filho Noel; e a do ex--comerciante do interior, atual ricaço na capital, José Maria Pedrosa, sua mulher, Maria Luisa, e sua filha Chinita (o filho estroina é figurante sem atuação efetiva). Além dessas famílias há dois importantes personagens avulsos: o desfrutável advogado Armênio Albuquerque, cronista aliterado que faz a corte a Vera, e o boa-vida Salustiano Rosa, Salu, que deseja e acaba possuindo Chinita.

Simetricamente, no nível B temos também três famílias: a da viúva Eudóxia, mais os filhos Fernanda e Pedro; a do desempregado sonhador João Benévolo, com a mulher Laurentina e um filho, tendo como apêndice virtual Ponciano, sempre esperando com paciência que a miséria convença Laurentina a deixar o marido e vir para ele; finalmente, a do tuberculoso moribundo Maximiliano, sua mulher e dois filhos. Também nesse nível há dois importantes personagens soltos: o pitoresco professor Clarimundo Roxo, que tenciona escrever um livro usando machadianamente o ponto de vista do planeta Sírio, e a encantadora prostituta Cacilda, terna e conformada. Portanto, também na estrutura *Caminhos cruzados* tem a simplicidade linear como fator a mais de eficiência narrativa.

O leitor verá que esta depende muito da dinâmica das relações, tanto horizontalmente, dentro de cada camada, quanto verticalmente, entre elas. Tomando para exemplificar apenas um caso de relacionamento vertical, o da família de Leitão Leiria, verificamos que este era patrão de João Benévolo e o dispensou injustamente, e que teve uma relação sexual com Cacilda. Sua mulher, dedicada à caridade convencional, foi visitar e levar auxílio a Maximiliano, enquanto a filha tem aulas particulares com Clarimundo. Portanto, construídos de forma especular, os dois níveis se comunicam e podem mesmo misturar-se, pois Noel, filho do rico comerciante Honorato, está de namoro com a enérgica e inconformada Fernanda, empregada da firma de Leitão Leiria demitida a pretexto de ideias subversivas.

Mas para reconstituir na medida do possível o impacto deste livro sobre mim e os meus amigos daquele tempo, falta assinalar o que nos atraiu no plano da composição e é próprio da técnica de contraponto: a relativa falta de começo e de fim, que estávamos habituados a considerar elementos essenciais da ficção narrativa. É certo que no livro há projetos que se realizam no curto período de sábado a quarta-feira em que se desenrolam os fatos, nem falta o ponto final da morte: Salu conquista

11

Chinita, Maximiliano morre, Clarimundo vai afinal começar a sua obra. Mas o corte temporal deixa quase tudo em suspenso e nós sentimos que a vida prossegue à nossa revelia, com os seus possíveis e os seus mistérios. Laurentina cederá a Ponciano? Noel casará com Fernanda? João Benévolo morreu? O dinheiro esbanjado por Pedrosa vai durar?

Então, como agora, a palavra é dos deuses...

Antonio Candido
2005

PREFÁCIO

A grande, multifacetada obra de Erico Verissimo costuma ser dividida em dois grupos. Em primeiro lugar, cronologicamente falando, estão os romances da série *Clarissa*. Essa novela, publicada em 1933, inaugurou uma série de livros caracterizados sobretudo pela temática urbana — pela temática porto-alegrense, melhor dizendo. Nascido em Cruz Alta, Erico veio estudar em Porto Alegre. Retornou à sua cidade natal quando os pais se separaram, em 1922. Teve alguns empregos (num banco, numa farmácia) e em 1930 retornou à capital, disposto a ganhar a vida escrevendo. Trabalhou então na *Revista do Globo*, uma publicação que marcou época no Rio Grande do Sul, e na qual havia publicado seu segundo conto, "Ladrão de gado" (1928). Àquela altura já estava completamente ambientado em Porto Alegre, que então se transformou em cenário de sua ficção: *Música ao longe* (1935), *Um lugar ao sol* (1936), *Olhai os lírios do campo* (1938), *Saga* (1940), *O resto é silêncio* (1943) e este *Caminhos cruzados*, que é de 1935. Livros escritos nas "aparas do tempo", como dizia o próprio Erico, que trabalhava o dia todo na revista e depois Editora Globo, de seu amigo Henrique Bertaso. Nessa série costuma ser incluído o curioso *Noite*, mas este é antes uma exceção na obra de Erico: um pequeno e enigmático romance, com personagens alegóricos e cenário indefinido.

De maneira geral, os críticos celebram Erico por seu "ciclo épico", iniciado em 1949 e que teve sua maior expressão nos romances da série *O tempo e o vento*. De fato, trata-se de um gigantesco e definitivo painel da história gaúcha, muito mais ambicioso que os romances da primeira fase. Mas será um erro rotular estes últimos como literatura menor — um erro para o qual colaborava a modéstia do escritor, que se intitulava apenas

13

"um contador de histórias". Contar histórias é algo que Erico de fato sabia fazer, como o sabiam os escritores de sua geração, notadamente Jorge Amado. Também é verdade que se podia falar, nessa fase, de um jovem escritor, que arcava, portanto, com o ônus da inexperiência. Nessa fase, porém, Erico já estava experimentando, e experimentando audazmente. Para isso ajudava o seu próprio trabalho. A Editora Globo exerceu papel pioneiro no país, principalmente quando se considera que era uma casa editorial do extremo sul, distante do Rio de Janeiro, que era a capital federal e cultural, e de São Paulo. A Globo lançou grandes nomes da literatura universal no país. Erico, que participava do processo de seleção dos títulos e que, não raro, os traduzia (era um notável tradutor), ficou assim familiarizado com o trabalho de grandes escritores.

Caminhos cruzados é tradicionalmente associado à obra de Aldous Huxley, escritor inglês que à época fazia grande sucesso. Seu livro *Contraponto*, como indica o próprio título, introduzia uma técnica até certo ponto original: uma série de histórias que, em determinados momentos, se entrecruzavam. Erico, que traduziu o livro, foi inevitavelmente influenciado — mas aí terminam todas as semelhanças, porque seus personagens são inequivocamente originais. Representam uma espécie de microcosmo da sociedade porto-alegrense de então: uma sociedade ainda provinciana, em que a pequena burguesia urbana representa papel importante, mas na qual as raízes gaúchas estão muito presentes: quando, na primeira página, Erico nos fala do cap. Mota tomando chimarrão na varanda, em mangas de camisa apesar do frio, trata-se de uma cena que imediatamente nos remete a Porto Alegre e ao Rio Grande do Sul. A partir daí, os personagens vão desfilando diante de nossos olhos: o prof. Clarimundo, figura típica do sábio distraído, um homem solitário que alegra suas manhãs lendo Einstein; Honorato Madeira, "homem de cara gordalhufa e flácida", sua esposa, a áspera Virgínia, e o filho, o tímido e sensível Noel, escritor em potencial; Fernanda, a compreensiva amiga de Noel e de quem este está enamorado; Salu, o boa-vida; Chinita, sua amante, filha do novo-rico Zé Maria e da melancólica Maria Luísa; o desempregado João Benévolo, apaixonado pelos *Três mosqueteiros* de Dumas, casado com a sofrida Laurentina e pai de um filho chamado Napoleão; a jovem prostituta Cacilda, e Pedrinho, o garoto que está apaixonado por ela; o empresário Teotônio Leiria, sua esposa, d. Dodó, típico exemplo dessas senhoras que fazem caridade. Esses personagens interagem constantemente e isso só seria possível numa cidade como Porto Alegre, que, naquele ano, teria algo como 200 mil habitantes e onde as pessoas frequentemente se conheciam: encontravam-se na tradicional rua da Praia, ou na Confeitaria Central, ou na praça da Alfândega, no centro.

Alguém dirá: mas esses personagens poderiam estar em qualquer novela de tevê. Talvez. Afinal, a novela de tevê acabou se transformando numa caixa de ressonância das inquietudes brasileiras. Mas Erico vai além. *Caminhos cruzados* é, para ele, "um livro de protesto que marca a inconformidade do romancista ante as desigualdades, injustiças e absurdos da sociedade burguesa". Não era, como Jorge Amado, um escritor engajado — engajado, naquela época, significava pertencer ao Partido Comunista e seguir as diretrizes do "realismo socialista", que frequentemente transformavam obras literárias em panfletos de propaganda, como às vezes aconteceu com o próprio Jorge. Erico não era um militante. Por causa disso, seu protesto não chegava a ser irado, o que seria incompatível com seu próprio estilo pessoal. Os ricos que retrata não são sanguinários exploradores da classe operária; são, antes de tudo, figuras ridículas, patéticas mesmo; e os pobres não são heróis proletários, são criaturas sofridas. De qualquer modo, e como ele mesmo conta, submeteu a Dyonelio Machado o plano de *Caminhos cruzados*. O autor de *Os ratos* era comunista conhecido (chegou a ser eleito deputado). Que Dyonelio tenha encorajado Erico é muito sintomático. Mais que um alento, era um aval — um aval que Dyonelio não lhe daria, anos mais tarde, quando Erico escreveu *Saga*, um romance que, baseado em depoimentos de um ex-combatente da Guerra Civil Espanhola, tinha pretensões políticas bem maiores. Dessa vez, Erico mostrou ao amigo os originais. Combinaram um encontro num café de Porto Alegre, onde Dyonelio daria seu "veredicto". O historiador Decio Freitas, que lá estava, diz que a cena foi constrangedora. Dyonelio falava sobre vários assuntos, aparentemente ignorando a ansiedade de Erico. Quando este, finalmente, lhe perguntou o que ele achava do trabalho, Dyonelio golpeou o tampo da mesa: "Não, não — e não!". Levantou-se e foi embora.

Mesmo assim, *Saga* foi publicado e, de fato, é bem menos autêntico do que *Caminhos cruzados*, este um livro escrito com "gosto e espontaneidade", nas palavras do autor. O prazer que Erico teve ao narrar a história é o mesmo prazer que o leitor sente ao lê-la. Raros são os escritores brasileiros — os escritores em geral — capazes de tamanha empatia. Disso posso dar um testemunho pessoal. Cheguei à literatura por intermédio de Erico Verissimo. Minha mãe, que era professora e grande leitora, tinha em casa os livros dele. Fechados no roupeiro à chave — aliás, em nossa humilde casa, eram a única coisa chaveada. E a explicação era óbvia: tratava-se de literatura "imprópria". Por causa do sexo, claro. Erico não hesitava em descrever de forma explícita as cenas de amor (inclusive entre Vera e Chinita), e isso, numa cidade conservadora como era Porto Alegre, constituía motivo de escândalo — aliás, em muitos colégios os livros de Erico eram expressamente proibidos. Era exatamente a proibição que os tornava ainda mais atraentes. Mas *Caminhos cruzados* não era só isso. Era notável literatura, posta ao alcance mesmo de jovens leitores, como era o meu caso. Li e reli a obra várias vezes. E aprendi muito com Erico. Não só eu: uma geração de escritores se iniciou no caminho das letras graças a ele. Inclusive porque se tratava de um homem simples, afetivo, cujas portas estavam sempre abertas. Levei a ele um dos meus primeiros contos. Recebeu-o e disse que eu voltasse uns dias depois. Quando retornei, elogiou-me muito, disse que estava num bom caminho. Saí da casa dele flutuando no ar. Dias depois, ao abrir uma gaveta, encontrei nela a última página do conto. Erico tinha lido a história sem o final. Não entendera nada, mas, generoso como era, optara por estimular o ansioso rapazinho que vinha em busca de sua opinião.

Setenta anos depois de sua publicação, *Caminhos cruzados* continua a surpreender. E eu continuo fiel a essa obra encantadora e profundamente humana. Recentemente encontrei na internet um site em que eu aparecia falando sobre "os cinco livros que haviam marcado a minha vida". Um deles era, claro, *Caminhos cruzados*. Eu já não recordava de ter dado essa entrevista, mas, vendo-a, tive de admitir que continuava fiel a meu passado de leitor. O que, no caso de uma obra como *Caminhos cruzados*, é absolutamente compreensível.

Moacyr Scliar

PREFÁCIO DO AUTOR

Sim, eu abandonara o reino dos fantoches de papelão pintado para, conduzido por Clarissa, entrar pela porta da pensão de d. Zina no território das criaturas de carne e osso. Estava longe, porém, de achar que a mudança tivesse resolvido definitivamente o problema.

Relendo a primeira novela, alguns meses após a sua publicação, entrei em séria contenda comigo mesmo. A vida não era uma sucessão de momentos de beleza poética como a história daquela adolescente parecia insinuar. Além do mais — disse eu para mim mesmo — sinto dentro de você um poeta e um satirista em conflito permanente. *Clarissa* foi a oportunidade do poeta. Por que não dar no próximo livro carta branca ao satirista? As zonas sombrias da vida merecem também a atenção do pintor. Mude de técnica: use agora óleo em vez de aquarela. Empregue um pouco de vinagre para quebrar a adocicada fragrância de água-de-colônia que pervaga a atmosfera de *Clarissa*.

Naquele ano de 1934, minha luta econômica continuava encarniçada. Era eu obrigado a trabalhar cerca de doze horas por dia para fazer face às crescentes despesas mensais. Não deixava de ser-me penoso passar quase toda a semana a recalcar o desejo de escrever minhas próprias histórias para traduzir as alheias ou rabiscar de alma profana legendas para as gravuras da *Revista do Globo*.

Em 1933 iniciara eu a tradução do *Point Counter Point*, cuja leitura exercera grande fascínio sobre o meu espírito —, e esse trabalho me ocupou a melhor parte de um ano. Agradava-me na obra de Aldous Huxley a novidade das vidas e intrigas cruzadas, a ausência de personagens centrais e a tentativa de dar ao romance uma estrutura musical.

18

É pois explicável que a influência de *Contraponto* se tenha feito sentir de maneira considerável na técnica de *Caminhos cruzados*. Creio, entretanto, que essa influência não foi tão profunda como deram a entender os críticos brasileiros que se ocuparam com o meu novo romance. A semelhança é apenas de superfície. Parecem-se as receitas, mas diferem em natureza e qualidade os ingredientes que entraram na feitura do bolo. Deve-se ainda levar em conta que muitos dos críticos que insistiram na parecença entre os dois livros leram *Point Counter Point* através do texto português, no qual é explicável que se note um pouco da presença do tradutor.

Lembro-me de ter confiado um tanto timidamente a Dyonelio Machado o plano de *Caminhos cruzados* no mesmo dia em que ele me narrara a história de sua admirável novela *Os ratos*. E foi encorajado pelo singular criador de Naziazeno que me atirei com entusiasmo ao segundo romance, terminando-o ao cabo de três ou quatro meses, nos quais como de costume só aproveitei os fins de semana.

Lá estava ainda o estilo *staccato*, como descargas de metralhadora. (Dezoito anos mais tarde, ao apreciar a tradução inglesa de *Caminhos cruzados*, o crítico William Dubois escreveria no suplemento literário de *The New York Times*: "É impossível descrever a qualidade elétrica do estilo desse escritor".)

Faz-se visível desde a primeira página do romance a pronunciada tendência de seu autor para a caricatura. O livro foge às descrições bizantinas, às sutilezas psicológicas, às cenas elaboradas. Suas histórias são objetivas e de pura ação (embora quase nunca de ações puras) — uma sucessão enfim de quadros movimentados que resultam numa espécie de corte transversal duma sociedade.

Caminhos cruzados é evidentemente um livro de protesto que marca a inconformidade do romancista ante as desigualdades, injustiças e absurdos da sociedade burguesa. Não é, pois, de admirar que seu autor tenha sido desde logo apontado por críticos e leitores primários como um agente da propaganda comunista.

O sucesso de crítica da presente obra, entretanto, foi bastante animador, embora o de venda no primeiro ano fosse apenas medíocre. O romance foi discutido com certo calor e a Fundação Graça Aranha conferiu-lhe em 1935 seu prêmio literário anual. O poeta que escrevera *Clarissa* estava um tanto perplexo em face do caricaturista que traçara a carvão e sarcasmo retratos como os de Dodó, Leitão Leiria e Armênio Albuquerque.

Entre a inocência menineira de Clarissa e a malícia de Chinita havia um abismo. Sim, João Benévolo tinha um pouco de Amaro, e Fernanda poderia tornar-se amiga e confidente de Clarissa, caso viessem um dia a encontrar-se.

Clarissa e *Caminhos cruzados* não pareciam livros escritos pelo mesmo autor. Se no primeiro havia um exagero de luz, talvez houvesse no segundo um excesso de sombra. Para evitar as armadilhas da poesia e da ternura, o autor havia caído nos alçapões do cinismo e da impiedade.

Posso, entretanto, assegurar que escrevi ambos os livros com o mesmo gosto e a mesma espontaneidade. Os originais de *Caminhos cruzados* — folhas de papel almaço cortadas ao meio — foram escritos à máquina, havendo entre suas linhas três espaços nos quais mais tarde fiz à mão correções e acréscimos. E como foram poucas essas emendas! Comparem-se os originais de meus primeiros livros com os dos três ou quatro últimos e se verá como o escritor na casa dos quarenta tem muito mais dúvidas, hesitações e exigências do que o da casa dos vinte.

Caminhos cruzados saiu cheio de cincadas que não foram corrigidas nas suas muitas edições sucessivas, mas que tive o cuidado de eliminar (assim o creio) ao preparar os originais para esta edição especial.

Havia, por exemplo, no quarto de Salu, uma mancha retangular de sol que, à medida que a manhã envelhecia, se ia tornando mais longa, até cobrir o rosto da personagem adormecida. Ora, tal coisa era impossível, a não ser que o autor tivesse subvertido o sistema solar. Para que a língua de sol se espichasse em vez de diminuir, era preciso que o sol estivesse descendo e não subindo!

Que dizer das personagens?

Creio que têm a força e ao mesmo tempo a fraqueza da caricatura. É impossível — reconheço hoje — que d. Dodó não tivesse um lado simpático ou, antes, que sua psicologia fosse tão simplesmente linear como o livro dá a entender. O mesmo se poderia dizer de quase todas as outras figuras.

Mas, pensando melhor, não poderemos também alegar em defesa do romancista que a caricatura é uma tendência reconhecida e aceita da arte moderna, principalmente da pintura? Não haverá muito de deformação na obra de grandes pintores como Portinari, Di Cavalcanti e Segall — todos eles inconformados com a sociedade em que vivem?

Não creio que ninguém possa ser tão vago e fora deste mundo como Noel ou João Benévolo. Relendo *Caminhos cruzados*, pergunto a mim mesmo se poderia tê-los feito de outro modo e se um maior cuidado de composição (como eu tinha pressa de me livrar de minhas histórias e personagens naqueles tempos!) não haverá deitado a perder o efeito geral do livro, sabido como é que nem sempre o quadro mais realizado é o que apresenta um luxo meticuloso de detalhes. De resto, não devemos esquecer que *Caminhos cruzados* é uma espécie de mural pintado com pistola automática e não uma tela trabalhada com pincéis de miniaturista.

(O leitor deve ter notado a frequência com que nestes prefácios invoco a pintura como ponto de referência. É que no fundo eu talvez seja um pintor frustrado que, não tendo conseguido aprender o ofício, hoje se contenta em pintar com palavras.)

Uma releitura de *Caminhos cruzados* me convenceu de que nele tornei a cometer pecados de simplificação, dos quais, entretanto, não me arrependo, convencido como estou de que, apesar de todos os seus defeitos, o livro atingiu o objetivo visado pelo autor.

Jamais esquecerei a conversação que mantive em 1944 em Berkeley com Miss Monteith, professora do Departamento de Francês da grande universidade que tem sua sede naquela repousada cidade da Califórnia. Havia ela lido a tradução norte-americana de *Caminhos cruzados* e me censurava por ter eu criado personagens sem nenhuma profundidade psicológica. Achava o livro cruel, frio e elementar. "Um romancista", disse-me, "não deve apenas fotografar a vida, mas iluminá-la."

Mais tarde vim a saber que, conversando a meu respeito com uma terceira pessoa, Miss Monteith declarara:

"Mister Verissimo tem uma alma, mas não sabe."

Talvez seja exatamente isso que acontece com a maioria das personagens de *Caminhos cruzados*. E da vida real...

Erico Verissimo
1964

SÁBADO

1

Madrugada — a cerração empresta à Travessa das Acácias um mistério de cidade submersa. A ruazinha de subúrbio se desfigura. A luz dos combustores, que a névoa embaça, sugere vagos monstros submarinos. As árvores que debruam as calçadas são como blocos compactos de algas. Todas as formas parecem diluídas.

Cinco horas da manhã.

Que peixe estranho é aquele que lá vem?

A carroça do padeiro passa estrondando, fazendo tremer a quietude da cidade afundada; mas um instante depois o seu vulto e o seu ruído se dissolvem de novo na cerração.

O silêncio torna a cair sobre o fundo do mar.

Agora nas fachadas escuras começam a brotar olhos quadrados e luminosos. D. Veva acendeu o lampião e vai acordar o marido, que tem de tomar o primeiro bonde. No mercadinho de frutas, Said Maluf abre a porta dos fundos para apanhar a garrafa do leite. Na casa do alfaiate espanhol chora o filho mais moço. Na meia-água vizinha, o cap. Mota toma chimarrão na varanda, em mangas de camisa (está fazendo frio, mas não se deve quebrar um hábito de vinte anos). Fiorello já abriu a sapataria e, enquanto ferve a água para o café, o italiano bate sola, bate sola, bate sola; na litogravura da folhinha, na parede, Mussolini, em cima do seu cavalo, berra marcialmente: *"Camicie nere!"*.

Um trem apita. Um galo canta.

Quase invisível dentro da névoa, um gato cinzento passeia sobre o telhado da casa da viúva Mendonça. Debaixo desse telhado fica o quarto do prof. Clarimundo. A umidade desenha figuras indecifráveis nas paredes caiadas. Em cima da mesa de pinho — de mistura com os restos da merenda da noite — vê--se um papel cheio dos rabiscos com que o professor tentou inutilmente meter na cabeça do sapateiro Fiorello noções da Relatividade de Einstein. Um despertador niquelado está dizendo tique-taque, tique-taque com a voz dura e regular. A cabeça descansando no travesseiro de fronha grosseira, o prof. Clarimundo Roxo dorme de ventre para o ar, ronca e bufa, procurando uma sincronia impossível com o tique-taque do relógio. A cada bufido, voam-lhe as falripas do bigode.

Um rato mete a cabeça para fora dum buraco do rodapé. Espia, fica parado por alguns segundos e depois deita a correr, sobe pela perna da cadeira, chega ao assento de palhinha, detém--se um segundo e em seguida continua a subir pela guarda, salta para cima da mesa e avança sobre os restos da merenda. Queijo e pão. O seu rabinho fino se confunde com os riscos do papel.

Os roncos do professor e o tique-taque do relógio prosseguem no seu concerto. Estrala uma viga no teto. Lá fora mia o gato madrugador. O professor se remexe, a cama guincha, o rato se assusta e foge para o buraco.

Dentro dessas quatro paredes, desse pequeno mundo tridimensional cabe agora o mundo infinitamente mais vasto dentro do qual o prof. Clarimundo anda perdido.

Uma extensão verde e plana como a dos campos da fronteira onde ele passou a primeira infância. Clarimundo corre, aflito, porque um touro vermelho o persegue, bufando. As suas pernas pesam como chumbo. Ele quer gritar, pedir socorro, mas a voz lhe falta. O touro se aproxima, Clarimundo já sente na nuca o seu bafo quente e úmido. Por fim consegue arrancar da garganta algumas palavras: "Acudam! Ataquem o touro! Socorro!". Mas as palavras lhe saem da boca em símbolos matemáticos. Passam perto tropeiros a cavalo. Olham e parecem não enxergar... Clarimundo continua a gritar, mas ninguém o entende. O touro o alcança e, cheio de pavor, Clarimundo sente no sexo (estranho, pois o touro vinha por trás) uma dor dilacerante. As aspas pontudas lhe rasgam as carnes, o sangue começa a escorrer e Clarimundo sente um desfalecimento mortal e inexplicavelmente cheio de gozo. De súbito a paisagem se transforma. Agora ele está nas montanhas nevadas da Suíça, passeando com Einstein, de braços dados, numa grande intimidade. Tenta em vão explicar ao sábio a Teoria da Relatividade. Fala, gesticula, risca sinais complicados na neve, grita, ameaça até, mas Einstein sacode a cabeça negativamente. Ao mesmo tempo Einstein não é mais Einstein, mas sim o sapateiro Fiorello...

A paisagem branca se estende a perder de vista. Lá no horizonte longínquo, uma casa. Clarimundo sabe que dentro dela encontrará luz, calor, aconchego e pão. Está com fome, com frio e sozinho, pois todos os homens do mundo o abandonaram na solidão branca. E ele caminha, caminha... Mas à medida que avança a casa vai recuando.

Agora não é mais a paisagem suíça. Clarimundo anda flutuando no éter, viajando pelo infinito.

(No outro mundo, no de quatro paredes, o despertador continua a tiquetaquear. O rato tenta uma nova incursão. O armário range. O rato recua.)

Clarimundo continua a vagar pelo espaço sem limites.

(O despertador começa a tilintar.)

Que ruído será este, tão longínquo e misterioso? Deve ser a tão falada música das esferas...

Clarimundo se deixa ir ao sabor das ondas, porque agora ele boia à superfície do Pacífico. A música cresce de intensidade, mas à medida que aumenta vai perdendo a melodia até ganhar a evidência dum sinal de alarma.

O professor aos poucos abre os olhos. Por um instante, emergindo das profundezas do sonho, fica pairando numa região de lusco-fusco, entre os dois mundos.

O relógio continua a tilintar.

Cinco segundos. O milagre acontece: o infinito é devorado pelo finito: o mundo ilimitado do sonho desaparece dentro do mundinho de quatro paredes que o despertador enche com sua voz metálica.

Clarimundo desperta. Lança um olhar torvo para o relógio. Cinco e meia. Com alguma relutância joga as pernas para fora da cama, com o camisolão de dormir sungado até as coxas. O contato do chão frio na sola dos pés é um novo chamado à realidade. Clarimundo se ergue, coçando a cabeça, olha em torno, estremunhado, como quem não sabe ainda onde se acha. Ainda estonteado, acende a luz e faz calar o despertador.

Vai ao lavatório de ferro, emborca o jarro sobre a bacia e a água fria apaga o último vestígio do outro mundo. Clarimundo coordena ideias: *sábado, francês para a filha do cel. Pedrosa, matemática e latim no curso noturno e...* — com as mãos suspensas, úmidas, pingando, aproxima-se para o horário que está colado à parede — *... português para o filho do desembargador Floriano. Bom.*

Veste-se. Alisa a franja eriçada: o pente se emaranha e verga na maçaroca dos cabelos. O espelho de moldurinha dourada reflete uma cara amassada, de barba azulando, olhos mansos de criança, o tufo agressivo do bigode negrejando abaixo do nariz curto.

Clarimundo ajusta os óculos e, religiosamente, como tem feito todas as manhãs de sua vida, vai ao calendário arrancar a folhinha.

Sorri. Sorri porque sabe que o Tempo realmente não é o que a viúva Mendonça ou o sapateiro Fiorello pensam...

Existirá mesmo o Tempo? Como foi que disse Laplace? *"Le temps est pour nous"* (Clarimundo pronuncia mentalmente as palavras, com um refinamento inocentemente pedante) *"l'impression qui laisse dans la mémoire une suite d'événements dont nous sommes certains que l'existence a été successive."* Vinte e dois séculos antes, Aristóteles tinha afirmado quase a mesma coisa. Engraçado... (Clarimundo olha da folhinha para o relógio.) A gente vive escravizada ao Tempo. Ele, por exemplo... Vivia assombrado pelo relógio e pelo horário. Se chega dois minutos atrasado para uma aula, entra, os olhos no chão e um sentimento de culpa que o perturba e humilha. No entanto, pensando bem, que é o Tempo? Homero só admitia duas divisões do Tempo: a manhã e a tarde. Assim mesmo escreveu a *Ilíada*. E ele, Clarimundo, o homem do relógio, o escravo fiel das horas, que fez nos seus quarenta e oito anos de vida? Preparou espíritos, estudou e compreendeu Einstein, escreveu artigos para jornais, notas sobre filosofia, matemática, física e astronomia recreativa... E, por falar em astronomia recreativa, estão ali na gaveta da mesa as notas para o seu futuro livro, para a *sua obra*. Clarimundo pensa nela com carinho. Vai ser um trabalho grande e sólido em que há de pôr todo o seu talento, toda a sua cultura. Será como que a coroa dourada de sua vida de solteirão solitário. Nesse livro de fundo científico, fazendo uma concessão magnânima à fauna representada pela viúva Mendonça e pelo sapateiro Fiorello, ele respingará aqui e ali algumas gotinhas de fantasia.

Pensando nisso, o professor sorri com a condescendência dum gigante truculento que resolve uma vez na vida ser amável para com as crianças.

Mas enfim os ponteiros se movem, os minutos passam e a gente não pode ficar uma hora inteira assim a revirar entre os dedos a folhinha e a pensar na vida...

Clarimundo acende o fogareiro Primus e põe sobre ele a chaleira d'água.

Esfregando as mãos numa antecipação feliz, como um homem prestes a saborear o seu prato predileto, senta-se à mesa e abre um livro. Como de costume: quarenta minutos rigorosos de leitura.

ÜBER DIE SPEZIELLE UND DIE ALLGEMEINE
RELATIVITÄTS-THEORIE GEMEINVERSTÄDLICH,
VON A. EINSTEIN.

O espírito do professor monta na vassoura mágica e vai fazer uma excursão pelo país das maravilhas.

Outra vez os dois mundos: o infinito dentro do finito.

No mundo menor o fogareiro, com o seu chiar grosso e contínuo, canta um dueto com o relógio.

2

Sete da manhã.

Honorato Madeira acorda e lembra-se: a mulher lhe pediu que a chamasse cedo.

— Gina! — exclama ele com voz amarga e sonolenta. Volta-se para a mulher que dorme a seu lado, sacode-a de leve. — Gina!

Torna a sacudi-la, agora com mais força.

Virgínia abre os olhos. Primeiro vê o teto... Pisca, enruga a testa e a seguir volta a cabeça para a direita. Esfumada, indistinta como que mergulhada num aquário — aparece-lhe no campo da visão a cara redonda do marido. Por alguns instantes Virgínia é ainda a menina de vinte anos que andava correndo e cantando nos sonhos da noite. Pouco a pouco, porém, se vai integrando na realidade irremediável. Tem quarenta anos e é casada com esse homem de cara gordalhufa e flácida, olhos empapuçados, calva lustrosa e ar bovino. Está ele a sorrir-lhe com a mesma ternura dorminhoca de todas as manhãs. Seus cabelos ralos se espalham esvoaçantes sobre o crânio polido e rosado, e vem dele um cheiro todo particular: uma mistura de Jicky (perfume a que Honorato se mantém fiel há mais de vinte anos) com sarro de charuto.

O pijama de listras roxas se dobra em rugas múltiplas em cima do corpo roliço. Honorato Madeira solta um bocejo cantado e feliz de quem tem a vida em ordem.

Virgínia fica a contemplá-lo com uma fixidez absurda que tem origem nesse desejo esquisito que ela sente de olhar longamente para o marido, só para poder aborrecê-lo mais e mais ainda.

Honorato levantou-se. É baixote, pesado, ventrudo.

Virgínia cruza as mãos sob a nuca e fica olhando para o forro, calada. O sono faz a gente esquecer... Às vezes nos traz sonhos agradáveis. Dormindo ela esquece que tem um filho de vinte e dois anos e um marido obeso; torna a sentir a leveza juvenil dos velhos tempos. Quando acorda, é para se ver no mesmo quarto de paredes cinzentas: o espelho triangular do penteador, o guarda-roupa lustroso de imbuia, o teto de estuque... E ao lado dela, na cama, aquele corpanzil quente, aquele homem que ronca, que tem confiança nela, no mundo e na vida...

Do banheiro vem a voz dele:

— Não te esqueças, Gigina. Tens hora marcada no instituto...

A voz tem uma consistência de pomada. Virgínia resmunga um *eu sei* de má vontade e levanta-se bocejando.

— A manhã está tão bonita...

Honorato diz essas palavras com tanta ternura que parece um poeta enamorado das paisagens luminosas. No entanto vive preocupado com o feijão, com o arroz, com o milho... Por que não vende alfafa? Havia de ficar-lhe tão bem...

— O Noelzinho já está de pé?

A voz dele se faz ainda mais terna.

— Ó Honorato, deixa dessas bobagens... *Noelzinho*... Como se ele fosse um bebê...

O marido formula um tímido protesto:

— Ora, Gigina...

Tomada por uma sensação de sonolento tédio, Virgínia senta-se na banqueta do penteador. Do banheiro vem o ruído quase musical do gargarejo de Honorato. Até nisso ele é sempre igual todas as manhãs. O gargarejo é um gorjeio que dura sempre o mesmo tempo e tem sempre o mesmo tom.

Passam-se os minutos.

Honorato está agora atando a gravata, na frente do espelho.

— Vamos ou não vamos hoje ao baile do Metrópole?

— Claro que vamos, homem.

Ele solta um grunhido lamentoso. A ideia de que hoje à noite tem de botar colarinho duro lhe é insuportável. A mulher bem podia desistir da festa. Tão bom ficar em casa... A gente volta cansado do serviço e só tem vontade de se atirar na cama e pegar no sono.

Pelo espelho Virgínia vê o marido que luta com a gravata, fungando e gemendo, muito vermelho.

Afasta os olhos da imagem dele, com desgosto.

Noel está sentado à mesa do café.

O sol inunda a varanda. O vento agita os estores das janelas. O céu está claro como naquelas manhãs da infância. Ele olha para fora e recorda...

A negra Angélica tomava conta da casa, de seu corpo e de sua alma. Tinha mais autoridade que a mãe ou o pai. Era uma preta velha de voz de paina, olhos de peixe morto e dentes amarelados.

De manhã dava-lhe café com pão e geleia, penteava-lhe os cabelos crespos, limpava-lhe as orelhas e levava-o até a terceira esquina. (Manhãs de sol como esta, cheiro de sereno no vento, nuvens fantásticas no céu...) Na esquina estava Fernanda, toda limpinha, avental branco, mochila de livros às costas, perfilada e sorridente, à sua espera.

Tia Angélica chegava com ele pela mão, parava e dizia:

— Pronto, agora vão direitinho. Cuidado com os automóveis.

E os dois seguiam de mãos dadas, ele tímido e encolhido, Fernanda a puxá-lo pela mão, decidida, caminhava na frente, em passadas largas.

D. Eufrásia Rojão, a professora, era uma senhora de voz masculinamente grossa, óculos escuros, gestos decididos. Quando ela gania: "Atenção!", Noel estremecia, apavorado. Fernanda, sentada a seu lado no mesmo banco, encorajava-o com sorrisos.

Na hora dos exercícios de aritmética, Noel suava frio. Os números lhe davam tonturas. Fernanda, porém, ajudava-o a vencê-los.

Quando a aula terminava, saíam juntos outra vez. Fernanda pulava e cantava, mas ele caminhava taciturno, de olho caído. Os outros rapazes lhe davam empurrões e gritavam: "Mariquinhas! Ai, mamãe!". Miavam e assobiavam, porque Noel nunca brincava com eles, ficava metido no meio das meninas, enquanto os colegas jogavam futebol ou bandeira.

Muitas vezes Fernanda tinha de intervir para livrá-lo duma surra certa. E com que energia agressiva ela fazia isso!

O relógio da varanda dá uma badalada.

Noel sobressalta-se. A visão do passado se esvai. A criada entra com o café. Para na frente dele e começa a despejar o leite do bule na xícara. Noel fica olhando distraidamente para a chinoca. Os seios dela, fortes e pontudos, arfam ao compasso da respiração. Noel desvia os olhos deles com uma vaga sensação de repugnância, porque os seios da criada, as suas ancas carnudas, os seus braços nus são para ele símbolo de coisas fascinantes e ao mesmo tempo repulsivas, indecentes, animais. Era melhor que Querubina (até o nome, santo Deus, que intolerável) fosse lisa como uma tábua. Teria uma presença menos indecorosa, não estaria assim a lembrar duma maneira tão pungente a sua qualidade de fêmea...

As fêmeas pertencem a um mundo com que Noel não está familiarizado. A negra Angélica como que o educou dentro do reino da fantasia, com mimos, doces e contos de fadas. Aquela madrinha preta, ao mesmo tempo bondosa e tirânica, era um muro que se erguia entre ele e a vida.

Tia Angé era a senhora da casa. À hora de dormir contava-lhe histórias... O Gato de Botas, Joãozinho e Ritinha perdidos na floresta encantada, a princesa que dormiu cem anos...

Noel cresceu com uma visão deformada da vida. Jamais conheceu a liberdade de correr descalço pelas ruas, ao sol. Davam-lhe livros com gravuras coloridas, bonecos, soldadinhos de chumbo: e as paredes do quarto dos brinquedos limitavam o seu mundo.

Virgínia um dia falou em pôr o filho num internato. Tia Angélica cresceu para ela numa fúria:

— Está louca? Quer judiar do menino? Não senhora! Não vai. Havia de ter graça...

Noel não foi. Mas no dia em que completou quinze anos vieram dizer-lhe que tia Angélica tinha amanhecido morta. A preta velha estava estatelada, em cima de sua cama de ferro, de braços abertos, com os olhos escancarados fitos no teto, como se ali estivesse enxergando uma visão pavorosa.

Noel sentiu um abalo tremendo. Não. Tia Angélica não podia morrer... Era uma espécie de fada, um gênio da floresta encantada, não podia acabar assim daquele jeito, como uma criatura vulgar...

Quando levaram o corpo da negra para o cemitério, o muro que separava Noel da vida caiu. Ficou, porém, a sombra dele, e Noel continuou na ilusão de que ainda era prisioneiro.

Ao entrar para a academia, um ano mais tarde, sentiu-se desambientado e sofreu. A vida não era, como ele esperava, um prolongamento daqueles contos de fadas em que o lobo mau no fim era sempre castigado, ao passo que a menina do capuz vermelho continuava a viver feliz por muitos anos em companhia de sua avó.

Noel encontrou a vida povoada de lobos maus.

Refugiou-se no seu quarto e nos seus pensamentos. Dentro das quatro paredes do primeiro — quadros, livros e uma eletrola com discos escolhidos — sentia-se num clima que de algum modo se assemelhava ao do reino das fadas.

Quando saía do quarto, era como um peixe fora d'água.

Aos dezessete anos os primeiros amigos lhe trouxeram a curiosidade sexual, que acabou gerando nele um desejo forte de mistura com uma dose não pequena de medo. Noel passou a desejar e ao mesmo tempo a temer as mulheres.

Sua primeira experiência sexual (um camarada levou-o quase de arrasto à casa duma prostituta) foi uma decepção.

Noel supervalorizara o ato do amor e no entanto obtivera dele apenas dor e uma espécie de náusea. Os homens cercavam *aquilo* dum grande mistério, duma atmosfera quase dramática; os livros fantasiavam; os moralistas ameaçavam... Tudo isso lhe excitara a imaginação, mas o primeiro contato sexual para ele fora uma coisa repugnante, viscosa, violenta — e a dor, o susto e o constrangimento lhe haviam matado o prazer.

A mulher sorrira da inexperiência do rapaz. Noel saiu apavorado dos braços dela, enfurnou-se no quarto e daí por diante (já que o apetite sexual era inevitável) passou a imaginar e a desejar um amor sem penetrações dolorosas, suave, seco, superficial, em resumo: uma união espiritual entre elfos e fadas.

Um dia, depois de reler os contos dos Irmãos Grimm, escreveu a lápis na branca página de guarda do volume:

O que há de mais encantador no mundo da fantasia é estar ele livre das complicações do sexo. Só por isso é que pode oferecer a seus habitantes felicidade e alegria pura.

Os gnomos, por exemplo. Joãozinho e Ritinha se perderam no mato e encontraram aquela colônia miniatural de gnomos. Tudo nela era harmonioso e belo. Os homenzinhos trabalhavam em paz, carregavam grandes frutas em seus carros minúsculos, quebravam nozes, dançavam ou dormiam à sombra dos cogumelos...

Eram felizes por duas razões principais: entre eles não havia nem lojas nem mulheres.

A ausência do comércio e do amor era a principal força daquele mundo.

Se os gnomos tivessem sexo, como ficaria complicada e feia a história da Branca de Neve! Os anões encontraram em sua casa a linda e inesperada visitante, deram-lhe de comer, cantaram e dançaram para ela... Simplesmente. Se fossem homens de verdade haviam de se espedaçar para ver quem ficava com Branca de Neve. Felizmente eram gnomos e o resultado de tudo foi um conto limpo.

Se entre os homens da vida real fosse possível florescer histórias como essa, eles não recorreriam tão frequentemente ao mundo da fantasia.

Os anos passaram. Os homens de verdade envelheciam, ao passo que as criaturas dos contos de tia Angélica permaneciam frescas e jovens.

Noel sentia um vazio em sua vida. Em casa os dias se arrastavam monótonos. O pai fazia com relação a ele tímidas tentativas de carinho que morriam a um olhar frio da mulher. Às vezes Noel se atrasava na rua de propósito à hora das refeições, pois essas eram momentos de pouca ou nenhuma cordialidade. Honorato lia o jornal, enquanto as criadas traziam os pratos. Virgínia arreliava sem razão com o pessoal da casa. Os diálogos eram raros, difíceis, entrecortados.

— Hoje falei com o Leitão Leiria...

— Sim?

Esse *sim* de Virgínia era a maior, a mais magnânima das concessões. O silêncio caía de novo. Honorato aproximava a cara gorda do prato de sopa de onde subia um fino vapor. Noel não podia deixar de pensar: *a cara inexpressiva dum Buda por trás duma nuvem de incenso...* Sempre as imagens literárias! Por que não podia ele ser um bom animal, um homem simples e são que acha prazer na carne de gado e na carne das mulheres, na comida e no amor? Por que esse medo da vida, essa distância dos homens, esse apego aos livros, ao irreal, ao imaginado?

Virgínia explodia em censuras sem fim. Não tinha vestidos... (Noel, Honorato, as criadas — todos sabiam que seu guarda-roupa estava cheio de vestidos novos e caros.) Faltava-lhe uma geladeira maior, um aspirador de pó, um rádio... Os criados eram desatenciosos e lerdos. E Honorato, um água-morna, um desmoralizado que não se fazia respeitar. E por falar em desmoralizado, quando era que o nosso mariquinhas, o Noelzinho do papai, ia começar a trabalhar? Para que tinha um diploma de bacharel em direito? Para quê, se vivia de mesadas?

Noel comia em silêncio, quase sempre enfastiado. Finda a refeição, ganhava a rua. Ao meio-dia e à tarde ia esperar Fernanda à saída da casa em que a moça trabalhava. A amizade da companheira de infância era a coisa melhor que ele tinha.

Agora, nessa manhã de maio, Noel recorda o passado, mergulha nos próprios pensamentos, esquecendo os seios abundantes de Querubina, os seus braços gordos, a sua presença incômoda, e tudo mais que o cerca nessa sala hostil sem calor de lar.

— Seu Noel!

Ele ergue os olhos. De testa franzida Querubina repete a pergunta:

— Pouco café ou muito café? Credo! Já perguntei três vezes.

— Pouco.

Noel serve-se de açúcar, distraído.

Honorato entra e senta-se à mesa.

— Bom dia, meu filho.

— Bom dia.

— Dormiste bem?

(Essa voz quase cariciosa, esse tom de interesse paternal só é possível na ausência de Virgínia.)

— Muito bem.

O olho triste do rapaz fita a cara corada e feliz.

De novo a voz branda e líquida:

— Querubina, o meu café.

A criada serve-o.

Virgínia desce também. Quando ela chega, a solidão aumenta. Faz-se um silêncio demorado. Ela é a primeira a falar:

— Noel, me disseram ontem na casa das Assunção que tu andas de agarramentos com a Fernanda...

A face lisa e clara do rapaz se tinge de vermelho. Seus olhos castanhos ganham uma tonalidade quente.

— Mamãe!

Essa palavra, pronunciada com uma veemência tímida, é o protesto máximo que ele ousa formular.

Virgínia sorri com malícia.

— Eu quero só ver se isso dá em casamento...

— Tu não compreendes...

— Ah! — Virgínia solta uma risada rascante, seca, desafinada. — *Tu não compreendes* — repete ela, parodiando a voz do filho. — Não. Não compreendo. O único inteligente da casa és tu... Só tu sabes as coisas...

Honorato descerra os lábios polpudos para proferir uma palavrinha de protesto. Mas a expressão do rosto da mulher o desencoraja.

— Eu quero só ver — continua ela — como é que vais casar...

Noel desvia os olhos dos olhos da mãe. Uma ruga de contrariedade lhe vinca a testa. A expressão de seu rosto é dolorosa, mas Virgínia continua a falar, irônica, com uma raiva fininha, sentindo um prazer miúdo e perverso em alfinetar... Porque é assim que ela se vinga. Nela a necessidade de agredir os outros é uma força irresistível. Tem agora diante de si os seus guardas, os homens que lhe tiraram os movimentos, que consciente ou inconscientemente lhe tolhem a liberdade. Por causa do marido ela não tem a liberdade de gozar da companhia de outros homens mais brilhantes, mais moços e mais agradáveis. Por causa do filho é forçada a uma atitude insuportável de mãe de família, de senhora respeitável. São limitações que ela não pode tolerar. Se põe mais ruge nas faces, mais batom nos lábios, lá estão os olhos do rapaz fixos nela, numa censura contida, lá está a cara desconsolada do marido que, não dizendo nada, diz tudo. Os seus desejos de boa companhia, festas, ruídos e elogios são recebidos com desagrado por aqueles dois homens. E o pior é que esse desagrado não se exprime em palavras: ela o sente nos olhares, nas atitudes e no bojo mesmo do silêncio que se fecha sobre os três, quando estão juntos.

— Onde é que o *doutor* vai arranjar dinheiro pro casamento?

Noel, que só tomou um gole de café, levanta-se devagar e, sem olhar para a mãe, retira-se da sala.

Virgínia fica sorrindo.

Com a boca cheia de pão, as bochechas trêmulas, Honorato reúne toda a coragem que lhe resta, para dizer:

— Ora, Virgínia!

3

A luz da manhã alaga o quarto de dormir do apartamento nº 140, no décimo andar do Edifício Colombo.

Sobem da rua ruídos surdos e gritos destacados — vozes das criaturas de aço e das criaturas de carne.

Os minutos passam. Os ruídos aumentam. O sol bate em cheio no rosto de Salustiano Rosa, uma máscara morena de traços nítidos: pálpebras lustrosas caídas, sobrancelhas grossas e eriçadas, nariz reto a destacar-se, decisivo, do rosto onde a barba começa a aparecer em pontinhos azulados. A boca entreaberta mostra dentes claros e regulares, que faíscam.

Salustiano desperta, mal abrindo os olhos e sentindo a quentura do sol. Está com os braços estendidos em cruz e aos poucos vai tendo consciência do contato de um corpo estranho, mole e arfante, sob o dorso de sua mão esquerda. Volta a cabeça e olha. A seu lado uma rapariga loura dorme mansamente. Sua mão está aninhada entre os seios dela. Durante alguns segundos Salustiano procura compreender aquilo, chamando as recordações da noite. E, numa síntese mágica, a história lhe vem à mente...

A noite que ameaçava terminar sem uma aventura... Os efeitos do uísque. A lua, a rua deserta, o vulto do guarda na esquina... A rapariga loura que passava sozinha... Psst! Os olhos verdes que se fixaram nele, o sorriso animador... Depois, as palavras sem sentido e os gestos que diziam mais que as palavras. O elevador subindo — primeiro, segundo, terceiro andar... A rapariga sorrindo em silêncio... A parada brusca no décimo andar. O corredor, com uma lâmpada acesa lá no fundo, o tapete abafando os passos, a pressão tépida das mãos dela... O número 140 pintado na porta em algarismos brancos. Dentro do quarto, a quietude e o luar. Pouco depois as roupas — as dele e as dela — uma a uma caíram misturadas sobre a poltrona. Por fim aquela rapariga de pernas esbeltas, deitada na cama, imóvel, à sua espera...

Agora a mulher também está de olhos abertos, caçando lembranças.

Salustiano senta-se na cama e olha tranquilo para a companheira da noite. Uma mecha de cabelos lhe cai sobre a testa. Os olhos de ambos se encontram. A rapariga sorri. Salustiano faz o mesmo. Ergue-se. O pijama de seda ("Como foi que eu tive a lembrança de vestir o pijama?") dança-lhe frouxo e amarfanhado no corpo musculoso.

Salustiano dá alguns passos no quarto, sem propósito certo. O sorriso da rapariga se alarga.

Que homem engraçado! — pensa ela.

De braços cruzados Salustiano examina a companheira da noite.

Só agora é que vê direito a cara da mulher com quem dormiu. É uma moça de narizinho redondo, olhos dum verde esquisito, seios pontudos, cabelos louros. Bem bonita! O sol da manhã podia ter-lhe revelado a carantonha intumescida e pintada duma megera. Salu verifica com alegria que a sua boa estrela ainda continua a brilhar.

A desconhecida contempla-o ainda a sorrir. Contra a luz desenha-se a silhueta firme do rapaz dentro do pijama num raio X tão nítido que ela pode ver até os fios de cabelo que dão àquelas pernas a aparência dum bicho peludo.

— Como é o teu nome, meu bem?

A rapariga tem um leve sobressalto ao ouvir o som daquela voz metálica e autoritária.

— Cacilda.

Por alguns segundos Salustiano fica olhando para a coxa branca e bem torneada que emerge da colcha amarela, coberta duma penugem que o sol doura.

Procura espantar um desejo traiçoeiro que vem negaceando, de longe, procurando tomar-lhe conta do corpo e da vontade. Olha o relógio, que está sobre a mesinha de cabeceira. Nove horas. Os inquilinos do 10º andar têm os seus princípios e os seus escrúpulos... Cacilda precisa sair sem ser vista.

— Pois é, minha nega — diz ele com delicadeza —, agora vai dando o forinha, sim?

Ela faz um gesto de aquiescência, atira as pernas para fora da cama, coça a cabeça e pergunta, entre dois bocejos:

— E o teu nome, como é?

— Salustiano... Se tiver preguiça de dizer todo o nome, diga só Salu. É a mesma coisa.

Cacilda começa a enfiar as meias.

Salu debruça-se à janela. Lá embaixo na rua movimenta-se um exército de bichos minúsculos. Correm os bondes de capota parda; chatos e rastejantes, parecem escaravelhos. Uma confusão de cores e formas móveis, um entrebalançamento de fios de aço e de sons. Vermelhos e pardos, os telhados se estendem ao sol. Coruscam vidraças. Flutua no ar uma névoa azulada.

Longe se estende o casario raso dos Navegantes, com as suas chaminés a darem a impressão de troncos desgalhados duma floresta depois do incêndio.

Salu respira, contente. Enfim, mais um dia começa. Só a ideia de estar vivo, são e íntegro lhe causa uma alegria intensa. A vida é boa e a gente nunca deve voltar-lhe o rosto. É preciso aceitar todas as coisas. Tudo o que Deus fez é bom. (Ele aceita Deus por comodismo: pensar demais faz mal e rouba um tempo precioso que pode ser aproveitado numa atividade mais útil.) Tudo o que o corpo reclama é legítimo. O sol brilha: vamos gozar o sol. As mulheres passam: vamos amar as mulheres!

Salu entra no quarto de banho, despe-se, salta para baixo do chuveiro e põe a água a jorrar. O leque líquido lhe envolve o corpo. Salu canta nem ele mesmo sabe o quê. Uma melodia exótica, toda feita de fragmentos de várias canções, entrecortada de gritos e assobios.

Do outro compartimento, vem a voz da rapariga:

— Quero entrar... Como vai ser?

— Pois entra, menina — responde Salu. E continua a cantar.

Cacilda entra. Contra o verde dos ladrilhos do banheiro destaca-se o vulto moreno-claro do rapaz, que está completamente nu... Cacilda fica parada, a sorrir sem malícia. A primeira imagem que lhe vem à mente é a de um cartaz que viu recentemente: *Tarzan, o filho das selvas*. Mas a figura do cartaz de cinema tinha uma tanga, ao passo que Salu...

— Nunca viste um homem pelado?

Ela solta uma risada e aproxima-se do espelho da pia.

— Sai, bobo!

Agora Salu está à janela, metido no seu roupão felpudo. Nesse momento Cacilda sai do Edifício Colombo. Ele reconhece o vestido vermelho e o chapéu preto de feltro. Uma figura pequenina que caminha sobre a calçada clara de mosaicos, na qual se projeta sua sombra. A mancha vermelha move-se. Outras manchas se agitam. Cacilda se perde no tumulto da rua.

Cacilda de quê? Quantos anos tem? De onde veio? Para onde irá?

Lá vai a rapariguinha loura que subiu sem protestar ao

quarto do rapaz desconhecido, meteu-se na cama dele, deu-lhe alguns momentos de prazer e no dia seguinte ergueu-se sem pedir explicações, vestiu-se e saiu na ponta dos pés para não chamar a atenção dos outros inquilinos do 10º andar. Não contou histórias sentimentais nem olhou para a cédula que o homem lhe meteu com alguma discrição na bolsa.

A manhã é clara. Bondes, autos e gentes passam. Garotos gritam nomes de jornais. A cidade vive o seu novo dia.

Mas a Cacilda do vestido vermelho lá vai caminhando com aquelas pernas que Salu viu nuas ali na cama; vai sacudindo os braços que o apertaram e olhando as coisas e as pessoas com os olhos que viram há pouco o corpo nu do seu amante de uma noite.

Talvez ele não torne a vê-la nunca mais. É por coisas como essa que ele acha a vida absurda e bela.

Está tudo certo — conclui.

Em paz com o mundo, veste-se e sai.

Na rua há largas zonas de sombra e de luz. Anda no ar, de mistura com a luz enfumaçada, um cheiro ativo de café torrado.

Salu caminha a olhar os transeuntes e de repente se lembra do tempo em que era ginasiano... O pai vinha visitá-lo duas vezes por ano. Morava no interior e era um homem alegre e despreocupado. Saíam muitas vezes a passear. O velho mostrava os passantes e dizia:

— Olhe, meu filho, os homens são como formigas...

Torcia contente o bigode fino, lustroso de cosmético. Orgulhava-se de ter a sua filosofia da vida. Era um mão-aberta e achava que primeiro vinha o prazer, depois o trabalho. A mulher era rica, ele não tinha razão para se preocupar com o futuro.

Salu olhava para o pai com admiração e escutava...

— São como formigas — repetia ele. — Caminham, caminham e caminham. Sempre preocupados com o trabalho, os burros! Os formigueiros (e o velho fazia um gesto que abrangia a cidade) sobem para as nuvens...

41

Expunha a sua teoria. Cada homem era uma formiga que levava nas costas um peso morto, um peso esmagador, mas absurdo, de cuidados. Uns pensavam nas contas que tinham a pagar. Aquele sujeito amarelo e encurvado decerto tinha uma promissória vencida em vésperas de ser protestada. O homem de óculos escuros e bengala de castão de prata ia pensando talvez na filha trintona que não achava marido. Quase todos os passantes levavam uma carga invisível de cuidados. E os que não tinham cuidados, mas eram imaginosos, inventavam incômodos fantásticos, só para se autoflagelarem porque não tinham a coragem de aceitar a vida pura e simplesmente como ela é...

— Os homens são formigas! — repetia o velho. — Formigas que levam às costas fardos cem vezes maiores que elas. Devemos ser mas é cigarras, meu filho!

Salu revê mentalmente o pai, sorri para o fantasma...

O sol bate em cheio num cartaz vermelho em que um mandarim de roupa amarela recomenda em letras brancas que todo mundo tome Chá Pequim. Os olhos de Salu pousam no cartaz. E ele imediatamente pensa em Chinita.

— Sou tua!

As palavras dela lhe soam agora na mente com surpreendente nitidez. A voz musical, o ceceio esquisitamente excitante... Na penumbra do cinema as mãos deles se encontraram aquela noite. Mickey Mouse fazia proezas na tela branca. Ao lado de Chinita, o vulto escuro da mãe, os vastos seios arfando. Mais adiante, o pai cochilava, a cabeça caída, a papada derramada sobre o colarinho duro. Um trinado da flauta de Mickey Mouse acordou-o. Os dedos de Salu viajavam de leve pelo braço de Chinita. Os olhos dela fulguravam na sombra.

O sol brilha mais forte. As formigas passam carregando os seus fardos.

"Devemos ser mas é cigarras, meu filho!"

Salu começa a assobiar um samba.

4

O relógio grande da varanda (custou três contos, tem um pêndulo dourado, enorme) bate onze horas.

Chinita pensa em Salu. A água de duas torneiras escorre para dentro da banheira de ladrilho amarelo e preto. Chinita tira o roupão e fica toda nua, namorando-se na frente do espelho.

Se ele me visse assim?

Chinita apalpa os braços (quantas vezes os dedos dele apertaram estas carnes!), pousa as mãos dobradas em concha sobre ambos os seios (que sensação esquisita e boa, que cócega invade o corpo e põe o coração a bater com mais força quando os dedos dele lhe tocam de leve nos bicos dos seios, mesmo por cima do vestido...).

De lá de baixo, do *hall* (Chinita faz questão de pronunciar *hól*, com *h* aspirado, bem como lhe ensinou o prof. Clarimundo), vêm rumores confusos. Devem ser os decoradores. Vozes. Batidas de martelos.

Chinita toma a temperatura da água com a ponta dos dedos. Tépida. Fecha a torneira da água fria e deixa a outra aberta mais alguns instantes.

Entra na banheira e a água se fecha sobre ela, num abraço morno. Chinita cerra os olhos. Um calor adormentador convida-a ao abandono, à sonolência. Chinita pensa em Salu. É tépido assim o corpo dele quando ambos dançam, colados um ao outro. Hoje à noite vão se encontrar de novo no chá--dançante do Metrópole. Chinita sorri a esse pensamento. Um pensamento malicioso lhe ocorre: a única utilidade de d. Dodó Leitão Leiria é a de inventar festas de caridade onde a gente pode dançar e conversar com o namorado...

Chinita ensaboa as pernas, as coxas e o ventre, numa carícia demorada. E agora, dentro desse banheiro espaçoso de ladrilhos coloridos — um armário a um canto com perfumes, sais de banho, cremes e água-de-colônia —, ela pensa no quartinho de tábua da sua casa de Jacarecanga, um cubículo estreito e cheio de frinchas. No inverno era um pavor; o vento entrava uivando, frio e cortante como uma navalha. O banheiro de folha com pintura descascada tinha pés cambaios, rangia quando a gente saltava para dentro dele, vazava água por um buraco que ninguém nunca conseguiu descobrir. Sabonete de mil e quinhentos. (Papai prometia melhoramentos, mas a loja ia mal, havia até promissórias protestadas.) Às vezes o ralo do chuveiro se desprendia caindo na cabeça do banhista...

Chinita sorri. Mergulha todo o corpo na água e fica só com a cabeça para fora. Nadam na superfície espumas brancas coroadas de bolhas irisadas. A água agora vai tomando uma cor leitosa, palidamente azulada.

Isso parece um sonho comparado com aquela vida... O colégio da profa. Ana Augusta. Os bilhetinhos de amor do farmacêutico. As meninas do seu Boeira, coletor estadual. De noite, o cinema do seu Mirandolino, o Britinho da Barbearia Fígaro soprando na flauta, o filho do delegado batendo no piano. Foi naquele cinema sombrio e feio que ela começou a amar os artistas de Hollywood...

Tinha dez anos quando Valentino morreu. Mesmo assim pôde sentir a perda irreparável. Chorou muito e o pai teve de dar-lhe uma boneca nova para a consolar. Depois os anos passaram, ela cresceu, o cinema progrediu, ganhou voz. Mas em Jacarecanga continuava mudo. ("Não sou besta de comprar um aparelho falante", dizia o Mirandolino, "essa geringonça não vai longe...") E assim o barbeiro e o filho do delegado continuaram a arranhar na flauta e no piano valsas impossíveis.

Chinita teve muitos namorados, recebeu muitos bilhetinhos perfumados com flores secas. Uma vez, como os pais se opusessem ao seu namoro com um forasteiro, que toda a gente apontava como vigarista, Chinita pensou em fugir. (Não que o amasse de verdade. O que a tentava na causa era o que ela tinha de cinematográfica. Adorava as situações românticas. Elas faziam que a vidinha sem graça de Jacarecanga se parecesse, pelo menos um tiquinho assim, com a das figuras de Hollywood.) Mas o cap. Moreira, delegado de polícia, não ia nunca ao cinema e não compreendia os romances. Recebeu uma denúncia, obteve provas e trancafiou o galã de Chinita no xadrez.

Chinita passou vários dias vestida de escuro, olhos pisados (bem como Pola Negri numa fita trágica), pensando no bem-amado. Mas os cartazes do Cinema Ideal saíram para a rua anunciando uma "superprodução" de Ramon Navarro. Chinita criou alma nova e esqueceu o seu drama. Foi ao cinema e naquela mesma noite arranjou outro namorado.

A vida em Jacarecanga rolava, sempre igual. Chinita vivia com o pensamento em Hollywood. Imaginava-se Greta Garbo, Joan Crawford ou Constance Bennet. Imitava gestos e penteados. (Nos bailes do Recreio todos riam dela. Pura inveja!)

O ambiente familiar não a encorajava. As paredes da casa, cheias de retratos de avós, gente antiga, mulheres de penteados monumentais, homens de barba... Guardanapinhos de croché. Mamãe gorducha, fazendo tricô, falando em fazer economias, suspirando e queixando-se da vida. Papai, de barba crescida, comentando a alta dos gêneros, a política, as partidinhas de pôquer...

Chinita sonhava com outro ambiente mais moderno, mais fino, mais limpo: alta-roda, homens de casaca, mulheres com vestidos decotados, perfumes, joias...

Agora ela faz uma excursão ao passado, só porque se lembrou do banheiro pobre da sua terra natal...

Brrr! Chinita agita os braços, segura as bordas da banheira, tosse, ergue a cabeça... Brr! A água quase lhe desceu goela abaixo.

O relógio começa a bater. Que horas serão?

Chinita sai da banheira, enrola-se numa toalha felpuda, que lhe provoca arrepios, e torna a pensar em Salu.

No *hall* os decoradores trabalham, terminando as pinturas da parede. O cel. Pedrosa insiste em pedir enfeites dourados, muitos enfeites dourados. A mulher, d. Maria Luísa, suspira tristonha, pensando nas despesas. Mas o marido está com a mania de grandeza na cabeça: quer por força ter a melhor vivenda dos Moinhos de Vento.

O ar está cheio dum cheiro penetrante de tinta a óleo. Os móveis novos (também com dourados, estilo Luís XV) acham--se cobertos por uma lona. Um mulato gordo encera o soalho.

Sentado numa poltrona fofa, o cel. Zé Maria Pedrosa lê o jornal da manhã. Política nacional. Um ministro que pede demissão. Rumores de revolução. Entrevistas, discursos, um manifesto.

Zé Maria baixa o jornal.

— Seu Willy!

O homem ruivo, cuja cara branca e inexpressiva parece um desenho de linhas simples que o desenhista se esqueceu de encher, volta-se no alto da escada.

— Pronto, coronel.

— Mas o senhor acha mesmo que terminam o serviço depois d' amanhã?

— Och! Como não, coronel!

— Precisamos inaugurar a casa na terça-feira sem falta.

O coronel pensa nos convites. A redação é de Chinita, mas quem escolheu o papel e as letras foi ele: um papel grosso, chamalotado, letras douradas, um buquê de flores coloridas a um canto:

A família José Maria Pedrosa tem a subida honra de convidar V. Exa. e Exma. família para o baile com que inaugurará o seu palacete...

Zé Maria sorri. O alemão se volta de novo para a parede e continua a pintar com todo o capricho um arabesco. Foi uma luta para conseguir que o coronel desistisse da ideia de ver cavalos, bois e anjos pintados nas paredes da casa. Por fim, cercado por Chinita, que queria parecer moderna, pelo pintor, que apresentava razões técnicas, e pela mulher, que achava que quanto menos figuras houvesse "menas despesas haveriam" — desamparado e só, Zé Maria capitulou... Desistia dos cavalos, mas que lhe deixassem então os dourados, ao menos os dourados...

A criada vem dizer que o almoço está na mesa. É uma rapariga nova, vestida de preto, avental branco e touquinha na cabeça. Zé Maria sorri porque lhe vem à lembrança um quadro do passado: a negra Teresa, de cara inchada e pretusca, surgindo do fundo da cozinha para dizer com maus modos:

— "O almoço 'tá na mesa, não embrome porqu'esfria!".

Zé Maria pensa em Nanette e nas beijocas boas que vai lhe dar hoje de tarde, se Deus quiser.

— Seu Willy, não é servido?

A cara sem cor parodia uma expressão amável.

— Muito obrigado, bom proveito!

O sol escorre para dentro da sala de refeições. Em cima da mesa faíscam, sobre a toalha branca, os cristais, as pratas, as louças. Os móveis são de jacarandá. Berra a pintura futurista das paredes. O soalho encerado é um espelho. A terrina de sopa fumega. Tudo fulge, menos a cara de d. Maria Luísa.

Sentada no seu lugar na frente do marido, ela tem os olhos baixos, os lábios apertados, o ar doloroso. Parece uma ré diante do juiz.

— Mas que é que você tem, Maria Luísa?

Zé Maria sabe o que é... Em vinte e oito anos de casados aprendeu a conhecer a mulher. Pergunta por perguntar...

— Não tenho nada. Eu nunca tenho nada.

A criada serve a sopa. Zé Maria desdobra o guardanapo e ata-o em torno do pescoço. Faz-se silêncio.

Zé Maria, para melhorar o ambiente, faz humorismo:

— Pra que flor na mesa?

Olha para o vaso bojudo onde as zínias amarelas se misturam com as rosas.

— Eu não como flor!

É o seu grande achado, a sua proeza máxima como humorista. Goza com a própria piada: soltando uma risadinha seca e prolongada.

D. Maria Luísa permanece de cara fechada. Novo silêncio.

47

Agora só se ouve o tam-tam dos trabalhadores, que estão a bater martelo no andar superior, e os sons quase musicais que Zé Maria produz ao sorver as colheres de sopa.

— Onde é que está Chinita? — indagou ele.

— Recém levantou.

A voz de d. Maria Luísa é dolorida, arrastada — voz de quem tem prazer em se julgar mártir, voz de quem tem a preocupação de sempre representar na vida o papel de vítima.

— E o Manuel? — torna a perguntar o pai.

— Não dormiu em casa. (A voz é tão dolorosa que parece anunciar: "O Manuel amanheceu morto".) Nunca dorme...

Zé Maria está arrependido de ter feito a pergunta. Agora nem tem coragem de fazer comentários.

— Veja só...

É a única coisa que encontra para dizer.

Mas d. Maria Luísa não está satisfeita. Ainda não esgotou o tema *desgraça*. É preciso descobrir nele mais motivos de tristeza.

— O Manuel anda magro...

Zé Maria sorve a última colherada de sopa.

— Está sem cor... — prossegue a mulher.

Seguindo um velho hábito, Zé Maria afasta de si o prato vazio.

— Não quer estudar...

Zé Maria ensaia uma desculpa:

— Ora, Maria Luísa, quando a gente é rapaz...

Mas nos olhos da mulher ele lê uma censura que não acha expressão verbal. A voz dolorida ganha intensidade.

— Severina, traga os outros pratos.

Mesmo dando ordens de caráter doméstico, a sua voz é uma lamúria.

Pausa.

Zé Maria sente um alívio, julgando que as lamentações findaram.

Os martelos continuam a bater, em golpes rítmicos que despertam ecos pela casa toda. E ao compasso das marteladas a voz cansada (que o coronel há quase trinta anos ouve, todos os dias, todos os momentos, queixando-se sempre, sempre, sempre), a voz machucada vai dizendo:

— Agora tudo mudou. Eu já não tenho mais marido nem filhos...

Mas é melhor calar. Faz-se um silêncio pesado, um silêncio cheio de censuras recalcadas, um silêncio dentro do qual paira um enorme mal-estar.

Chegam novos pratos. A feijoada e o assado criam um ambiente de paraíso para o coronel. Ele esquece tudo e é com uma alegria quase infantil que trincha a carne tostada e suculenta.

Mas d. Maria Luísa se sentiria supinamente infeliz se não tivesse motivos para ser infeliz. Por isso rumina todo o seu ressentimento, recorda, compara, imagina...

5

Em Jacarecanga a vida da família Pedrosa era quase patriarcal. Moravam numa casa modesta de porta e quatro janelas. Tinham um jardim com flores, um quintal com laranjeiras e pessegueiros: na horta, d. Maria Luísa cuidava com carinho das couves e dos repolhos. (Quando a peste bateu nos pessegueiros ela achou um motivo admirável para se sentir desgraçada.) Os vizinhos — o Zenóbio Pinto, escrivão, e a mulher, dum lado; o Carvalho da Farmácia, viúvo com duas filhas solteironas, do outro — eram gente boa e serviçal. Quando se apertava pela falta de açúcar ou de batatas, d. Maria Luísa ia até a cerca, gritava: *Vizinha!* e tudo se arranjava com facilidade.

Zé Maria trabalhava de dia, voltava às oito, lavava os pés e depois jantava em mangas de camisa. De noite Chinita ia ao cinema com as filhas do coletor. Manuel ia jogar bilhar no café.

O serão começava. Zé Maria ficava na cadeira preguiçosa, lendo os jornais. Às vezes aparecia seu Carvalho e jogava-se escova ou sete-belo. D. Maria Luísa fazia trabalhos de tricô: uma gravata para o Manuel, uma manta para o marido, uma blusa para a Chinita, um casaquinho para o bebê da d. Almira...

Mas o fim do mês era uma tortura: cada conta que aparecia doía como uma punhalada. A cada pagamento d. Maria Luísa tinha a impressão de que lhe arrancavam do corpo uma nesga de carne.

Sofria. Zé Maria queixava-se de que os negócios iam mal. Às vezes as horas de refeições eram pontilhadas de suspiros. Os meninos, esses conversavam, indiferentes. Ah! como a mocidade de hoje é diferente da do meu tempo!

Chinita queria ser artista de cinema. Manuel tinha vontade de conhecer a capital. Zé Maria afogava as suas preocupações no pratarrão de feijoada.

E a vida ia passando. Todos unidos. Graças a Deus eram só quatro! — pensava d. Maria Luísa. Seria pior se houvesse oito bocas para alimentar... Mesmo assim a preocupação de economia era permanente. Chegava a pensar numa situação ideal em que as pessoas não precisassem de comer nem de vestir. Assim todo o dinheiro iria para um cofre, ficava ali aumentando dia a dia. E seria um gosto olhar para ele todas as manhãs.

Zé Maria passava o dia atrás do balcão. Dois quilos de açúcar! Três metros de morim! Um pacote de alfinetes! E o fantasma dos papagaios de banco avisando o vencimento das duplicatas.

Às vezes o Madruga passava pela loja. Era um sujeito alto, magro, desdentado, calva enorme, olho malvado, voz dura. Andava sempre de palito na boca. Vivia a discutir com Zé Maria. No fundo, bons e velhos amigos. Mas era uma camaradagem que precisava ser alimentada com rusgas. Dentro de um ambiente de paz perfeita não floresceria... Zé Maria e Quirino Madruga discordavam sempre. Em política, em religião, em assuntos cotidianos, em tudo. As apostas se repetiam em torno das coisas mais triviais.

— Amanhã chove.

— Não chove.

— Chove, não vê o céu?

— Céu não regula.

— Quer apostar como chove?

— Topo! Vinte mil-réis.

— Feito! Vintão.

Se chovia Zé Maria fazia um *hê-hê-hê* gostoso, passava o dia alegre ("Quero só ver a cara do Madruga") e no fim perdoava ao outro o pagamento da aposta.

Só uma coisa lhe doía na alma. Madruga não perdia ocasião de lhe dizer:

— Deus quando fez o porco foi pensando no chiqueiro. Você, Zé Maria, nasceu pra viver em mangas de camisa atrás dum balcão, vendendo bacalhau e manteiga... Não posso imaginar você de casaca, bebendo champanha. Cavalo pode morar em palácio? Claro que não.

E ria a sua risada áspera.

Mas um dia Zé Maria sonhou que a casa do coletor tinha prendido fogo e que o Madruga havia morrido queimado. Levantou-se, impressionado. Estava-se em véspera de Natal, a Loteria do Estado anunciava uma extração de dois mil contos. Zé Maria foi olhar a casa do coletor. Tinha o número 1063. Tomou uma resolução heroica. Uma vez na vida e outra na morte não fazia mal arriscar... Desgraça pouca é bobagem. Juntou a féria de três dias e foi à Agência de Loteria do Bianchi.

— O 1063 não tem... — disse o italiano.

Zé Maria ficou amolado.

— Encomende. Pago telegrama, pago tudo.

Estava nervoso. O Bianchi telegrafou. A resposta veio. O 1063 já estava vendido, mas o 3601 estava livre. Servia?

— Serve! Mande buscar urgente.

Em casa ninguém sabia de nada. O 3601 veio. Zé Maria andava preocupado. Algumas firmas ameaçavam protestar duplicatas vencidas e não pagas. O negócio estava meio parado.

Um dia Zé Maria não aguentou aquela coisa esquisita que se lhe avolumava no peito, aquela angústia, aquele peso. Contou tudo à mulher. Tinha comprado um bilhete!

— Um bilhete inteiro? Inteiro?

D. Maria Luísa levou as mãos à cabeça. Zé Maria estava aniquilado.

— Quanto custou?

— Trezentos...

D. Maria Luísa enxergava, via com nitidez os trezentos mil-réis diante dos olhos. Sentiu uma tontura. Foi para o quarto e chorou toda a tarde.

Na véspera de Natal ao anoitecer estralaram foguetes lá para as bandas da praça.

Zé Maria apareceu à porta da loja.

— É na agência do Bianchi — disse uma voz.

Assomavam cabeças às janelas. Corria gente para a rua. Contra o céu claro faiscavam os foguetes que explodiam, e as pequenas nuvens de fumaça ficavam no ar por alguns instantes...

O coração de Zé Maria começou a bater com mais força. Enfiou o chapéu na cabeça e saiu.

— Deve ser a bruta! — gritou-lhe alguém.

Zé Maria caminhava como um ébrio, os olhos turvos, a cabeça tão tonta que nem podia pensar. A uma esquina encontrou o Madruga.

— Onde vais com tanta pressa, homem?

Zé Maria afastou-o com a mão.

— Me deixa.

Madruga ficou rindo, o palito tremeu-lhe nos lábios.

— Pensas que tiraste a sorte grande, animal?

Na frente da agência do italiano Bianchi havia gente amontoada, procurando ler o número escrito no quadro-negro. Bianchi, rindo com toda a cara vermelha e enrugada, emergiu da maçaroca humana e correu para Zé Maria, de braços abertos:

— Felizardo! Felizardo! A bruta!

Zé Maria negava-se a compreender, a acreditar. Era demais. *Aquilo* não lhe podia acontecer. Ah! Não podia.

— Mas é a bruta. Dois mil contos! Eu mandei na loja lhe avisar!

Diante dos olhos do coronel tudo dançava: o italiano, as árvores, as pessoas... Os foguetes continuavam a subir para o céu e estouravam lá em cima, provocando ecos atrás da igreja.

Agora em torno de Zé Maria havia muitas pessoas, conhecidas umas, desconhecidas outras. Ele tinha vontade de gritar. Sons confusos lhe chegavam aos ouvidos: — *Parabéns! Felizardo! Qual foi o número? Nasceu empelicado! Sim senhor!*

Depois que se livrou dos abraços da primeira hora, examinando com os próprios olhos o telegrama que trouxera o resultado da extração; depois que bebeu um copo d'água fria é que Zé Maria começou a se habituar à realidade maravilhosa. Quando serenou, o seu primeiro pensamento foi para o amigo: "Eu só quero é ver a cara do Madruga". E viu. Madruga chegou, fingindo indiferença.

— Ouvi dizer que tiraste a sorte grande.

O sorriso largo de Zé Maria era uma confirmação.

Madruga segurou o palito, fleumático, fez uma careta de dúvida e disse:

— Não sei se te felicito... Bem diz o ditado que a fortuna é cega. Deus às vezes dá osso pra cachorro sem dente. Dentro de dois anos não tens mais um miserável níquel. Por falar nisso, me empresta vinte mil-réis.

Zé Maria tirou do bolso uma cédula de cinquenta.

— Leva cinquenta! Estou louco da vida.

Quando souberam a notícia, Chinita e Manuel soltaram urros de prazer. O rapaz quebrou uma compoteira de vidro amarelo. Tinha raiva daquela coisa. Havia muito que refreava uma vontade insuportável de quebrar aquele objeto que lhe irritava os nervos. Agora que estavam ricos tudo se podia fazer.

D. Maria Luísa, ao saber do grande acontecimento, teve um desmaio. Chamaram o Carvalho da Farmácia, que veio com o vidrinho de amoníaco e com uma delicadeza e uma solicitude desusadas. Depois que voltou a si, lembrou-se dos dois mil contos, d. Maria Luísa começou a chorar baixinho. Zé Maria veio para a cabeceira da cama.

— Mas que é isso, Maria Luísa? Não vê que nós estamos ricos? Agora tudo vai ser bom, a gente tem tudo o que quer...

Mas a mulher continuava a choramingar. Já estava pensando, com uma dor enorme, no muito que tinham de gastar dali para o futuro. Todo aquele dinheiro seria um pesadelo. Os ladrões, os pedinchões, os vendedores ambulantes. Depois, os bancos não estavam livres de quebrar. Teriam de mudar de casa, e fazer casa nova custava dinheiro, mobiliar casa custava dinheiro. Agora os meninos iam pensar que estavam milionários e desandariam a gastar, a gastar, a gastar...

Todo o mundo então passou a cumprimentar sorrindo a família do cel. Zé Maria. Nos primeiros dias choviam pedidos de dinheiro. O coronel estava sempre inclinado a dar, a ceder... Mas a mulher intervinha:

— O Zé Maria não é pai de ninguém, está ouvindo? Toca pra fora, seu explorador!

Quando se tratava de defender o seu rico dinheiro, ela tinha assomos insuspeitados de energia. Era capaz de brigar, de dar bordoada, de enfrentar todos os perigos. Mas, vencida a dificuldade, caía de novo na melancolia e levava a ruminar tristezas, a pensar em possíveis desastres, a esforçar-se por descobrir motivos de infelicidade.

Um dia o coronel resolveu mudar de terra e de vida.

— Isto aqui é bom pra o Madruga, que gosta de vegetar. (Não sabia bem a significação de vegetar, mas tinha a certeza de que não era boa coisa.) Vamos pra Porto Alegre. O Manuel precisa seguir uma carreira, a Chinita precisa casar bem. E nós, minha velha, também temos direito de gozar um pouquinho. Só burro é que passa a vida inteira puxando carroça.

Chinita e Manuel exultaram. Para ela, Porto Alegre significava uma vida nova: sociedade fina, automóveis, passeios, cinemas, bailes, ruas muito movimentadas, luxo e gozo. Manuel sonhava com farras homéricas.

Quando o coronel anunciou que ia embora, houve protesto na cidade. Foram comissões à casa dele. "Fique. Nós queremos que o coronel seja presidente do Recreio Jacarecanguense. Desista da viagem, Jacarecanga precisa de homens como o senhor. Ora, não vá, coronel, não vá que nós somos capazes de fazê-lo prefeito." Prefeito? Aqui o coronel titubeou. Mas a promessa era muito vaga, e a casa da família e a loja estavam vendidas...

No dia da despedida, a plataforma da estação se encheu de gente. Banda de música. O promotor público fez um discurso em que lamentava a perda dum dos filhos mais ilustres de Jacarecanga. (O coronel sentiu um estremecimento.) D. Maria Luísa chorava copiosamente. Quanto iam gastar na nova vida? Que sorte lhes estaria reservada?

A locomotiva apitou. O trem começou a se movimentar. Na plataforma deram vivas ao cel. Pedrosa e Exma. família. Lenços abanavam. O Carvalho da Farmácia enxugou uma lágrima sincera. As filhas do coletor também choravam. Por cima das cabeças agitadas erguia-se o estandarte vermelho e verde do Recreio. A estação foi ficando para trás, cada vez mais minguada. A velocidade do trem aumentava. Ruas de Jacarecanga, subúrbios, casinholas com crianças nuas à porta... Quando vislumbrou, rapidamente, lá no fim da rua, a fachada branca da casa em que tinham morado, d. Maria Luísa desandou a chorar abandonadamente, como quem volta do enterro de uma criatura amada. Chinita fazia projetos mirabolantes. O coronel pitava um charuto caro. Manuel estava no vagão vizinho, onde já tinha arranjado uma namorada. O trem entrou no campo. Jacarecanga dentro de alguns minutos era apenas uma mancha claro-escura perdida entre o verde de duas coxilhas.

6

Agora, nessa varanda coruscante, cada objeto é para d. Maria Luísa a evidência duma despesa: uma alfinetada desagradável.

Zé Maria come com alegria, ruidoso, como nos velhos tempos. Os mesmos olhinhos miúdos, a mesma cara tostada, de maçãs salientes, o mesmo cabelo preto e duro de bugre. Mas no fundo ele mudou. D. Maria Luísa tem dolorosamente consciência disso — no fundo ele é outro. De resto, tudo está diferente, o filho, a filha, a vida...

— Não comes, Maria Luísa?

Zé Maria ergue os olhos, garfo suspenso (um pedaço de charque gordo espetado na ponta, embebido em caldo de feijão), um interesse súbito e muito forçado a mostrar-se-lhe na cara larga.

— Estou sem apetite...

No alto da escada aparece Chinita vestida de branco, vaporosa, cabelos úmidos e muito lambidos, franja colada à testa. Fica imóvel por alguns instantes: sua silhueta se recorta contra o violeta profundo da parede. Olha para baixo languidamente. (Greta Garbo.) A boca grande se parte num sorriso. (Joan Crawford.)

— Bom dia, papai, bom dia, mamãe.

É um cumprimento desusado. Mas Chinita ama ouvir o som da própria voz. Pronuncia as palavras destacando bem as sílabas.

Lá embaixo, papai e mamãe erguem os olhos. Chinita põe as mãos na cintura.

— Não vens comer, menina?

A voz de d. Maria Luísa, chorosa e arrastada, chega aos ouvidos de Chinita. Ela tem a impressão de que, passando por uma esquina, ouviu um mendigo dizer, lamuriento: *Uma esmola pr'um pobre cego!*

Chinita bem pode descer a escada com naturalidade e ir para a mesa. Mas ela quer gozar inteirinho o prazer de morar numa casa rica como esta, numa vivenda "de cinema". Vai descendo devagar. (Na sua cabeça soa uma melodia lindíssima ao ritmo da qual ela se move...) Passa a mão pelo corrimão polido. O trilho de desenho confuso e multicor lhe abafa os passos. Chinita respira forte: o cheiro da comida se mistura ao das flores. A cabeça de papai se destaca contra o vitral iluminado — uma ceia de Cristo em tamanho natural. (Cinco contos e oitocentos.)

Chinita senta-se à mesa.

Zé Maria se anima.

— Então? E a festança, hein? — pergunta.

— Se Deus quiser, papai.

— Vou fazer correr champanha como água.

A cara do coronel reluz de gozo. D. Maria Luísa suspira.

— Que é que tu achas, mamãe, fazemos sanduíches, croquetes e... que mais?

D. Maria Luísa ergue os olhos de mártir:

— Não sei... — geme ela —, eu não mando nada aqui, não sou ninguém nesta casa.

— Ora, mãe, não seja boba!

Chinita e o pai discutem pormenores. O coronel quer que haja muita comida. Manda-se matar um, dois ou três porcos e uma dúzia de galinhas. Nada de misérias. Todo o mundo deve voltar para casa com a pança cheia.

O coronel quer que tudo esteja muito claro.

— Vamos botar luz em todo o quintal...

Chinita se escandaliza:

— Quintal? Oh! papai, diga parque... é mais bonito e no fim de contas é verdade.

— Pois é... parque. Mandei botar muitos bicos grandes. Vai ficar claro que nem circo de cavalinhos.

E ao pronunciar esta última palavra, Zé Maria sente uma saudade vaga e suave de um espetáculo de burlantins. Lembra-se do último a que assistiu, uma companhia muito boa, com palhaços muito engraçados, um malabarista japonês, a moça do arame (pernas grossas), aquele cheiro de jaula, o leão magro e, o fim, a pantomima. Uma nuvenzinha leve e breve de tristeza passa pelo rosto dele.

— O Leitão Leiria vem com a família...

— Claro! — diz Chinita.

— O Moreira com a mulher...

— Prometi ir buscar a Vera no meu carro...

A palavra carro vale por uma punhalada no coração de d. Maria Luísa. Carro: automóvel: a baratinha bege de Chinita: trinta contos de réis. Para que esse desperdício? Têm um Auburn grande, chega bem para todos, já é até demais. E a gasolina? E o empregado para cuidar do carro? E os consertos?

A criada entra com a sobremesa.

Zé Maria palita os dentes, feliz. Chinita estuda no espelho

uma pose cinematográfica. Disseram-lhe uma vez que ela era parecida com Ana May Wong. No outro dia ela começou a usar franja.

— Severina, guarde um prato pro seu Manuel.

— Sim senhora.

Chinita se levanta, vai ao *hall* e põe o rádio a funcionar. Fraca e remota a princípio, mas definindo-se aos poucos, a melodia de um fox invade a sala. Chinita começa a dançar.

Willy, de cima da escada, olha para ela com o rabo dos olhos. Da varanda vem a voz de d. Maria Luísa:

— Chinita, olha que faz mal a gente fazer exercício depois da comida.

— Ora, mamãe! Bobagens!

E agita-se ao ritmo do fox, os seios lhe tremem como gelatina, os braços como que riscam desordenadamente o ar, os pés ágeis se movem sobre o parquê. O coronel, da porta, lhe sorri, o guardanapo ainda amarrado ao pescoço. Chinita salta — *oh boy!* reboleia as nádegas, cada vez mais tomada pelo frenesi da dança. Faz de conta que o pintor e papai são uma plateia, faz de conta que ela é Ruby Keeler. Faz de conta...

Sentada ainda à mesa, Maria Luísa pensa num dia de Jacarecanga: Zé Maria jogando paciência e pitando um crioulo, ela fazendo croché, Manuel no bilhar, Chinita passeando na frente da casa com as filhas do coletor.

Zé Maria contempla a filha que dança, depois olha em torno e pensa, com a alma banhada de felicidade: "Eu só queria era ver a cara do Madruga!".

7

O mesmo sol que faz faiscar o grande vitral do refeitório do cel. Zé Maria Pedrosa entra pela janela do quarto de Fernanda, na Travessa das Acácias.

Fernanda descansa. Mais alguns minutos e chegará a hora de sair de novo para o trabalho.

Recostada na cama ela vê, do outro lado da travessa, o quarto do prof. Clarimundo. Quando ele aparecer ali na janela, de palito na boca, a vizinhança toda pode ter a certeza de que faltam dez minutos para uma hora, tão pontual como o melhor relógio do mundo. Chova ou brilhe o sol, domingo ou dia útil — sempre à mesma hora o professor vai ruminar à sua janela, lá no alto da casa da viúva Mendonça.

Num torpor bom, Fernanda deixa-se estar deitada, agora com os olhos voltados para o teto. Se ela pudesse ficar assim nesse abandono, sempre e sempre, deixando a vida correr como um rio...

Duma casa da vizinhança chegam aos seus ouvidos rumores de vozes, tinidos de copos e batidas de talheres em pratos. Um automóvel passa na rua.

Fernanda pensa... A vida podia ter sido bem diferente para ela. Se o pai não tivesse morrido daquela maneira desastrosa... ou se, morrendo, deixasse a família amparada: um seguro, uma pensão... Se ela tivesse conseguido ser nomeada professora...

Fernanda lança um olhar para o diploma que está pendurado na parede, num quadro (ideia da mãe, porque ela não liga a essas coisas...). Sorri. De que lhe serve aquilo? Anos e anos de estudo e de sonhos. Sustos: nas vésperas dos exames, vigílias ansiosas, olhos cansados, palidez. Pedagogia, álgebra, psicologia, física... quanta coisa mais! Para quê? Para acabar taquigrafando as cartas idiotas de Leitão Leiria: "*Acusamos recebido o seu estimado favor de 23 último...*". E faturas, duplicatas, guias...

Fernanda pensa no escritório. Na frente de sua mesa, o lugar de Branquinha, a datilógrafa — magricela, grandes óculos escuros, pele amarelenta, cabelos crespos. Tem sempre em cima da mesa um vaso com flores e não cansa de repetir com a voz cantada: "Tenho loucura por flores!".

Por trás de Branquinha, uma paisagem opressiva emoldurada pela janela: telhados, telhados e mais telhados; paredes cinzentas, chaminés, roupas secando e longe, como que esmagada entre duas paredes duras, uma nesguinha de céu.

Fernanda afugenta as imagens desagradáveis.

59

O sol bate-lhe no rosto numa carícia morna e preguiçosa. É bom ficar assim, sempre assim, poder esquecer que existe a necessidade de trabalhar, ganhar dinheiro para pagar o aluguel da casa, o armazém, o padeiro, a farmácia...

Cerra os olhos. Contra a luz, suas pálpebras são campo de púrpura, com móveis manchas verdes e arroxeadas.

Agora um silêncio modorrento a narcotiza.

— Não durma, menina.

Sobressalto. Fernanda abre os olhos. Enquadrado pela porta, o vulto da mãe, toda de preto, d. Eudóxia é um fantasma doméstico. No fundo de suas órbitas ossudas, luzem os olhinhos miúdos. A boca tem uma crispação dolorosa.

— Não vou dormir, mamãe.

O fantasma faz um gesto desalentado.

— Quem é pobre precisa se cuidar. A gente se distrai, dorme, chega tarde no emprego, o patrão reclama... Quando a gente menos espera está no olho da rua.

D. Eudóxia fala com uma voz tão queixosa e sentida, que dá a impressão perfeita de que a desgraça já aconteceu.

Fernanda olha para a mãe com um sentimento de má vontade que não consegue dominar. D. Eudóxia põe-se a andar pelo quarto, toda encolhida:

— Que frio!

— Não diga, mamãe. Está até quente...

O fantasma se encolhe a um canto.

— É... — Um *é* tremido e choroso. Os olhos se velam. — A gente está ficando caduca. Mas não há de ser nada. Quando eu morrer vocês vão descansar.

Fernanda acha melhor ficar calada.

D. Eudóxia continua imóvel, pensando, tentando descobrir algum sinal de desgraça. É com uma facilidade pasmosa que ela cria uma atmosfera de desastre em torno dos assuntos mais trivialmente cotidianos.

Na véspera do último exame de Fernanda, passou a noite a caminhar por toda a casa, arrastando as chinelas e murmurando para si mesma:

— Vai sair reprovada, vai sair reprovada. Desgraça só acontece pra gente pobre, só pra gente pobre. Vai sair reprovada, dinheiro posto fora, tempo perdido.

Na sala de jantar, debaixo da lâmpada de luz alaranjada, as mãos segurando a cabeça, os cotovelos fincados na mesa, Fernanda estudava os pontos para o exame. Era uma noite tépida e serena. Crianças cantavam e faziam roda no meio da rua. Pares de namorados caminhavam sob as acácias. Brilhava uma luzinha na janela do prof. Clarimundo.

D. Eudóxia continuava a caminhar e a murmurar, agourenta:

— Vai sair reprovada, vai sair reprovada.

Fernanda continuava a estudar, com os olhos doloridos, morta de sono e fadiga. De vez em quando, com o rabo dos olhos, via passar pela porta o fantasma doméstico.

Agora, nesse princípio de tarde, d. Eudóxia está ali no canto, de braços cruzados, calada, remexendo na memória, procurando encontrar alguma recordação triste, buscando um cadáver de desgraça para ressuscitar.

A atmosfera de paz que reina na casa lhe é quase insuportável. A calma da hora, Fernanda empregada, com um ordenado garantido no fim do mês, Pedrinho também já encaminhado na vida, caixeiro de uma loja de ferragens, estudando à noite na ACM — tudo assim tranquilo, em ordem, quase feliz...

Quando não encontra alimento fácil para seu pessimismo, d. Eudóxia sente-se como que roubada, e a sensação de estar sendo vítima duma grande injustiça de certo modo lhe oferece um motivo para se julgar infeliz. — O que não deixa de ser uma compensação.

Aproxima-se da janela e começa a falar a meia-voz, um pouco para Fernanda e um pouco para si mesma...

Sua voz é lisa, sem cor nem brilho.

— Não sei... Para uns a vida é tão fácil... Olha a viúva Mendonça. Tem todas as peças alugadas, é sozinha, não tem filhos, não se incomoda...

Olhos semicerrados, Fernanda sorri. É preciso opor à mãe

uma resistência severa, retrucar-lhe com palavras enérgicas de repreensão ou então resistir assim passivamente, sorrir em silêncio, com ar indiferente, desligado...

O cantochão continua:

— O seu Fiorello sapateiro também não tem com que se incomodar... Bate sola, vai beber vinho na venda, nos domingos joga bocha. Mas a gente...

Fernanda esquece a presença da mãe. O seu pensamento voa. Uma frase lhe ecoa na memória: *"No fundo, Fernanda, bem no fundo, todos nós vivemos irremediavelmente solitários. Não há compreensão possível... entre as criaturas..."*.

Essas palavras vêm acompanhadas duma imagem: um rosto fino, dois olhos grandes de criança febril, lábios delgados, testa larga constantemente cortada de rugas de concentração. Noel...

Fernanda sorri. A memória viaja mais longe. É um dia de abril. À porta, mamãe recomenda:

— Cuidado com os automóveis e os bondes. Vá direitinho, não dê conversa pra ninguém.

A menina Fernanda lá vai sob o sol, com a mochila de livros às costas. O mesmo caminho de todas as manhãs. A vitrina da Confeitaria Alemã, com doces coloridos, cucas e potes de geleia. No jardim da casa grande de torreão pontudo, o anjo gorducho de cimento segura o pescoço dum cisne, de cujo bico voltado para o céu esguicha água... Todos os dias quando vai para o colégio, a menina Fernanda fica um instantinho olhando o repuxo. Quase sempre o cachorrão preto da casa grande corre até o muro, do jardim, ladrando, mete o focinho por entre as grades e ali fica resfolgando, com a língua rosada para fora.

Fernanda segue. Passa pela casa de seu Honorato. Noel já está ao portão, junto da negra velha. (Por que será que a gente nunca vê a mãe dele?) Noel é pálido, louro e não gosta de brincar com os outros meninos. Fernanda toma-lhe a mão.

— Vamos?

Noel faz que *sim* sacudindo a cabeça. E vão...

Ela tem a impressão de levar pela mão um bebê que ainda

está aprendendo a caminhar. No entanto Noel tem dez anos como ela. Mas é tão triste, tão fraco, tão sozinho, que ela se sente contente por poder guiá-lo assim, como se fosse uma irmãzinha mais velha.

— Fernanda!

Um quase grito de alarma. Ela sobe instantaneamente à tona de seu devaneio. Turbou-se a superfície do lago calmo. A visão do passado sumiu-se.

— Fernanda, minha filha, depressa! Já deve ser tarde, o vizinho já saiu pro emprego.

— Que susto a senhora me deu, mamãe! Pensei que fosse alguma coisa muito séria.

Contra o quadrado luminoso da janela, recorta-se o busto de d. Eudóxia. Seus cabelos grisalhos estão debruados de ouro.

— Minha filha, quem é pobre não pode se descuidar.

Fernanda pensa em se abandonar de novo às recordações. Mas lá no alto da casa da viúva Mendonça, no outro lado da rua, aparece o prof. Clarimundo.

Uma imagem vem instantaneamente ao espírito de Fernanda: um relógio marcando meio-dia e cinquenta.

Num salto, ela se põe de pé e vai acordar o irmão que dorme no quarto contíguo.

8

Da sua janela, ponto culminante da Travessa das Acácias, o prof. Clarimundo viaja o olhar pela paisagem. No pátio de d. Veva um cachorro magro fuça na lata do lixo. Mais no fundo, um pomar com bergamoteiras e laranjeiras pontilhadas de frutos dum amarelo de gemada. Quintais e telhados, fachadas cinzentas com a boca aberta das janelas. Na frente da sapataria do Fiorello, dois homens conversam em voz alta. A fileira das acácias se estende rua afora. As sombras são dum violeta profundo. O céu está levemente enfumaçado e a luz do sol é de um amarelo oleoso e fluido. Vem de outras ruas a trovoada dos bondes atenuada pela distância. Grasnar de buzinas. Num trecho do Guaíba que se avista longe, entre duas paredes caiadas, passa um veleiro.

Para Clarimundo tudo é novidade. Essa hora é uma espécie de parêntese que ele abre em sua vida interior, para contemplar o mundo chamado real. E ele verifica, com divertida surpresa, que continuam a existir os cães e as latas de lixo, apesar de Einstein. O sol brilha e os veleiros passam sobre as águas, não obstante Aristóteles.

Fiorello e seus amigos não conhecem os segredos da matemática, mas apesar disso vivem com uma plenitude animal que deixa o professor um tanto perturbado. Seus olhos contemplam a paisagem com a alegria meio inibida duma criança que, vendo-se de repente solta num bazar de brinquedos maravilhosos, se recusa no primeiro momento a acreditar no testemunho de seus próprios olhos.

Clarimundo debruça-se à janela... Então tudo isso existia antes, enquanto ele passava as horas às voltas com números e teorias e cogitações, tudo isso tinha realidade? (Esse pensamento é de todas as tardes à mesma hora: mas a surpresa é sempre nova.) E depois, quando ele voltar para os livros, para as aulas, para dentro de si mesmo, a vida ali fora continuará assim, sem o menor hiato, sem o menor colapso?

No pátio da casa do cap. Mota o pretinho, filho da cozinheira, arremessa com o seu bodoque uma pedrada contra o pombal de d. Veva. As pombas saem em pânico numa revoada cinzenta, e vão pousar, disciplinadas, no telhado da casa vizinha. Aparece numa janela o carão gordo de d. Veva:

— Negrinho desgraçado! Vou fazer queixa pra o teu patrão, infeliz.

A papada de d. Veva treme de indignação. No meio do pátio o moleque arreganha os dentes muito alvos e começa uma dança de boneco desengonçado, numa provocação.

Um galo canta num quintal. Roupas brancas se balouçam ao vento, pendentes de cordas.

Clarimundo ali está como um deus onipresente que tudo

vê e ouve. A impressão que lhe causam aquelas cenas domésticas leva-o a pensar no seu livro.

A sua obra... Agora ele já não enxerga mais a paisagem. O mundo objetivo se esvaeceu misteriosamente. Os olhos do professor estão fitos na fachada amarela da casa fronteira, mas o que ele *vê* agora são as suas próprias teorias e ideias. Imagina o livro já impresso... Sorri, exterior e interiormente. O leitor (a palavra leitor corresponde, na mente de Clarimundo, à imagem dum homem debruçado sobre um livro aberto: e esse homem — extraordinário! — é sempre o sapateiro Fiorello) — o leitor vai se ver diante dum assunto inédito, diferente, original. Tomemos por exemplo uma estrela remotíssima; digamos... Sírio. Coloquemos lá um ser dotado da faculdade do raciocínio e senhor de um telescópio possante com o auxílio do qual possa enxergar a Terra... Como seria a visão do mundo e da vida surpreendida do ângulo desse observador privilegiado? Igual à dos habitantes da Terra? Igual à da viúva Mendonça ou mesmo à de Paul Valéry? Clarimundo antegoza as coisas novas que há de dizer na sua obra. Porque naturalmente o seu Homem de Sírio há de fazer revelações assombrosas. Ele mesmo agora não sabe com clareza que revelações possam ser... tem apenas uma vaga ideia... Adivinha-se assim como, às vezes, em dias de tempestade a gente entrevê o sol a brilhar além das nuvens carregadas. Que orgia embriagadora para o espírito! Que grandes paisagens desconhecidas e raras! Clarimundo sorri, admirado da própria audácia... Mas um Ford antigo passa pela rua, estertorosamente, produzindo um ruído desconjuntado de ferros velhos. Clarimundo acorda para o mundo real, com a impressão de que caiu de Sírio... Vertigem.

Lá vai a máquina odiosa aos solavancos, e gemendo, rolando por cima do calçamento irregular, dobra a esquina, com um guincho de buzina e se some. Clarimundo aceita Einstein, conhece mecânica, louva o Progresso em teoria, mas aborrece-o na prática e tem um grande horror às máquinas. E as máquinas lhe são tanto mais horrorosas quanto maiores forem os perigos que elas oferecem à vida do prof. Clarimundo Roxo e dos outros humanos. Admira a aeronáutica em teoria, mas jamais entra num avião. Detesta o bonde mas utiliza-se dele com uma cautelosa relutância. E, apesar de já estar quase convencido das vantagens do rádio, ainda não se decidiu a comprar um receptor.

Agora que despertou e as paisagens espirituais se fanaram, Clarimundo não tem outro remédio no momento senão tomar conhecimento das coisas que estão sob os seus olhos. E como a realidade lhe é incômoda, ele se vinga da realidade depreciando-a. A vida é chata e igual. Não tem as harmonias, o encanto e as surpresas da matemática. Aquela casa ali da frente, por exemplo, é uma prova inapagável da chatice da vida. A fachada? Invariavelmente amarela, invariavelmente nua, irremediavelmente feia. As criaturas que habitam a casa? Sempre as mesmas. A moça bonita, a velha de preto, o menino estabanado. (Clarimundo não vai além desses característicos gerais, jamais desce a detalhes.) A vida ali é sempre igual. Todos os dias exatamente a esta hora, a moça que está recostada na cama se levanta, vai para a frente do espelho, ajeita o chapéu na cabeça, beija a mãe e sai. O rapaz sai também, mas sem beijar a mãe. Depois a velha fica caminhando dum lado para outro, e por fim senta-se na cadeira de balanço e ali fica parada, de braços cruzados... Assim todos os dias, todos os dias, todos os dias...

Na outra casa mais adiante um homem bota um disco no gramofone — quase sempre a mesma música —, fica sentado a ler um jornal, os filhos andam à roda dele, a mulher tira os pratos da mesa, o padeiro vem trazer o pão, o disco gira e a música continua. Depois o homem se levanta, os filhos algazarreiam, a música cessa. A mulher beija o marido e o marido sai acendendo um cigarro.

Já lhe disseram o nome daquela gente toda. Clarimundo não se lembra muito bem. Ele é Pereira, ou Moreira... ou Batista, uma coisa assim. Funcionário dos Correios.

Chega até os ouvidos do professor um som metálico, cheio, prolongado, plangente. É o relógio da casa que fica por baixo de seu quarto. Bateu uma hora.

Clarimundo inclina a cabeça. Da janela que fica imediatamente por baixo da sua, emerge uma mão pálida que pende abandonada e sem sangue, como a mão dum morto.

9

É a mão direita de João Benévolo. A esquerda segura uma brochura amarelada. João Benévolo lê e esquece.

O curto intervalo foi suficiente para que D'Artagnan visse que partido devia tomar. Foi um desses acontecimentos que decidem a vida de um homem; era a escolha entre o Rei e o Cardeal — feita essa escolha, devia-se persistir nela. Lutar era desobedecer à lei, era arriscar a cabeça, era fazer-se, de um golpe só, inimigo de um ministro mais poderoso que o próprio rei. Tudo isso o mancebo compreendeu e ainda assim, digamos em seu louvor, não hesitou um segundo. Voltando-se para Athos e seus companheiros:

— Cavalheiros — disse ele —, queiram permitir que eu vos corrija as palavras. Vós dissestes que não passáveis de três, mas me parece que somos quatro.

Opera-se a transposição mágica. João Benévolo salta da vida real e se projeta no domínio da ficção. Já não está mais em Porto Alegre, num sábado de maio, na Travessa das Acácias. Agora ele se encontra em plena Paris de 1626. O seu corpo fica aqui na salinha acanhada e pobre — pequenino, anguloso, fraco, ombros encolhidos, pele amarela — e o seu eu sonhador, o seu ideal, livre das contingências humanas, vai se encarnar em D'Artagnan.

João Benévolo se sente ágil, flexível e rijo como um florete. Desapareceu dele aquela sensação deprimente de ser fraco, de tudo temer e nada ousar.

Agora ele está vivendo uma grande aventura. A seu lado se ergue o monastério dos Carmes Deschaux, rodeado de extensões nuas de terras. Por cima — o céu brumoso de Paris, céu de romance, céu de mistério. É aqui que os homens de honra se encontram para ajustar diferenças ou duelos. É aqui que as espadas se chocam, tinem e rebrilham à luz do sol ou da lua...

— Mas vós sois um dos nossos — diz Porthos.

— É verdade — replica D'Artagnan, não tenho uniforme, mas tenho o espírito. Meu coração é o de um mosqueteiro; eu o sinto, *monsieur*, e é isso que me impele.

Jussac, o homem do Cardeal, recomenda a D'Artagnan — ou, antes, a João Benévolo — que procure salvar a pele. João Benévolo repele a insinuação insultuosa.

— Decididamente sois um bravo — disse Athos, apertando a mão do mancebo.

Depois os nove combatentes se precipitam uns contra os outros numa fúria metódica. Athos atraca-se com Cahucac, um favorito do Cardeal. Porthos enfrenta Bicaret, e Aramis se vê à frente de dois adversários. João Benévolo terça armas com o próprio Jussac.

No pátio do capitão o moleque insidioso atirou outra pedra contra o pombal de d. Veva e as pombas voam de novo assustadas; d. Veva aparece para protestar, mas apesar de ouvir-lhe remotamente a voz estrídula, João Benévolo não volta à realidade, continua em Paris, metido na pele heroica de D'Artagnan, lutando pelos mosqueteiros do Rei contra os guardas do Cardeal.

O seu coração bate, não de medo — oh não! —, bate de contentamento. Chega a sentir o ímpeto dos golpes que apara, vê, a três passos em sua frente, a face congestionada de Jussac... Dumas não se deu ao trabalho de descrever o beleguim do Cardeal, mas João Benévolo imagina-o com a cara antipática do homem do armazém que vem todos os dias cobrar a conta atrasada. Por isso a fúria de D'Artagnan redobra, seus golpes agora são mais ousados e violentos... João Benévolo sente o bafejo da glória. Tudo isso é uma aventura extraordinária. Apara este, Jussac! Cortei-te a cara, bodegueiro do diabo! Pan! Pan! João Benévolo sente um golpe no ombro. E a visão se esfarela no ar.

— Janjoca!

Ele ergue os olhos e dá com a face reluzente da mulher. Brilha-lhe nos olhos cinzentos uma censura recalcada.

— Hein?

A voz de Tina é lamurienta e desagradavelmente musical:

— O relógio já bateu uma. Tu não vais falar com o doutor Pina por causa do emprego?

Emprego... Essa palavra traz a João Benévolo a recordação da sua tragediazinha. Desempregado. Seis meses de inatividade. As economias acabadas. A mulher costura para fora mas o pouco que ganha não dá nem para o aluguel. Os credores batem à porta. O leiteiro é bruto e diz desaforos. O homem do armazém se dá o luxo de cultivar a ironia e murmura coisinhas... Tina põe nele os seus olhos de convalescente e seu silêncio é agora a mais dolorosa e violenta das censuras.

— Já vou sair... — diz ele sem vontade. — Só mais cinco minutinhos...

É uma criança a pedir à mãe: "Me deixa brincar mais um pouco, só um pouquinho, sim?".

Onde estás, D'Artagnan, onde estás, heroico mancebo? Agora João Benévolo perdeu o seu mundo encantado, sabe que não passa dum pobre-diabo sem dinheiro e sem emprego, pai dum guri magro e chorão, achacado e tristonho.

As letras do livro se baralham diante de seus olhos. Nada mais do que elas dizem tem sentido. As palavras perderam a força mágica, já não sugerem mais nada. Paris é um vocábulo de cinco letras: pode ser uma marca de cigarro, o nome dum tango ou mesmo duma cidade muito grande, muito bonita e muito remota. Mas não evoca mais aquela Paris de verdade onde havia condes e barões, castelos e tavernas, masmorras e salões, duelos e correrias, mistério e romance.

João Benévolo fecha o livro devagarinho e levanta-se.

A máquina de costura de Laurentina começa a guinchar. E ela pedala, encurvada sobre a costura.

João Benévolo arrisca uma gentileza:

— Tina, faz mal trabalhar depois da boia...

Essas palavras se apagam no ar, mas ficam ecoando na mente de João Benévolo, estranhas, inadequadas, despropositadas, como se alguém de repente no meio de um velório convidasse: "Minha gente, vamos dançar?".

E ele compreende com tristeza que no seu ambiente familiar, tão modificado pelos últimos meses de provações, não há lugar nem mesmo para uma gentileza.

João Benévolo vai para o quarto de dormir. Pela fresta da janela semicerrada entra uma fita de sol que risca a coberta da cama e vai morrer do outro lado, no soalho gasto e cheio de negras manchas de queimaduras. Na penumbra os objetos familiares ganham um certo mistério. A imaginação de João Benévolo põe-se a trabalhar. E ele pensa na terceira pessoa:

E o bravo mancebo penetrou na masmorra. Duma pequena janela gradeada que se abria no alto da parede de pedra, vinha um fio fino de luz que incidia sobre o chão em que se vislumbrava um vulto...

— Janjoca!

— Que é, Tina? — responde a voz macia do homem abalado pelo soco da realidade, do homem que não é nem João Benévolo nem o mancebo heroico do romance, mas sim uma mistura muito estranha das duas personagens.

— Não faças barulho, o Napoleão está dormindo.

Ao som da palavra Napoleão trava-se uma luta rapidíssima na mente de João Benévolo. Quem vencerá? A imaginação ou a realidade? *Napoleão* pode sugerir o que justamente Laurentina quis dizer: o filho que dorme no quarto. Mas pode também lembrar o Outro, o da História, que levava seus exércitos à vitória, o Napoleão que João Benévolo ama também como ao filho... A luta dura uma fração de segundo. Vence a realidade. Os olhos de João Benévolo caem sobre o vulto que se agita na cama.

João Benévolo vai até o lavatório, despeja com cuidado água na bacia e lava as mãos. Volta para a sala de jantar na ponta dos pés, sem conseguir dar à voz um tom de interesse, pergunta:

— Que é que o Poleãozinho tem?

— Está indisposto. Vomitou. Tens que passar na farmácia. A comadre me disse o nome dum remédio...

Um momento de medroso silêncio...

— E o dinheiro?

Os braços de Laurentina caem ao longo do corpo, num abandono. Cessa o ruído da máquina. Dinheiro... Pronunciado foi o nome tabu. Marido e mulher se entreolham em silêncio. A palavra encantada abriu um abismo intransponível entre ambos. É a palavra que nesses últimos meses vem corroendo, destruindo o restinho de afeição que ainda existe entre eles. Dinheiro... O fim do mês se aproxima, restam alguns mil-réis. João Benévolo tem promessas de emprego, mas apenas promessas... A dona da casa já olha para ele com raiva, uma raiva que ela tenta dissimular com sorrisos, mas que se percebe no jeito de falar, de olhar, de agir.

Silenciosa, Laurentina se ergue e vai até a cômoda, abre a gaveta, tira uma moeda de dois mil-réis e entrega-a ao marido como se lhe estivesse a dar um ano de vida. João Benévolo mete a moeda no bolso.

Os olhos de Laurentina ganham um súbito brilho, seu rosto se inflama e ela grita:

— Mas, Janjoca, tu não te mexes! Tu não fazes força! Vai pra rua! Fala! Pede! Que é que vai ser de nós assim sem dinheiro?

João Benévolo sente um desfalecimento. Encolhe-se todo como um aluno tímido diante da professora irritada.

E para dominar essa emoção esquisita que experimenta — medo, vergonha, mal-estar e uma pontinha de raiva — começa a assobiar baixinho um trecho do *Carnaval de Veneza*.

Laurentina aos poucos se acalma. Volta para a máquina de coser e começa a enfiar a linha na agulha. Enquanto faz isso, vai falando, mais mansa:

— Se tu quisesses, se tu fizesses empenho, arranjavas qualquer coisa, nem que fosse um emprego de cinquenta mil-réis por mês...

O tom de voz é tranquilo, mas persistem nele vestígios de censura.

João Benévolo continua a assobiar — agora mentalmente — o *Carnaval de Veneza*.

Da rua vem um ruído macio e ao mesmo tempo pesado. Soa uma buzina de automóvel. De automóvel fino...

71

Altera-se a expressão fisionômica de Laurentina, João Benévolo para de assobiar e ambos se aproximam da janela.

Duas portas além da casa de Fernanda está parado junto da calçada um enorme Chrysler Imperial grená. Muito polido e rebrilhante de metais e espelhos, ali contra a fachada cinzenta da casa, escurecida de umidade, e com falhas no reboco — o automóvel parece um objeto caído do céu. João Benévolo não pode deixar de pensar:

E a carruagem de ouro e prata da condessa de Montmorency parou na rua suburbana diante da humilde mansão em que habitava o pintor pobre.

Ah! Os romances de Gaboriau, Escrich, Ponson du Terrail! Uma saudade muito tênue turba por um instante a mente e os olhos de João Benévolo. A voz de Laurentina:

— É o auto da dona Dodó.

— Da mulher do Leitão Leiria? Mas que será que anda fazendo por estas bandas?

O chofer de uniforme azul com botões dourados desce de seu lugar, tira o chapéu e abre a porta. Um vulto salta para a calçada. É uma senhora gorda, vestida de seda azul com enfeites de renda bege; na cabeça, um chapéu que lembra uma grande rosca preta e lustrosa. Os seios bastos se projetam para a frente, como uma marquise a sobressair duma rotunda.

— É ela mesmo! — confirma Laurentina.

— Imaginem... — diz João Benévolo.

E, mal pronuncia a palavra, fica a perguntar a si mesmo a troco de que a pronunciou, pois ela não tem sentido, não quer dizer nada.

— Essa vaca gorda! — resmunga Laurentina.

— Quem, Tina?

— Essa dona Dodó...

Nesse momento d. Dodó é para Laurentina, antes de mais nada, a esposa do comerciante Teotônio Leitão Leiria, proprietário do Bazar Continental, onde João Benévolo trabalhava... E antes que a florida massa de carne desapareça por completo, tragada pela porta que se abre na fachada triste, João Benévolo lembra-se daquela tarde de pesadelo quando Leitão Leiria, com a sua voz de vaselina, mole e escorregadia, branca e insinuante, lhe disse, com o ar de quem dá boa notícia:

— Somos forçados a despedi-lo, senhor João Benévolo, porque estamos fazendo economias. Os tempos andam difíceis, o senhor compreende, vende-se menos, os impostos são altos, de sorte que muito a contragosto nos vemos obrigados a medidas drásticas como esta. Acredite que isto me aborrece muito, me pesa no coração, mas...

Leitão Leiria pronunciou a palavra *drásticas* com visível satisfação. Ao declarar que aquilo lhe pesava no coração, botou a mão espalmada no peito.

— Essa vaca! Aquele porco! — continua Laurentina a resmungar. — Não têm dinheiro pra pagar um empregado, mas têm pra comprar um bruto automóvel daquele tamanho...

João Benévolo mira o carro com olho triste. O que sente não é raiva. O Sebastião, que também está desempregado, tenta impingir-lhe ideias comunistas. Diz que o dinheiro está mal distribuído no mundo: uns têm demais, outros têm de menos; uns tomam banho em champanha, outros morrem de fome. Mas o sentimento que os ricos despertam em João Benévolo é de admiração e de inveja. Uma inveja passiva de quem sabe que nunca, por mais que faça e pense e grite, poderá atingir aquelas culminâncias de felicidade e conforto. João Benévolo admira os ricos como a criaturas dum mundo remoto completamente fora de seu alcance e aceita-os quase como os povos antigos aceitavam seus reis — por direito divino. Diante do Chrysler Imperial do homem que o deixou sem emprego, ele apenas consegue ficar nessa atitude calada e triste da criança pobre que achata o nariz contra o vidro da vitrina onde se expõem brinquedos caros. E só atina com dizer isto:

— Por que será que a dona Dodó entrou na casa do Maximiliano?

— Ora... fingimentos. O Maximiliano está tísico, a mulher em situação pior que a nossa, os filhos andam atirados... Dona Dodó quer se exibir pros jornais darem o retrato dela amanhã.

Entra aí, dá dez mil-réis, fala em Deus e vai embora. De que serve? Eu conheço bem essas caridades!

Lá do outro lado da rua os filhos de Maximiliano cercam o carro. São crianças magras, encardidas e lívidas. Aproximam-se do Chrysler cheios dum deslumbramento tímido: a carroçaria brilhante reflete aqueles rostinhos maltratados e sujos. O chofer mete a cabeça para fora e grita:

— Cuidado, não botem a mão no carro.

Os guris recuam e ficam olhando de longe, meio bisonhos.

— Vaca gorda! — murmura Laurentina.

Para esquecer tudo — a sua vida, o automóvel de luxo, o vizinho tuberculoso e a mulher — João Benévolo começa a assobiar. *Carnaval de Veneza.*

10

D. Dodó Leitão Leiria entra na casa do doente.

O soalho range a seus pés. O corredor tem um bafio de porão. Uma mulher malvestida, de rosto esverdinhado e olhos sem cor lhe abre a porta.

D. Dodó sorri com doçura.

— Boa tarde. Dá licença?

Faz a pergunta com uma voz fininha e musical, doce e levemente trêmula. As bichas de brilhantes lhe faíscam nas orelhas, seus seios arfam e o broche de safira que os enfeita sobe e desce, ao compasso da respiração.

— Pois não...

A mulher examina, numa constrangida surpresa, essa criatura faiscante que exala perfumes finos, e seus olhos parecem perguntar: "Então é verdade que existe gente assim?".

A presença de d. Dodó responde com ênfase: "Existe: convença-se".

Mme Leitão Leiria entra.

— Não repare, é casa de pobre... — desculpa-se a mulher, lívida.

D. Dodó comove-se. A marquise arfa em ritmo mais acelerado. As bolsas de pele flácida, debaixo dos olhos miúdos, estremecem. E para tranquilizar a outra mulher, para garantir-lhe que ser pobre não é vergonha, ela lhe diz com evangélica suavidade:

— Jesus Cristo era pobre. Os pobres, Ele disse, serão os primeiros a entrar no Céu.

— A senhora quer sentar?

D. Dodó faz com a mão um sinal: não, obrigada.

Sala sombria. Uma mesa de pau, três cadeiras, um armário de madeira sebosa, uma folhinha mostrando uma data remotíssima, remendos de lata nos lugares onde a pertinácia dos ratos abriu buracos. Anda no ar um cheiro indefinível. D. Dodó procura identificá-lo: não consegue: só sabe que é mau.

A mulher magra continua imóvel, esperando.

D. Dodó espalma a mão sobre o peito, entorta a cabeça e diz em surdina:

— Eu soube que o seu marido está muito doente e que a senhora se encontra em dificuldades...

— É.

O rosto da dona da casa continua parado e inexpressivo. Com a mesma máscara poderia ter dito: "*É mentira*".

— Pois é... Vim oferecer os meus fracos préstimos...

Na frente da dama de caridade a mulher do doente: alta, magra, imóvel e silenciosa. D. Dodó começa a ficar impressionada com essa cara pétrea, que não se altera, que não chora nem sorri. O silêncio se prolonga. Um gato espia na porta e sai de mansinho pelo corredor.

— Trouxe-lhe alguma coisa...

— Sim senhora...

— Tem filhos, não é?

— Tenho...

— Quantos?

— Dois.

— Homens?

A outra responde com um aceno de cabeça. D. Dodó abre o mais aliciante dos sorrisos.

— Bom, se a senhora não faz objeção...

Abre a bolsa e tira dela uma nota de vinte mil-réis. Um pensamento lhe assalta a mente: se os repórteres dos jornais entrassem de repente com fotógrafos...

D. Dodó não gosta de ferir suscetibilidades: entregar o dinheiro na mão da outra, não fica bem. A criatura pode se ofender... Aproxima-se da mesa e com toda a delicadeza depõe sobre ela a cédula em que está estampada a imagem dum político que já tomou chá no seu palacete.

Que linda cena para um instantâneo! Tão bonita na sua simplicidade comovente...

A caridosa dama no momento em que modestamente depunha sobre a mesa a nota de vinte mil-réis que iria mitigar por alguns momentos o sofrimento daquele casal desprotegido da sorte.

Monsenhor Gross havia de gostar tanto, lendo o jornal na manhã seguinte... Que pena os repórteres não saberem... Mas não! Sai, Satanás! A verdadeira caridade deve ser feita às escondidas, com modéstia. "Que a tua mão esquerda não saiba o que a direita faz."

A mulher do doente continua parada. Aquilo não significa nada para ela. Ela sabe que quando essa senhora perfumada for embora no seu automóvel de luxo, a vida da casa há de continuar como sempre: sujeira, miséria e doença. Ela há de ouvir todas as horas, todos os dias, a tosse rouca do marido, há de sentir no ar um cheiro enjoado de remédio, há de ver os filhos atirados por aí, como porquinhos de quintal pobre. Os vinte mil-réis da senhora caridosa serão consumidos em poucos dias na farmácia. É o mesmo que nada. Por tudo isso não chega a ficar contente, nem mesmo consegue sentir gratidão.

Os segundos passam e d. Dodó precisa completar a sua obra. Sente que a sua missão de caridade não ficará completa se ela não vir o doente, nem que seja para lhe dizer duas palavrinhas de conforto.

— Posso ver o seu marido?

O rosto de pedra não registra a menor comoção. A mão ossuda faz um sinal na direção duma porta.

— Ali...

Sombrio, malcheirante e abafado, o quarto do doente produz calafrios em d. Dodó. De repente — tarde demais — d. Dodó se lembra de que lhe disseram que se trata dum caso irremediável de tuberculose. Pela fresta da única janela entra uma faixa de sol em que pairam rútilas partículas de poeira. D. Dodó tem a impressão de que são os próprios micróbios da tuberculose que boiam no ar.

O doente está deitado numa cama de ferro, a um canto do quarto. Seu rosto descarnado quase desaparece, de tão pálido contra a fronha branca. Só a barba crescida, os olhos negros e o cabelo basto dão individualidade àquela cabeça.

— Boa tarde — cicia d. Dodó.

Da cama parte um fio de voz rouca, esfarelada:

— Boa tarde.

A mulher faz as vezes de intérprete e explica o caso segundo a própria lei da casa, que é uma lei diferente da que rege o mundo da rica visitante.

— Veio ver a gente, Maximiliano, e trouxe um dinheiro.

O marido lança para a dama um olhar de compreensão. Um cheiro nauseante anda no ar e d. Dodó, com a impressão de estar se envenenando lentamente, imagina-se uma verdadeira mártir. Resigna-se, pois assim há de fazer jus ao reino do Céu.

Quisera aproximar-se da cama, passar a mão maternal pela cabeça do doente. Mas tem medo. São Francisco botava o dedo nas feridas dos leprosos. Mas é que ele era um santo, fazia milagres, e ela é simplesmente Doralice Leitão Leiria, um ser humano como qualquer outro. Por isso fica onde está, cheia de pena e amor, mas ao mesmo tempo terrivelmente amedrontada.

— O senhor há de sarar...

O homem sorri. (O primeiro sorriso que d. Dodó vê nesta casa.) Sorri porque sabe que aquilo é uma mentira.

— Tenha fé em Deus...

O homem continua a sorrir. Teve fé em Deus, orou, foi à igreja, fez promessas, acendeu velas. Tudo inútil.

— O senhor está sendo purificado pelo sofrimento...

Purificado? Essa palavra cessou de ter significação para ele. O que lhe importa agora é viver, recobrar as forças, ocupar o lugar antigo que tinha na vida, trabalhar e tomar conta da casa.

D. Dodó considera sua missão terminada.

— Até a vista. Vou providenciar para o senhor ser removido para um hospital. Lá vai ter ar, luz e boas enfermeiras, e não há de lhe faltar nada. Até a vista. Deus o proteja.

Mão no peito, olhos tristes, o pensamento em santa Teresinha, d. Dodó sai do quarto do doente. Na outra sala já se respira melhor. A cédula de vinte mil-réis continua em cima da mesa.

— A senhora sabe o meu nome?

A mulher do doente faz que não com a cabeça.

— Sou a Dodó Leitão Leiria.

Decepção. O nome não produz o efeito esperado.

— Nunca ouviu falar?

— Não senhora.

D. Dodó força um sorriso.

— Pois admira, minha filha, o meu nome aparece sempre nos jornais.

— A gente aqui não lê jornal.

— Sou presidenta da Sociedade das Damas Piedosas.

Não se move um músculo naquele rosto de múmia. D. Dodó suspira, resignada.

— Depois mandarei uma pessoa aqui tratar da remoção do doente. Bem, minha filha, adeus! Não repare eu não lhe apertar a mão. Fique com Nosso Senhor e santa Teresinha.

— Passe bem.

As tábuas do corredor tornam a gemer sob o peso da senhora do comerciante Leitão Leiria. Encostada na folha da porta, a mulher do doente acompanha a outra com o seu olhar gelado.

O chofer espera, ao lado do Chrysler. D. Dodó entra. Os dois filhos do tuberculoso presenciam a cena, os olhos compridos. D. Dodó tira da bolsa alguns níqueis e joga-os para os garotos num gesto suave de quem desfolha pétalas de rosa. Aparvalhadas, no primeiro momento as crianças não compreendem. A indecisão, porém, dura apenas alguns segundos. No momento seguinte estão ambos acocorados, catando os níqueis, ferozes, trocando arranhões e sopapos. D. Dodó sorri afogada de felicidade.

— Vamos embora, Jacinto.

O motor começa a trabalhar: um tamborilar macio e surdo. O carro arranca. D. Dodó respira. Sente engulho — Deus me perdoe — ao pensar no quarto do tuberculoso. Agora aqui dentro do automóvel ela está de volta ao seu mundo. O perfume Nuit de Noël prevalece sobre a lembrança nauseante da atmosfera empestada. Atira para trás a cabeça cansada, recostando-a contra o espaldar estofado. Sente a alma limpa, o coração leve.

— Jacinto, ligue o rádio.

O chofer obedece. A princípio o alto-falante produz um tiroteio breve, cortado de assobios. Depois uma onda de música invade a morna atmosfera do carro. Uma valsa. D. Dodó lembra-se de que tem de tomar várias providências para o chá-dançante que as Damas Piedosas vão realizar esta noite no Metrópole, em benefício do Asilo Santa Teresinha.

— Jacinto, direto para casa.

A valsa continua, envolvente. Parece a música dos anjos. D. Dodó cerra os olhos e imagina que santa Teresinha agora lá no céu sorri para ela.

11

Virgínia tem ímpetos de jogar o frasco de perfume na cabeça de Noca, quando a rapariguinha lhe vem anunciar com voz fanhosa:

— O chã tã pranto...

Fica parada ali na porta, a cara idiota, a cabeça minúscula de passarinho no alto do pescoço descarnado e comprido: uma pera na ponta de uma vara. E aquele esgar canino, aquela máscara de palhaço cretino, aqueles olhinhos espantados... Não: a gente tem vontade de jogar uma coisa na cabeça dela... Virgínia fuzila para a criada um olhar colérico.

Outra vez a voz fanhosa:

— Estã pranto o chã, dona Virgínia.

É demais. Nem uma santa aguenta.

— Já ouvi! — berra. — Já ouvi! Não sou surda.

O sorriso canino persiste, deixando visíveis os dentes amarelados, pontiagudos e minúsculos. E é bem um olhar de cão surrado — um olhar de simpatia e fidelidade medrosa que a rapariga lança para a patroa quando esta passa por ela.

A patroa surra na gente, mas a patroa é boa, dá dinheiro, dá vestido bonito. Dona Virgínia grita com a gente — mas depois dá risada pra gente.

E o olhar amoroso segue o vulto quente e perfumado da mulher de roupão azul que desce a escada porque "o chã tã pranto".

Solidão na sala de jantar, uma solidão tão grande que para Virgínia ela chega a se transformar numa sensação de frio. As mesmas coisas, as mesmas paredes, os mesmos cheiros. Todos esses móveis, esses objetos estão ligados a duas figuras familiares: Honorato e Noel, o marido e o filho — tudo isso para Virgínia faz parte dum conjunto aborrecível e quase odioso.

Senta-se à mesa. O serviço de chá, cerâmica em vermelho e negro, destacando-se sobre a toalha de linho... O açucareiro bojudo e polido evocando a figura do dono da casa... O açúcar pálido como o filho... Tudo como sempre.

Despeja na taça o chá e o leite. De uma das portas Noca espia a patroa com olhos apaixonados.

Virgínia põe açúcar na xícara, pensando em Alcides. Curioso: a imagem do rapaz sempre lhe vem à mente na mesma postura, com a mesma expressão: sorrindo, os dentes muito brancos contrastando com o rosto requeimado, um cigarro fumegando entre os dedos, os olhos brilhando por trás da fumaça... Foi assim que ela o viu pela primeira vez. A princípio ficou irritada com a insistência daquele olhar, depois achou graça e por fim...

De súbito Virgínia dá com os olhos de Noca, ali na porta, espiando, traiçoeiros, de tocaia, fixos. Tem um sobressalto desagradável. É como se a rapariga tivesse estado a ler-lhe os pensamentos mais íntimos.

— Toca pra cozinha, sua ordinária!

Noca se encolhe: os olhos brilham, mas a expressão do rosto é a mesma: o ricto canino, o ar apalermado. E assim transida, com as mãos entrelaçadas a apertar o ventre, Noca vai recuando, recuando devagarzinho e, para disfarçar essa mistura de medo e amor, e ao mesmo tempo a formular desajeitadamente uma desculpa, começa a rir um riso gutural e sincopado em *u*. E desaparece.

Virgínia toma um gole de chá. E por alguns instantes fica ainda como que sob o sortilégio daqueles olhos de animal.

Noca, Honorato, Noel, Querubina, as outras criadas — olhos, olhos, olhos que vivem cravados nela, espiando, fiscalizando, procurando adivinhar-lhe os segredos. Para onde quer que se volte encontra um par de olhos acesos. É como se fosse uma prisioneira. Por que não falam? Por que não dizem com palavras o que os olhos dão a entender? Por quê?

Aperta o botão da campainha, irritada.

A criada aparece:

— Senhora?

— Querubina, vá ver se o Noel quer chá.

A criada se retira, e Virgínia fica olhando para aquelas ancas curvas, aquelas pernas bem torneadas, aquela cintura fina...

— Indecente... — murmura.

A mocidade de Querubina, a boniteza sadia de Querubina, as coxas de Querubina, o busto de Querubina são um permanente insulto a seus olhos. E o maior insulto de todos, o maior absurdo, a maior monstruosidade de Querubina é a sua virgindade.

Virgínia sente um prazer esquisito em atribuir-lhe amantes. Vive há vários meses na esperança de um dia descobrir o marido no quarto da criada. Sabe que, no dia em que apanhar os dois de cochichos num canto, há de dar um escândalo bem grande e barulhento, há de dizer todos os palavrões que vive recalcando. E essa certeza torna a expectativa ainda mais sensacional se um di...

Virgínia está a terminar seu chá quando Querubina reaparece:

— Seu Noel não quer nada.

Os olhos de Virgínia se animam:

— Por que foi que demorou tanto no quarto dele? Bastava perguntar se o rapaz queria chá...

— Ué... eu...

— Eu sei. Ficou se oferecendo...

O mais enervante é que Querubina não reage. Fica assim indiferente, nem embaraçada nem cínica, ouvindo simplesmente sem se ofender, com ar de quem está falando com um louco: concordando para não irritar...

— Tire a mesa, sua indecente.

Silenciosa, a rapariga começa a retirar as xícaras da mesa. Inclina-se para apanhar o bule e Virgínia vislumbra o rego entre os seios dela, fundo e sombrio como um vale entre dois montes rígidos. Sim, rígidos, pois ali estão dois seios de vinte anos. Uma raiva vai crescendo, enovelada, no peito de Virgínia.

— Sua vagabunda, você devia estar mas era no beco, ouviu? No beco!

Querubina sai em silêncio, carregando a bandeja.

Agora volta ao pensamento de Virgínia a imagem fascinante; a cara morena, os dentes brancos, o cigarro fumegando, os olhos brilhantes por trás da fumaça...

O relógio bate cinco badaladas. E depois que os sons de sino morrem, Virgínia tem uma consciência ainda mais aguda do silêncio que a envolve.

Solidão.

Mesmo que aqui junto dela estivessem o marido e o filho, ela continuaria só, irremediavelmente só.

Silêncio.

Virgínia fica parada, esperando... Mas esperando quê?

De repente sente-se tomada duma angústia opressiva: um

calor no peito, uma vontade de gritar, uma impressão de abafamento, de fim de mundo.

Onde foi que já sentiu uma coisa assim?

Num sonho? Virgínia procura lembrar-se. Foi no tempo de colégio. Uma tarde, no internato, esmagada pelos muros altos, pelo silêncio e pela saudade do ar livre, começou a sentir aquela sensação esquisita... E fugiu, fugiu porque se não fugisse morria asfixiada depois da mais lenta e medonha das agonias.

Virgínia corre para o telefone, faz o disco girar quatro vezes e leva o fone ao ouvido.

— Alô. É a casa de Madame Menezes? Chame-a ao aparelho... — Pausa. Virgínia espera, impaciente. — Ah! És tu, querida? Bem... Nada... Telefonei porque estou sozinha e queria ouvir voz de gente. Fico quase maluca. Não imaginas... Olha, vais hoje ao baile do Metrópole? Pois nos encontraremos lá. Estou aflita por ver festa, barulho, movimento. Hein? Não ouço... Ah! Pois sim...

O diálogo dura dez minutos. Depois Virgínia sobe para o quarto. Ao passar pelo escritório, cuja porta está aberta, desvia o rosto com repugnância, pois o vento lhe traz lá de dentro um cheiro familiar, enjoativo — o cheiro do marido.

Só, no silêncio morno e amigo do quarto, Noel lê o diário de Katherine Mansfield. O retângulo da janela aberta emoldura uma paisagem simples: ao longe um céu azul, liso e desbotado.

Noel afunda mais na poltrona com a impressão de que Katherine Mansfield lhe fala de mansinho ao ouvido. É uma voz familiar, macia e cariciosa, voz de irmã mais velha. (Quando Querubina abriu a porta e perguntou "O senhor não vai descer para o chá?" — ele ficou a olhar para ela com os olhos espantados de quem vê assombração, testa franzida, fazendo um esforço doloroso para compreender. Que bicho estranho era aquele que estava ao pé da porta e que tinha falado? A que língua esquisita pertenciam aquelas palavras? *O senhor não vai descer para o chá?* Finalmente conseguiu traduzir as palavras da intrusa e o mais que logrou fazer foi um aceno negativo de cabeça.) Mas Katherine Mansfield lhe fala agora na linguagem das personagens dos contos da sua infância. Noel entende e sorri interiormente. Katie lhe conta do irmão que morreu na guerra. Uns meses antes estiveram juntos, passearam pelo jardim à hora do crepúsculo. Duma pereira esbelta caiu uma pera arredondada.

— Ouviste, Katie?

Era um ruído familiar que espertava neles recordações, ecos longínquos. As mãos de ambos percorreram a relva verde e úmida. O rapaz apanhou a fruta e inconscientemente, como em outros tempos, limpou-a com o lenço. Recordações do velho *home* de Montreal. Eram ambos crianças e brincavam no pomar. Levavam cestos para apanhar frutas. As peras lhes caíam em cima das cabeças, rolavam para o chão. As formigas corriam. Eram peras de uma cor viva, amarelo-canário, miudinhas. Katherine se apoiou no ombro do irmão. A noite desceu: o luar ficou um pouco mais profundo. As sombras sobre a relva eram longas e estranhas.

Ela tremia.

— Sentes frio?

— Muito, muito frio.

Depois que a guerra lhe matou o irmão, Katie escreveu no diário:

Por que não recorro ao suicídio? Porque sinto que tenho um dever a cumprir com relação ao tempo tão bonito em que nós dois estávamos vivos. Quero falar desse passado; ele queria que eu lhe falasse. Combinamos tudo no meu quartinho alto de Londres.

Noel fecha o livro. Cerra os olhos e sente no quarto a presença mansa e sedativa de Katherine. Ela está ali na outra poltrona de veludo cor de vinho, a cabecinha desamparada de pássaro ferido atirada para trás, os olhos fechados, muito pálida. Está cansada, doente, vive a viajar de Londres para a costa da França, em busca de paz e sol. Um dia, numa casa de retiro,

84

em Fontainebleau, encontra num quartinho tranquilo uma visitante inesperada — a morte.

Katie! Katie! Noel tem a impressão de que ouve, ouve-a realmente pronunciar as palavras com que terminou o seu diário: *Everything is all right*. A voz de Katie é doce, remota e no entanto misteriosamente clara.

Um cachorro ladra no quintal vizinho e Noel acorda para o mundo real. Ergue-se devagarinho, põe o livro em cima da mesa e vai debruçar-se à janela.

O jardineiro está podando as roseiras. Os canteiros que formam figuras geométricas se recortam, verdes, contra o ocre avermelhado do chão. Lá de baixo o homem tira o chapéu de palha e, erguendo os olhos, cumprimenta:

— Boa tarde!

É um caboclo de barbicha rala e cara pregueada de rugas, e Noel responde com um aceno de cabeça. Noca vai até o fundo do quintal levar comida para os coelhos brancos do viveiro. (Um capricho recente de Virgínia.) A rapariga caminha desengonçada, atirando para a frente como uma angolista a sua cabeça disforme. Noel desvia os olhos: Noca lhe causa um desgosto irreprimível. E ele se revolta contra esse desgosto, porque no fundo quisera ser gentil e compassivo para com a pobre criatura. Isso, porém, é superior a suas forças. Quando Noca aparece à hora das refeições, é quase certo que lhe estraga o apetite e faz que ele afaste o prato com uma expressão de náusea.

Noel estende o olhar para a paisagem. Lá embaixo se veem os telhados da Floresta. Mais além, contra um fundo arroxeado de montanhas, um trecho do Guaíba com lentejoulas de sol. E quintais, pedaços de rua, sombras lilases, manchas douradas de luz, faiscações.

Agora o jardineiro abre a manga d'água e começa a regar os canteiros. O jorro claro se irisa ao sol. Noca volta do viveiro. As sombras vão crescendo e avançando no quintal.

Noel olha ainda a paisagem por um instante. Depois, volta para dentro do quarto.

O silêncio continua. Todos estes objetos aqui são como gênios bons: fazem tudo por manter a ilusão de que dentro destas quatro paredes cabe inteiro o mundo da fantasia.

Noel vai até o seu gramofone, escolhe um disco, põe-no no prato, fá-lo girar, ajusta o diafragma e senta-se de novo na poltrona.

De dentro da caixa de madeira a música salta num jorro luminoso, a melodia se retraça no ar num arabesco ágil. Parece que a atmosfera fica mais clara. A luz do sol desaparece, devorada pela luz maior.

Debussy.

O disco gira. Noel escuta, deixando o pensamento correr ao ritmo da música. Tudo fica esquecido, o jardim, o jardineiro, a rapariga feia que foi levar migalhas aos coelhos, os telhados da Floresta, o rio, as montanhas, o céu, tudo, até mesmo Katie.

Agora estamos em pleno reino das fadas. Noel se perde na *Wonderland*. A infância ressurge. As flores e os bichos falam. Tudo encontra expressão. Os balões sobem e atingem a Lua. As fadas velam o sono das crianças. Branca de Neve é encontrada pelos anões. O Pequeno Polegar achou a sua bota de sete léguas e segue numa viagem impossível. O Chapelinho Vermelho encontra o lobo na floresta...

O disco continua a girar e o sonho se prolonga. Madrinha Angélica surge com a sua cara preta, lustrosa e feliz, contando histórias. Noel agora tem sete anos e escuta.

Era uma vez um rei muito rico que tinha uma filha muito bonita.

Lá fora a noite adormece todas as coisas. O luar é frio, as sombras são mais negras que madrinha Angélica.

— Dindinha Angé, conta a história do Pinitim.

O carão gordo reluz, os dentes brancos parecem luas contra o céu da noite, e a voz rouca e funda da dindinha negra conta:

— Pois diz que era uma veiz um menino muito ladino que se chamava Pinitim. Pinitim na Noite de São João se escondeu dentro dum balão muito grande e quando soltaram ele, Pinitim foi junto, subiu e foi parar na Lua. Lá na Lua tudo era feito de açúcar. Moravam lá uns homens meio bichos, meio gentes que falavam uma língua que Pinitim não entendia. Quando viram Pinitim cercaram ele, começaram a dançar e fazer troça do pobre do menino. Vai então Pinitim começou a chorar. Tava com fome e não sabia dizer na língua daquela gente: "Quero comê". Pinitim não sabia das coisas porque na Lua tudo era trocado, tudo era diferente. Então Pinitim foi emagrecendo, emagrecendo, minguou dum jeito que veio um bicho e comeu ele. (Os olhos do menino Noel estão arregalados de susto.) Mas Pinitim se acordou e viu que tudo tinha sido um sonho.

Dindinha preta solta uma risada.

Um acorde mais forte apaga a visão. Noel fica atento à música. Por trás da melodia há um chiado permanente que lembra o coaxar longínquo de sapos. É um ruído que Debussy não escreveu, mas que está ali no disco, como parte da música.

A melodia continua. Os sapos insistem no seu coral dissonante.

Lá fora a tarde vai envelhecendo, a luz aos poucos se amacia, um vento brando começa a soprar. Sons moles no quintal: o chape-chape da água da manga contra os canteiros de relva.

Noel remergulha em seus pensamentos. Vê mentalmente a cabeça estranha de Debussy, que começa a se balouçar dum lado para outro ao compasso da música.

Noel vai caindo aos poucos num estado de modorra vizinho do sono. A melodia é um rio transparente que corre ao sol numa preguiça adormentadora.

O jardineiro lá fora solta um berro. Noel desperta.

E de novo solta o pensamento. Era possível que Debussy tivesse uma voz áspera como a do jardineiro. Possível também que à tarde fosse regar as suas flores. E que tivesse dívidas a pagar. E dissesse palavras feias. E fizesse gestos violentos. Bem possível também que, como o jardineiro, não gostasse de tomar banho. Mas o Debussy verdadeiro ficou aqui nesta melodia que o disco prendeu. Tudo o que era humano e mortal, que era resíduo, foi eliminado (menos o coral dos sapos) para ficar só a melodia de desenho puro, música de anjos, música de fadas...

E graças à vitrola — pensa Noel — eu a posso ouvir com o mínimo possível de interferência humana. Se estivesse no teatro, ouvindo uma grande orquestra executar esta mesma música, teria de ficar na presença de criaturas que tossem, pigarreiam, amassam papéis de balas, cheiram bem ou mal; teria de ver os músicos que suam e bufam e ficam vermelhos, um maestro que agita a cabeleira e faz gestos grotescos... No entanto este móvel de nogueira me dá a melodia quase pura. Um milagre do gênio de Edison combinado com o esforço de outros pequenos inventores anônimos, mais o talento comercial dos homens que fundaram a Victor Talking Machine Co., mais o maestro Stokowsky e as muitas dezenas de músicos que formam a Orquestra Sinfônica de Filadélfia, e ainda principalmente o sonho de Debussy, e o esforço de uma centena de operários anônimos, inclusive as abelhas que fornecem cera para os discos... Para ele tudo isso é um conto de fadas, uma obra de magia.

A melodia vai morrendo. Bem como madrinha Angélica no fim do serão, falando atrapalhado porque está começando a cochilar. A última nota se dissolve no ar e fica agora só o coro longínquo dos sapos, insistente, igual, imperturbável. Parece madrinha Angélica a roncar, com a cabeça caída para o peito, enquanto Noel, de olhos arregalados, está ainda sob a influência do sortilégio da história.

Dindinha Angélica morreu, sua voz desapareceu do mundo, ninguém a gravou em disco. (Só no fundo, bem no fundo da memória de Noel, ela se repete num sonido muito vago, muito incolor, muito frágil que o tempo um dia apagará.) Mas a melodia de Debussy está presa na chapa negra... Basta erguer o diafragma e recomeçar.

Noel caminha para a vitrola.

E Debussy reconta em sua língua as histórias da dindinha preta.

12

Teotônio Leitão Leiria dá um chupão mais forte no charuto e solta para o ar uma fumarada espessa. Como é bom o aroma de charuto, tão sugestivo de conforto e prosperidade...

Os ruídos lá da loja (hoje é sábado, dia de grande movimento) chegam abafados até o escritório. O terno de couro (da Rússia, legítimo), um sofá e duas poltronas acham-se a um canto do compartimento e são bojudos e tesos como o seu florido dono, que agora fuma e medita, com uma ideia fixa na cabeça. Tapete fofo no chão. Às vezes Teotônio Leitão Leiria caminha dum lado para outro só para sentir que seus pés afundam, como se ele caminhasse num campo de neve. (Até já pensou na comparação mais de uma vez. A princípio rejeitou-a como absurda. Era preciso que a neve fosse verde como o tapete. Mas enfim, com um pouco de audácia, a imagem não ficava mal.)

As paredes do escritório estão cobertas de telas, paisagens firmadas por pintores nacionais renomados. É uma volúpia ver o cartão da gente cravado no canto duma tela cara, numa exposição de pintura.

A espiral de fumaça sobe e se espraia no teto.

Teotônio Leitão Leiria está inquieto. Consulta o relógio a cada passo, tão nervoso que é com dificuldade que acerta o bolso do colete quando procura meter nele o Ômega de ouro.

Na outra sala as datilógrafas trabalham, as máquinas de escrever tamborilam num ra-ta-tá sincopado de metralhadora.

Teotônio pensa (é estranho, absurdo, um homem de negócios, um *businessman* pensar essas coisas) na última novela que leu. Edgar Wallace. *Os gângsteres de Chicago*, tiroteios de metralhadoras, crimes monstruosos, o diabo...

Por sinal a leitura lhe valeu uma repreensão da Dodó:

— Teotônio, com efeito! Lendo essas coisas, meu filho...

Ele ficara vermelho.

— Ora, Dodó, isto distrai tanto...

Com que ar maternal ela segurara com uma das mãos o livro e com a outra o queixo do seu Teotônio!

— Mas, meu bem, tu compreendes... Se alguém te visse com este livro, que é que ia dizer?

— Eu até nem sei por que peguei essa droga...

E então, com a mão no peito, muito compenetrada, ela abrira a porta da biblioteca e apontara para as prateleiras grandes, cheias de livros encadernados em couro, com títulos dourados nos lombos: *Divina comédia*, *Poemas de s. Francisco de Assis*; e obras sobre sociologia, publicidade, eficiência comercial, romances recomendados pela Igreja... Dodó ficou apontando para as prateleiras como são Miguel Arcanjo com a sua espada de fogo. Ele ficara encalistrado, muito encalistrado mesmo. E então, para provar que estava sinceramente arrependido, jogara para o cesto de papéis velhos a brochura de capa amarela. (Mas no fim de contas, o mocinho morria peneirado pela metralhadora ou acabava ficando com a chinesa?) Dodó caminhara para ele e beijara-lhe a testa, num agradecimento eloquentemente mudo.

Caminhando agora dum lado para outro, Teotônio Leitão Leiria simplesmente não compreende como é que um homem, só por causa do barulho das máquinas de escrever, fica a recordar coisas passadas, tolas, sem a menor importância...

Vai até a janela e olha para baixo. A rua fervilha no vaivém dos transeuntes: um mar encapelado de cabeças multicores. Uma onda quente de sons sobe para as nuvens. O sol já se escondeu por trás dos edifícios mais altos. Seis horas. Teotônio tira do bolso interno do paletó (que coincidência, bem de cima do coração) a carteira, e de dentro da carteira um papelucho amarfanhado com um endereço escrito a lápis. Como um colegial que lê às escondidas o primeiro bilhete da namorada, olha, nervoso, para o papelucho procurando gravar o endereço na memória. *Travessa das Acácias, 143*. Repete baixinho o nome da rua e o número da casa. Depois rasga o papel em pedaços miúdos e joga-os no cesto.

Uma dúvida terrível o assalta. Será uma casa discreta? A Travessa ele conhece, sabe onde fica, já passou até por lá... Mas se aparecerem caras conhecidas às janelas?

Teotônio imagina desculpas.

— Boa tarde, senhor Leitão Leiria, então, aqui pela nossa zona?

Ele fará o seu sorriso mais indiferente e com um gesto vago responderá:

— Flanando um pouco. Estou pensando em comprar uma casa aqui na sua rua...

Teotônio senta-se à mesa, pega da caneta e começa a rabiscar nervosamente no papel. Escreve nomes à toa — *precípuo*, *flósculo* (palavra bonita que ele não conhecia e aprendeu ontem, folheando por acaso o Cândido de Figueiredo) — e ao mesmo tempo fica a refletir.

Bom. A Dodó aparece, vem no Chrysler, diz duas palavras, segue para casa e manda o carro de volta. Ah! Mas ele não vai entrar na Travessa com o Imperial. O carro pode chamar a atenção. Seria o mesmo que ser levado num andor, com trombetas e fanfarras, como o Radamés no segundo ato da *Aida*. Não. Numa esquina, ele disfarça. — *Jacinto, vá dar umas voltas, quero fazer um pouco de exercício. Me espere daqui a três quartos de hora ali na pracinha...* — E entra na Travessa a pé. 143. Será no primeiro andar?

Teotônio se ergue, desinquieto. Pensa em Dodó e na sua cara de anjo bom e sente-se miserável, pecador, indigno. (Não muito, muito...) Mas que é que vai fazer? A culpa não é sua. Enfim, Dodó está com cinquenta anos, não é nenhuma menina... Um homem, mesmo aos cinquenta e dois, está no cerne, é diferente. Deus, na sua infinita sabedoria...

A porta se abre. D. Branca aparece, num relampejar de óculos. Sobressalto.

— Dona Branca, já lhe disse, nunca entre sem bater.

Branquinha baixa os olhos, desconcertada.

— Desculpe. A sua senhora está lá embaixo na loja.

Teotônio faz um gesto de perdão.

— Está bem. Obrigado. Já vou.

Os óculos tornam a fuzilar, e Branca, com o seu triste vestido marrom, desaparece por trás da porta que se fecha.

Deus há de compreender — reflete Leitão Leiria. — Ele

que fez o homem, que o conhece como um bom mecânico conhece o mais íntimo parafuso da máquina que construiu (Teotônio sorri interiormente diante da comparação bonita, nascida espontaneamente) — Deus há de saber que a carne é fraca. Enfim, um homem de negócios, um *businessman*, como dizem os americanos, precisa de distrações, de derivativos. Não é só trabalhar como um burro, que isso não dá certo. E, ademais, quando ele entrar no prédio nº 143 (será o primeiro ou o segundo andar?) há de deixar a alma na porta. Quem vai prevaricar é a carcaça mortal. A alma de Teotônio Leitão Leiria pertence à sua Dodó e a Deus. Para a vida e para a morte.

Pensando em santa Maria Egipcíaca, Teotônio mira-se no espelho do porta-chapéus, conserta o plastrom e sai.

As máquinas ainda metralham. Leitão Leiria olha de viés para as pernas de Fernanda e um pensamento mau (quem é que pode governar os pensamentos?) lhe cruza a mente: *Se essa menina quisesse, eu arranjava um apartamento discreto, uma baratinha Chevrolet...* Mas o Anjo da Guarda particular de Teotônio comparece com a esponja da purificação e apaga-lhe da mente a ideia suja.

Na galeria, Teotônio detém-se e baixa o olhar para o salão grande da loja. Longas, longas prateleiras de vidro, mostradores faiscantes com frascos coloridos — Guerlain, Coty, Myrurgia, Lubin, Caron —, sedas, roupas feitas, gravatas, colarinhos. O pavimento é de ladrilho colorido. Burburinho, mulheres de vestidos de muitas cores, confusão de vozes. Os caixeiros passam apressados dum lado para outro. Um pretinho vestido de *groom* (ideia de d. Dodó) passa sobraçando caixas brancas e compridas. A registradora da caixa tilinta, a gaveta salta. Chegam até os ouvidos de Teotônio farrapos de diálogos:

— ... não temos mais...

— ... muito caro...

— ... bondade de examinar...

— ... vinte mil-réis...

— ... seda para...

— ... estrangeiro legítimo...

— ... que lindo!

Teotônio esfrega as mãos, chupa forte o charuto. Onde estará a Dodó? Seus olhos procuram no meio do formigamento. Lá embaixo uma mão enluvada se ergue para ele. Ah! Dodó! Teotônio desce, rapidamente, as escadas.

— Minha querida.

Beija-lhe a testa.

— O meu filho está muito cansadinho?...

Teotônio suspira. Um inferno! Faturas, agentes de publicidade cacetes, comissões, consultas, conselhos, pedidos. E o seu jeito é de quem quer dar a entender: "Quem tem importância na vida está sujeito a todos esses incômodos".

— Pobrezinho...

As bolsinhas de carne sob os olhos de d. Dodó tremem, de pura pena.

— E se nós fôssemos para casa agora?

Teotônio recusa veementemente, diz que não com a cabeça, com os olhos, com as mãos. E de súbito percebe que foi enfático demais na recusa:

— Não é por nada, Dodó. Acontece apenas que eu não gosto de quebrar o horário. Tu sabes como eu sou nesses assuntos. O meu método é americano, ali no rigor.

— Está bem — concorda ela, orgulhosa do marido. Aqui está um homem. Não é como muitos. Este tem fibra e há de vencer, se Deus e santa Teresinha quiserem. — Depois então eu te mando o automóvel.

— Sim, meu bem.

— Não te esqueças da nossa festa hoje no Metrópole.

— Que festa?

D. Dodó fica desolada. Será possível que ele não se lembre?

— A festa das Damas Piedosas, filho.

— Ah! É verdade. Que cabeça, a minha!

— Então às sete sem falta em casa, hein?

— Inadiavelmente.

Beijam-se. Dodó se some no meio dos fregueses. A registradora tilinta. Teotônio olha: 250$000. Um pequeno choque.

Quem teria feito uma compra tão grande? Seus olhos dão com uma figura conhecida: o cel. Zé Maria Pedrosa. Teotônio aproxima-se dele:

— Oooooh! Bons olhos o vejam, coronel!

O coronel sorri, estendendo a mão; as maçãs do rosto tostado saltam, os olhinhos mongólicos se entrecerram.

— Como le vai?

— Então, fazendo compras?

— É verdade.

— Como está a família?

— Tudo bem, graças a Deus.

— Naturalmente vão à festa hoje...

O sorriso de Teotônio é de quem não admite uma negativa. Não, por força que o coronel tem de ir à festa. Como é que uma família tão representativa pode faltar a uma festa de caridade? Teotônio pensa em Dodó, que confia no resultado financeiro de seu chá de caridade.

Zé Maria coça o queixo, faz uma careta:

— Pois é... A velha não vai, não gosta de festa. Mas a menina está acesa. Não fala noutra coisa...

— A mocidade, coronel! O nosso tempo é que já passou.

— É verdade... Semos carta fora do baralho...

O "semos" não agrada muito a Teotônio, que esperava elogio, ou pelo menos a exclusão da sua pessoa do número dos velhos. Mas, cortês, acrescenta:

— O senhor ainda está conservadão. Quantos?

— Cinquenta e cinco na cacunda... Raça de caboclo.

Um silêncio. Zé Maria passeia o olhar em torno. Teotônio procura assunto, mas só atina com murmurar:

— Sim senhor.

E o coronel:

— Senhor sim.

E, depois de uma pausa, olhando o relógio (só por hábito, porque nem fica sabendo que horas são) diz:

— Bueno, vou andando...

— Muito bem. Havemos de nos encontrar hoje à noite...

— Não tem dúvida.

Apertam-se as mãos. O coronel sai no seu andar pesado e tardo de paquiderme.

Seguindo-o com os olhos, Teotônio tem a certeza, como nunca, da sua imensa superioridade, da sua condição privilegiada de homem de espírito e talento.

Encolhido e apreensivo, Teotônio Leitão Leiria entra na Travessa das Acácias. Sua mente é uma tela de cinema em que três imagens — a de Dodó, a de monsenhor Gross e a da menina de olhos verdes — se sucedem em *close-ups* assustadores. Tumulto de sentimentos. Impressão de culpa e pecado, perspectiva de gozo, alvoroço, temor, remorso antecipado... Teotônio caminha, rente à parede. Felizmente os combustores ainda não se acenderam. Dentro do crepúsculo cinzento que caiu sobre a rua suburbana, as árvores oferecem ainda uma sombra mais funda e protetora. Teotônio olha os números das casas, sem parar. As faces lhe ardem. Tem vontade de levantar a gola do casaco, como um criminoso que não quer ser reconhecido. Mas não: isso seria chamar mais a atenção das pessoas... Há gente às janelas. Teotônio prossegue teso, sem olhar para os lados.

Dodó, Dodó, Dodó, como eu me sinto sujo, Dodó, como sou porco! Monsenhor Gross, haverá perdão para o meu pecado?

Mas no cineminha do cérebro a figura da pequena de olhos verdes apaga as outras duas imagens. Teotônio imagina o quarto. Deve ser como todos: uma cama de casal, janela dando para o pátio, lavatório de ferro com sabonete barato. A um canto a menina se despe em silêncio, ergue o vestido, a saia sobe, as coxas aparecem, brancas, macias... Mas a imagem de Dodó vai se definindo sobre a tela como um espectro, ficando mais forte, mais nítida, e lá está ela agora tirando o vestido, mostrando as coxas gordas e flácidas, as coxas enormes que tremem como gelatina, levemente cinzentas... um cinzento de decomposição e velhice.

95

Dodó! Dodó! Tu não me compreendes, um *businessman* precisa de derivativos. Tu me perdoarás, Cristo perdoou, e Madalena era mais pecadora que eu porque, enfim, ela era mulher. 75. Santo Deus, quando é que chega o 143? Terei errado a rua? Dodó! Esta é a última, te juro, meu anjo!

Na frente dum muro longo — PROVEM OS BISCOITOS AIMORÉ — brinca um grupo de crianças, gritando e cantando. Teotônio passa pelo meio do bando, ergue a mão para acariciar a cabeça dum dos pequenos. Mas não, Teotônio, não! A tua alma ficou ali na esquina, na entrada da rua. Quem caminha aqui é a matéria, a carne vil que tem necessidades sujas. Não macules a cabecinha inocente! Pensa essas coisas, mas sem nenhuma convicção. Seu espírito continua dolorosamente dividido.

Teotônio procura torturar-se chamando-se de nomes feios. Adúltero, horizontal (recordações das leituras de Rui Barbosa), prevaricador, iníquo, alma inquinada (Euclides da Cunha), *ofelhinha tresmalhata* (monsenhor Gross)... E julga-se menos culpado e menos miserável por se julgar assim miserável e culpado.

Um automóvel passa. As duas portas dum armazém de molhados projetam na calçada longas faixas de luz. Lá dentro, atrás dum balcão, um sujeito de cara vermelha e lustrosa faz embrulhos. Sentado sobre um barril, um preto malvestido empina um copo de cachaça. Uma menina magra de pés descalços sai do armazém, carregada de pacotes.

Leitão Leiria pensa num artigo: "Menores desamparados". Monsenhor Gross vai gostar. A incursão à Travessa das Acácias não ficará perdida. Deus escreve direito por linhas tortas. Ele vai chamar a atenção do juiz de menores para fatos abusivos, *quais sejam* (Teotônio compõe mentalmente o artigo) *o de pobres rapariguitas raquíticas e cloróticas que, sem instrução nem higiene, são empregadas por pais inconscientes no serviço diuturno da rua com o perigo de se prostituírem...*

Mas a palavra "prostituírem" invoca magicamente a imagem da menina de olhos verdes. Outra vez as coxas macias. Um gozo raro, morno e proibido. Apertar um corpo moço, penetrar um corpo moço. Cheiros diferentes, voz diferente, cara diferente, tudo diferente...

Teotônio olha para as portas: 139... Caminha mais alguns passos: 143. É aqui. Ergue os olhos. Uma casa de dois andares. Duas janelas iluminadas. Teotônio hesita, imóvel.

Parece que a vida em torno parou. Em todo o universo agora só uma coisa pulsa e vive: seu coração que bate como um louco — medo mesclado com contentamento, dúvida e alvoroço...

Num relâmpago duas imagens visitam-lhe a mente: Dodó e monsenhor Gross. Mas se apagam logo. E Teotônio resolve fazer frente à fatalidade. Entra, sobe a escada, que é velha e range. Junto da primeira porta, bate. Abrem. Uma mulher magra e alta surge, olhos interrogadores, ar de quem não conhece e está surpreendida. Teotônio sente o sangue subir-lhe ao rosto.

— A viúva Mendonça?

De quem é, donde saiu essa voz fraca, desbotada que mais parece um cochicho? Teotônio Leitão Leiria não reconhece a voz do orador que encheu o Theatro S. Pedro naquela noite cívica. Oh! Essa comoção...

— O senhor bate na outra porta...

— Perdão, minha senhora...

A cara da mulher continua impassível. Teotônio volta-se, todo perturbado, sentindo aqueles olhos pálidos e assustados ainda cravados nele.

Olha em torno: lá está a outra porta. Mais cinco passos. Bate. A porta se abre. Aparece uma velha baixa e roliça, de cabelos grisalhos, xale xadrez às costas, cara risonha. Está de luto. As dúvidas de Teotônio se dissipam. Deve ser a viúva.

— Às suas ordens, cavalheiro...

É uma voz áspera como se a criatura tivesse areão na garganta, mas uma voz que se esforça por se fazer doce. Os olhinhos miúdos brilham.

— É a viúva Mendonça?

— Sou, sim senhor.

— Pois o senhor Tito...

O sorriso da velha gorda se alarga.

— Ah! O senhor! Ele me falou... Venha por aqui, doutor...

Caminha, remexendo num molho de chaves que traz à cintura. Leitão Leiria a segue, de chapéu na mão, sob o peso de uma terrível sensação de ridículo. A mulherzinha vai falando:

— Pois a gente fica satisfeita, não é? Quando gentes direitas querem-me dar a honra...

Teotônio aguarda em silêncio. O corredor está escuro. Lá no fundo, uma janelinha.

— Não repare. O bico de luz queimou. Amanhã vou botar outro, não é?

A velha para diante duma porta e começa a procurar a fechadura, às apalpadelas.

— O senhor não terá um fósforo? Não enxergo.

Teotônio tira o isqueiro do bolso, levanta-lhe a tampa, tenta, mas em vão, acendê-lo. Nova tentativa: outro fracasso. A velha escarafuncha na porta. Por fim, Teotônio consegue provocar a chama, que fica a brilhar-lhe na mão trêmula. A viúva introduz a chave na fechadura.

— Pronto!

Teotônio sente que as orelhas estão em fogo.

— Entre, não é?

Leitão Leiria entra. A viúva acende a lâmpada elétrica. Mas ele preferia mil vezes que a escuridão continuasse para esconder o seu rubor e a sua confusão. Dodó! Dodó! Como eu sou indecente! Como sou ridículo!

Esfregando as mãos, a mulherzinha sorri.

— Ela ainda não veio, doutor, mas não demora, não é? O Tito marcou às seis e meia. Falta cinco. Pode ficar à vontade. A casa é sua.

Teotônio olha em torno. Quarto pequeno, de paredes caiadas com um único quadro: uma mulher nua a dormir na praia, os seios bicudos voltados para as nuvens. Uma cama esmaltada de branco, cobertas brancas, uma janela fechada, um lavatório de ferro, duas cadeiras, uma mesa com revistas velhas.

Teotônio está aniquilado. Tenta recompor-se, assumir ares patronais, mas aquela velha ali, senhora do seu segredo e da sua fraqueza, o desarma por completo.

— Muitas pessoas da primeira sociedade — a voz de areão continua — procuram a minha casa, sabem que é quieta, não tem perigo...

A velha diz nomes de fregueses ilustres. Parece um herói a discriminar suas condecorações. Teotônio senta-se teso na beira da cama, a qual lhe sugere imagens animadoras. Agora a premonição do gozo começa a dominar o sentimento do medo e da culpa. A viúva Mendonça continua a falar. Doutores, comerciantes, senhores da *melhor* — todos *procuram* esta casa... Teotônio torna a pensar em Dodó e de novo sente medo. Ergue-se (agora já é de novo o *businessman* que se concedeu um feriado inocente) e diz, circunspecto:

— Conto com a sua discrição...

A mulher o interrompe.

— Já lhe disse que não tenha medo, doutor...

— Porque a senhora compreende... eu...

— Não se amofine, doutor, aqui nunca acontece nada.

— Um homem da minha responsabilidade, da minha importância social...

— Já lhe disse. Pode sossegar o pito.

— Seria um desastre... eu nem sei... um...

Teotônio põe-se a andar dum lado para outro, impaciente, num tumulto de sentimentos desencontrados. A imagem de Dodó lhe vem à mente, mas ele a exorciza, porque esse lugar "é por demais infecto". Só o pensar naquele anjo aqui dentro é uma profanação.

Rumor de passos no corredor. A viúva se cala. Teotônio escuta... A porta se abre devagarinho. E a voz áspera:

— Eu não lhe disse que ela era boazinha?

É ela — pensa Teotônio. E uma sensação nova, formigante e dominadora, toma conta dele. Não ouve as palavras que a viúva lhe diz, nem a vê sair e fechar a porta. Agora só tem olhos e pensamentos para a rapariga vestida de vermelho que está diante dele. Ela diz um boa-noite indiferente, tira o chapéu e o depõe com a bolsa em cima da mesa.

Teotônio não sabe como começar, não acha que dizer. Ela folheia uma revista com ar distraído.

— Como é o teu nome?

— Cacilda.

Teotônio sorri.

— Bonito nome.

Cacilda agora está voltada para ele, esperando. Teotônio começa a sentir-se mais à vontade.

— Então, não dá um beijinho pro seu amigo?

Ela sorri, aproxima-se e oferece o rosto. Teotônio agarra-lhe desajeitadamente a cabeça e chupa-lhe os lábios. Gosto de pó de arroz, úmido e morno. O contato desses seios, dessas coxas dão a Teotônio a impressão de que ele está no ar, como um balão...

— Vamos depressinha, meu bem. Está anoitecendo e não tenho tempo a perder. Vá tirando a roupinha.

Sua voz está levemente trêmula. A rapariga começa a despir-se. Teotônio volta-se para a parede, tira o casaco, depois senta-se na cama e tira as botinas. De quando em quando lança um olhar cúpido para Cacilda.

A moça puxa a saia para a cabeça. Tudo isso lhe é absolutamente indiferente. É o segundo homem a quem se entrega hoje. À noite terá outros, como sempre.

— Eu tenho uma sobrinha chamada Cacilda...

Teotônio diz isso porque sente que o silêncio começa a deixá-lo gelado.

Cacilda sorri. Ele lhe contempla as pernas esbeltas. Dobra as calças com todo o cuidado e vai colocá-las sobre a guarda da cadeira. Um pensamento horrendo o assalta. E se da janela pulasse um homem com uma Kodak e o fotografasse nessa atitude? Oh! Teotônio tem a impressão de que seu coração para por uma fração de segundos.

Quando se volta, Cacilda está já estendida na cama. Trêmulo e confuso, Leitão Leiria aproxima-se na ponta dos pés,

100

como quem caminha no quarto dum doente, e deita-se ao lado dela.

O calor do corpo moço, as carnes rijas, o cheiro de vida... Como podem dizer que isso é pecado?

Ao ver interpor-se entre os seus olhos e o teto a cara congestionada e lustrosa de Leitão Leiria, Cacilda pensa no rapagão moreno e bonito que ela teve a seu lado a noite passada, no 10º andar do Edifício Colombo.

13

O jantar na casa de João Benévolo é fúnebre.

O relógio bate as horas — uma, duas, três, sete badaladas fanhosas, tristes, longas — e quando a sétima batida fica ecoando na varanda silenciosa e mal alumiada, Laurentina começa a chorar.

— Não faça assim, Tina, por que é que está chorando? — João Benévolo põe ternura na voz. Aquele choro lhe dói. É uma acusação, uma queixa.

— Ora, eu sou assim... — responde ela.

E fica de olhos inchados e úmidos a olhar para o relógio velho. Quando ele bate, lento, e o som de sino fica dançando no ar como um choro, como a voz duma pessoa que está se queixando, Tina pensa na vida, na morte, no passado e acaba chorando, chorando desatadamente.

Tudo aqui é triste — pensa ela —, a luz do lampião (cortaram a elétrica por falta de pagamento), o soalho velho e sujo, as paredes desbotadas, os móveis encardidos, a cara do Janjoca, tudo é triste e dá vontade de chorar.

João Benévolo pensa no dia perdido. O seu amigo "doutor", muito delicado, repetiu as promessas de sempre: o senhor espere, tenha paciência que eu lhe arranjo um emprego — e foi estendendo a mão como quem diz: dê o fora!

Na rua, as crianças da vizinhança gritam e correm. Dum gramofone fanhoso sai uma voz a cantar uma modinha sentimental.

101

Sentados, um de cada lado da mesa, marido e mulher se entreolham.

— Se o Poleãozinho não sara — balbucia ela —, temos de chamar um doutor.

João Benévolo diz sim com a cabeça e leva à boca uma colherada de sopa. Faz uma careta involuntária: água morna sem gosto, sem tempero. Olha com olho triste para os pratos sobre a toalha grosseira: arroz pastoso, feijão aguado e carne magra.

Silêncio.

— Tomara que o veranico de maio dure — conversa João Benévolo. — Quando vier o frio, vou me ver mal...

— Para uns tanto, para outros nada.

Os olhos de Laurentina se voltam para o alto. O marido compreende. Lá em cima mora o prof. Clarimundo. Sozinho, econômico, não gasta, não precisa gastar. E ganha bem. Ao passo que ele...

O gramofone para. No meio do silêncio vem de longe, de outras ruas, o ruído dos bondes. De quando em quando guincha uma buzina de automóvel. Na brisa da noite nova, vem um cheiro de folhas secas queimadas.

— Hoje apareceu um senhor aqui na porta — conta Laurentina. — Bem-vestido, todo cheiroso, flor no peito...

— Flor no peito me lembra o Leitão Leiria...

— Aquele ordinário...

Os olhos de Tina brilham por um instante. Raiva surda, uma raiva angustiosa porque não conhece a imagem do homem odiado. Se acaso ela conhecesse Leitão Leiria, haveria de odiá--lo mais?

— Mas que era que esse senhor queria?

— Ora...

Tina faz uma cara de nojo, acentuam-se as duas rugas que lhe fecham a boca num parêntese de aborrecimento e cansaço.

— Um freguês da viúva?

— Acho... Perguntou por ela. Estava todo atrapalhado.

João Benévolo faz um gesto de contrariedade.

102

— Isso é uma indecência, Tina. Felizmente não temos filha. Se a polícia soubesse...

— Por que não nos mudamos? — zomba a mulher.

Mudarem-se... eles? Havia de ter graça. Para onde levar os tarecos? Pelo menos por ora, enquanto ele não arranja emprego, não podem sair daqui. Paciência.

— Se o professor soubesse, acho que ele ia embora — comenta João Benévolo.

Tina sacode a cabeça. Qual! O professor vive no mundo da lua.

O gramofone recomeça. Um tango argentino que fez furor em 1920. Do quarto contíguo vem uma vozinha fina:

— Mamãe!

Tina se ergue. João Benévolo afasta o prato, levanta-se e vai buscar o chapéu.

— Vou sair.

— Aonde vais?

— Por aí...

Laurentina encolhe os ombros. Agora nada mais importa. Tudo está bem. Se ele der para beber, para andar com mulheres, para frequentar pensões de gente à toa, que é que ela vai fazer? Nada mais tem importância.

— Não voltes tarde que fico com medo.

É o mais que pede. João Benévolo sacode a cabeça afirmativamente e sai.

No corredor escuro dá com um vulto de contorno familiar.

— Boa noite.

A voz asmática do Ponciano. João Benévolo sente o mal--estar de sempre, um calafrio desagradável: como se houvesse passado a mão pelo dorso duma cobra.

Ponciano... Uma criatura que lhe causa náusea.

— Vais sair?

— Pois é.

Silêncio. Na sombra a figura odiosa se define. Ali estão os olhinhos frios, o rosto furado de bexigas, o nariz achatado de boxeador, o dente de ouro brilhante. João Benévolo pigarreia.

— Bom...

A voz asmática:

— A Tina está?

— Está. O Napoleão anda meio encrencado da barriga...

— Bueno, até já.

— Até já.

João Benévolo desce a escada. No último degrau, para. Não, é um desaforo! Essas visitas insistentes, essa intimidade... Como se fosse um parente, uma pessoa do mesmo sangue. Não. É preciso acabar. A casa já é suspeita. Tina, no fim de contas, é mulher, não das mais bonitas, mas ainda serve. Podem falar. Depois, o desaforo maior é a importunação. O dono da casa sai e o outro homem fica conversando com sua mulher. É direito? Claro que não.

João Benévolo começa a caminhar, ruminando a velha raiva. Aquilo já dura uma boa dúzia de meses. Quase todas as noites, a visita indesejável. Ponciano fica num canto, os olhinhos com um brilho de gelo, a respiração difícil. Tina costura e ele, João Benévolo, lê. O relógio bate horas, oito, nove, dez... O tempo passa. O olho de Ponciano sempre chocando Laurentina... João Benévolo olhando para os dois com o rabo dos olhos, com uma raiva impotente a ferver-lhe no peito. Vontade de gritar. "Isto também é demais, seu Ponciano, que é que o senhor quer? Explique-se ou ponha-se na rua!" Mas Ponciano é um homem de físico forte e tem dinheiro. Ninguém está livre dum aperto. Sempre é bom ter um amigo a quem recorrer. *Amigo*. Toda essa vergonha por causa da miséria, da falta de emprego...

João Benévolo dobra a primeira esquina e sobe rumo da parte alta da cidade. A fila de combustores se estende como um colar de luas. Lá no alto, o Edifício Imperial se recorta contra o céu da noite: em cima dele o grande letreiro luminoso brilha — num apaga e acende vermelho e azul — diz: FIQUE RICO. LOTERIA FEDERAL.

João Benévolo caminha e vai aos poucos esquecendo Ponciano, a mulher, o seu drama. O letreiro colorido evocou-lhe um conto das *Mil e uma noites*. Agora ele caminha por uma rua de Bagdá. O perfil das mesquitas se desenha contra o céu oriental. Ele é Aladim, que achou a lâmpada maravilhosa. Sim. Fique rico. Basta esfregar a lâmpada, o gênio aparece. Eu quero um palácio, eu quero um reino, eu quero muito ouro, escravos e odaliscas.

João Benévolo agora é feliz. E como não tem outro meio para exprimir o seu contentamento, põe-se a assobiar com bravura o *Carnaval de Veneza*.

14

Fernanda traz para a sala de jantar a bandeja com a cafeteira, os sanduíches de pão e carne fria e o prato de mingau para a mãe.

Pedrinho está desinquieto.

— Apura com isso, mana, estou com uma fome do tamanho dum bonde.

Fernanda sorri por trás da fumaça que sai do bule:

— Já vai, rapaizinho!

Dizer *rapazinho* não tem graça. *Rapaizinho* é mais terno, mais familiar, mais de acordo com a gramática sentimental da casa.

D. Eudóxia suspira.

— Cuidado, Fernanda, esse bule cai e te queima toda...

Fernanda arruma os pratos e depois despeja café em duas xícaras. Senta-se também à mesa e o jantar começa. Pedrinho conta histórias da loja, de boca cheia, animado:

— Hoje chegou lá um cara gozado que queria comprar Elixir de Nogueira. Isto aqui não é farmácia, digo. O homem ficou com cara de besta... Mas que sanduíche gostoso, mana! Então, moço, me ensine onde é que fica uma farmácia. — Pedrinho solta uma risada engasgada. — Mandei ele na Casa Sloper. Que cara gozado! Me passa o açúcar!

Fernanda empurra o açucareiro na direção do rapaz.

105

— E a senhora não come o seu mingau, mãe?

— Não estou me sentindo bem. Acho que piorei da asma.

— Já tomou o remédio?

— Pra quê? É melhor que eu morra.

— Vamos, que história é essa? Coma logo esse mingau e deixe de fitinha.

Fernanda toma da colher e leva um bocado de mingau à boca da mãe. Mas d. Eudóxia aperta os lábios, desvia o rosto, com a obstinação duma criança mimada.

— Pois está bem! — exclama Fernanda, fingindo zanga. — Não coma, não me interessa, pode morrer.

Diz isso e começa a tomar o seu café. Só ela sabe o quanto lhe custa portar-se assim, a abafar a cada instante seus ímpetos de ternura. Se em vez de reagir com energia contra o pessimismo da mãe e a vadiagem do irmão ela se condoesse de ambos, enchendo-os de mimos — tudo naquela casa iria águas abaixo.

— Então, Pedrinho, como vai o curso?

— Ah!

Pedrinho faz uma careta como se lhe tivessem falado em óleo de rícino.

— Que troço pau é a tal de matemática. Cruzes! Sai um pó.

— Mas é preciso, rapazinho, no fim vais acabar gostando.

D. Eudóxia intervém:

— Eu já disse que o Pedrinho vai ser como o pai. Não quer aprender nada, não quer ser homem de bem. Um dia me trazem ele pra casa com uma bala no peito, como o Fidêncio...

Fernanda volta bruscamente para a mãe uma enérgica máscara de repreensão:

— Mamãe! Não diga mais isso! A senhora bem sabe que papai não era assim.

— Está bem, não falo, não tenho direito de falar, não posso dizer nada, não sou ninguém nesta casa...

— Então, Pedrinho, qual é a matéria que gostas mais?

— Ah! Eu é a história. Depois o professor, o seu Dias, é um bamba. Aquele cabra da matemática... — e Pedrinho aponta com o dedo para a janela do professor, lá no outro lado da rua — aquele cara é chato...

— Não diga assim. O professor Clarimundo é um homem decente e muito instruído.

Pedrinho toma um gole de café, pega outro sanduíche.

— Não digo que não seja decente. Mas é chato. Fala pra dentro. Ninguém entende ele. Às vezes se distrai. Anteontem apareceu sem gravata. Depois se esqueceu da lição e começou a falar em astronomia, num tal Nistai.

— Einstein — corrige Fernanda.

— Sei lá... Bota mais café aqui que é melhor.

Fernanda despeja mais café na xícara do irmão. D. Eudóxia começa a comer com certa relutância, devagarinho, com o ar de quem diz: "Não adianta... Ninguém faz caso de mim. Estou morrendo e ninguém se importa...".

Batem à porta.

— Entre!

Entra um menino. Terá quando muito sete anos, é magro, amarelo e está descalço e sujo. Fica perto da porta parado, olhando.

— Que é que queres, Bidinho? — pergunta Fernanda.

— A mamãe mandou dizê se a senhora não tem uma vela pr'emprestá pr'ela.

Monótona e lisa, a voz é um fio fino.

— Espere um pouquinho.

Fernanda vai até seu quarto e volta de lá com uma vela.

— Tome. Como vai o papai?

— Melhor.

— Bom. Vá direitinho.

Bidinho se vai. D. Eudóxia suspira. Os olhos de Fernanda por um momento ficam velados de tristeza.

— Credo! — diz Pedrinho. — Quase nem conheci o filho do seu Maximiliano!

As palavras caem no silêncio.

D. Eudóxia faz a sua profecia de morte:

— Qualquer dia fica órfão de pai, o coitadinho. Seu Maximiliano não dura uma semana...

— Que agouro, mãe!

— Eu sei, meu filho, sua mãe sabe, já viveu muito, já viu muito velório.

Um pensamento desagradável passa pela cabeça de Fernanda. Com que *prazer* sua mãe assiste aos velórios! Como gosta de ver defuntos, falar em morte, imaginar desastres...

— Bem! Não se fala mais em morte e doença hoje! Então, Pedrinho, gostas de Francês?

O rapaz empurra a xícara vazia, com uma careta de aborrecimento.

— Ora, mana. Não vamos falar em estudos, sim?

Ela sorri.

O gramofone da vizinhança toca uma música alegre. Fernanda pensa em Noel.

15

Teotônio Leitão Leiria entra em casa e encontra a filha no *hall*. Vera está sentada numa poltrona, a ler uma brochura. As luzes do lustre estão apagadas. Junto da poltrona uma lâmpada de quebra-luz verde (para sintonizar com o verde das paredes e do gobelim) cria uma área luminosa dentro da qual se desenha a cabeça de Vera: cabelo *à la homme*, boca grande, olhos graúdos, um nariz levemente arrebitado. Teotônio contempla a filha com afeição. Aqui tudo é diferente. Respira-se um ambiente familiar, puro e insuspeito. A madeira dos móveis, os tapetes, os gobelins despedem um cheiro característico, cheiro de lar confortável, cheiro doméstico, cheiro tranquilizador. Teotônio pendura o chapéu no cabide e entra. Vera ergue os olhos:

— Olá! — Tem uma voz de contralto. — Vieste tarde, mamãe está aflita.

— Aquele maldito escritório...

Vera sorri e torna a baixar os olhos para o livro.

No *living room* Teotônio encontra a mulher.

— Meu filho, eu já estava em alas!

Dodó precipita-se para o marido e beija-lhe a testa. Examina-o atentamente, com a cabeça inclinada para um lado. Coitadinho! Muito trabalho? Oh! Precisas mudar de vida, cuidar desse coraçãozinho!

Teotônio Leiria sorri com melancolia e se despreza mais uma vez. Como é que um homem casado com uma criatura como esta, meiga e santa, tem a coragem de frequentar casas de tolerância? Como é, seu Teotônio?

O *living room* está fartamente iluminado: móveis polidos, almofadas fofas, espelhos, cristais, vasos com flores. Oh! É preciso este deslumbramento, esta paz doméstica para apagar a impressão daquela rua pobre, daquele quarto sórdido. Mas nos olhos de Leitão Leiria brilha, muito tênue, a saudade do corpo de Cacilda. Enfim ninguém é piloto de seus pensamentos. Ai! As contingências humanas...

— Dodó, minha querida, eu quero um banho.

Sim, um banho. Com o banho desaparecerá o último vestígio do pecado. A alma permaneceu pura, não participou do ato iníquo. Agora é preciso limpar o corpo.

— Mas, meu filho, anda ligeirinho, sim? O jantar está pronto...

— Não demoro.

— Temos de andar depressa porque às oito preciso estar no Metrópole, tu compreendes, tudo está nas minhas mãos, se eu não dirijo, não sai nada certo...

Teotônio compreende. Fiscalizar as tendas, ver se não falta nada, telefonar para o diretor da orquestra, pedindo que os músicos apareçam na hora, dar instruções aos garçons...

— Ah, Dodó! Se não fosse você...

Teotônio rompe a elogiar a esposa. É uma maneira de se redimir um pouco do pecado que cometeu.

— Se houvesse duas Dodós nas Damas Piedosas, teríamos mais hospitais e asilos...

— Não diga isso, meu filho...

Dodó sorri com modéstia.

Teotônio olha para o espelho redondo que está por trás dela, na parede: o busto gordo, a cabeça grisalha, o cachaço nédio se refletem na superfície polida: os brincos de brilhantes soltam faíscas iridescentes.

Silêncio. Marido e mulher se contemplam. Teotônio agora está reintegrado na velha personalidade: tem diante de si a sua Dodó de todos os dias, segura da sua fidelidade, amiga, bondosa e sempre preocupada com os seus pobrezinhos. Dodó contempla o seu Tônio, que é escravo da família e do trabalho, e que agora quer um banhozinho para tirar o cansaço.

— Bem, meu filho, vai tomar o teu banho...

— Até já.

— Deus te acompanhe.

Vera se ergue e vai para o quarto.

Sem acender a luz, estende-se na cama, apertando as coxas e o peito contra a coberta de seda. Pela janela entra um vento morno, trazendo os ruídos da rua.

Vera se revolve... como é boa a moleza das cobertas. Parece carne, dá um adormecimento no corpo, um arrepio estranho...

Uma sombra azul inunda o quarto. O penteador se ergue a um canto, com o seu espelho oblongo. O tapete tem arabescos caprichosos.

Vera antevê sua noite. A festa no Metrópole vai ser insípida como todas as outras. O dr. Armênio, com seus óculos de aro de tartaruga, dentes muito brancos, carão moreno e lustroso, sorriso de anjo, virá com a sua velha chapa: "A senhorinha Vera parece uma silhueta da *Vogue*. Lembro-me de que uma vez no Bois de Boulogne...". (O dr. Albuquerque foi uma vez à Europa.) O *jazz* tocará os foxes dos últimos filmes e tangos argentinos da idade da pedra lascada. As mesmas caras: num canto a d. Palmira Melo, de vestido preto, falando com d. Anunciata Bellini em cochichos, por trás do leque. As Mendes, as Assunção, a Ritinha Barbosa, com o seu eterno vestido cor de champanha... E aquela turma cretina do Macedo.

110

"Nunca amou, senhorita Vera?" — De novo a voz do dr. Albuquerque, pegajosa e doce. "No seu coraçãozinho de Miss Século XX não haverá lugar para um sentimento de..."

Vera se ergue de súbito, como para apagar a visão aborrecível. Positivamente: vai ser um enjoo... Melhor não ir, ficar em casa ou meter-se num cinema.

Batem à porta.

— Quem é?

— Sou eu, minha filha. Posso entrar?

— Pode.

D. Dodó entra.

— Verinha...

— Que é?

Vera volta o rosto para a mãe. Ela está ali de pé, muito ofegante, mão direita espalmada sobre o peito. Traz na esquerda um livro.

— Quer me fazer um favor?

— Conforme...

Deitada de costas, mãos entrelaçadas atrás da cabeça, Vera tem os olhos voltados para o teto.

— Diga se quer...

— Conforme, eu já disse.

A voz de d. Dodó é trêmula, suave, relutante.

— Quer atender um pedido de sua mãezinha?

— Ai-ai-ai...

— Minha filha, você sabe que eu só desejo o seu bem...

Vera continua calada.

— Há coisas que são impróprias para toda a gente, principalmente para uma moça solteira de vinte e quatro anos...

— Já sei, é o livro... Impróprio para menores... Pois é, agora eu vou ler as histórias da Carochinha...

Uma ruga de contrariedade vinca a testa de d. Dodó.

— Minha filha, não leia mais isto...

E ergueu o livro no ar, na ponta dos dedos, como se estivesse segurando uma proveta onde se agitasse uma colônia de micróbios.

Reconhecendo o volume que esteve a ler há pouco no *hall*, Vera sorri.

A questão sexual, de Forel.

16

A aula está inquieta, num zum-zum de colmeia assanhada. O ar fresco da noite entra pelas janelas. As carteiras rangem. Numa das extremidades da sala, um rapaz cochila com a cabeça encostada à parede. Bem na frente, na primeira fila de bancos, as posturas são as mais diversas. Um moço de óculos e buço cerrado escuta atento, de boca aberta. Um sargento do Exército limpa as unhas com o canivete. Uma rapariga de boina azul boceja olhando para a estrelinha que brilha longe, no recorte do céu que a janela enquadra. Um homem de cabelos grisalhos escuta, de sobrancelhas alçadas, com uma atenção forçada e o ar vagamente imbecil de quem não compreende. De vários pontos brotam cochichos, resmungos, estalidos, cicios, bocejos abafados. A luz que escorre das lâmpadas nuas é amarela e cansada.

O prof. Clarimundo disserta...

Sentado à mesa, em cima do estrado, as mãos enlaçadas entre as coxas, o busto curvado, o livro aberto sob os olhos, ele enumera as vantagens do estudo do latim.

— Pode-se saber português sem saber latim?

Ele mesmo dá a resposta. Não. Sacode a cabeça: a franja eriçada se agita: os óculos reluzem.

— Pode-se estudar gramática histórica sem um bom conhecimento da língua latina?

Também não. Novo aceno de franja, novo fuzilar de óculos.

Um aluno abre a boca num bocejo sonoro. O professor estica o pescoço, procurando o mal-educado.

— Quem foi que bocejou? — pergunta.

Movimento de cabeças. As abelhas se assanham: os zumbidos da colmeia crescem em ondas. Por fim, o silêncio.

— Não gosto nada disso!

Clarimundo diz essas palavras sem convicção. O protesto fica lançado. É preciso manter a moral. Mas o que importa agora é o latim.

— Dizem os maus estudantes que latim é língua difícil... — Clarimundo pronuncia caprichosamente o *s* do plural. — Mas os senhores vão ver que no fim de contas a matéria é duma facilidade absoluta. — Clarimundo fala pausadamente, destacando as sílabas. — Conheço muito (Clarimundo faz questão de dizer *muito* e não *muinto*) latinista de fama que não observa a *quantidade*...

Segura as bordas da mesa, empertiga o corpo.

— Ora, a quantidade deve ser observada. — Ergue a mão direita, com a ponta do indicador a tocar a ponta do polegar, formando um círculo. — A quantidade de uma vogal ou de uma sílaba é o tempo ocupado na sua pronúncia. — E marca a cadência das palavras que pronuncia com um oscilar da mão. — Conhecem-se dois graus... (reparem os senhores que eu não digo absolutamente *conhece-se*, mas sim *conhecem-se*, porque o sujeito *graus* é plural e portanto leva o verbo para o plural). Mas, como eu ia dizendo, conhecem-se dois graus de quantidade. A quantidade *longa* e a quantidade *breve*. Pois ora muito bem!

Esfrega as mãos. O sargento suspira. O aluno que cochilava acorda de repente e fica olhando em torno com os olhos piscos e o ar estúpido.

— Nas sílabas a quantidade é medida do princípio da vogal ou do ditongo para o fim da sílaba...

Ergue-se e caminha até o quadro-negro.

— Pois ora muito bem!

Pega do giz e risca as palavras *via* e *nihil*.

— Atenção, senhores. Uma vo-gal di-an-te de ou-tra vogal ou de um h é bre-ve. Não esqueçam! — E repete as palavras que escreveu. — *Via... nihil*. Olhem que isto é muito importante, senhores! Poucos compreendem a importância da quantidade. A quantidade é uma das coisas mais sutis da língua latina. A observância da quantidade revela a finura do latinista...

Os seus olhos de anjo passeiam por cima das cabeças in-

113

quietas. Não lhe parece que a classe tenha compreendido a gravidade do assunto. Estes moços de hoje não levam a sério as coisas respeitáveis do saber.

— Os senhores compreendem a importância da quantidade? Olhem que eu insisto porque conheço muito doutor que se tem na conta de bom latinista, que não observa a quantidade.

Põe o giz no rebordo do quadro-negro e limpa as mãos com o lenço.

— Pois ora muito bem. Vamos ver... o senhor... (aponta para o estudante de óculos e buço cerrado). Que vem a ser a quantidade?

O rapaz coça a cabeça, embaraçado, e seus olhos fitam o quadro-negro, vazios, inexpressivos, parados.

Vinte segundos de silêncio. O professor espera. Os olhos mortos continuam olhando...

Clarimundo torna a sentar-se à mesa. Os seus óculos refletem a lâmpada elétrica que pende do teto. Sua franja treme de indignação.

— Sim senhor! Não sabe uma coisa que acabo de explicar. Pois todos sairão reprovados se não observarem a quantidade. As bancas são muito severas e a quantidade é uma coisa importantíssima!

Animado, põe-se a falar sobre a importância da quantidade. Esporeado pelas suas próprias palavras, embriagado pelos próprios argumentos, Clarimundo parece não querer mais parar o discurso. O que importa nessa hora é a quantidade.

A aluna de boina azul entregou a sua virgindade ao namorado que agora recusa casar com ela. O sargento do Exército sonha com os galões de tenente e sofre porque não pode compreender as equações de primeiro grau nem decorar as fórmulas da química. O senhor de cabelos grisalhos suporta em silêncio a vergonha de ter de frequentar aos quarenta anos um curso de preparatórios porque precisa dum diploma e precisa do diploma porque lhe é imprescindível ter uma profissão liberal a fim de ganhar dinheiro para sustentar a família numerosa. Aquele rapaz pálido, que olha medroso para o professor, trabalha dez horas por dia e ganha um ordenado miserável. Seu companheiro de carteira pensa ansioso na namorada que o espera à janela para a prosa de todas as noites. Num dos cantos da sala agita-se inquieto um rapazola louro que não sabe como há de pagar a pensão no fim do mês, pois não encontrou ainda emprego e não quer interromper os estudos.

Mas nesse instante só uma coisa importa: a quantidade. Todas as outras necessidades empalidecem, recuam para segundo plano. Lá fora a cidade vive, os bondes e os autos rolam, os homens caminham e lutam, os dramas acontecem, há angústias escondidas, gritos de dor e de contentamento, os poetas fazem versos à lua, os vagabundos passeiam pelos jardins, por onde vagam homens sem trabalho e sem rumo, nascem gênios e imbecis, mas o que importa agora para o prof. Clarimundo é a quantidade. E ele se exalta, acalora e fala para lhe denunciar a gravidade. Argumenta com uma energia que não revela nas coisas práticas da vida. Há meses que pensa em pedir um aumento de ordenado ao diretor do curso, mas lhe faltam coragem e entusiasmo. Há duas semanas que anda precisando dum par de ligas novo: mas ainda não teve ânimo para entrar numa loja e enfrentar os caixeiros. Há vários dias que anda pensando em queixar-se no restaurante da comida que lhe mandam, mas falta-lhe oportunidade, energia, determinação.

Mas a quantidade é uma coisa diferente. O professor sente-se capaz de lutar por ela, de cometer excessos, de matar até, se for preciso.

— Pois ora muito bem! Já que ninguém sa...

O tinir duma campainha lhe corta a palavra. A hora do latim passou. Fiel ao horário, o prof. Clarimundo cala-se. Pronunciar uma palavra mais da lição seria ilegal. O professor não gosta de infringir as leis.

A colmeia de novo se assanha. Conversas explodem, livres. Os rapazes se levantam.

Um aluno se aproxima de Clarimundo, com ar misterioso.

— Professor...

— Que é que há?

— Desculpe, o senhor se esqueceu da gravata...

Clarimundo leva a mão ao colarinho e sente um desfalecimento. Realmente: esqueceu a gravata. Uma onda de sangue lhe tinge o rosto. E ele tem a impressão de que de repente se encontra nu, completamente nu, numa praça pública cheia de gente.

17

Um ritmo que nasceu na África, gemeu nos porões dos navios negreiros e se repetiu depois — saudade misturada com a tristeza do cativeiro — sob os céus da América, nas plantações, sendo mais tarde estilizado por músicos de uma outra raça sofredora e sem pátria — agora está arrastando os pares que dançam no salão do Metrópole.

O *jazz* toca um *blues*. O mulato do saxofone solta gemidos dolorosos. O negro do banjo marca a cadência sincopada. O rapaz magro do clarinete ergue para o alto o instrumento rebrilhante e solta guinchos histéricos. O da pancadaria agita os braços, rufa no tambor, sacode guizos, bate nos pratos e no bombo, parece um polvo a dar trabalho a todos os tentáculos.

No espaço que existe entre as duas fileiras de colunas brancas ondula e fervilha um mar escuro de cabeças com manchas coloridas. As grandes luzes claras estão apagadas. A sala se acha mergulhada numa penumbra. Um zum-zum permanente anda no ar de mistura com um coquetel feito dos perfumes mais diversos a se avolumarem numa onda cálida.

D. Dodó passeia os olhos pela sala e por um instante fica na postura de um triunfador. De algum modo ela é a dona da festa. Essa animação, essa afluência de povo (povo? qual! famílias de nossa melhor sociedade), o êxito da venda de ingressos, o arranjo artístico das mesas de chá, a boa qualidade da orquestra, a atenção dos garçons de calças pretas e *dinner jacket* — tudo foi obra dela. Santa Teresinha deve estar contente lá no céu. Por isso d. Dodó está radiante de alegria aqui na terra.

De vez em quando explodem gargalhadas pelas mesas onde grupos conversam animadamente.

Chinita sente contra os seios, contra o ventre, contra as coxas, por cima da seda verde-jade do vestido, a pressão rija e quente do corpo de Salu. Ele a enlaça com força, espalma a mão enorme nas costas dela e, cabeças levemente encostadas, se vão ambos a deslizar à cadência do *blues*. O saxofone barítono conta uma história amargurada. O negro do banjo de repente acorda do marasmo para dedilhar, numa fúria súbita, as cordas do instrumento.

A respiração de Salu, morna e regular, bafeja a orelha de Chinita, pondo-lhe um arrepio no corpo.

Os pares colidem, se confundem, o mar continua a se agitar em ondas compassadas.

— Chinita, estou com uma vontade maluca de te dar um beijo...

A voz de Salu é profunda como o canto do saxofone. Mas não conta uma história triste. Ele falou assim baixinho naquele dia no jardim dos Monteiro, no banco debaixo da paineira. Chinita pensa no primeiro beijo. Ele se mostrou brusco e decidido como Clark Gable. Não pediu, não fez rodeios. Era noite mas não havia lua. O vento farfalhava nas árvores. Ela estava um pouco trêmula, como quem espera um grande acontecimento. Os lábios dele tinham uma aspereza úmida. Não foi um beijo, foi uma mordida. Lá de dentro veio uma voz: Chiniiita! E ela saiu a correr...

Chinita agora sorri. (Nunca mais há de esquecer aquela noite.) A orquestra se cala e fica só o piano cantando a tristeza africana. Salu continua:

— Olha, Chinita, o beijo é a coisa mais inocente do mundo. Apenas uma união de lábios... Que mal tem? No entanto os moralistas inventaram que é feio. Se a sociedade fosse realmente civilizada...

De súbito um frenesi toma conta do *jazz*: todos os instrumentos começam a berrar — violinos, saxofones, o trombone, o clarim, o clarinete, o banjo e a pancadaria — e os uivos de desespero dos negros abafam as palavras de Salu.

117

Bem bom — pensa ele —, já estava me saindo asneira...

De resto, com Chinita não se tem vontade de conversar. A presença dela convida ao amor, aos contatos. É uma provincianazinha tola, ignorante e besta. Mas bonita, apetitosa, fresca, provocante. Salu sente por ela um desejo quase feroz. Quando a vê, julga-se obrigado a apertá-la, a mordê-la, a fazer-lhe carícias animais. Já compreendeu, porém, que Chinita, não recebendo de todo mal as suas expansões violentas, gostaria que ele também lhe falasse de coisas doces, do luar, de bangalô entre árvores, de poesia e casamento.

Chinita afasta a cabeça, atirando-se para trás. (Pensa imediatamente em Norma Shearer.) Olha Salu bem nos olhos.

— Nos encontramos amanhã no Imperial? — pergunta.

— Talvez...

A cara de Chinita escurece.

— Por que *talvez*?

— Se a tua mamãe e o teu papai vão... não contes comigo.

— Ora! Mas por quê?

A ideia da presença da mãe de Chinita enche Salu dum desgosto antecipado. Ele pensa na cara séria da "velha", que parece estar dizendo: "Então, seu Salu, quando é que o senhor se explica?".

Chinita procura compor no rosto a mais impressionante expressão de zanga. Mas Salu aperta-a com violência contra o peito, encosta mais forte o rosto no rosto dela e, numa surdina cariciosa e ao mesmo tempo contundente, vai dizendo:

— Eu quero você sozinha, só você, só, só, só...

A música cessa com um gemido de agonia em que o saxofone fica chorando numa trêmula fermata. Estalam palmas.

Leitão Leiria, sentado a uma mesa, chupa seu charuto e exclama:

— Que indignidade!

Acabam de contar-lhe uma manobra política do partido oposicionista. Os seus olhos chispam de indignação.

Do outro lado da mesa, o dr. Armênio, advogado e pretendente à mão da filha de Leitão Leiria, sorri um sorriso meloso de aprovação sem palavras. A seu lado, Honorato Madeira, quase morto de sono, pensa na sua casa e na sua cama. Consulta o relógio — dez horas.

Tão cedo... Que caceteação!

O dr. Armênio afaga esta noite uma bela esperança. É possível que hoje Vera decida aceitá-lo. As suas indiretas, os seus madrigais velados hão de fazê-la compreender... Armênio apalpa o coração com um sentimento feliz de tranquilidade. Ali no bolso de dentro do casaco está a sua caderneta de capa de couro onde ele anotou assuntos para palestra, frases completas durante a semana, citações de livros lidos. Daqui a pouco vai reler, recordar, para utilizar os apontamentos na palestra. Vera é tão instruída, tão linda, tão *perpicaz* (Armênio não consegue nunca dizer *perspicaz*).

— O nosso partido está forte — garante Leitão Leiria, muito teso e importante na sua cadeira. Consciente de sua estatura física (é mais baixo que a mulher), procura compensá-la mantendo-se permanentemente empertigado. — O nosso partido se eleva como um Pão de Açúcar inabalável por cima desta tormenta desencadeada... de... de...

Debate-se numa ânsia feroz em busca do termo apropriado. O dr. Armênio sorri, compreendendo. A sua benevolência para com o provável futuro sogro é tão grande, que ele o socorre com um aceno de cabeça e um olhar de compreensão. Sim, não precisa procurar o termo porque ele sabe muito bem o que o seu ilustre e digno amigo quer dizer.

Como a palavra precisa não lhe ocorre, Leitão Leiria dá um chupão violento no charuto e volta ao estribilho:

— Que indignidade! Que indecência!

Honorato Madeira faz um esforço épico para não fechar os olhos, para não se entregar ao sono. Mas será que a Gigina não quer ir embora ainda? Diabo! A sorte é que amanhã é domingo...

— O nosso partido representa a estabilidade. A oposição é a ambição desenfreada.

A fumaça do charuto sobe numa espiral. O *jazz* rompe a tocar um samba carioca.

Armênio pensa no verso que anotou:

Ses yeux froids où l'émail sertit de bleu de Prusse
Ont l'éclat insolent et dur du diamant.

Verlaine. Que grande poeta! E como os versos se adaptam ao caso... Armênio pensa nos olhos de Vera. Têm o brilho insolente e duro do diamante...

Os pares rodopiam à música reboleante do samba.

O pistom faz um floreio agudíssimo e Honorato Madeira desperta.

— Porque precisamos opor um dique a essa onda sangrenta do comunismo...

Leitão Leiria alimenta a secreta esperança de ser eleito deputado pelo partido da situação, ajudado pelo clero.

Os músicos tocam freneticamente, o suor a escorrer-lhes pelo rosto. (Um senhor magro de colarinho duro e alto comenta com um vizinho: "Que inverno esquisito este, nosso amigo, parece o forte de janeiro...".) O espírito moleque e despreocupado da gente da favela se encarna por alguns minutos nos corpos dos bailarinos. O samba é repenicado, molengo, sinuoso, sensual, gaiato. Num dado momento abranda-se a fúria dos músicos e um mulatinho risonho, de cabelo frisado e lambuzado de brilhantina, avança pernóstico para a ponta do estrado e começa a cantar:

O samba desceu do morro,
prendeu fogo na cidade,
oi!

O mar agora fervilha, numa crispação desordenada, como que animado por um sopro de fogo.

A voz do mulato é safada. A cara do mulato está pálida de pó de arroz. O cantor olha com olhos quentes para as meninas que passam dançando. Ele agora é rei, domina o salão, o mensageiro que é da malandragem, portador dum convite ao prazer e à despreocupação. Não vale a pena a gente se amofinar. Deus é brasileiro. E no fim a gente morre mesmo. Toca pra gandaia, meu povo! O americano e o inglês estão mesmo aí pra nos emprestar dinheiro...

E sorrindo com malícia, o mulato faz um floreio com que nunca nenhum Caruso jamais sonhou. A orquestra entra forte, o cantor volta para o fundo, as ondas continuam a subir e a descer.

Num dos ângulos da sala o cel. Pedrosa se defende heroicamente contra uma investida de moças. Elas falam todas ao mesmo tempo, envolvem Zé Maria como uma farândola de demônios.

— Seja bonzinho!

— Oh! compre, coronel!

— ... para o asilo!

— Só cinquenta!

E cada uma delas levanta no ar, na ponta dos dedos, uma flor. O coronel ri — *hê! hê! hê!* — *quem havera de dizer que o Zé Maria que vendia bacalhau atrás do balcão... Ora, vejam só... Eu só queria ver era a cara do Madruga.*

— Compre, coronel.

O coro de vozes esganiçadas, misturado com os berros da orquestra, ensurdece o homem que o bilhete 3601 projetou violentamente para dentro dum mundo encantado com o qual ele nem ousava sonhar.

— Bueno, vou satisfazer todas...

Os olhinhos miúdos do coronel brilham de alegria. Tira a carteira. As moças se aproximam ainda mais.

— Primeiro eu!

— Compre a minha!

— Esta é a mais bonita!

E com a mesma naturalidade com que, um ano atrás, ele dava tijolinhos de goiabada aos filhos dos fregueses, Zé Maria agora distribui cédulas de cinquenta mil-réis entre as meninas de caridade. Em troca, elas lhe prendem flores na lapela com alfinetes. As maçãs do rosto tostado crescem num sorriso feliz.

121

Chinita e Salu sentam-se a uma mesa.

— Que é que você vai tomar? Guaraná?

— Coquetel.

Um garçom se acerca deles.

— Dois martínis — pede Salu.

Contra o branco da larga coluna, Chinita vê recortar-se o busto do namorado. Como a roupa escura lhe dá uma aparência distinta! E esses olhos que penetram, essa maneira autoritária e decidida de olhar, esse ar de quem sabe que pode fazer tudo, conseguir tudo...

Chinita contempla-o com amor. Enfim este é o ambiente com que ela vivia a sonhar em Jacarecanga. Uma vida de *cinema*. Festas com gente bem-vestida, perfumes, *jazz* com pretos que tocam saxofone, coquetéis, rapazes atrevidos, automóveis, clubes, piscinas... Chinita não pode gozar de tudo isso simplesmente. Não sabe aceitar a realidade como um fato consumado e natural. É preciso comparar, imaginar... Quando em Jacarecanga dançava com os caixeirinhos do comércio no Recreio, ela entrecerrava os olhos e se imaginava num centro maior, num baile mais fino; em vez das paredes sem graça do clube, via espelhos que refletiam caras novas, diferentes e bonitas; em vez do Lucinho da Loja Central, quem estava dançando com ela era um moço elegante e educado da capital, que falava em livros, em viagens e usava perfumes caros. Agora aqui no salão do Metrópole, para melhor gozar da festa, Chinita precisa imaginar que está em Hollywood. Não é difícil... Basta olhar para Salu, para os garçons de *dinner jacket* (o cel. Pedrosa quando os viu deu uma risada — *hê! hê!* — e perguntou se os *coletinhos* dos garçons eram de morim), para o *jazz* (o garçom traz os martínis), para os coquetéis...

Chinita toma um gole. Gostar propriamente dessa bebida ela não gosta. Mas coquetel é algo de tão chique, lembra tantos filmes...

— Que tal? — pergunta Salu.

— O.k.! — responde ela, contente por se ter lembrado de dizer *oquei*, como nas fitas americanas.

— E a farra na segunda-feira? — Salu lança a pergunta e encosta a cabeça na coluna. Uma pergunta ociosa, por pura falta de assunto, pois aqui em público não é possível beijar e apertar a namorada.

— A farra lá de casa? Sai sempre na segunda e eu conto contigo...

— Se você prometer ser boazinha comigo, eu vou.

— Talvez...

Chinita aproveita a oportunidade para retribuir o *talvez*...

— Com promessas vagas não conte comigo.

— E que é que queres dizer com "ser boazinha"?

Salu agora se inclina para a frente, como quem vai fazer uma confidência. O seu rosto se fixa numa expressão decidida. As sobrancelhas grossas se cerram de maneira a ficarem quase unidas. Com um sorriso de canto de lábios, ele sugere:

— Um passeio pelo parque, só nós dois. Tenho uma coisa muito importante pra te dizer...

Chinita sente-se embalada ao som dessa voz. Tudo isso é tão bom, tão parecido com o cinema...

Os olhos de Salu brilham de desejo.

18

Batem à porta.

Contrariado, o prof. Clarimundo levanta-se para atender ao chamado.

— Quem é?

Uma voz familiar:

— Sou eu. Vim trazer o leite.

Abre a porta.

A viúva Mendonça, rechonchuda e sorridente, tem na mão uma bandeja com um copo de leite e um pedaço de bolo.

— Ora... Não precisava ter esse incômodo...

— Incômodo nenhum, professor.

Ele toma da bandeja e fica parado, indeciso. Enquadrado

pela porta, o vulto da viúva quase se dissolve na escuridão do fundo.

— Bem... — faz ela.

— Pois eu lhe fico muito grato.

Silêncio. Embaraço. A viúva quer entrar num assunto:

— Pois o senhor não há de ver?

Os olhos do professor exprimem surpresa. Que quererá essa mulher, bom Deus?

A viúva torna a falar:

— A gente sempre tem uma coisa na vida pra se incomodar...

O mote foi dado. Agora, naturalmente, o professor pergunta: Que foi que aconteceu? E então ela desembucha a história toda.

Mas o silêncio continua. O professor espera, com a bandeja na mão. O copo treme, o leite transborda.

— Pois, professor, o senhor acredita que essa gente aí de baixo ainda não me pagaram?

O professor apenas acredita em que a concordância de *gente* com *pagaram* é um atentado terrível à integridade física e moral da gramática. O resto não interessa...

A viúva Mendonça está agora disposta a contar tudo:

— A gente do João Benévolo... Três meses atrasados no aluguel. Ele, o água-morna, está desempregado. Ela costura, mas não tira nada. Nem dá pra comer. Às vezes fico com pena e dou alguma coisa. Não! — A viúva se inflama de entusiasmo indignado. — Mas isso não pode durar! Preciso botar eles pra rua. Sou pobre, vivo do meu trabalho honesto e não posso ser assim explorada...

O leite escorre pelas bordas do copo, empapando o bolo. Os olhos do professor estão fixos na cara da interlocutora, mas realmente estão vendo num quadro-negro imaginário o desenvolvimento de um teorema.

Agora a voz da dona da casa é um sussurro confidencial:

— Vem todas as noites visitar ela um sujeito alto mal-encarado. Dizem que foi namorado dela. Isso não está me cheirando bem. Ele está arrumado na vida, diz que dá dinheiro a juros. Aí tem dente de coelho. Eu sei que o João Benévolo não gosta da coisa... O sujeito vem todas as noites. O senhor imagina, professor, ainda por cima esse negócio...

Clarimundo volta à realidade. Seus olhos, porém, continuam vazios. Ele não sabe nem quer saber quem é João Benévolo. Essas coisas triviais da vida não têm para ele existência real. O que importa é cumprir o horário, dar as lições honestamente, compreender Einstein e levar para diante aquele projeto grandioso de escrever o livro em que o habitante culto de Sírio vai descrever a Terra e a vida vistas do seu ângulo. O mais...

— Não acha que tenho razão?

O professor faz um sinal afirmativo. A viúva Mendonça pede desculpas por ter incomodado o seu hóspede. Se todos fossem como ele, homem quieto, sério, bom pagador...

— Então boa noite, professor.

— Boa noite. E obrigado.

A mulher se vai. Clarimundo fecha a porta e atira-se, esquecendo o leite e o bolo, sobre Einstein.

19

No Metrópole apagaram-se de novo as luzes fortes e volta a reinar o crepúsculo azul.

A uma distância respeitável, com os dedos a tocar mal e mal as costas ossudas de Vera, Armênio luta com uma valsa lenta. Seus movimentos são tardos e difíceis. Custa-lhes seguir o ritmo da música. Suas figuras são pobres ou, antes, é uma única que se repetiria a infinito se a música não parasse. Mas a música para. Felizmente.

— Obrigada — diz Vera.

E sorri um sorriso longínquo. Seus olhos ficam a procurar Chinita com avidez.

Ses yeux froids, où l'émail sertit... (ou *sortit* — Armênio fica indeciso) *de bleu de Prusse* (ou *Prousse*). Armênio por causa das dúvidas não cita. *Sorti* ou *serti*? *Prusse* ou *Prousse*? Preciso tomar fosfatos.

Contempla com uma admiração respeitosa o rosto de Vera. Ela não é propriamente bonita. É esquisita, tem uma coisa diferente das outras. Cabeça miúda, corpo de rapaz, esbelta, gestos masculinos. *Exquise.* (Armênio gosta de pensar em francês.) *Étrange. Fausse maigre.* Tem qualquer coisa de gata. *Quelque chose de chatte.* Sua voz é algo que lembra um choque de objetos de madeira. Voz de pau — será que se pode dizer assim? E é de boa família, gente de dinheiro, o pai promete fazer carreira na política. Armênio pode pensar à vontade, porque Vera está ausente... *Étrange! Unique!*

Enfim os olhos de Vera encontram Chinita. O vestido verde-jade é inconfundível. Diabo! Ela está de novo com aquele insuportável Salu. Saberá que ele é um perdido, um aventureiro perigoso? Oh! Vera não compreende como ela mesma se possa interessar dessa maneira tão exagerada e veemente por aquela "bobinha, oca e ignorante".

Num relâmpago Armênio traça mentalmente um plano de ataque:

— Continua com o mesmo desprezo pelas reuniões sociais?

— Continuo.

A resposta vem rápida, quase impensada.

— Decerto é porque não achou ainda o príncipe encantado dos seus olhos... (*Le prince charmant...* ou *enchanté?*)

Os olhos de Vera parecem uma paisagem polar. E o seu desdém é ainda mais gelado.

— Príncipe encantado? O senhor, doutor Armênio, ainda é do tempo em que as moças acreditavam nessas bobagens?

Armênio tem a impressão de que um vento vindo da Groenlândia lhe devasta o corpo e a alma. *Insistez! Allez, mon ami! Attaquez!*

— Deixe lá... — diz ele com sua voz untuosa. — A senhorita tem escrúpulos de confessar as próprias fraquezas. A troco de que há de ser diferente das outras!

O sorriso polar continua nos lábios dela. Armênio encontra uma brecha para entrar num assunto interessante, para cuja discussão está preparado.

— Além do mais, o espírito das mulheres continua a ser o mesmo que era ao tempo das castelãs da Idade Média. Porque...

Por delicadeza Vera volta os olhos para o interlocutor, embora não o veja realmente nem lhe escute as palavras. Está com o pensamento em Chinita. Se aquela diabinha compreendesse... Se soubesse que ao lhe dar a sua amizade ela lhe está dando um presente régio... Porque no fim de contas ela é uma criatura que tem miolos, ao passo que Chinita...

— Claro que não! — continua o dr. Armênio. — Como dizia Michelet, a mulher...

Se ao menos — continua Vera a refletir —, se ao menos ela conseguisse desviar Chinita daquele homem... Talvez um dia a outra venha a compreender... Antes eram tão mais chegadas... Viam-se mais seguido, Chinita passava as tardes naquele quarto violeta.

— Não acha, senhorita? — continua Armênio. — Não acha? — repete, numa insistência polida.

— Acho! — chicoteia Vera.

O dr. Armênio sorri, vitorioso. *Enfin, vainqueur*.

— Eu sabia que no fim ia concordar comigo!

Mas a sua alegria se dissipa imediatamente, porque o *jazz* repete a valsa difícil.

20

O relógio bate onze horas. Laurentina a custo contém as lágrimas. Não fica bonito chorar na frente da visita.

Sentado na sua cadeira, muito teso, Ponciano não desvia o olhar do rosto de Laurentina. Nos seus olhos brilha uma sensualidade fria, sem paixão, calculada. Todas as noites ele vem. Sabe que João Benévolo não gosta. Compreende que Laurentina não o encoraja. Mas vem. Ficam conversando, às vezes na presença do outro. Mas quase sempre João Benévolo sai.

Laurentina costura. Às nove horas Napoleãozinho vai dormir. O silêncio cai sobre a rua. O assunto escasseia. Os diálogos morrem logo. Mas ele fica. Lembra-se do que se passou há dez anos. Ele era mais moço. Ela — mais moça e mais bonita. Órfã, morava em companhia de duas tias pobres que queriam a todo custo casá-la para se verem livres daquele peso morto. Ponciano era o candidato das titias. Laurentina o aceitava passivamente, sem repulsa mas sem amor. Serões monótonos. As tias se revezavam na guarda do par. Ficavam na sala de visitas fazendo croché e cochilando. Laurentina era a imagem viva do desânimo. Ponciano não sabia explicar que era que aquela moça tinha que o atraía tanto. Vontade de tê-la para si. (Era um homem sem poesia, sem ilusões, jamais cantara ao violão, nunca fizera versos.) Laurentina era desenxabida, chorava por qualquer motivo. Mesmo assim ele a desejava. A sala do noivado tinha mobílias antigas, cadeiras e um sofá com carretilhas nos pés, guardanapos de croché, um gato cinzento, retratos de gente antiga. Um dia apareceu João Benévolo. Escrevia coisinhas românticas em jornalecos. Laurentina se apaixonou por ele. De verdade. As tias não viam futuro no novo candidato, mas Laurentina dizia amá-lo. Todas as noites, quando recebia a visita do candidato oficial, derramava lágrimas. O desejo de Ponciano não diminuiu, mas ele achou melhor retirar-se. Desapareceu. João Benévolo e Laurentina casaram-se. Passaram-se dez anos...

Agora, sentado aqui nessa casa silenciosa, na frente duma Laurentina que não é mais a moça do passado mas que continua para ele a ser objeto de cobiça (uma cobiça que dormiu durante os nove anos de separação) — Ponciano se esforça por achar assunto.

— O João, então, não achou nada ainda...

Laurentina suspira.

— Nada.

— É o diabo.

— É um horror.

Outra vez o silêncio. E assim vai passando o tempo.

Laurentina não sabe direito o que sente diante desse homem. Já compreendeu o que ele pretende, mas não tem coragem para reagir.

Ele torna a falar.

— Como vão de dinheiro?

— Mal.

— É o diabo.

Novo suspiro. Ponciano continua:

— Bom, não sou rico, mas posso ajudar...

Laurentina faz um gesto de protesto:

— Não se incomode, seu Ponciano, ora, havia de ter graça.

— Faço questã...

Ponciano se ergue e põe em cima da mesa uma nota de vinte mil-réis e torna a sentar-se.

— Bote esse dinheiro no bolso — pede Laurentina. — Decerto o Janjoca arranja emprego hoje e no fim do mês já tem dinheiro — acrescenta, sem nenhuma convicção.

— Não. Faço questã.

Fita na mulher seus olhinhos frios.

Outra vez o peso do silêncio acentuando o tique-taque do relógio. Os pensamentos correm na cabeça de Ponciano. Ele despe Laurentina. O corpo dela não deve ser tão rijo nem tão benfeito como era há dez anos... Mas ela ainda é Laurentina. E há de ceder um dia. Pode levar tempo, não importa, mas há de ceder. Ele não esperou dez anos? Pode esperar mais dez dias, dez semanas, dez meses. É como uma cobra procurando hipnotizar o pinto. Parada, de longe... A cobra não se perturba. Sabe que o bicho há de vir vindo de mansinho para o seu papo, é questão apenas de tempo.

Ruído de passos no corredor. Ponciano olha para o relógio.

— Onze e quinze. Vou andando.

Laurentina não diz nada.

O homem se ergue e pega o chapéu. A porta se abre e João Benévolo entra. Fica contrariado por encontrar ainda Ponciano. Tem ímpetos de dizer-lhe um nome feio, de dar-lhe um sopapo. Mas Ponciano é grande e musculoso. A raiva ferve dentro do peito de João Benévolo, mas sai logo pela boca transformada num assobio. *Carnaval de Veneza.*

Ponciano explica:

— Não repare, eu já ia saindo.

Despede-se e vai embora. Seus passos se perdem longe, no silêncio da rua.

— Então? — Laurentina ergue os olhos para o marido numa interrogação ansiosa.

— Nada.

O dinheiro em cima da mesa...

— Donde veio aquele dinheiro?

Com o beiço esticado, Laurentina faz um sinal na direção da rua.

— Que será que ele quer? Quais serão as tenções desse sujeito? — pergunta João Benévolo.

Tina encolhe os ombros. Uma onda de energia embriaga Janjoca.

— Não pegues nessa porcaria.

— Eu não quis. Ele fez questão...

— Pois não se pega. Amanhã se devolve. Era só o que faltava!

Os seus olhos ficam por muito tempo fitos na nota. Ali está o dinheiro para o remédio de Napoleãozinho e para umas cinco refeições... Mas isso é um desaforo, um acinte...

Vão deitar-se em silêncio.

21

Perto de Virgínia, uma senhora idosa assesta a luneta com uma importância fidalga para os pares que passam dançando.

— Que é que a senhora acha desse namoro da Chinita com aquele moço grande? — pergunta ela, mostrando o par com os olhos.

Virgínia é positiva:

— Acho que dá em droga...

A camaradagem é recente. Nasceu porque a senhora da luneta puxou conversa. É uma criatura de voz desagradável e seca.

— Essa gente do coronel Pedrosa entrou assim de repente na sociedade, não acha?

Fala com cuidado, como quem apalpa o terreno.

— A senhora quer saber uma coisa? — Virgínia encara firmemente a interlocutora. — Eles têm dinheiro e está tudo acabado. Ninguém pergunta mais nada.

— Engraçado... — A outra entorta a cabeça e sorri um largo sorriso que revela as gengivas intumescidas e pálidas. — O fato é que eles estão entrando...

— Comigo não.

A ressalva de Virgínia é dura e ríspida.

— Sim, acredito, mas com os outros. Vão inaugurar na segunda-feira o palacete deles nos Moinhos de Vento...

— Somos quase vizinhos...

— Dizem que custou seiscentos contos...

— Dizem.

— ... e que tem piscina, campo de tênis, parque muito grande. A casa, então, é uma verdadeira beleza.

A senhora da luneta fala com ênfase, como se estivesse descrevendo o palácio dum marajá.

Mas Virgínia não a escuta mais. Porque seus olhos deram com um fantasma: sorrindo, de dentes brancos num contraste com o moreno tostado do rosto. Alcides... Está de preto (que ideia essa de vir de *smoking* a uma festa em que todos os homens estão em traje de passeio?) e tem um cravo branco na lapela. Encosta-se a uma coluna e fica olhando com um ar divertido a massa humana que se move, coleante, como um grande molusco, ao compasso da música.

O cantor do *jazz* agora está sentimental. Com voz arrastada chora:

Barrio prateado por la luna...

131

O tango argentino continua, o bandônion geme, os namorados que dançam ficam de olhos compridos, o violinista baixa a cabeça com amor e quase chega a beijar o instrumento. O momento é grave. O pistom, o trombone e a pancadaria estão num silêncio religioso.

"Ele já me terá visto?" — pergunta Virgínia a si mesma. E sente que o coração bate com força, como há muito não batia. Isto é um absurdo, simplesmente não pode ser verdade, é ridículo, inconcebível, no entanto o prazer é tão estranho, tão requintado, e principalmente tão inesperado...

A senhora da luneta torna a falar:

— ... e banheiro com ladrilhos coloridos... vinte contos... móveis de jacarandá, candelabros...

Os olhos de Alcides encontram os de Virgínia. Ele sorri e inclina a cabeça num cumprimento polido, faz uma pequena curvatura. Sorrindo, parece ainda mais moço, pouco mais velho que Noel. Virgínia pensa no filho. Oh! Isto é um absurdo... Ela devia negar-se a acreditar. Mas Alcides a contempla com a insistência de sempre. E seus olhos dizem, pedem tanta coisa...

— ... uma Ceia de Cristo de tamanho natural.

A música para. Alcides sorri ainda.

22

Da sua meia-porta Cacilda olha o beco.

Na esquina o vulto do guarda-civil. Na calçada fronteira, janelas com luz vermelha, mulheres às portas das casas. Passam homens: sós ou aos grupos. Uma francesa muito pintada convida:

— *Viens!*

Quando um entra, o vulto da mulher desaparece da janela, que se fecha. Pouco depois o homem sai. Passam-se alguns minutos, a luz vermelha torna a brilhar, a francesa reaparece e os convites se repetem:

— *Viens*, bonitinho.

Cacilda está cansada. Ela não chama... Se quiserem entrar, que entrem. Acha feio chamar. Só francesa e china de soldado é que convidam. Ela não.

Num café da esquina berra um rádio, Carlos Gardel canta um tango. Perto da janela de Cacilda uma mulata gorda acompanha a melodia, cantarolando.

No meio da rua dois homens discutem, aos gritos. Aparece um guarda e os acalma. O silêncio volta. A janela da francesa torna a fechar-se.

— A Liana não tem vergonha — diz a mulata gorda.

Na outra calçada estala uma risada debochada. Cacilda encolhe os ombros. Que importa? Já ganhou o dia. De manhã no apartamento do Edifício Colombo. Ao anoitecer, no *rendez-vous* da Travessa das Acácias. Vem-lhe à mente a cara congestionada do homenzinho...

Um guarda apita longe. Gardel se cala. Um cachorro começa a latir. A janela de Liana torna a abrir-se. A francesa reaparece.

Cacilda encolhe os ombros. Que me importa?

23

O dia amanhece quente e luminoso.

Clarimundo abre a janela para a manhã e tem a impressão de que o mundo acaba de nascer. Cantam os sinos duma igreja próxima. As pombas do quintal fronteiro estão agitadas, batem asas, voejam, pousam arrulhando nos telhados da vizinhança. Cada vidraça é um espelho a reverberar a claridade do sol. Roupas coloridas imóveis pendem de cordas, no pátio da casa do cap. Mota. Mais ao fundo, uma fila de bananeiras em cujas folhas escorre uma luz verde e oleosa. O rio se confunde com o céu no mesmo azul rútilo, e só a pincelada lilás dos cerros é que diz onde termina um e o outro começa.

Clarimundo olha para a casa fronteira. Lá está a velha de preto, às voltas com as coisas para o café. A mesa está posta: a toalha de xadrez vermelho, o bule azul. Agora chega a moça bonita. Mais adiante, na outra casa, o homem do gramofone lê um jornal: a máquina odiosa está a um canto, com o seu fone de campânula, calada: mas daqui a pouco na certa começa a berrar. Por enquanto só berram os filhos do homem, e como berram! O professor deixa a janela, num protesto.

Batem à porta. É o rapaz do restaurante que vem trazer o café. Entra.

— Bom dia.

— Bom dia.

Põe a bandeja em cima da mesa e volta-se para sair. O professor dirige o olhar para ele:

— Ó moço!

O garçom para.

— Como é o seu nome?

O rapaz fica surpreendido. Já o disse mais de mil vezes. Chama-se Valério. O professor sempre esquece. Que homem cabuloso!

— Seu Valério, o senhor está com muita pressa?

O rapaz sorri, um pouco contrafeito. É gorjeta, na certa — pensa.

— Pressa mesmo não tenho... Por quê?

Clarimundo esfrega as mãos e examina o outro com curiosidade científica.

— Sente-se ali.

Mostra uma cadeira. Depois de hesitar por alguns segundos, o moço do restaurante obedece.

O professor vai até a janela, olha para fora mas nada vê do mundo objetivo. Coça o queixo e volta-se.

— Quantos anos o senhor tem?

— Dezanove.

— Dezenove — corrige o professor. — *Deze... ze.* Muito bem.

Muito duro na cadeira, visivelmente embaraçado, Valério espera. Que homem chato!

— Já esteve na escola? — torna a perguntar o professor.

— Já, sim senhor.

— Pois ora muito bem.

Clarimundo aponta para a bandeja.

— Se o senhor segurar essa bandeja, largando-a logo depois, que é que acontece?

— Ué... ela cai.

— Muito bem. Mas por que é que cai?

Hesitação.

— Ora... cai porque eu larguei...

— Mas não há outra razão?

O embaraço de Valério aumenta. (Que sujeito pau, nem parece um professor de barba na cara. Já se viu?) Um colorido tênue já lhe vai aparecendo nas faces.

— Não sei... eu... o...

Clarimundo solta a pergunta como uma pedrada:

— É a gravidade? O senhor nunca ouviu falar na lei da gravidade?

O professor sorri. Um pensamento mau atravessa o espírito do rapaz. "O professor estará querendo me empulhar?"

— Gravidade?

Como um eco ele repete a palavra.

Clarimundo suspira, desalentado.

— Está bem, seu Desidério, muito obrigado, pode ir.

Com o ar dum ladrão relapso que o delegado solta por compaixão, depois duma reprimenda violenta, Valério sai, envergonhado e cheio de embaraço.

Clarimundo simplesmente não pode compreender como as pessoas ignoram as coisas simples como seja o fenômeno que preside a queda dos corpos. Que esperança haverá para o seu livro num mundo de ignorantes e cegos? A gravidade, uma coisa corriqueira! Se fosse numa aula, esse Desidério... Tibério ou coisa que o valha levava na prova um zero bem redondo de tinta encarnada.

O professor torna a acercar-se da janela. O vizinho está fazendo o gramofone funcionar. Aquele diabo (pensa Clarimundo) utiliza um dos inventos do nosso século mas é bem possível que nunca tenha ouvido falar na gravidade...

Pela janela da casa fronteira vê o quadro de todas as manhãs. A mesa pequena com a velha, a filha e o filho ao redor. As mesmas caras, os mesmos objetos, decerto as mesmas palavras. Todos sabem que os corpos caem, mas ninguém nunca ouviu falar na gravidade! Toda a gente anda de automóvel, escuta rádio, olha para o céu, vê os aviões, no entanto continua a ignorar a existência duma lei fundamental da física.

Clarimundo se volta para dentro do quarto. Pendente da parede, enquadrado por uma moldura barata, lá está o retrato de Einstein — página arrancada a uma revista. O professor contempla-o com admiração. E a expressão de seu rosto é de quem está intercedendo diante do mestre para que ele perdoe "aos que não sabem o que fazem".

Em cima da mesa, o café esfria, esquecido.

24

Às oito horas a criada vem trazer o chocolate para os patrões que estão ainda deitados. Dodó já se levantou, lavou-se, escovou os dentes e pintou-se, tornando a voltar para a cama. Sempre faz assim. Não quer que o seu Teotônio a veja amarfanhada e desfigurada pelo sono. E agora está aqui, na sua camisa de seda lilás, com os ombros cobertos por uma *mañanita* cor-de-rosa feita pelas velhinhas do asilo.

Teotônio acorda com relutância, recebe o sorriso da mulher, levanta-se, veste o seu quimono (comprou-o depois que leu uma entrevista em que certo magnata norte-americano aparecia, segundo dizia o repórter, "metido num confortável quimono de seda azul"). Vai até o banheiro, faz a sua ligeira toalete matinal e volta para a cama. É um velho costume do casal: tomar café sempre juntos. Nos domingos e dias santos, na cama; nos outros dias, à mesa da copa. Não tinham prometido perante o padre, no dia do casamento, que um seria a sombra do outro?

Dodó passa a taça fumegante para o marido. Ele agradece com um sorriso. Ela toma da sua e começam ambos a sorver o chocolate com lenta delícia. Os biscoitinhos estão saborosos — elogia Teotônio. A mulher diz o nome da confeitaria donde vieram.

O sol escorre por entre as cortinas cor de oliva. Por cima da cabeceira da cama, santa Teresinha, dentro duma moldura dourada, mostra, com o seu sorriso angélico, sua cruz e suas flores, numa litogravura envernizada.

Junto com o chocolate a criada trouxe os jornais da manhã.

— Já procuraste a notícia da nossa festa?

Dodó sacode a cabeça. Não procurou mas vai procurar. E enquanto o marido fica rapando com a colher o fundo da taça (— Estás bem como um menino guloso, Tônio! Imagina só se alguma pessoa de fora te visse!), Dodó abre o jornal e passa os olhos pelas notas sociais.

Lá está a notícia! Uma coluna compacta.

139

Revestiu-se dum brilho invulgar.

Ela sorri. Não é exagero: *um brilho invulgar.* Não nos fariam nenhum favor em dizer isso. A notícia se espicha, os termos de praxe. Coisas sabidas: a qualidade do *jazz,* a afluência do *"que a nossa sociedade tem de mais fino e representativo".* Mas os olhos de Dodó procuram, procuram uma coisa que ela própria tem vergonha de confessar a si mesma... Mas procuram assim mesmo. A vaidade é um pecado. E enquanto os seus olhos passeiam pela notícia, ela procura *não procurar,* procura não *desejar encontrar,* tenta passar a outros tópicos... É uma luta entre o Anjo da Guarda e Satanás. O Anjo da Guarda murmura: "Dodó, uma cristã verdadeira não deve ter vaidades mundanas. Passa adiante, olha a lista de nascimentos, de óbitos, de viajantes, os programas de cinema, mas não procures, não procures mais...". Satanás, porém, salta com sua carantonha horrível e diz: "Procura, procura, porque isso é bom, a gente sente uma coisa agradável dentro do peito, parece que incha, fica mais contente. Procura, Dodó, que mal há nisso, que pecado?". Mas o Anjo não abandona a sua protegida. E vai vencer. Porque Dodó baixa os olhos depressa para ler outra notícia. Mas é tarde... Ela já viu. Sem querer; não tem culpa. Ali está o nome dela...

o nome da Exma. Sra. D. Dodó Leitão Leiria, um dos mais finos vultos do nosso set, verdadeira figura de romana, a mãe dos pobrezinhos, uma personalidade a cuja inteligência, esforço, dedicação e qualidades de coração devemos a criação da maioria dos nossos hospitais e asilos...

A comoção lhe sobe em forma de maçã até a garganta. Seus olhos se turvam.

Enquanto isso, Teotônio Leitão Leiria, silencioso, de braços cruzados, olha para o forro e rumina um velho ressentimento.

— Tônio, meu filho, olha...

A voz de Dodó está trêmula. O seu segundo queixo também treme. Passa o jornal para o marido, mostrando com o dedo a passagem comovente.

— Vê como eles são bondosos...

Teotônio lê.

— Dodó, eles não fazem mais que dizer a verdade.

Elogiando assim, Teotônio de alguma maneira está pedindo desculpas, está se reabilitando da aventura amorosa da noite anterior.

Aparece no canto do olho direito de d. Dodó uma lágrima fulgurante, que espia, indecisa, envergonhada e de repente perdendo todo o acanhamento rola, decidida, face abaixo, indo morrer no canto da boca.

D. Dodó domina a comoção e continua a ler as notas sociais. Um baile do Filosofia para a próxima quinzena. Um *garden-party* no Excursionista. Acha-se em festa o lar do dr. ... Aniversário...

Teotônio levanta-se e começa a passear dum lado para outro no quarto, com as mãos metidas fortemente nos bolsos do quimono (bem como Mr. W. L. W. Simpson, o magnata, quando caminhava de cima para baixo no seu apartamento, dizendo para o repórter: "Sou manifestante contrário à N. R. A., porque a economia dirigida...").

D. Dodó estranha.

— Que é que tens, meu filho?

— Nada, é que estou pensando...

A mulher é toda interesse e carinho.

— Não podes dizer?

Teotônio continua a caminhar, muito perfilado, olhando de quando em quando com o rabo dos olhos para o espelho do penteador.

— Estás sentindo alguma dor? — insiste d. Dodó, já aflita.

Não. Teotônio não quer dizer. São assuntos íntimos... ideias... Leva a mão à cabeça, como quem diz: É uma coisa horrível ter ideias, elas borbulham, fervem, quase nos arrebentam o cérebro! D. Dodó está desolada, imaginando desastres. Mas de repente Leitão Leiria estaca na frente da mulher e desabafa:

141

— Minha querida, eu vou te ser franco... — Pausa. Olha de viés para o espelho. — Ando preocupado...

— O estômago outra vez?

— Não... Antes fosse. É um caso de consciência.

— De consciência?

Silêncio. Um silêncio de catástrofe, de fim de mundo. Depois, com voz teatral, Teotônio prossegue:

— Já reparaste no plano do coronel Pedrosa?

— Coronel Pedrosa?

O ar de Dodó é de quem nunca ouviu pronunciar esse nome.

— Sim, do Zé Maria Pedrosa, o pai da Chinita.

— Mas que plano?

— A coisa não está bem definida, clara, não é qualquer um que enxerga. É uma manobra velada, mas um olho experimentado e lúcido descobre logo...

O autoelogio é claro. Pausa.

— Diga duma vez, meu filho.

Teotônio dá mais uma volta pelo quarto, para na frente do espelho, ajusta o cinto do quimono, passa a mão pelo rosto e volta-se para a mulher. Agora o seu tom de voz é mais natural:

— Pois o coronel Pedrosa anda adulando o arcebispo. A escada para a ascensão é monsenhor Gross!

D. Dodó estremece ao ouvir o nome do amigo da casa.

— Eu percebi o jogo. Convites para almoço, auxílio para as obras da catedral... Ontem no Metrópole o Madeira me garantiu que monsenhor Gross já almoçou na casa dos Pedrosas...

D. Dodó está chocada. Isso equivale a um roubo, uma violação.

Teotônio continua a despejar.

— A coisa é clara... O Pedrosa está se impondo para conseguir posição na política. Dinheiro não é... Ele tem que chegue. Religião sincera também não... e eu depois te digo por quê. Então que é? Interesse político na certa. Eu não me engano, Dodó, tenho olho clínico, enxergo longe...

Dodó sacode a cabeça.

— O que me contaram ontem me deixou de boca aberta...
Pausa dramática.

— O Armênio me disse que o Pedrosa, no dia em que completar vinte e cinco anos de casado, vai dar vinte e cinco contos de réis para as obras da catedral...

Ao dizer isso, Teotônio bate violentamente com a palma da mão na coxa. E senta-se, como que compelido pelo peso da própria confissão. Ali estava o grande golpe. O mais que ele, Leitão Leiria, dera para as obras da catedral haviam sido dez contos, pagáveis em prestações semestrais. Mas vinte e cinco contos duma sentada — era sufocante, era de rachar! No terreno das ideias, no domínio da inteligência, aquele caboclo boçal que era Zé Maria Pedrosa não podia terçar armas com ele. Mas em matéria de dinheiro era forçoso reconhecer que o homem levava vantagem. Nisso residia principalmente o ressentimento de Teotônio.

D. Dodó, ajudada pelo Anjo, controla os seus sentimentos e diz com espírito cristão:

— Ora, Teotônio, todos são filhos de Deus. A troco de que o coronel Pedrosa não pode ser amigo de monsenhor Gross e ter posição na política? Em todo o caso os vinte e cinco contos dele vão ajudar muito a construção da nossa rica catedral...

Leitão Leiria se ergue. A sua voz é um sussurro confidencial quando ele desfere o tiro de misericórdia:

— Mas acontece que Zé Maria Pedrosa não é digno dessa amizade, não merece entrar no nosso meio...

Aproxima-se da mulher e remata:

— Ele tem uma amante.

Uma amante! Não é preciso dizer mais nada. Para d. Dodó foi dita a última palavra. Agora tudo cessa diante dessa monstruosidade. Uma amante!

Teotônio explica. Ele sabe, tem certeza, viu. Ela abriu uma conta na loja. Chama-se Paulette, ou Nanette... Francesa, loura, mora num apartamento... Contaram-lhe detalhes. (Oh! Ele ouviu com repugnância, não gosta dessas indiscrições, não tem nada com a vida dos outros.) Dizem que ela faz o diabo com o coronel. Houve quem visse (Dodó, desculpa este detalhe escabroso, mas é só para veres a indignidade...) a tal Paulette ou Nanette montada em cima do coronel, como se ele fosse um cavalo...

A criada bate à porta. Pode entrar! A rapariga vem buscar a bandeja com as xícaras vazias. Marido e mulher ficam a se entreolhar em silêncio. Passa-se um minuto. Depois que a criada sai, quem fala primeiro é d. Dodó:

— Meu filho, amanhã é a festa deles. Bodas de prata. Mandaram convite. Não achas que devemos ir, por delicadeza?

O que move d. Dodó não é propriamente um sentimento de delicadeza. É que ela tem uma curiosidade enorme de conhecer o palacete que se vai inaugurar. Contam tanta coisa... Parque, piscina, pinturas suntuosas, mobílias à Luís XV...

Teotônio está pensativo.

— Será direito? Depois do que sabemos...

Seria bonito — pensa ele — romper duma vez, descobrir as baterias (Teotônio tem predileção pelas imagens guerreiras), travar combate em campo aberto. Mas Zé Maria é freguês que gasta em média dois contos por mês na loja: oitocentos com a família e um conto e duzentos com a amante.

Toma uma resolução.

— Vamos, como se nada tivesse acontecido. Enfim, a família não tem culpa das indecências do pai.

Olha para o espelho e sorri para si mesmo, numa autoaprovação muda.

25

Na casa do tuberculoso a mulher de rosto de pedra abre a janela que dá para o quintal. O sol entra alegre. Maximiliano sorri. Ver o sol é o prazer de todas as manhãs. A luz salta para dentro, inunda tudo. Depois como que vai recuando quando entardece. A sombra vem vindo, descendo pela parede; de tardezinha a luz tem a forma da janela, depois vai minguando até sumir-se. É uma distração olhar aquilo. Não pode levantar-se. Não acha gosto em ler: as letras do jornal cansam os olhos. Assim ele se distrai olhando o sol. Quando não há sol, nem esse brinquedo ele tem... Os filhos correm, a mãe não deixa que eles entrem no quarto. Maximiliano só lhes ouve o barulho, riso ou choro, na varanda. A vida rola... Os vizinhos mandam coisas: doces, leite, pão... Vem às vezes um médico que o examina com precaução, tocando-o com a ponta dos dedos, de longe, medroso. E a cara do outro não encoraja.

Maximiliano espera. Os dias são longos. Quando trabalhava na loja, achava que o relógio andava devagar. Que dizer da marcha das horas depois que ele adoeceu? Os ruídos da rua chegam até aqui: buzinas, músicas, vozes. Os raros visitantes ficam à porta. Ele compreende... Medo do contágio. Ele sabe, não tem raiva, não se queixa. O que tem é pena da mulher e dos filhos. O melhor mesmo é que a morte venha logo.

A mulher não tem serventia, não sabe fazer nada: moça criada com luxo, apesar de pobre. No princípio tudo correu bem, viviam relativamente bem com seu ordenado modesto. Um dia, aquela dor no peito, aquela fraqueza, falta de apetite, tosse. Havia um caso de tuberculose na família. Mas ele não fez caso. Continuou trabalhando forte. Duma feita apanhou chuva. Daí por diante foi piorando. Deixou de ir à loja cinco dias seguidos. Nas outras semanas teve outras falhas. O patrão disse que não era "pai de cascudo" e mandou-o procurar outro emprego. Foi. Não encontrou. A doença progredia. O médico ficou com pena, aconselhou mudança de ar, pelo menos mudança de casa. Mas com que dinheiro? Só rindo mesmo... Depois... ele não se lembra de mais nada. Tudo começou a piorar com mais rapidez: contas, dificuldades, desconforto. Perdeu a noção do tempo, caiu na cama e não se ergueu mais.

A mulher não se queixa. Quase não fala. Um irmão dela ajuda às vezes com algum dinheiro, quando pode... As economias acabaram. O diabo é que a morte está tardando. Se ele fosse embora cedo, daria menos trabalho, menos despesas, não haveria tanto perigo para os de casa.

145

Maximiliano compreende tudo isso. E tem coragem. É quase com alegria que recebe esse sol novo.

A mulher diz que a manhã está bonita. Mas diz sem entusiasmo. A cara dela fica mais pálida, mais amarela (um amarelo esverdinhado) contra a luz.

— Como vão os meninos?

Pergunta pelos filhos como se eles morassem noutra cidade.

— Vão bem.

— O Pidoca melhorou do pé?

— Botei creolina. Tá melhor.

— Cuidado com o Bidinho, está magrinho, não deixes ele andar de pé no chão, pode apanhar umidade.

Ela faz um sinal com a cabeça e pensa nos sapatos do Bidinho, que já têm dois buracões na sola. Sai e volta pouco depois com o leite quente.

Maximiliano estende a mão para apanhar a caneca e fica espantado da magreza do seu pulso, da transparência de seus dedos ossudos.

E lembra-se de que um dia, num baile, derrubou com um soco um mulato atrevido que lhe queria roubar o par. Bons tempos! Ele tinha orgulho do seu cabelo crespo e dos seus músculos. Remava num clube de regatas. Chegou a ganhar um campeonato.

Agora mal tem força para segurar a caneca de leite...

26

Na casa de João Benévolo hoje amanhece mais tarde.

Para que pular da cama cedo? Há muito que se aboliu o café da manhã, por economia. Quanto mais cedo a gente se levanta, mais fome sente.

João Benévolo e a mulher estão deitados de olhos abertos. Ela olha para o teto, pensando na sua desgraça. Ele está em Paris e é D'Artagnan. Laurentina rumina suas misérias: as figuras dos credores desfilam uma a uma em sua mente. A viúva

Mendonça, pequenina, fazendo caretas. O italiano do armazém, de cara grande e vermelha. O leiteiro magro e pálido, de dentes podres. O homem das frutas, de bigodões compridos, sobrancelhas cerradas.

D'Artagnan corre pelas ruas de Paris. Que homem! Ninguém tem coragem de rir dele. Se algum burguesão gordo, da porta de sua loja, ousar contemplá-lo com desprezo — ai! — D'Artagnan lhe dará o castigo merecido. Todos os credores foram mortos. O mundo real foi abolido. Agora é Paris, a coragem, a força, a aventura. Correrias pelos becos, lutas com os guardas do cardeal, duelos...

O estômago de João Benévolo solta um ronco. É um protesto que quer dizer: "Estou com fome". João Benévolo volta à realidade. O sonho se apaga. Ele agora sente a presença da mulher a seu lado, o filho na cama menor, junto da parede.

Seu rosto fica ainda mais lívido dentro da luz forte que entra pela fresta da janela.

Que horas serão? — pergunta Janjoca a si mesmo.

Como se tivesse ouvido a pergunta interior, o relógio lá da varanda responde com sua voz estertorosa e longa, dando nove gemidos.

Laurentina não pode conter as lágrimas. O relógio batendo assim no silêncio da casa... como há muitos anos na varanda grande das titias, ela ainda solteira, o gato cinzento, o retrato de vovó na parede da sala de visitas... Laurentina afunda a cabeça no travesseiro e começa a soluçar.

— Que é isso, Tina?

É o mais que João Benévolo pode dizer. E diz simplesmente como quem dá uma satisfação, como quem quer demonstrar um interesse que não sente. A sua Tina é dum outro mundo, dum mundo em que ele é apenas visitante. João Benévolo agora mora em Paris. Quando leu *As mil e uma noites*, foi Aladim e morou em Bagdá. Já viajou num veleiro e foi Simbad. Só é João Benévolo às vezes, quando as solicitações do mundo real são duma insistência irresistível. No tempo da loja, trabalhava as suas oito horas com um sacrifício enorme. Animava-o a esperança dos serões quietos em casa quando se podia atufar novelas adentro. E era metendo-se na pele dos heróis de romance que ele se vingava das impertinências dos fregueses do Bazar Continental, das perseguições do gerente e da magreza do ordenado.

Uma vez — João Benévolo nunca mais há de esquecer — a loja estava cheia. Sábado. Entrava e saía gente, a casa parecia um formigueiro. De repente entrou uma mulher vestida de vermelho berrante. Ele (paixão pelas cores vivas) ficou assanhado. Sua imaginação começou a trabalhar. Ela era bonita, morena, parecia uma princesa de Istambul. João Benévolo sentiu uma coisa esquisita e ficou pensando... Se ela viesse, pedisse uma coisa, olhasse bem para ele e dissesse:

— Mas eu já vos vi. Onde foi?

(João Benévolo não admite no mundo do romance outro tratamento que não seja o de *vós*.)

— Eu também vos conheço. Não sois a princesa Miriam?

Os olhos dela se acenderiam. Sim, era a princesa Miriam. E ele, quem era?

— Sou o príncipe Bey.

Andava disfarçado, numa aventura tremenda. Conversariam. Combinariam um encontro à noite, num jardim, ao luar.

Mas de repente uma voz estrugiu bem junto do ouvido dele. Vermelho, indignado, gesticulando, o gerente cresceu para cima do príncipe Bey:

— Seu Benévolo, então isso é jeito de tratar as freguesas! Seu... seu...

Tremeu, tremeu e não disse mais nada. João Benévolo compreendeu o palavrão que ficou atravessado na garganta do gerente. A mulher de vermelho havia desaparecido.

Laurentina ainda está a soluçar. João Benévolo não encontra palavras de consolo. Para ele tudo está irremediavelmente perdido. Sem emprego, sem dinheiro, sem esperança... Sem esperança? Secretamente, ele ainda espera um milagre, desses que acontecem nos romances.

Por exemplo:

148

Ele vai por uma rua, as mãos nos bolsos, assobiando triste, quando de repente o auto do prefeito surge numa esquina. Um bandido de emboscada levanta o braço na ponta do qual brilha um revólver. Ele compreende tudo num relance. Salta, agarra a mão do bandido, tira-lhe o revólver, subjuga-o... O automóvel grande para, o prefeito desce e diz:

— Salvaste-me a vida, patrício. Como te chamas?

Abraços. Junta-se povo. Felicitações. Vivas. No dia seguinte aparece um homem solene:

— Tenho a honra de comunicar que Vossa Excelência está nomeado para um cargo muito importante...

Napoleãozinho solta um gemido que vem apagar a imagem do cavalheiro solene que trouxe a notícia do emprego salvador.

O rosto de Laurentina, molhado de lágrimas, se volta para o filho:

— Está doendo alguma coisa, meu filhinho?

Napoleão fala tremido por entre soluços:

— Tá... Tá... doendo aqui...

Põe a mão sobre o estômago.

Laurentina levanta-se, beija o filho, puxa a coberta até o pescoço dele e se volta para o marido.

— Janjoca, vai na farmácia.

— Pra quê?

— Traz elixir paregórico.

— E o dinheiro?

De repente, quase ao mesmo tempo, os dois se lembram... Em cima da mesa da varanda deve estar ainda a nota de vinte mil-réis que Ponciano deixou.

João Benévolo lava o rosto (o espelho lhe mostra uma cara com barba de três dias), veste-se e sai do quarto.

Na varanda para junto da mesa. A cédula é bem nova. Vinte mil-réis. O elixir paregórico deve custar um mil-réis no máximo. Sobram dezenove. Dezenove... Dez mil-réis para pagar a conta do leite para que o leiteiro continue fornecendo e o Napoleãozinho não fique sem leite. Sobram ainda nove. Dois para o almoço, dois para o jantar... Os cinco para comer amanhã... Depois...

149

João Benévolo faz um gesto de indiferença, como se tivesse formulado seus pensamentos em palavras.

Mas a imagem de Ponciano lhe aparece na mente: odioso, olhinhos miúdos e brilhantes, fala asmática, palito na boca, nariz picado de bexigas, calmo, duma calma que deixa a gente louco de raiva. E depois, a troco de que ele continua fazendo as suas visitas? Que será que pensa de Laurentina?

Não. Ele não deve nem encostar a mão nesse dinheiro... Não é direito. Se ele tocar na nota é porque concorda com a situação que o outro quer criar. É como se estivesse vendendo a própria mulher. Não. (Em imaginação João Benévolo pega Ponciano pela gola do casaco, dá-lhe dois bofetões e joga-o no olho da rua. Para ele não ser maroto!) Mas tocar no dinheiro? Nunca.

Vem do quarto a voz da mulher:

— Vai duma vez, o Napoleãozinho está gemendo.

João Benévolo se empertiga. É preciso ter coragem. Não deve deixar que a miséria lhe enfraqueça o moral. Toma a resolução de daqui por diante ser duro, inflexível.

— Não pego neste dinheiro. Não, não e não!

Mas a voz que diz essas palavras não parece a de quem está resolvido a ser inflexível. É macia e sem vontade.

Laurentina aparece à porta.

— Mas, Janjoca, tu vais deixar o nosso filho ficar sofrendo? Tina sempre fecha os olhos quando fala.

— Não é direito, não fica bem...

— Mas a gente devolve quando puder.

— Não.

Laurentina começa a chorar de novo. E as lágrimas que ela derrama vão derretendo aos poucos a falsa dureza de João Benévolo. Ele faz uma última ressalva:

— Por mim eu nunca que encostava o dedo nesse dinheiro. Que diabo! A gente é pobre mas tem a sua vergonha.

Vinte mil-réis. A conta do leiteiro. Comida para um dia e meio.

João Benévolo espera que ela diga mais alguma coisa, que

reforce o pedido, para que ele depois ponha o dinheiro no bolso com a consciência mais leve.

Laurentina, porém, permanece imóvel e calada.

— Se o Ponciano vier hoje — diz ele com voz sem cor —, eu devolvo os dezenove mil-réis e digo que vou pagar o que falta quando encontrar emprego.

Com a ponta dos dedos bota a cédula no bolso, soltando um suspiro. E sai a assobiar o *Carnaval de Veneza*. De tristeza, de vergonha.

27

Virgínia Madeira tira da gaveta do penteador, com o cuidado de quem lida com um escrínio de joias preciosas, uma caixinha de lata verde em que se lê em letras douradas: Pérolas Juventus. No lado de dentro da tampa os fabricantes fazem promessas tão tentadoras como a que Mefistófeles fez a Fausto. Os olhos de Virgínia passam depressa por cima de vários períodos de letras miudinhas em que ressaltam as palavras hormônios, secreções das glândulas endócrinas para se deterem interessados e fixos neste trecho:

Quem tomar as Pérolas Juventus de acordo com a bula verá no fim do primeiro mês que sua pele ganha uma frescura nova, as rugas começam a desaparecer, os seios endurecem...

Um ronco mais forte de Honorato faz Virgínia sobressaltar-se. Ela se volta para a cama. De barriga para o ar, roncando como um porco, o marido dorme. O ventre bojudo sobe e desce ao compasso da respiração. A combinação é curiosa: o acolchoado amarelo, o pijama listrado azul e branco, a cara gorducha, lustrosa e vermelha de Honorato, o travesseiro muito branco, o escuro polido da madeira da cama, e atrás, contra a parede, o *panneau* de seda negra, com desenhos azuis.

Em obediência à bula, Virgínia toma uma pérola. Senta-se

151

na frente do espelho e se encontra de repente diante da sua verdadeira personalidade: Virgínia Matos Madeira, de quarenta e cinco anos, um resto muito pálido de beleza no rosto, princípios de rugas e de duplo-queixo, alguns fios de cabelos brancos a aparecerem malvados, iludindo a vigilância das tinturas. Não é a Virgínia que ela sente ser sempre que está longe dos espelhos. Porque no fundo ela permanece a mesma rapariga de vinte anos que chamava a atenção nos bailes, "que vendia caro os seus olhares", que rejeitava namorados, sendo o orgulho da sua mãe e da sua rua. Os anos passaram, Noel nasceu, cresceu, formou-se, Honorato engordou, ganhou dinheiro e perdeu o cabelo, a família mudou três vezes de casa... Durante duas casas durou o reinado despótico da preta Angélica. Virgínia tinha horror às responsabilidades de mãe de família. Foi por isso que não se opôs a que a velha tomasse conta de tudo. Era uma preta enérgica e autoritária, neta de escravos do avô de Honorato. Nos primeiros meses do casamento, preocupada com festas, vestidos e relações, Virgínia esqueceu a casa. Tia Angélica firmou então o seu governo. Desde madrugada andava de pé dum lado para outro, dando ordens para a criadagem. Era ela quem determinava tudo, quem cuidava da conta do armazém, das roupas do casal, do jardim. Quando Noel nasceu, tia Angélica tomou também conta dele. Não se fazia nada sem consultar a rainha preta.

— Tia Angélica, que é que você acha, compramos ou não compramos uma chácara na Tristeza?

A voz da negra vinha lá do fundo da garganta, esfarelada e áspera:

— Compra nada. Não precisa.

E não se comprava. Noel cresceu. Tia Angélica lhe contava histórias de fadas, dava-lhe mimos, prendia-o em casa.

— Tia Angélica, deixe esse menino ir brincar na rua, senão ele se cria um maricas! — observava Virgínia.

Mas Angélica investia para ela, agressiva como uma galinha que defende os seus pintinhos.

— Não deixo! O lugar dele é dentro de casa! Noel não vai se misturar com os moleques.

Quando Virgínia cansou da vida de festas e relações (canseiras que duravam apenas alguns meses, findos os quais recrudescia a paixão pelas festas, pelas relações novas e pelas novidades), voltou-se para a vida do lar. Quis tomar conta de tudo, mas era tarde. Tia Angélica estava firme no poder, defendeu-se com ferocidade. Houve cenas, Honorato ficava-se nos cantos, aniquilado, sem coragem de tomar partido, sem ânimo para dizer uma palavra. Angélica, porém, foi inflexível.

Virgínia chorou nos primeiros dias. Julgou-se a mulher mais infeliz do mundo. Chegou a aborrecer o filho só porque Noel ficava do lado da preta velha. Não era ela quem lhe contava histórias, quem lhe dava banho, quem lhe comprava doces, quem o ninava enquanto a mãe, toda bonita e perfumada, andava pelos bailes e teatros? Mas no fim de algumas semanas Virgínia se acomodou à situação. Por fim, esqueceu-a. Nas vésperas de Noel entrar para a Academia (tinha feito preparatórios brilhantes) tia Angélica morreu. Foi como se de repente desaparecesse um rei que os súditos julgassem insubstituível. Noel chorou sentidamente. Honorato derramou algumas lágrimas que não foram muitas nem muito sentidas. Sentir demais a morte da preta velha que o criara — pensou ele — seria de algum modo desfeitear a mulher que recebera legalmente diante do altar, a mulher com quem no fim de contas tinha de viver o resto da vida.

Ao saber da morte de Angélica, Virgínia lamentou a perda da criada, mas bem no fundo, duma maneira quase inconsciente, festejou o desaparecimento da rival. Não teve coragem de tomar conta da casa. O número de criados foi então duplicado. Noel entrou para a Academia.

Os anos passaram. Honorato teve febre tifoide, ficou muito mal, emagreceu, sarou, tornou a engordar ainda mais do que antes. Noel se formou. Durante todos esses anos fizeram-se novas amizades, o casal foi duas vezes ao Rio de Janeiro, comprou um Ford que mais tarde foi trocado por um Packard e agora Virgínia está na frente do espelho, embaraçada e tonta porque não pode compreender o mistério... A imagem que o vidro lhe mostra diz que se passaram muitos anos, que ela não

153

é mais jovem, que seus seios estão caídos, que sua pele é flácida, os cabelos quase grisalhos... Mas se ela fecha os olhos, é como se conseguisse abolir todo o passado, fazer retroceder o tempo, pois interiormente continua a ser a mesma de antigamente. Nem chegou a ficar adulta. O mesmo gosto pelas festas, pelos vestidos, pela vida em sociedade, pelas novas relações. É como se não tivesse acontecido nada, como se o tempo houvesse parado bem naquele dia em que, vestida de branco, ela marchou, pelo braço de Honorato, rumo do altar, na Igreja das Dores... Vinte e quatro anos! Era como se fossem apenas vinte e quatro dias. Houve períodos de sua vida que foram como que um vácuo, sem cor, sem sabor, sem sentidos. Em outros houve tempestades, apreensões... mas ela viveu de verdade. O caso do cap. Brutus, por exemplo (Virgínia recorda). Encontrou-o na casa dos Marques Pinto, numa festa de aniversário. Foram apresentados. Ele era alto, envergava um uniforme bem talhado, falava com uma voz poderosa, soltava as palavras como tiros de canhão ("voz de cavalo" — classificara ela). Dançaram. Virgínia estava levemente escandalizada. Não era hábito uma senhora casada dançar com um homem solteiro. O capitão era atrevido no olhar e no falar. Fez-lhe elogios. Tinha um jeito carioca de pronunciar as palavras, chiava nos *ss*. Contava coisas diferentes. Era, em suma, uma novidade. Conversaram muito. Ao voltar para casa, Virgínia levou a impressão de ter vivido um sonho impossível. Mas Honorato ia a seu lado no automóvel, cabeça caída para trás, morto de sono, resmungando que tinha de acordar cedo no outro dia para ir ao escritório. Mas ela não lhe dava atenção. Escutava mentalmente a voz do capitão, os *ss* chiados, recordava o perfume dele, os galanteios. Nos outros dias Brutus começou a passar pela frente da casa. Tinha um modo elegante de fazer continência quando ela aparecia à janela. Ficou o hábito. Todas as tardes às cinco... Ele descia do bonde e vinha postar-se à esquina. Virgínia entreabria a janela. Em casa ninguém percebeu. Ninguém? Só tia Angélica. Viu e compreendeu tudo, o demônio da negra! Um dia falou, sem rodeios.

— Acabe com isso. Se o Norato souber, morre de desgosto.

A cara da negra, lustrosa e intumescida, a boca desdentada, os olhos de esclerótica amarela, a íris diluída... E aquela voz odiosa, áspera e antipática.

— Acabe, senão eu conto tudo.

Mas Virgínia se encontrou várias vezes com o capitão de voz de cavalo. Ele já atacava de frente, diretamente. Um dia propôs um encontro. Deu o endereço duma casa discreta. *Amanhã às cinco...* Separaram-se. Quando se viu a sós, ela teve a primeira hesitação. Tinha avistado Noel, que voltava do colégio. À vista do filho, pensou em mil coisas... tia Angélica a observava com o rabo dos olhos. Parecia uma bruxa que lia o pensamento dos outros. Ficou por ali, espiando, caminhando sem propósito claro, dum lado para outro. O ponteiro do relógio se aproximava da hora marcada. Virgínia relutava. A voz de cavalo, o ar insolente... mas fascinante. Os olhos da tia Angélica. Noel... A lembrança do marido. Foi com alívio que ouviu o relógio bater cinco badaladas. Tia Angélica não afrouxou a vigilância. Veio a noite, veio um outro dia. Duas semanas depois o cap. Brutus foi transferido. Rolaram os dias. Vem o esquecimento. Mais festas, mais relações...

Não. Tudo o que passou parece lenda. Nada daquilo aconteceu. Só a memória é que ainda vê. Mas vê fracamente quadros que ninguém pode mais fotografar. No fundo, ela ainda é a noiva, a mocinha...

Entretanto, abrindo os olhos, Virgínia enxerga a *outra*, a que mostra no rosto a passagem dos anos e dos fatos.

E é essa outra — a de quarenta e cinco anos — que agora relembra, desejando, aquele rapaz moreno de dentes brancos, aquele menino insinuante que veio despertar desejos que jaziam adormecidos na camada mais profunda do seu ser. Foi a outra que ontem, no Metrópole, ficou a olhar longamente a cara morena de olhos maliciosos.

Honorato dorme tranquilo. As batatas, o feijão, o açúcar, o câmbio, as faturas, as duplicatas, a safra, o dever, o haver — tudo agora está esquecido. Honorato Madeira flutua num país

155

magnífico de calma e serenidade como um anjo, como um elfo. Quando ele acorda, o corpo se lhe imporá ao espírito como um fardo. Voltará a memória dos cereais, dos papéis do escritório, a sensação de gordura e peso, o desejo de ganhar dinheiro e comer bem. Por enquanto Honorato Madeira é puro espírito, sonha que é uma pomba que de repente, inexplicavelmente, se transforma num avião que aos poucos vai virando numa coisa verde, verde e mole, que ondula, como uma bandeira ou uma cortina — a cortina do seu quarto...

Acorda.

28

D. Maria Luísa, mulher de Zé Maria Pedrosa, não se habituou ainda ao palacete. Parece que está em casa estranha.

Senta-se na beira das cadeiras, tem medo de abrir as gavetas, caminha na ponta dos pés, não tem jeito de dar ordens aos criados... Há peças no casarão em que nunca entrou: elas lhe dão uma espécie de medo... São tão grandes, para tão pouca gente... E a ideia de que tudo isso foi um desperdício a acompanha por toda a parte, como uma obsessão angustiante. O mais horrível ainda são os dourados da mobília Luís XV. Ela tem a impressão de que aquilo é ouro legítimo, maciço. A sala toda é um pesadelo. Os espelhos que há pelas paredes, numa profusão desconcertante, a assustam. Os jarrões, que se erguem nos quatro cantos, com pinturas delicadas, são como punhaladas. Podem quebrar, de tão delicados... Uma porta que bata com mais força, um descuido, um pontapé, um soco... Para que tudo isso? E o banheiro? Ladrilhos coloridos, pias verdes, torneiras niqueladas, bugigangas que a gente nem sabe para que são. Só o relógio custou uma fortuna. No entanto — pensa d. Maria Luísa com dor de coração — não anda melhor nem mais certo do que o velho relógio que batia, humilde, na sua salinha de jantar da casa de Jacarecanga. Quando se lembra de sua terra, d. Maria Luísa tem vontade de chorar. Já lá vão dois anos! No princípio, foram os hotéis. Ela preferia sempre comer no quarto (Chinita gostava do salão geral, exibida e assanhada!), tinha vergonha das pessoas que olhavam o jeito como a gente come. Depois, em hotel de cidade, há um talher para cada coisa, nunca se sabe como usá-lo. Os criados eram atenciosos mas não faziam nada sem gorjeta. Para ela, cada gorjeta que se dava era um talho que ela recebia na sua carne de mártir. Onde se ia parar com tanta despesa? Zé Maria falava nos "dois mil pacotes" da loteria, batia no bolso, prosa. Manuel e Chinita andavam soltos pelos cinemas e cafés. Ela preferia ficar no quarto do hotel. Todo o mundo procurava Zé Maria. "Coronel, compre um auto!" "Coronel, compre uma casa!" "Coronel, compre um rádio." E a cada oferecimento d. Maria Luísa sentia um calafrio, como se o marido já tivesse feito a compra, irremediavelmente. Depois veio a ideia infeliz de fazer esse casarão. Setecentos contos! Que desperdício! Um parque que dava para invernar gado. Um casarão que servia para quartel. E esse luxo sem serventia, essa criadagem enorme, essa loucura...

D. Maria Luísa caminha pela casa, como uma visão.

Sobe ao quarto da filha. Bate. Lá de dentro vem a voz dela.

— *Come in!*

Entra.

— Que foi que disseste?

Chinita explica:

— *Come in*, como no cinema.

D. Maria Luísa sacode a cabeça, desolada.

Chinita está na cama, lendo uma revista de cinematografia. Seu quarto é todo bege, desde os móveis até a pintura das paredes. Ela ainda está por baixo das cobertas, metida no seu pijama de seda preta com debruns vermelhos.

— Não vais à missa? — pergunta a mãe.

— À das onze.

D. Maria Luísa olha em torno, procurando um pretexto para ser infeliz, um motivo para censura, uma razão para zanga. Tudo está em ordem. O vestido verde que a filha usou no baile da noite anterior acha-se em cima da cadeira. Os sapatos, ao

157

pé da cama, junto com os chinelos debruados de arminho. Os frascos de creme e perfume do penteador estão numa relativa ordem. Que milagre — pensa d. Maria Luísa. E sente-se muito triste e contrariada por não encontrar à vista motivo para tristeza e contrariedade.

— Dormiste bem? — pergunta, numa tentativa derradeira para achar uma irregularidade. Porque se Chinita diz que dormiu mal, estará aí a deixa para ela maldizer os bailes que terminam tarde, a vida desregrada dos filhos, a sociedade, o mundo, tudo!

Mas Chinita, bocejando por pura faceirice, respondeu tranquilamente:

— Dormi como um anjo.

D. Maria Luísa suspira.

— Por que não levantas? Já passa das dez.

Chinita recosta a cabeça na guarda da cama.

— Não, quero que mandes trazer o café aqui...

D. Maria Luísa sacode a cabeça. Em Jacarecanga, Chinita não dizia *tu* — dizia senhora. Não tomava café na cama às dez: pulava às oito e ia tomar café com todos na mesa da varanda.

— Minha filha, não te acostumes mal, por que não vais tomar café lá embaixo com todos?

Chinita insiste. Quer porque quer. Pode ser feio, pode ser mau costume, mas é como ela tem visto no cinema. As criadas de manhã trazem o *breakfast* no quarto, as estrelas leem revistas, dizem *good morning*. Tão bom, tão bom poder fazer o mesmo!

D. Maria Luísa sai, resmungando. Pode apertar a campainha e chamar a criada. Mas não. Não quer. Prefere convencer-se de que a casa não é sua, de que ela é uma estranha debaixo desse teto, de que é uma mártir, um estorvo...

Vai pessoalmente à cozinha e, sem dar ouvidos aos protestos solícitos e delicados da camareira, ela mesma faz o café e trá-lo numa bandeja, com torradas, até o quarto da filha.

— Mamãe! Mas a senhora! Ora!

Chinita se surpreende. A sua surpresa é metade natural, metade cinematográfica.

Em silêncio, d. Maria Luísa põe a bandeja sobre a mesa de cabeceira da filha e retira-se, sem dizer palavra.

Passando pela porta do quarto do filho, bate. Não respondem. Torna a bater. Nenhuma resposta. Abre a porta devagarinho. O quarto está escuro. Ela entra. A princípio as coisas estão sumidas na escuridão. Mas aos poucos os olhos de d. Maria Luísa se vão afazendo à escuridade e da sombra geral emergem contornos: o quadrado da janela, o guarda-roupa com porta de espelho, a cama. Ela se aproxima da janela e abre o postigo. O filho está deitado, vestido e calçado. O sol lhe bate no rosto. D. Maria Luísa contempla-o com amor. Como ele está pálido e magro! Era tão corado, tão alegre... Agora tudo mudou. Às vezes Manuel não dorme em casa, como ontem. Quando vem, é de madrugada.

D. Maria Luísa se acerca da cama. João Manuel dorme sono profundo. Parece mais velho, os lábios descoloridos e tão pálidos como o rosto. Os ossos dos zigomas parece quererem furar a pele. D. Maria Luísa sente um aperto no coração.

Decerto o rapaz esteve no cabaré. Deve ter uma amante como todos os rapazes ricos de sua idade. Champanha, danças, badernas.

Quanto teria gasto a noite passada? Sem poder resistir à tentação, d. Maria Luísa apalpa o bolso do casaco do filho, procurando a carteira. Manuel remexe-se, mudando de lado e resmungando.

Na ponta dos pés ela sai do quarto.

O tapete do corredor abafa-lhe o ruído dos passos. Ela se lembra de que o soalho de sua casa de Jacarecanga rangia quando a gente caminhava nele. Rangia, mas lá tudo era melhor. Ninguém dormia até tarde, Manuel se recolhia cedo. Chinita não usava vestidos tão decotados nem andava tão solta. Tudo era diferente. Mais união. De noite Zé Maria jogava gamão com o vizinho, e ela fazia tricô; Chinita ia passear na praça com as filhas do coletor. Tão bom...

D. Maria Luísa suspira. Não há de ser nada — pensa —, um dia eu morro e tudo se acaba. Eles têm a despesa do enterro, mas ficam livres de mim para sempre.

Entra no quarto.

Zé Maria Pedrosa dorme na cama à Luís XV. É um corpo estranho que não pertence a esse conjunto. Aquela cara tostada de caboclo rude, no meio da seda e dos ouropéis...

D. Maria Luísa sacode a cabeça.

— Que despropósito.

29

O almoço terminou. E como o gosto de feijão lhe persiste na boca, o prof. Clarimundo toma um gole d'água e faz um gargarejo prolongado. Vai até a janela, com a cabeça erguida, a água a borbulhar-lhe na boca, e assim fica por alguns segundos. Depois, distraído, esguicha a água para a rua. Lá embaixo um homem que passa dá um salto brusco, escapa por um triz de receber o jorro na cabeça, olha para cima, indignado, e diz um palavrão.

O professor vê, ouve e, atarantado, esboça com a mão um desajeitado gesto de desculpa. O homem continua a caminhar. O professor pensa no seu observador de Sírio. Entre ele e os habitantes da Terra haverá a mesma incompreensão, mas separada por uma distância incomparavelmente maior. Se o homem de Sírio cuspisse água para a Terra, os habitantes do nosso planeta naturalmente se voltariam para o alto e diriam nomes feios... O professor está contente com a comparação. Fica a pensar no livro. Qualquer dia vai começar. Naturalmente escreverá um prefácio. É preciso explicar... Entrar assim de repente no assunto pode chocar o leitor.

Debruça-se à janela. A velha de preto, a moça bonita e o rapaz barulhento estão ao redor da mesa. Mais adiante, o homem do gramofone, mais a mulher e os filhos, acabam de almoçar. Na janela da casa próxima, um guri de cara amarela e triste olha para a rua, com o nariz apertado contra a vidraça encardida. Calma nos quintais. O pombal de d. Veva está silencioso. Céu sem nuvens. Sol intenso.

Para que se não me confira a pecha de fantasista descabelado... —

ou melhor: *Para que se não diga que sou um desvairado engendrador de ficções.*

Clarimundo sorri interiormente, satisfeito.

Bom início para um prefácio.

30

D. Eudóxia toma a sua canja. Fernanda e Pedrinho comem carne assada com feijão e arroz. Hoje veio macarrão nas marmitas e, como Fernanda trouxe dum restaurante uma galinha assada, o almoço tem ares de banquete.

— Olha — avisa Fernanda —, hoje vou a Ipanema.

Pedrinho dá de ombros:

— Por mim...

D. Eudóxia ergue os olhos de mártir.

— Ele vai?

A voz de Fernanda é resoluta e firme:

— Vai.

Ele é Noel. Combinaram um encontro. Não se veem há uma semana, devem ter muita coisa a se dizerem. Livros lidos durante a semana, impressões... E depois — pensa Fernanda — Noel precisa de quem o anime. É tão desamparado, tão sem vida, tão sem energia...

D. Eudóxia diz num suspiro tudo quanto calou em palavras. Fernanda não teme atacar o assunto cara a cara.

— Que é que tens, mamãe? Diz logo. Nada de segredos.

Seus olhos se focam no rosto da mãe. D. Eudóxia olha para o prato.

Pedrinho luta com uma fita de macarrão e diz, meio engasgado:

— Deixa essa caduca...

— Vamos, mamãe. Despeje logo...

D. Eudóxia hesita. Mas o seu ressentimento por fim acha expressão.

— Podem falar, minha filha, tu compreendes...

161

Sim, ela compreende. Podem falar, podem maliciar. Encontros com o rapaz numa praia. Camaradagem com uma pessoa do outro sexo. Ela compreende...

— Mas quem é que pode falar?

D. Eudóxia deixa cair a colher de sopa.

— O povo, a sociedade.

Fernanda ri com gosto.

— A sociedade? A bela sociedade que frequentamos? Mas que coisa ridícula, mamãe, que coisa ridícula! A senhora ainda não se convenceu de que somos pobres e que não temos *sociedade*?

Pedrinho está demasiadamente entretido no macarrão para prestar atenção "àquelas besteiras".

— Mas, minha filha, os vizinhos...

— Não me mates... Olha que eu posso ter uma congestão...

Na realidade, Fernanda não acha muita graça na história. Mas é preciso fingir essa alegria, essa despreocupação. Elas são uma armadura, a defesa que tem oposto sempre ao fatalismo da mãe.

— Se ao menos vocês fossem noivos...

Fernanda trincha a carne, ausente. A mãe continua a lenga-lenga.

— Essas visitas que ele te faz... Não sei, não acho direito... Conversas na escada, no corredor escuro...

— Ele não vai me comer...

E Fernanda tem a certeza inabalável de que Noel não é capaz de comer ninguém.

— Ele está aproveitando, está te desfrutando...

Fernanda sorri.

— Moça rica, quando cai na boca do povo, não perde nada. Continua indo a baile e no fim acha casamento. — Suspira, toma uma colherada de canja. — Mas moça pobre (sua voz aqui ganha a consistência pastosa da canja), quando é falada, fica o mesmo que mulher à toa...

Fernanda adota outra tática. Descobre que a melhor arma para se defender da mãe é o silêncio.

162

"Mulher à toa". Pedrinho ouviu isso e agora não pode mais governar os pensamentos. Baixa a cabeça para o prato. Lembra-se de Cacilda. Pela primeira vez depois que ele está à mesa, a imagem *dela* lhe assalta a mente. A recordação daquela noite lhe vem, nítida, e parece que ele sente, ouve e vê... Foi há três meses. Nunca tinha estado com mulher nenhuma. Todas as suas tentativas para acalmar os primeiros pruridos sexuais tinham sido solitárias. Mas era preciso conhecer o amor de verdade. No entanto, tinha medo. Contavam coisas horríveis: doenças, deformações, mulheres que judiam com os rapazes inexperientes... Ele só tinha dezesseis anos. Não podia ir atrás do que diziam certos companheiros que tentavam tirar-lhe o temor:

— Vamos, bobo, é fácil...

— Tenho medo — expressava ele.

Os outros o tranquilizavam:

— Eu sei de uma que te ensina. É tão bonita... Muito boazinha.

Resolveu ir. Fez economias. Juntou dinheiro (a mana sempre lhe dava dois mil-réis todos os sábados). Foi. Passou pelo beco encolhido de medo. O amigo — o Clóvis — mostrou a casa. É aqui. Entraram. Apareceu uma mulher: bonita, de olhos verdes, parecia uma moça direita, dessas que a gente vê nas casas de família. Seu acanhamento aumentara.

— Este é o rapaz que eu falei — explicou Clóvis.

— Como vai? — A moça estendeu-lhe a mão que Pedrinho apertou. — Vamos entrar?

Clóvis foi embora.

Entraram para o quarto. Meia-luz avermelhada, uma cama de casal, um guarda-roupa pequeno, figuras na parede, na maioria artistas de cinema. Sobre a cama, uma almofada colorida, com um boneco em cima — um chinês fumando cachimbo. (Esse detalhe nunca, nunca ele vai esquecer...)

— Como é o teu nome?

— Pedro. E o da senhora?

— Cacilda.

A mulher fechou a porta e começou a despir-se. Ele fez o mesmo, todo trêmulo. E quando ela se deitou na cama de costas e o chamou com os braços, ele estava sacudido dum tremor estranho, com vontade de chorar. Tudo parecia um sonho. Era bom, mas assustador. E a cara dela não era debochada como ele imaginara. Um ar simpático, dois olhos verdes muito limpos, um sorriso calmo...

— Que é isso, Pedrinho? Em que é que estás pensando?

Pedrinho como que desperta, e vê que Fernanda está a mirá-lo, maliciosa, com um olhar que parece ver tudo, ler os pensamentos alheios.

— Nada!

D. Eudóxia afasta o prato. Fernanda vai buscar a sobremesa. O pensamento de Pedrinho torna a voar...

Quando ele saiu da casa de Cacilda levava o corpo leve. Parecia que tinha descoberto um mundo. Ia como que no ar, voando. Agora podia olhar os companheiros sem constrangimento. Era homem.

Os dias passaram, mas ele não esqueceu Cacilda. Voltou à casa dela na semana seguinte. Teve de esperar, porque ela estava com outro. Ficou rodando pela vizinhança. Quando viu o homem sair, entrou.

— Não se lembra de mim?

Tremeu ao fazer a pergunta.

— Ah! Aquele que o Clóvis trouxe?

Pedrinho sacudiu a cabeça.

— Bonita noite.

— Muito bonita.

— Mas é capaz de chover amanhã.

— Achas?

— Está quente.

— É.

Silêncio. O assunto não vinha. Cacilda sorria. Pedrinho compreendeu que estava apaixonado. Era esquisito, uma bobagem, mas estava apaixonado, irremediavelmente.

Cacilda pediu:

164

— Vai embora, sim, nego?

Ele relutou. Queria ficar.

— Vai. Estou esperando um amigo.

— Um amigo?

O coração de Pedrinho desfaleceu.

— Um amigo. Marquei hora. Ele pode desconfiar e eu não quero encrencas...

— Olha a sobremesa!

Pedrinho tem um sobressalto. Fernanda lhe passa o prato de compota de pêssego.

Uma voz grita do quintal:

— Não sabem como amanheceu o seu Maximiliano?

Fernanda volta a cabeça, ergue-se, vai até a janela.

É d. Veva que, por cima da cerca, faz a pergunta de todos os dias.

— Não sei não, senhora.

D. Eudóxia deixa a mesa, contente por encontrar uma pessoa de sua idade, "do seu tempo", com quem possa conversar.

— Bom dia, vizinha. Eu acho que ele não dura.

D. Veva faz uma careta.

— Um mês no máximo...

— Dois dias — diz d. Eudóxia.

Fernanda leva os pratos para a cozinha.

Pedrinho vai para o quarto. Abre a gaveta da mesinha de cabeceira, tira de dentro dela uma caixa de charutos e abre-a. Aparecem várias moedas douradas de mil-réis. Ele conta: quatro. Bom. Faltam dois. Amanhã o Clóvis lhe vai pagar dois mil--réis que lhe pediu emprestados a semana passada. Ficam seis. Com seis mil-réis ele comprará para Cacilda um colar muito bonito — azul, vermelho e amarelo — que viu numa vitrina da Sloper.

Ergue os olhos, pensativo. Pela janela avista lá do outro lado da rua, no alto da casa da viúva Mendonça, o prof. Clarimundo.

165

31

Teotônio Leitão Leiria desce de seu Chrysler no portão do Country Club. Está de boné cinzento, suéter bege com malhas marrom, *knickerbockers* havana e meias escocesas negras. Traz às costas a sua aljava com os tacos. É um perfeito jogador de golfe. Não falta nada, tem tudo, até o espírito anglo-saxônico. (Ele pensa com satisfação que, com sua cara vermelha, pode passar por inglês ou norte-americano.)

A turma de costume o espera. Mr. Wood, enorme como um arranha-céu, pele tostada pelo sol, dentes muito brancos. Mr. Parker, um inglês de bigodes grisalhos, bochechas flácidas e olhos azuis. O dr. Castro Neto, franzino e delicado, que espera ganhar cores ao sol do Country.

Sentam-se todos à sombra dum para-sol de larga umbela, no terraço do pavilhão. Mr. Wood pede um uísque com soda. Mr. Parker, idem. O dr. Castro Neto quer um guaraná (fígado). Leitão Leiria, como bom *businessman*, convencido agora de sua personalidade anglo-saxônica, também adere ao uísque.

O sol brilha sobre os campos. Mr. Wood faz humor. Mr. Parker ri a sua risada natural. O dr. Castro Neto sorri timidamente. Leitão Leiria exclama:

— *Wonderful! Wonderful! Wonderful!*

Combinam uma partida. Os *caddies* tomam conta das aljavas.

Mr. Wood ergue o braço num movimento harmonioso e desfere um golpe na bolinha branca. A bola zune, corta o ar claro e vai cair longe.

— *Fine!* — aplaude Leitão Leiria.

Os dentes de Mr. Wood contrastam com o rosto tostado de sol. O dr. Castro Neto erra o primeiro golpe, arranca um punhado de grama com o terceiro e no quarto joga a bola quase rasteira a pequena distância. Chega a vez de Leitão Leiria, que abre as pernas, encosta o taco na bola, ergue-o depois (com fleuma britânica — fantasia ele) e desfere o golpe. A bola voa como um projétil.

— *Good!* — faz Mr. Wood.

Saem a caminhar. Os campos se estendem, dobrados a perder de vista. O céu é dum azul igual e fulgurante.

Leitão Leiria vai assobiando uma ária alegre.

Lá no alto, no pavilhão, outros jogadores se preparam para uma partida.

Enquanto caminha, Teotônio se vê, ao mesmo tempo, no meio dos amigos, como se fosse um observador estranho ao grupo. Ao lado dos dois americanos parece um homem da mesma raça, no físico e nas atitudes. As roupas, as maneiras, o jogo. Para reforçar a convicção ele comenta:

— *A fine day!*

Mr. Wood arreganha os dentes.

— *Very fine!*

— *Glorious!* — acrescenta Mr. Parker, num grunhido. O dr. Castro Neto limita-se a sorrir.

Uma perdiz de repente sai voando ruidosamente dum tufo de macegas, como um minúsculo avião.

Leitão Leiria estende o dedo, explicativo. Quer dizer o nome do bicho em inglês. Remexe na memória por alguns segundos, mas o nome lhe foge. Não tem remédio senão dizer:

— Perdiz!

Mr. Wood sacode a cabeça:

— *Yes.* Perdiz.

O dr. Castro Neto sorri. Mr. Parker rosna qualquer coisa.

Os *caddies* correm.

Onde estarão as bolas?

32

Ipanema.

O rio está tranquilo e o horizonte é dum verde tênue e aguado que se vai diluindo num azul desbotado. As montanhas ao longe são uma pincelada fraca de violeta. A superfície da água está toda crivada de estrelinhas de prata e ouro. Longe aparece o casario de Pedras Brancas, na encosta dum morro. Mais perto o Morro do Sabiá avança sobre o rio. O céu é tão azul, tão puro e luminoso, que Noel simplesmente não acredita que seja um céu de verdade.

Ele diz a Fernanda:

— Parece um céu de sonho, de contos de fadas.

Fernanda sorri.

— E no entanto é um céu de verdade...

Calam-se. Uma rapariga loura de maiô vermelho passa por eles a correr descalça; os pés a afundarem na areia. Suas carnes são rijas, suas pernas esbeltas, seus cabelos parecem uma labareda dourada e estão soltos.

— E depois — continua Noel — essa *Fräulein* de vermelho...

Fernanda olha para o companheiro. Bem como nos outros tempos — pensa ela. Lembra-se das manhãs em que ia buscar Noel para o levar à escola, pela mão. O sol lhe batia nos cabelos castanhos, dando-lhes um reflexo de bronze. E ele ainda hoje é o mesmo menino que se deslumbra diante de tudo mas que ao mesmo tempo se encolhe, assustado, na frente do menor obstáculo, da menor dificuldade.

— Se a vida fosse sempre assim — continua Noel — eu seria um adaptado. Dias bonitos, paisagens bonitas, esta distância entre a gente e as outras criaturas. Não precisar estabelecer relações desagradáveis, não precisar lutar pelo pão de cada dia...

— No entanto tu não lutas pelo teu pão...

Noel volta para a amiga um rosto em que há uma ruga de contrariedade. Ela acaba de tocar num ponto sensível. E só o que ele encontra agora para dizer é isto:

— Tu sabes...

Sim, ela sabe. Sabe mas há de fazer o possível para conseguir que ele mude, vença o terror de menino mimado e entre na vida, resoluto, de olhos abertos e cabeça erguida.

— O teu mal — diz Fernanda maciamente — é julgar que só há beleza nos livros e nos teus contos de fadas. Se tu soubesses como a vida tem coisas interessantes... É um poema, um romance, se quiseres. E também uma aventura...

Fernanda pensa na sua luta de cada dia. Luta com Leitão Leiria no escritório. Luta com o fatalismo da mãe. Luta consigo mesma.

— Esta nossa camaradagem mesmo parece um sonho — diz Noel.

— Por que um sonho?

— Porque está durando, porque ainda não se atravessou nada entre nós, porque...

Noel não acha palavras para continuar. Fernanda sacode a cabeça afirmativamente, compreendendo... E mentalmente completa a frase: Porque ele ainda não procurou beijá-la, não procurou levá-la para uma casa de *rendez-vous*. Porque puderam conversar sempre serenamente, conservando o sexo a uma distância conveniente.

Longe, no rio, passa um veleiro.

Um silêncio. Noel caminha de chapéu na mão, os olhos estão voltados para as montanhas. De repente ele se vê de novo numa manhã da infância, a caminho da escola. A pequena Fernanda, de vestido curto e olhos vivos, vai na frente, puxando-o pela mão. O sol brilha contra as fachadas, os muros, o céu.

— Tu te lembras? — pergunta ele.

Sim, ela se lembra.

— Íamos de mãos dadas... — diz Fernanda, como se pensasse em voz alta.

— Tu na frente...

— Assim...

Pega na mão de Noel e continua a caminhar. Ao contato dessa mão, quente e macia, Noel tem um agradável estremecimento.

Fernanda vai rindo e acelerando o passo. Ele se deixa levar. De repente um pensamento o assalta. E se ele... e se ele... casasse com Fernanda? Isso deve ser amor. Prazer de estar com ela. Essa sensação de paz e segurança que a companhia dela lhe dá... Se ele fizesse uma tentativa para mudar de vida? Sim, poderia ser bem-sucedido. Havia de entrar num mundo novo, junto com ela, lutando os dois, lado a lado...

Olha para a companheira.

Fernanda vai de cabeça erguida, e seu perfil tem algo de impetuoso. O moreno do rosto fica mais lindo ao sol. Os seios se lhe projetam para a frente, rijos. Assim de súbito Noel tem a consciência (de certo modo dolorosa) de que a deseja. Um desejo recalcado à força de argumentos de ordem abstrata. Um desejo que nunca achou expressão em palavras nem em atos. Um desejo que ele sempre repeliu — é absurdo! — como incestuoso. Quando vê Fernanda, tem vontade de se lhe entregar, como um órfão, deixar-se acariciar, abrir-se em confidências... Mas agora, ao sol, vestida de branco, rindo e quase a correr, Fernanda não convida a sentimentos fraternais...

Noel procura afugentar o desejo, mas ao mesmo tempo não deixa de enxergar o absurdo de sua tentativa. Por que não desejá-la fisicamente? Por quê? Acaso ele não é um homem e Fernanda uma mulher? Não existe entre ambos o menor grau de parentesco. Teoricamente Noel justifica o desejo. Mas na prática tudo mudaria...

No entanto Fernanda poderia salvá-lo. Talvez lhe desse força para lutar. As suas experiências sexuais foram dolorosamente decepcionantes, tão decepcionantes e dolorosas que ele se havia encolhido e fugido ao convívio das mulheres. Fernanda podia ser a salvação. Em tudo. Por tudo.

— Olha lá em cima! — exclama ela.

Um avião do Exército faz evoluções, vira cambalhotas, cai em folha-morta, descendo a pouca distância do rio para depois subir como uma frecha.

— Vamos sentar?

Sentam-se, face a face.

Como ele é frágil — pensa Fernanda —, e que ar abandonado! Sente desejo de acariciá-lo como a um filho, como a um irmão. Ele é tão diferente dos outros...

— Ontem estive lendo a Mansfield — diz Noel. — O diário...

Fernanda sorri. Já estava custando virem os livros. Noel

170

não passa dez minutos sem falar em literatura. Por quê? O dia está tão claro, a paisagem tão encantadora... Ela lê também, ama os livros, mas não se deixa escravizar por eles. Primeiro a vida. E se os livros oferecem interesse, ainda é por causa da vida.

Olhando para o rio, Noel prossegue:

— Que sensibilidade... A gente tem a impressão de que Katherine não era deste mundo. Uma fada... Um anjo... Qualquer coisa de aéreo... Uma nova encarnação de Ariel...

Fernanda nunca leu a Mansfield. Noel conta. E contando se entusiasma. É como o menino deslumbrado a narrar o mais belo sonho da noite. Ela escuta.

— Quando fico a pensar em certas coisas chego a ter medo do mistério da vida e das criaturas... Em 1923, quando eu estava ainda no ginásio lendo *As mil e uma noites* nas horas de folga, Katherine Mansfield morria num retiro na França... Pensa bem nisso, Fernanda, é de assustar...

O rosto de Noel tem uma expressão de ânsia. Fernanda não vê nenhum motivo de susto. Ele continua:

— Dez anos depois é que Katherine passou a existir para mim... Uma revelação tão boa, tão harmoniosa, que me deixou aniquilado. Agora ela existe para mim, existe mesmo, está viva... E a ideia de que o seu corpo hoje está debaixo da terra em decomposição... me é quase insuportável.

Pausa. A menina loura de maiô vermelho sai de dentro d'água, rebrilhante como um peixe, e deita a correr pela areia.

— Pode ser uma tolice — continua ele —, mas tudo isso me comove...

Fernanda sacode a cabeça, com o sorriso do mais velho que perdoa a travessura da criança.

— No entanto não tens olhos nem piedade para as desgraças atuais, para as que estão perto de ti no tempo e no espaço...

— Como?

— Pensa bem, faz um esforço. Perto da minha casa mora um tuberculoso que está morre não morre. Tem dois filhos. A casa é imunda. Fatalmente os pequenos vão pegar a doença. A mulher parece que já está contaminada.

Noel sacode a cabeça. É uma história nova. Nova e horrível. Ele reluta em tomar conhecimento dela. A realidade não é maravilhosa como a poesia, mas também não tem o melodramático das desgraças dos romances. A vida é simplesmente chata e sem cor. Simplesmente.

Fernanda continua:

— Na frente da minha casa mora um homem que tem mulher e filho e está sem emprego. Trabalhava na mesma loja onde trabalho. E eu sei por que o coitado foi despedido... Porque precisavam dar o lugar dele para o protegido dum político influente. O patrão não hesitou...

Noel não pode duvidar do que Fernanda lhe diz. Ela viu, sabe...

— Mas de que serve a minha piedade? Poderá ela melhorar a sorte dessa gente?

Fernanda é rápida na resposta, pois já pensou muitas noites no assunto.

— A tua piedade, não. Mas poderás fazer alguma coisa para que um dia tudo isso melhore...

— Não sei como...

— Eu sei...

Tudo o que Fernanda cala, Noel compreende. Mas nada se dizem. Ficam simplesmente olhando o rio. Um vento morno arrepia a água. Uma nuvem gigantesca, debruada de luz, se ergue, cor de fumo, contra o horizonte claro. Um *cutter* de vela triangular passa a poucos metros da praia, levando um homem e duas mulheres de maiôs coloridos. A sombra branca da vela se projeta n'água, toda cortada pelas ondulações.

— E o romance? — pergunta Fernanda.

— Como sempre. Parado.

Noel tem um velho projeto: escrever um romance.

— Por quê? Por que não trabalhas?

Por mais que se esforce — e na verdade ele não se esforça muito — Noel não encontra nenhum tema, fora da autobiografia. A sua infância, os contos da tia Angélica, o paraíso tranquilo que a velha preta lhe tornava possível graças à sua vigilância de Anjo da Guarda, a mãe remota, os serões familiares, a cara feia mas querida da negra velha... O colégio, nenhuma relação com os outros rapazes, a vida do menino mimado que veste roupas limpas, que vai à escola penteadinho e cheirando a água-de-colônia... Quando os colegas o ameaçavam, era ainda tia Angélica que vinha salvá-lo. "Saem, diabos! Deixem o menino quieto!" E brandia a mão enorme, como uma clava, afastando os agressores. Depois, a morte da negra, o cadáver, o velório, o sentimento duma perda irreparável. A morte da mãe não lhe teria sido pior. Mais tarde, a Academia, o primeiro contato com a vida, e a grande decepção. A vida não era, como ele esperava, um prolongamento dos contos de fadas. Nas histórias de tia Angélica sempre o príncipe acabava casando com a princesa e o gigante mau morria. Mas na vida os gigantes maus andavam soltos, vitoriosos, e não havia princesas nem fadas.

Noel tem às vezes a impressão de que através da autobiografia ele talvez se possa libertar de seus fantasmas. Mas todas as tentativas que tem feito redundaram em malogro.

O que vai para o papel é uma história sem força, sem carne, sem sangue, é como que um conto de fadas de outro conto de fadas, uma mentira de outra mentira.

Fernanda sorri e olha para o amigo.

— Eu te ofereço um assunto, e esse assunto será o teu primeiro passo na direção da vida...

— Qual é?

— Toma o caso de João Benévolo. Tem mulher e filho e está desempregado. Eis uma história bem humana. Podes conseguir com ela efeitos admiráveis.

Noel faz uma careta de desgosto: a mesma careta que fazia em menino quando tia Angélica lhe queria botar goela abaixo, à custa de promessas falsas, um remédio ruim.

— Mas isso é horrível... Não me sinto com capacidade para tirar efeitos artísticos dessa história.

Fernanda responde rápida:

— Tira efeitos humanos. É mais legítimo, mais honesto.

Para Noel a história do homem que perdeu o emprego só

tem uma face: a da chatice descolorida e baça do cotidiano. Criaturas sem imaginação, banhos aos sábados, ambientes de janelas fechadas, cheiros desagradáveis, conversas tolas, um sofrimento que não é desesperado nem suave, mas simplesmente aborrecível. Que esperança poderá haver para um romance baseado em tal história?

— Por exemplo — insiste Fernanda —, um dia falta a comida... Podes começar a história nesse ponto. O herói olha para a mulher e pergunta: O que é que vamos comer?

Comer... A palavra causa uma espécie de náusea a Noel. Comer... Ele preferia um romance de belas abstrações luminosas, de seres transparentes que não têm sangue nas veias, mas luz, de paisagens eternamente luminosas como a presente, de criaturas que não têm necessidades humanas...

— Não me sinto com forças para escrever esse romance... — confessa Noel.

Fernanda dá de ombros.

— Está bem. Não posso te obrigar... Vamos caminhar um pouco mais? — Levantam-se.

A grande nuvem que se erguia sobre as montanhas se dissipou. O avião amarelo torna a passar a uns duzentos metros do solo.

Há automóveis à beira do rio. Crianças correm e gritam. Um homem gordo, de óculos que brilham muito, assesta a sua Kodak para um grupo de moças.

A *Fräulein* de maiô vermelho acena com o braço para uma amiga:

— *He, Trude! Komm'her! Wir wollen schwimmen!*

Dentro duma baratinha Dodge um rádio atira no ar os sons que nesse mesmo instante os músicos da Banda Municipal produzem no auditório Araújo Viana. Verdi. O pistom faz floreios.

— Como vão os discos?

Noel sorri, seu rosto como que se enche duma claridade maior. Agora ela entra francamente nos seus domínios, não é mais a Fernanda preocupada com as desgraças do próximo, a Fernanda das coisas práticas.

— Muito bem. Descobri uma coisa notável. *Ibéria*, de Debussy. Leva a gente para o sétimo céu. Maravilhoso.

Música para gente rica e desocupada — pensa Fernanda.

Mas nada diz. Está resolvida a não amargurar o domingo de Noel.

— Sugestiva? — pergunta.

— Muito. Foi a viagem mais bela que fiz pela Espanha.

Noel lembra-se de que a revelação foi tão grande, a beleza tanta que ele teve de fazer um esforço tremendo para não chorar. Continua a falar com animação. Positivamente: agora está no seu mundo.

E enquanto ele fala, Fernanda pensa na sua rua cinzenta, em Maximiliano e seu quarto pobre, nos filhos de Maximiliano, em João Benévolo e sua gente...

Todos os músicos da Banda Municipal se manifestam num final grandioso. Parece que o alto-falante do rádio da baratinha vai arrebentar.

Mas Noel está ouvindo mentalmente Debussy. Fernanda não ouve nem Noel, nem Verdi, nem Debussy: está vendo com os olhos interiores um dia indiscutível em que o esforço dos homens de boa vontade, sem violência nem fanatismo, possa igualar as diferenças sociais.

O *cutter* passa sereno sobre as águas, como um enorme cisne. Os maiôs coloridos se agitam. O rio reverbera a luz do sol.

33

O suor que lhe escorre da testa em bagas grossas entra-lhe pelos olhos, cegando-o. Mas Salu se bate como um leão. Porque sente a necessidade permanente de vencer. Vencer em tudo, de qualquer forma. Não obstante o clarão do sol e a névoa que o suor lhe põe nos olhos, ele salta dum lado para outro, procurando devolver para o outro lado da rede a bola branca que o adversário (para ele apenas um vulto branco indeciso que corre dum lado para outro) arremessa para o seu campo com firmeza e violência.

Os espectadores aplaudem. As cabeças acompanham a trajetória da bola: voltam-se para a direita e para a esquerda, rápidas; quando um dos jogadores erra o golpe, as cabeças param, os rostos exprimem desgosto ou contentamento. Depois o duelo recomeça. Ninguém fala. Só se ouve o baque quase musical, abafado e macio, da pelota que bate nas tripas de carneiro retesadas das raquetas.

Salu joga com espetaculosidade. Salta na ponta dos pés em movimentos quase teatrais. Aproxima-se da rede procurando rebater a bola no ar, faz reviravoltas que parecem passos de balé. Tem uma mecha de cabelo caída sobre os olhos. (Não faz mal — pensa ele —, assim impressiona mais...) Tem a respiração ofegante. O adversário é forte e calmo, não faz jogadas para agradar a assistência: tem-se a impressão de que mal move o braço para desferir os golpes.

De vez em quando uma voz se destaca do meio dos espectadores silenciosos. É um *oh* que escapa contra a vontade da pessoa que o emite, um *oh* desafinado que se evapora na enorme claridade da tarde.

Salu é ator e ao mesmo tempo espectador. Joga e se vê jogando. E por isso se admira. Está soberbo hoje: facilidade de movimento, resistência, elegância nas rebatidas, violência no tiro... E a certeza de que outros o observam (principalmente as mulheres) lhe dá uma coragem invencível, uma vontade ferrenha de representar mais, de fazer mais cenas, para que cresça não só a admiração dos outros como também a sua própria.

Vera e Chinita, em roupas de banho, envoltas em roupões, se dirigem para a piscina. O dr. Armênio, submisso e festivo como um cachorrinho à procura do dono, segue a filha de Leitão Leiria. Também está metido num maiô preto que lhe deixa a descoberto as coxas e as pernas dum moreno flácido, lisas, lustrosas e sem cabelo como as pernas dum bebê.

— Que linda tarde de verão! Nem parece que estamos em maio! Outono maravilhoso!

Armênio pronuncia as palavras com delícia. E na sua mente elas ecoam em francês: *Automne merveilleux!*

Vera, em resposta, limita-se a sorrir com o canto dos lábios. Que homenzinho engraçado! — pensa Chinita.

No alpendre do clube há muita gente com roupas leves de verão em torno de mesas. Os garçons passam bandeados, erguendo mãos que seguram bandejas. Dum alto-falante escorre uma valsa de Strauss.

Ao som da melodia, Armênio pensa em voz alta:

— Esta música deliciosa é um convite à patinação.

Invitation au patinage...

E lembra-se imediatamente de que viu num filme alemão uma grande pista em Viena com várias centenas de pares, a deslizarem enlaçados ao som da valsa tocada por uma banda de música, no centro do redondel.

Ninguém na piscina. A água está calma, transparente e riscada de sol.

Vera e Chinita tiram os roupões.

Merveille! — pensa Armênio — *Salut, Aphrodite! Je suis enchanté, vraiment enchanté!*

O que o deixa *enchanté* são os dois pares de coxas que se revelam à claridade do dia, e que na rua e nos bailes se escondem por baixo dos vestidos de seda e que há pouco estavam tapados pelos roupões. Armênio sempre imaginou que fossem pernas lindas... Mas assim — *fichtre!* — com essas linhas, essa tonalidade... Ele sempre se orgulhou do método que rege todas as coisas de sua vida, até a função sexual. *Je domine la bête qui habite en moi* — costuma ele dizer aos amigos, no seu francês trôpego. Tudo nele obedece a um horário rigoroso. Chá com torradas pela manhã, um almoço sem farináceos ao meio-dia. (*Il faut se soucier du corps.*) Um lanche leve à noite, duchas frias pela manhã, todos os dias. Aos sábados, uma viagem a Citera (*voyage à Cythère*), escapadinhas inocentes: uma pensão discreta e fina, com luzes veladas, almofadas e perfumes, *poupées* pelos cantos, ambiente *artistique*. Mas só aos sábados. Durante os dias úteis o sexo é forçado (*la volonté oblige*) a ficar dormindo bem quietinho para que esteja desperto e ativo apenas o advogado e o *gentleman*, o homem que trabalha, que ganha *l'argent* e o cavalheiro que cultiva o seu jardim social. É um jardim onde há flores raras que necessitam de cuidado. As flores são as relações e Armênio as cultiva em fazendo visitas, enviando cartões e corbelhas por ocasião dos aniversários, ou dando pêsames, "sentidas condolências"... Mas todo o jardineiro tem uma flor predileta, uma flor que ele rega com mais carinho. Para Armênio a flor eleita é Vera. E agora, um pouco perturbado, ele está como um regador solícito, com o bico voltado para sua *fleur exquise*, despejando sobre ela um chuveiro de palavras amáveis:

— Tenho a impressão de estar na Grécia... A sua companhia amável... Mademoiselle Vera...

Mas Vera e Chinita estão discutindo a água. Estará fria? Estará morna?

Vera não pode esconder sua contrariedade. Pensava poder ficar a sós com Chinita. Têm tanto que conversar... E Chinita anda precisando de conselhos. Telefonou-lhe de manhã, marcando o encontro aqui no América, na esperança de que não seriam perturbadas... Como teria esse idiota do Armênio descoberto que ela vinha? Aqui está ele com o seu corpo de bebê, os seus óculos enormes, o seu francês coxo e aborrecível, a sua voz endefluxada. E insistindo sempre nos galanteios, apesar de tudo. (Vera olha-o da cabeça aos pés.) Que homem ridículo! Tem uns braços de matrona romana, gordos e fofos. E ainda por cima depila as coxas e pernas, como uma corista... Horroroso!

Os olhos de Chinita estão voltados para a *pelouse* de tênis. Aquele vulto que corre como um demônio, aquele vulto... Não há dúvida, é Salu...

O alto-falante silencia. O vento traz do alpendre o rumor das conversas.

Vera bate com o cotovelo em Chinita.

— Que é isso? Viste algum fantasma?

— Vera — pergunta Chinita, apontando com um dedo na direção do jogador —, aquele não é o Salu?

Vera entrecerra os olhos. Armênio assesta os óculos na direção apontada.

— Parece... — faz ela com indiferença.

Il me semble... — pensa Armênio. E depois, em voz alta:

— *Juste! C'est Salu.* — Mas corrige-se, rápido. — Desculpem! Escapou-me o francês sem querer... Parece que é Salu mesmo.

— Vamos cair n'água! — convida Vera.

— Tu primeiro! — pede Chinita.

— Está bem.

Vera caminha para a prancha que se eleva a dois metros da água, ergue os braços, ficando na ponta dos pés...

Armênio olha... Aquele corpo de rapaz, o maiô verde, os braços e as coxas com uma penugem dourada, o sol... *Exquise! Formidable!* E bem no instante em que Vera arma o salto, Armênio sente que, não obstante toda a sua *volonté*, todo o seu método, o sexo acorda num protesto violento, apesar de não ser sábado, apesar de ele ser um cavalheiro, apesar de seu jardim social...

Como um dardo, o corpo de Vera descreve uma curva no ar e mergulha n'água, com um chape macio.

— Bravo! — exclama Armênio, batendo palmas. — Bravo!

No fundo claro da piscina, Vera parece um peixe verde e rosa.

— Parece uma iara — diz Armênio para Chinita.

— Ou um sapo! — sugere esta, no momento em que Vera, ainda debaixo d'água, faz uma flexão de pernas para subir à superfície.

A cabeça da filha de d. Dodó emerge, cheia de gotas iridescentes.

O alto-falante projeta sobre a tarde a música de um *jazz* de negros: um fox histérico e sacudido.

— Vamos, Chinita! — convida Vera.

Chinita olha para Armênio:

— Então, doutor, vamos nadar?

Armênio sente um leve mal-estar, pois não sabe nadar, nunca teve ocasião de aprender. Mete uma roupa de banho e entra na piscina porque isso faz parte de suas funções de jardineiro. Mas quanto a nadar...

— Nadar propriamente, não nado... — explica ele, embaraçado.

— Venham! — torna a gritar Vera.

— Venham! — ecoa na mente de Armênio. Plural. Agora é um convite de Vera. Impossível recusar. *Noblesse oblige*...

Com todo o cuidado, Armênio se ajoelha à beira da piscina e estica a perna esquerda, tomando a temperatura da água com o pé; vai afundando o pé, a perna, a coxa e depois, segurando-se nas bordas da piscina, deixa afundar mais da metade do corpo. (Estar na mesma água em que Vera está, ser acariciado pelas mesmas ondinhas que acariciam a epiderme de Vera... É uma comunhão, quase uma união...) Armênio larga a borda da piscina e afunda ainda mais. (Beber a água em que Vera se banha — eis o requinte dos requintes amorosos... Mas será que alguém mais hoje andou tomando banho aqui? Duvida. Oh! *Le doute éternel!*)

Salu está com o rosto banhado de suor. Lustrosa e batida de sol, a sua pele parece mais morena. A bola zune dum lado para outro: as cabeças dos torcedores acompanham a bola.

O adversário, do outro lado do campo, continua a jogar com calma. Corta a *pelouse* em diagonal com um pelotaço forte que passa rente à rede... Salu salta, num esforço supremo, estende o braço que tem na extremidade a raqueta, solta um gemido... mas erra o golpe. *Game!* O outro ganhou a partida.

Salu atira a raqueta longe num gesto teatral. Ouvem-se risadas. Mas Salu em seguida se arrepende do gesto e vai apertar a mão do adversário. Os grupos se dispersam.

Salu caminha para o vestiário. Uma bobagem: um jogo amistoso, coisa sem importância. Mas o fato de haver outras pessoas assistindo à partida consistia para ele numa obrigação tremenda de vencer. A derrota é amarga. Ele não sabe perder.

Mas o amargo da derrota é instantaneamente esquecido, porque Salu de repente avista Chinita na piscina.

— Alô! Chinita! — grita ele, levantando a raqueta no ar.

180

Chinita se volta, põe-se na ponta dos pés, ergue as duas mãos e responde:

— Alô! Vamos cair n'água!

É uma declaração e um convite.

Num segundo, Salu forma o plano:

— Volto já! Vou trocar de roupa!

E corre para o vestiário. Mete-se debaixo do chuveiro e pede ao ecônomo a sua roupa de banho.

Quando chega à piscina, Chinita está no alto da prancha, preparando-se para o salto. Podia fazer como Vera: erguer os braços, ficar na ponta dos pés e projetar-se. Movimentos simples: poucos segundos. Mas para ela isso não é bastante.

Para gozar a piscina, o salto, a tarde, o Esportivo América, ela precisa imaginar que isso não é Porto Alegre, precisa convencer-se de que está em Hollywood e é Joan Crawford, ou Carole Lombard... Olha em torno. Lá em cima, céu azul e iluminado. Na frente os dois pavilhões do clube, com o seu alpendre cheio de vestidos coloridos, mesas, vozes e músicas. As quatro *pelouses* de tênis, de terra batida de tijolo. O jardim com a estátua do homem nu atirando um disco: os canteiros de relva lustrosa. Para além dos muros, os telhados, os quintais e, lá mais longe, a cidade, a ponta da Cadeia, a chaminé duma usina mandando para as nuvens um penacho grosso e escuro de fumaça (como o cigarrão do vovô Eleutério — pensa ela), as torres da Igreja das Dores... Depois, o rio chamejando a mancha verde-escura das ilhas, lanchas, catraias... Chinita passeia os olhos pela paisagem. Ela é Joan Crawford. Uma festa na vivenda dum *mister* rico. Clark Gable foi botar a sua roupa de banho. A história é simples... Ela é uma herdeira rica que veio do *Far West*. Ele, um rapaz da cidade. Um gângster? Sim, um gângster, para ficar mais sensacional. Mas um gângster que tem bom coração e no fim acaba se regenerando e casando com ela. Mas um dia a família da heroína, cujo pai é assassinado pelo gângster... Credo! Assassinado, não, pode ser agouro até... Melhor mudar o enredo. Era uma vez...

Os olhos de Chinita caem em Salu. Então, para que ele a admire, para que tenha dela uma impressão melhor, Chinita ergue os braços, levanta os olhos para o céu...

Salu estaca e fica olhando para a rapariga. Contra o fundo azul do céu se recorta a figura dela, como num cartaz, desses que anunciam sabonetes, roupas de banho ou praias de veraneio da Califórnia ou da Côte d'Azur. Para Salu agora Chinita apareceu sob um novo aspecto. O maiô preto e justo não dá motivo a suposições, asas à fantasia, porque não esconde quase nada, nem dissimula as formas. Os cabelos de Chinita estão escondidos pela touca de borracha vermelha, presa à cabeça por duas tiras amarradas por baixo do queixo. Os seios avançam num relevo atrevido. Onde o maiô termina começam as coxas — morenas, lisas, rijas, roliças, longas; depois, as pernas bem torneadas e os pés pequenos. Salu sente vontade de se transformar em água para aparar aquele corpo no ímpeto do salto.

Chinita olha para a piscina e no segundo mesmo em que se atira para baixo feito um torpedo cuja ponta é formada pelas mãos unidas e entrelaçadas — ela pensa nos banhos que tomava nas férias, no arroio da chácara do tio Terêncio, saltando de camisola para dentro d'água, no meio da gritaria dos primos... (Mergulha na água fresca, suas mãos tocam o cimento do fundo da piscina.) O fundo do arroio da chácara era pedregoso, os lambaris passavam roçando pelas pernas da gente, as plantas se enroscavam nos pés e eram como cobras, davam um arrepio no corpo... Como cobras...

E Chinita sente que uma coisa agora se lhe enrosca nas coxas enquanto ela luta para subir à superfície. E a coisa ainda continua a apertar-lhe as carnes quando ela bota a cabeça para o sol e dá com a cara reluzente e risonha de Salu...

— Mergulhei junto contigo...

— Tira a mão da minha perna — cochicha ela. — Olha que os outros podem ver...

— Que tem isso?

— Salu! Aqui na frente de todos fica feio.

O dr. Armênio joga bola com Vera.

— Queres dizer — insiste Salu — que se os outros não veem não faz mal...

Chinita sorri.

— Sem-vergonha...

— Vamos lá para a ponta da piscina?

Saem nadando como dois peixes rumo da outra extremidade. A bola salta de Vera para Armênio. Vera trata o pretendente como a uma criança que devemos distrair com brinquedos inocentes para que ela não nos importune com pedidos inconvenientes. E a bola de gomos coloridos anda no ar, alegre, dum lado para outro. E Armênio, que interpreta o brinquedo como uma capitulação, sente-se leve, alegre, colorido e contente como uma bola de borracha.

Mas de repente Vera olha para o outro lado da piscina e vê Chinita e Salu em mergulhos suspeitos. No fundo d'água os namorados se enroscam, formando um bicho de quatro pernas e quatro braços.

— Que indecência! — exclama interiormente.

E joga a bola com raiva para longe.

Que pena! — pensa o dr. Armênio. — Estava tão bom...

Vera salta fora da piscina, como se temesse ficar contaminada pela água em que Salu mergulha. Como um cachorrinho fiel, outra vez sem dono, Armênio sai atrás da bem-amada.

— Chinita, vamos embora que está ficando tarde!

A cabeça de Chinita emerge:

— Ora! Eu fico mais um pouquinho.

A outra metade do monstro subaquático envolve-lhe a cintura com os tentáculos e puxa-a para baixo d'água, afogando-lhe a última sílaba da última palavra.

Salu sente ainda um restinho do travo amargo da derrota. De alguma maneira precisa vencer hoje.

34

No terceiro andar do Edifício Colombo, no apartamento número 9, vê-se pregada à porta uma pequena placa esmaltada com estes dizeres:

MLLE NANETTE THIBAULT.
MANICURE.

O subtítulo *manicure* é para tranquilizar o Mascarenhas encarregado do edifício. Uma "mademoazela" sem profissão que mora em apartamento não pode ser boa coisa... As famílias podiam reclamar. O homem relutou em alugar o apartamento para a mulher loura e pintada. Ela gostou dos alojamentos. Custavam seiscentos mil-réis por mês? Pois ela pagava setecentos mil-réis, contanto que lhe dessem o contrato. A casa era nova, confortável, os elevadores funcionavam bem, o ponto era central, o apartamento tinha o número de peças que lhe convinha... Mas Mascarenhas hesitava. O cel. Zé Maria Pedrosa interveio, conciliador.

— A madama é séria — garantiu ele.

E para tranquilizar o Mascarenhas, acrescentou, num prodígio de cinismo:

— Conheci a família dela.

Na cidade do interior de onde Zé Maria viera, "conhecer a família" era o melhor dos documentos, a mais legítima das garantias. Mas o Mascarenhas estava duro:

— Eu sei, coronel. Mas é que temos famílias que podem reclamar. Eu sei que a madama é boa... Se ao menos ela tivesse uma profissão...

O coronel foi perdendo a paciência (tinha heróis farroupilhas no sangue) e, para não fazer uma violência, resolveu botar tudo em pratos limpos. Chamou o Mascarenhas para um canto e disse claramente:

— Não gosto de falsidade. Essa madama é minha amásia. Mas lhe garanto que é acomodada. Aceite ela, homem. Eu pago oitocentos e respondo pelo que acontecer.

Seu Mascarenhas, comovido pela franqueza, amoleceu um pouco. Mas ainda opôs obstáculos... A falta de profissão era o diabo...

A francesa teve uma ideia. Sugeriu uma placa em que, por baixo de seu nome, viesse a palavra *manicure*. Era uma profissão, ninguém podia dizer o contrário. O Mascarenhas achou a ideia muito boa e fechou o negócio. *Manicure* era a palavra mágica que haveria de apagar todos os pruridos de moralidade dos habitantes do edifício.

Por trás dessa porta em que branqueia a placa de letrinhas negras fica um pequeno *hall*, com um cabide de espelho: no cabide, o chapéu do cel. Pedrosa. Depois do *hall* vem a sala de estar: um divã, duas poltronas, um abajur verde, enorme, um tapete, almofadas, quadros pelas paredes, cortinas nas janelas, e um angorá enrodilhado em cima duma almofada de cetim vermelho.

No quarto contíguo Nanette, o corpo nu coberto por um quimono de seda negra com ramilhetes de prata, fuma um Camel. O cel. Pedrosa, sem casaco, deitado na cama de barriga para o ar, pita seu crioulo. Com os olhinhos cerrados contempla, através da cortina azul de fumaça que se desprende do seu cigarro de palha, a cara de Nanette: a cabeleira basta e loura, como uma juba; olhos negros muito saltados, pálpebras sombreadas de azul; uma boca pintada, vermelhíssima, batom procurando ajudar a natureza.

— Eta potranca linda!

É o madrigal máximo que pode sair do cérebro do cel. Pedrosa. Ele não pode esquecer os anos que viveu no campo, antes de estabelecer-se com loja em Jacarecanga. Os seus antepassados eram gente campeira, "indiada buenacha".

Potranca linda é um elogio. Bonita como um *cavalo puro--sangue!* — outro cumprimento.

Nanette entende vagamente o significado dessas palavras. Mas de uma coisa ela tem certeza: é de que esse homem rude que fuma cigarros malcheirantes, que tem maneiras toscas, a tirou duma pensão barata, deu-lhe bons vestidos, dinheiro e por fim esse apartamento confortável. Não se deve ser sentimental — pensa ela. — *C'est de la bêtise!* Mas ele é bom: não exige muito. Às vezes se contenta com o título de amante da "mademozela" Nanette Thibault. (E o trocadilho impossível que o coronel, com o seu humorismo ingênuo, faz de "Thibault" e "tambor"? Oh! Ela tem de aguentar os trocadilhos, como os cigarros de palha, por amor do conforto, por amor de seu bem-estar.)

Olhando agora para o teto, o coronel pensa mais uma vez na grande coisa que é ter dinheiro. Lembra-se da vida antiga. Larga o toco de cigarro no cinzeiro e pensa: *Eu só queria era ver a cara do Madruga.* O Madruga, magro e asmático, palito na boca, contrariador, implicante...

— Bueno — olha o relógio —, são seis horas, preciso ir indo, meu bem.

Levanta-se.

— *Eh bien!*

— Que foi que você disse?

Ela sorri mas não responde. Devagarinho, com passos pesados, Zé Maria Pedrosa caminha para o banheiro.

Nanette abre a janela, vai ao penteador, toma dum pulverizador e sai por todos os cantos do quarto a borrifar perfume, para apagar o cheiro que o cigarro crioulo do coronel deixou no ar.

35

Na casa de João Benévolo o silêncio esmaga as três pessoas que estão sentadas na sala maior.

Tina remenda as meias do marido. (Napoleão dorme no quarto.) Ponciano está sentado no lugar de sempre, duro na cadeira, o olhinho brilhando frio, palito no canto da boca, respiração cadenciada. Na parede caiada onde uma mancha de umidade corre desde o teto até o rodapé, sinuosa como um rio cortando todo um mapa — o relógio velho, asmático como Ponciano, diz o seu tique-taque ritmado.

A tíbia luz do lampião forma uma zona alaranjada dentro da qual se acham Ponciano e Laurentina. João Benévolo fica dentro da zona mais sombria, como uma fera na tocaia. Sente no bolso o peso do dinheiro, do maldito dinheiro do outro. Já faz mais de meia hora que Ponciano está ali e ele ainda não disse nada, não fez o que devia...

João Benévolo pensa numa frase: *Seu Ponciano, aqui está o seu dinheiro, tome, não precisamos da esmola de ninguém!* Pá! Atira o dinheiro para cima da mesa. Mas... o dinheiro não está intato. Um vidro de elixir paregórico para o Napoleão. Dois mil-réis de comida ao meio-dia; dois agora de noite... Como vai ser? João Benévolo comprime dentro do bolso das calças a nota de dez mil-réis e as cinco moedas de um mil--réis. Melhor dizer: *Seu Ponciano, tome quinze mil-réis. O Napoleão está doente: precisamos de gastar cinco. Depois eu lhe pago o resto.*

Ponciano contempla Laurentina. *Mais magra, mais acabada, mas sempre com aquele jeitinho que me agrada... Não sei, não sei, há tanta mulher no mundo, que diabo! Eu podia... Mas esta, é engraçado... sempre foi assim... desde o primeiro dia... Mas ela vem... Ora se vem! Paciência, Ponciano. Paciência.*

Sorri. Laurentina ergue os olhos:

— Do que é que o senhor está rindo?

— Nada. Eu estava só pensando...

E se ela perguntar em quê? Mas não pergunta.

João Benévolo acha que agora é o momento para falar no dinheiro. Começa assim: *Por falar em dinheiro...* Mas o diabo é que ninguém falou em dinheiro. Continua calado.

Vozes na rua. Barulho na escada.

— É o professor que vai pra escola — diz Tina.

— Ué, escola? Hoje é domingo.

— Ah! É mesmo.

As palavras são engolidas pelo silêncio. O relógio solta oito gemidos. E Ponciano ali, olho frio, contemplando Tina, que está de cabeça baixa a chorar por causa da tristeza do relógio que bateu lamentoso, como na casa das titias solteironas: o gato cinzento, as mobílias de rodinhas, os retratos...

187

João Benévolo olha para fora e começa a assobiar. E sua raiva foge para a rua com o assobio, transformada num trecho do *Carnaval de Veneza*. O assobio se mistura no ar com a valsa do gramofone do vizinho e sobem juntos para o céu. Para a lua? Para as estrelas?

Lua, estrelas... A imaginação de João Benévolo começa a trabalhar. Tina e Ponciano ficam no mundo esquecido. João Benévolo vai explorar a lua, dentro dum foguete fantástico. Na lua não há credores, nem miséria, nem Poncianos.

36

Cacilda acaricia a cabeça de Pedrinho.

— Não seja bobo, nego, vá embora. Você é muito criança. Quantos anos tem?

— Dezesseis.

— Nos cueiros ainda.

— Mas sou homem.

Os olhos do rapaz brilham.

— Eu sei, mas é muito novinho. Não seja bobo. Ele é ciumento. Não quero bagunça no meu quarto.

— E tu gostas dele, não é?

Pedrinho sofre.

— Não gosto, nada. É que ele vive me amolando pra eu ir viver com ele. Não quero. Não me agrada. Prefiro ficar aqui. É o meu chão. Estou acostumada.

— Tu és diferente...

— Diferente?

— Não és como as outras. Eu sei. Se eu fosse mais velho, se tivesse dinheiro...

— Se você fosse mais velho não havia de se importar comigo...

— Me importava sim...

— Não seja bobo, Pedrinho...

Que aborrecimento! — pensa Cacilda. Ela precisa ganhar

a vida e este guri aqui atrapalhando. Que ideia boba de paixão foi essa? Uma criança! Ela podia chamar um guarda, ou um homem... Mas não quer. Tem pena dele. Deve ter irmãs. Deve ser de boa família. Pode se perder como um que ela conheceu, um menino que acabou roubando do patrão e se matando com um tiro no peito.

— Tu não gostas dele, então?

— Já disse que não gosto.

— Bom, então eu vou embora. Posso voltar amanhã?

— Todos os dias, se quiser. Só não quero é que demore.

— Está bem.

Beija Cacilda. Ela se deixa beijar.

— Adeus, nego.

Pedrinho põe o chapéu e sai. O beco sombrio. Vultos que passam. A lua. Os combustores distanciados. Clarões de portas.

Ele se vai... Na esquina volta a cabeça para trás. Lá está Cacilda na janela. Bonita, cara boa, não é burra, não é debochada. Metida neste beco... E o diabo é que ele vive pensando nela. Dia e noite. Na loja trabalha mal, lembrando-se dos olhos verdes, da boca miúda, da voz mansa.

Pedrinho caminha. Luzes do Parque da Redenção. Bondes que passam. Uma visão mais larga do céu. As estrelas. Vontade de chorar.

SEGUNDA-FEIRA

37

Segunda-feira.

Vida nova — pensa João Benévolo, procurando iludir-se. E sai para a rua, iludido. A manhã é toda um clarão azul e dourado. As pessoas que passam projetam uma sombra violeta na calçada. João Benévolo sai assobiando e procura pisar nas sombras. É uma brincadeira divertida, que lembra o tempo de criança em que ele e os guris da Padaria Trípoli ficavam na calçada apostando quem pisava mais tempo e mais vezes na sombra dos que passavam...

Agora por causa das sombras João Benévolo pensa na infância e por causa da infância esquece as sombras.

Eram cinco: os três filhos do dono da padaria e mais o mulato empregado dum oficial do Exército. Organizaram uma quadrilha como no *Mistério de Nova York*. João Benévolo era o detetive. O mulato fazia o papel de chinês, os três italianinhos eram perigosos ladrões. Quando chovia, o bando se juntava no porão da padaria. João Benévolo levava os seus folhetins e lia em voz alta para os amigos. Lia e explicava. A chuva lá fora parecia uma cortina de fios de aço. O porão era mal iluminado. Um toco de vela alumiava tremulamente as páginas do livro. Uma vez (que chuva inesquecível! os guris estavam deitados no chão, com os cotovelos fincados na terra e as mãos segurando a cabeça), João Benévolo leu as *Vinte mil léguas submarinas*, e imediatamente eles transformaram o porão no *Nautilus*. Os homens, os carros e as carroças que passavam na rua sob a chuva eram tubarões, espadartes, baleias e polvos. Quando chegou a hora de escolher quem ia ser o Capitão Nemo, houve briga. Todos queriam encarnar o herói. Como não pudessem chegar a um acordo, separaram-se de relações estremecidas. João Benévolo passou três dias (que eternidade!) sem falar com os italianinhos da padaria. Mas uma tarde descobriu entre os livros velhos do pai um volume sem capa: *O homem invisível*. Esqueceu tudo e saiu a gritar para os vizinhos. "Pepino! Nino! Garibaldi! Venham cá, venham ver o que eu descobri!" Leu-lhes trechos do novo livro. E lendo inventava coisas suas, colaborava com o autor, fantasiava, aumentava...

João Benévolo para a uma esquina.

Para onde vou? O destino de sempre. Andar à toa, procurar os conhecidos, olhar os "precisa-se" dos jornais, sentar-se nos bancos da praça...

Vai lhe pesando no bolso (como chumbo na consciência) o troco do Ponciano. Quinze mil-réis. Quinze mil-réis. Quinze mil-réis. As moedas tilintam, João Benévolo ouve o tinido alegre, que lhe impede de ignorar a existência do dinheiro.

Não há de ser nada. Um dia ele encontra emprego, pega uma nota de cinquenta e atocha-a na boca de Ponciano. *Tome, seu sem-vergonha, não preciso de esmolas! E não me apareça mais lá em casa, está ouvindo?*

E só em pensar no que vai fazer ou, melhor, no que poderia fazer, caso uma série de circunstâncias ainda não realizadas o permitisse — João Benévolo se sente desagravado e forte, como se já tivesse feito. Outra vez imagina-se herói. E continua a andar — que importa o rumo? — de peito inflado, cabeça erguida, um herói!

Foi com heroísmo que casou com Laurentina. Sempre que ia para a loja, no tempo de solteiro, via aquela moça à janela. Gostava da cara, cumprimentava a desconhecida. Achava-a triste. Contavam-lhe que era órfã e que as tias queriam ver-se livres dela, fazendo-a casar com um homem que a moça odiava. A situação excitou a fantasia de João Benévolo. Era uma aventura. Mais do que isso: era uma aventura que estava a seu alcance, da qual ele podia ser o herói. E se conseguisse fazer que a moça se apaixonasse por ele? Se a libertasse do odioso pretendente protegido pelas titias? Começou a namorá-la e em breve já lhe mandava livros:

Do admirador que a vê todas as manhãs reclinada à janela.
Flores:
Tributo da minha admiração sincera.
Bilhetes:
Se soubesse como preciso duma alma irmã para trilhar comigo o caminho da vida...

Laurentina se deixou ninar pela canção romântica que João Benévolo lhe cantava. O outro pretendente, Ponciano, era um homem prático, seco e sem imaginação. A paixão veio e envolveu tanto o herói como a heroína. Aproximaram-se. As titias protestaram, alegando que Ponciano era o melhor partido, tinha mais dinheiro e uma situação econômica mais definida. Para João Benévolo foi um prazer enfrentar as velhas. Não há herói sem perigo, nem aventureiro sem aventura. Lutou e venceu. Ponciano fez uma retirada digna e ele entrou. Quando abriu os olhos, estava irremediavelmente comprometido. Casou.

As moedas tornam a tilintar. Mas João Benévolo está tão longe que nem chega a ouvir-lhes o sonido de guizo.

Para diante da vitrina duma livraria. Livros com capas de todos os tamanhos e cores. Romances, contos, crônicas... E, bem no fundo, um título familiar: *A ilha do tesouro*, que lhe evoca recordações agradáveis. Ele leu esse livro há quinze anos, no tempo de colégio. Tem uma vaga ideia da história: um homem de perna de pau, piratas, um tesouro escondido, um navio, uma taverna, e um menino que se vê envolvido numa doida aventura.

Se eu tivesse dinheiro... O preço está numa etiqueta ao pé do livro em algarismos graúdos: 6$000.

João Benévolo mete a mão no bolso. Ali estão os quinze mil-réis do troco... Mas não é direito. O dinheiro não lhe pertence. Além disso, há coisas mais úteis a comprar.

Na capa do livro aparece o homem de perna de pau com um papagaio empoleirado no ombro. No fundo — o mar, o brigue dos piratas... João Benévolo se imagina com o livro nas mãos, sentado na sala, enquanto Tina costura.

Mas não. Não é direito. Lança um último olhar para o livro e sai caminhando. Dá dois passos, estaca, faz meia-volta... Um homem precisa de distrações. Que diabo! Todos temos direito a um pouquinho de prazer. Os ricos têm teatros, automóveis e rádios. Os pobres contentam-se com livros...

É justo. E depois, quando se empregar, há de pagar os vinte mil-réis de Ponciano. *Tome, Ponciano, muito obrigado pelo empréstimo.*

Entra na livraria, assobiando. *Carnaval de Veneza.*

38

Para o prof. Clarimundo, tomar o bonde é uma coisa desagradável. Desagradável por duas razões. Primeiro porque é perigosa; depois, porque implica o convívio por alguns minutos com gente desconhecida, com povo, com humanidade. As relações novas sempre o atemorizam. Nada há como as amizades velhas. Velhas e poucas. Na escola já está habituado aos alunos antigos, que lhe conhecem o método, o gênio e a maneira de ser. Quando surge um estudante novo, Clarimundo é tomado dum certo mal-estar: uma nova fera para domesticar.

Nos bondes o professor sofre. Se acontece uma mulher sentar-se a seu lado, ele fica perturbado e passa o resto da viagem assombrado pelo fantasma perfumado e colorido que lhe roça o cotovelo.

Além do mais, tomar o bonde é perigoso. Estamos esperando o veículo elétrico muito sossegado e de repente passa um automóvel maluco e nos joga longe. A cabeça bate contra o poste — bumba! Fratura na base do crânio. Era uma vez uma vida! O progresso mecânico é horrível, pois significa bondes, automóveis, gramofones, rádios, máquinas, máquinas e mais máquinas! A admiração de Clarimundo pela ciência que tornou possíveis todas essas engenhocas fica limitada aos domínios da teoria.

Um rádio não é admirável porque nos faz ouvir música, mas sim porque é um milagre da ciência.

Clarimundo espera o bonde. O monstro amarelo para. O

professor entra e senta-se num banco. Oito passageiros. O elétrico põe-se em marcha. Desfilam as casas da Independência: fachadas claras e escuras, postes, vitrinas, pessoas, árvores. Depois, os Moinhos de Vento. Passam-se alguns minutos. O professor aperta no botão da campainha, o bonde diminui a marcha e finalmente para, ele desce. Como todas as vezes, fica por um instante desorientado. A casa da esquina, porém — iniludível, com o seu torreão quase gótico e os ciprestes esguios no jardim —, é um ótimo ponto de referência.

Clarimundo entra na ruazinha arborizada. A sombra das árvores é tênue sobre as calçadas. Folhas secas juncam o chão. O ar está parado, e o céu claro.

Clarimundo não pensa em mais nada senão em achar a casa: todos os sentidos estão alertas à procura do portão verde. Lá está ele. A placa é uma garantia: *Cel. José Maria Pedrosa*.

Entra com o mesmo temor de sempre: *Terá cachorro?* Já lhe disseram que não tem. Ele sabe que não tem... Mas a sensação de receio se repete a cada visita. Clarimundo caminha pela alameda de palmeiras. Lá no fundo está a casa. Um jardineiro preto segura a mangueira e despeja um jorro d'água contra os canteiros de relva. Que parque enorme! Pinheiros, palmeiras, árvores japonesas, pequeninas e podadas, plátanos (quase desgalhados), arbustos desconhecidos, verdes de todos os tons, claro, escuro, brilhante, fosco, amarelado, azulado, acinzentado... A estradinha de areão que leva para casa range sob a sola dos sapatos de Clarimundo, que rebrilham.

Caminha cauteloso como um invasor. Sobe os três degraus que levam ao alpendre. Aperta o botão da campainha. Uma criada abre a porta:

— Faça o favor de entrar.

Clarimundo entra, fica no *hall* grande, de parquê xadrez, creme e negro. A escada que sobe para o primeiro andar começa ali. Brilham metais e madeiras polidas. Um lustre complicado, com grandes pingentes de vidrilho, pende do teto.

— Faça o favor de entrar pra sala — diz a criada, tomando do chapéu do recém-chegado.

196

O professor entra. A sala, com seus móveis à Luís XV, aumenta-lhe a sensação de desconforto. Clarimundo pensa nos seus sapatões grosseiros de sola espessa. A sua roupa surrada de casimira cinzenta, encolhida e amassada, é uma nota dissonante no salão de douraduras, jarrões em que se veem pintados marquesas e marqueses de cabeleira empoada.

— Faça o favor de sentar que eu já vou chamar dona Chinita — diz a criada.

Clarimundo senta-se na ponta da cadeira, constrangido.

Passam-se alguns minutos. Chinita entra, metida num pijama preto de seda. À vista da moça com calças de homem, Clarimundo fica todo perturbado e cora.

— Bom dia — gagueja, erguendo-se.

— Ah! Como está o senhor, professor?

— Muito bem, agradecido.

— Que é que tínhamos hoje?

— Português.

— Que pena!

O semblante de Chinita exprime consternação. (Só o semblante. Ela está olhando para o professor e lembrando de John Barrymore em *Topaze*, aquele professor de óculos, bigode e pera. Mas esse é um pobre-diabo enfezado de bigodão de piaçaba, franjinha ouriçada...)

— O senhor me desculpe, mas hoje não posso ter aula.

E explica: estão todos muito ocupados: ela principalmente. Preparativos para a festa da noite. *Não sei se o senhor sabe, hoje papai e mamãe vão dar uma baita festa.* (*Baita* vale um soco no espírito do professor de português.) Inauguração do palacete. O professor não sabia? Engraçado... Todos os jornais falam. Chinita exagera: muito trabalho, muita coisa a arrumar, enfeites, comidas, o senhor compreende... Vai enumerando.

É sempre assim — pensa Clarimundo. Quando não há festa é a menina que está dormindo ou que acorda com dor de cabeça. Já faz sessenta dias que tomou o professor e só deu uma única lição. No fim do mês mandaram um envelope com o dinheiro. Ele ficou ofendido...

197

— Senhorita Mariana... (Clarimundo acha uma confiança muito grande dizer Chinita, apelido tão familiar.) O seu pai me mandou o ordenado do primeiro mês... Mas a senhorita compreende, eu não posso aceitar, pois não dei mais que a primeira lição.

— Ora, professor! Nem diga! A culpada fui eu...

— Mas é que não dei as lições, portanto não fiz jus ao pagamento...

— E este trabalho de vir até aqui? Não, senhor, não se fala mais nisso. Mas hoje o senhor vai me desculpar, sim?

Clarimundo não sabe que dizer. Resmunga coisas ininteligíveis e se encaminha para a porta. A criada no *hall* lhe entrega o chapéu. O professor conserva os olhos desviados de Chinita. À porta, estende uma mão frouxa para a despedida.

— Até outra vez! E me desculpe, sim, professor?

— "Desculpe-me" — corrige Clarimundo. — O imperativo exige pronome enclítico. Desculpe-me. Dê-me. Faça-me.

Diz isso sem olhar para a interlocutora.

Uma mulher com calças de homem! Caminhando pela alameda de palmeiras que conduz ao portão, Clarimundo vai verberando mentalmente os costumes do mundo moderno.

39

— Meu filho, coma essa carne assada que está muito boa...

Honorato volta-se para Noel e seu olhar é um convite. Virgínia grita para a criada:

— Querubina, ande com o arroz! Que lesma!...

Os três estão ao redor da mesa circular coberta por uma toalha de linho muito branca. Louça inglesa cor-de-rosa, talheres de prata, flores num vaso bojudo de cristal, copos de bacará azul. Os pratos fumegam, perfumados. A luz do meio-dia alaga a sala.

— Coma a carne, meu filho!

Diante da comida, Honorato se enternece, enche-se de sentimentos paternais, lembrando-se de todo o tempo que ficou esquecido do filho, preocupado com os negócios. E seus sentimentos assim despertos transbordam no pedido insistente:

— Coma a carne, Noel...

É como quem diz: Eu te estimo, eu te amo, apesar de tudo; sou teu pai, interesso-me por ti. Quisera beijar-te, acariciar-te como uma mãe, como a tua mãe não faz... Mas, é o diabo, sou homem, fica feio. Por isso me encolho. Hoje estou alegre: quero demonstrar o meu interesse por ti. Só acho esta maneira, dizer-te que a carne está boa, pedir-te que a comas.

— O nenezinho não está com apetite... — zomba Virgínia.

Noel brinca com a colher em cujo côncavo ele vê o seu próprio rosto, deformado e oblongo, como se tivesse sido pintado por El Greco.

Querubina entra, trazendo a travessa do arroz. Noca espia na porta, como um cachorrinho assustado. Honorato amarra o guardanapo ao redor do pescoço e começa a trinchar a carne corada.

Virgínia volta-se para o filho:

— Que é que você quer?

Sua voz é dura: parece um instrumento de metal a bater contra um pau.

Noel olha para os pratos, indeciso, enfastiado.

Pausa breve. Honorato come animadamente. Virgínia olha para o filho e, depois de um instante, irrompe:

— Então é melhor você mesmo se servir.

E como cada qual fica entregue a si mesmo, rompe-se o único elo que os unia. Agora entre os três abrem-se abismos.

Honorato mira os pratos com olho alegre. Com muita ternura e carinho, amontoa a comida com a faca, em quadradinhos simétricos em cima do garfo, e depois leva o garfo à boca e começa a mastigar com bravura. De quando em quando bebe um gole de vinho tinto e estrala de leve a língua. Que bom! Mentalmente faz um elogio à cozinheira: "Esta Maruca é uma cozinheira de mão-cheia. Pena é a cachaça!". Às vezes, como uma mosca importuna que voeja e lhe pousa no nariz para em

199

seguida ir embora, tornando a voltar alguns instantes depois —
visitam-lhe a mente pensamentos referentes ao negócio.

Virgínia come calmamente, sem grande apetite. O silêncio a sufoca. Ela quisera ter uma companhia alegre para
o almoço, mais gente, mais conversas, principalmente gente
nova, diferente. Os quadros familiares lhe causam engulho: o
marido, com o guardanapo amarrado no pescoço como uma
criança de babador e bochechas lustrosas, os olhos empapuçados e aquela verruga odiosa na face esquerda, perto do nariz.
Comendo como um porco: sem uma palavra, sem um imprevisto, sem um gesto superior. Do outro lado, o filho, pálido,
de olhos tristes, desligado, ausente. Muita razão tinha a Mimi
ao dizer-lhe: "Não tens vocação para mãe". Ela quisera ser
mais terna, menos ríspida. Se houvesse entre ela e o filho uma
aproximação, por menor que fosse, tudo mudaria. Mas agora
é tarde. Ele está crescido... e ela — esquecida da sua mater-
nidade. A culpa foi da preta Angélica. Tomou conta de tudo
naquela casa, até do filho, incutindo em Noel o ódio à mãe.
Olha, ela é malvada, não quer bem o nenê, só a tia preta é que quer.
E conservou sempre a criança num mundo à parte. Agora não
há mais remédio...

Noel vê o reflexo da janela no cálice de cristal. No lago
minúsculo de vinho, o sol põe respingos dourados. Respingos
de sol na superfície da água... Ipanema... Fernanda...

Vestida de branco ela vai na frente, puxando-o pela mão.
Ele sente a lembrança daquele contato quente. E se ela estivesse
ali, do outro lado da mesa, sorrindo?

Noel imagina Fernanda sentada diante dele. As duas pessoas que aqui estão desaparecem, como se nunca tivessem exis-
tido. A própria sala se transforma. Fica menor e mais simples,
mais simples e mais clara. Fernanda está vestida de azul, os
cabelos lisos e lustrosos puxados para trás, seus olhos profun-
dos é que dão o calor bom de conforto e confiança que anda no
ar. O casal terminou de almoçar. Conversaram muito, fizeram
planos. A vida agora é diferente. Daqui a pouco o relógio vai
bater uma badalada: ele se erguerá, beijará a mulher e sairá para

o trabalho. Agora não teme mais a vida: olha as criaturas de frente e luta. Quando a coragem lhe falha, Fernanda o anima. Sua presença é sedativa e boa... De noite leem juntos, sentados no divã coberto de chitão. Uma janela se abre para o luar e os perfumes da noite e do jardim. E o gramofone conta pela voz dos violinos histórias parecidas com as de tia Angélica.

Uma voz estranha de súbito dissipa o paraíso de Noel:

— Eu estive pensando...

Honorato cala-se por um instante para engolir uma garfada de alimento. Depois continua:

— Estive pensando, meu filho, que se tu quisesses...

Noel espera. Virgínia olha de um para outro. Honorato engole e prossegue:

— ... se tu quisesses trabalhar comigo, eu te faria meu sócio.

Ah! Virgínia solta uma risadinha aspirada de cínico de teatro de aldeia. Noel, sem compreender bem a proposta do pai, lança-lhe um olhar vazio. Honorato explica:

— Tu já descobriste — trincha mais um pedaço de carne — que não tens vocação para a advocacia... — Tira com a faca um grão de arroz que lhe caiu sobre a manga do casaco. — Precisas arranjar... uma ocupação... Ora, um dia, quando eu faltar, tu ficas tomando conta do negócio... — Uma garfada de comida. — Que achas?

Noel brinca outra vez com a colher, embaraçado. O rapaz de cabeça oblonga, no côncavo de prata, tem no rosto uma grotesca expressão de dúvida.

Virgínia intervém:

— Pra que é que um homem estuda dez anos? Pra que é que tira um diploma? Pra ser bodegueiro como o pai, que nunca aprendeu nada além das quatro operações?

— Ora, Gigina! — exclama Honorato, quase engasgado. Mas o seu protesto é convencional: no fundo as alfinetadas da mulher não o ferem. Ele está habituado...

— Vais botar o teu diploma no escritório, junto com os sacos de feijão e arroz? — pergunta Virgínia com sarcasmo.

— Ora, Gigina!

Honorato cruza os talheres e empurra o prato.

— Eu estou falando sério, quero arrumar a vida do menino.

— Oh! o pai exemplar! Muito bem! Querubina? — Virgínia se volta para a criada com o rosto resplendente. — Telefona pro jornal e diz que eu tenho uma notícia muito boa pra eles: Pai que se interessa pelo filho. Uma cena comovente.

Desata a rir.

Ela precisa achá-los ridículos e aborrecíveis. Precisa achar uma justificativa para os seus sentimentos para com Alcides.

Levanta-se e vai até o quarto tomar uma pérola Juventus.

Honorato come a sobremesa. Noel olha ainda para a cabeça oblonga no côncavo da colher. Mas o que ele vê está em sua memória: a face trigueira de Fernanda, animada por um sorriso de confiança na vida.

— Papai, eu acho que vou aceitar a sua proposta.

Mal termina de pronunciar essas palavras, admira-se da própria audácia. Parece que outro falou por ele.

Honorato sorri.

— Pois é. Ficas no escritório. Serviço muito bom. Correspondência, tal e coisa... Vais gostar. — Bate no ombro do filho. — Muito bem. Depois conversaremos.

Noel já está de novo na companhia de Fernanda, numa sala tocada pelo luar. Lá fora os grilos cantam. Como é morna e macia a mão dela e que gosto estranho têm os seus lábios...

A emoção é tão forte que Noel se levanta brusco e vai até a janela.

40

— Não leias depois do almoço que faz mal — aconselha Laurentina ao marido, que está com a cabeça enterrada num livro.

João Benévolo mal e mal ergue os olhos.

— Almoço?

A sua pergunta exprime admiração, pois comeram tão pouco... O restaurante mandou um pingo de comida por dois mil-réis.

João Benévolo torna a focar a atenção no livro. Laurentina vai atender o filho que chora no quarto. O gramofone do vizinho insiste na mesma valsa de todos os dias. Ouve-se o estalar das asas das pombas de d. Veva.

Napoleãozinho chora de dor no estômago, choro manso, fraco, tremido. As lágrimas lhe correm pelo rosto magro. Laurentina dá ao filho um pouco d'água com gotas de elixir paregórico.

O relógio bate uma hora e o som fica ecoando pela casa. Como que despertada pelo ruído, Tina acorda para odiar o marido. Odiar com um ódio calmo, frio, feito de exasperação e de recriminações recalcadas. O gemido do relógio de ordinário lhe dá vontade de chorar. No entanto, agora, ao ouvi-lo, tem ímpetos é de ir até a sala arrancar o livro da mão de Janjoca e mandá-lo para a rua arranjar emprego a todo o custo. A apatia do marido a exaspera. Ele não quer, não tem vontade. No fundo prefere ficar ali lendo os seus romances, por pura preguiça. O dinheiro acabou. Restam os últimos nove mil-réis do empréstimo de Ponciano. Dentro de dois dias não haverá em casa nem mais um tostão. O leiteiro aparece com a conta, dia sim, dia não. A viúva Mendonça desce todos os dias para cobrar o aluguel e já anda falando em despejo... Ela não tem mais um vestido que preste, o Napoleão não tem mais calçado para ir ao colégio. Se ela tivesse coragem, saía para a rua a procurar alguma coisa... No entanto, a todas essas, João Benévolo está na varanda, calmo, lendo, como se tudo corresse bem. Não sente a miséria. Às vezes até assobia. Ou ri. Hoje de manhã, botou seis mil-réis fora num livro... Seis mil-réis; comida para dois dias! E agora está lendo o livro tranquilamente, como se não estivesse há seis meses sem emprego, como se a família vivesse na fartura...

João Benévolo encontra-se no albergue Almirante Benbow, disfarçado de bucaneiro. Pela janela se avista a baía. O mar é verde; as montanhas, azuis. (A paisagem na mente de João Benévolo é um desenho simplista colorido por uma criança.) O

203

capitão anda caminhando pelos arrecifes, de luneta na mão, esperando o misterioso marinheiro da perna de pau. E como a história ainda não se esboçou com nitidez, como ainda não se revelou o herói, João Benévolo se introduz nela como uma personagem clandestina que olha as pessoas e as coisas, preparado para, dum momento para outro, meter-se na pele do mocinho. E enquanto o perna de pau não aparece, João Benévolo (ou antes, o misterioso bucaneiro) come toicinho com ovos (não é pequena a fome que ele sente *realmente*) e bebe rum. Bate-lhe na cara o vento que vem do mar, e ele sente cheiro de maresia e gosto de rum, embora em toda a sua vida nunca tenha visto o mar nem provado rum.

Os minutos se escoam, marcados pelo tique-taque do relógio velho. Os sons da valsinha que o gramofone do vizinho toca penetram mansamente no mundo dos bucaneiros e piratas, misturando-se com o bramido das ondas que se quebram contra os penhascos.

— Só tenho uma coisa a lhe dizer — replicou o doutor. — É que se você continuar a beber dessa maneira muito breve o mundo estará livre dum patife!

A cólera do velho bandido foi terrível. Ergueu-se dum salto, de navalha em punho...

— Janjoca, faz alguma coisa.

A voz de Laurentina puxa João Benévolo dos domínios da aventura para projetá-lo na triste realidade. Contrariado por ser interrompido num momento tão crítico, ele levanta os olhos com uma raiva surda.

Tina ali está na sua frente, de braços caídos como a estátua mesma do desânimo, imagem do aborrecimento. Suas pálpebras permanecem caídas enquanto ela vai pronunciando as palavras uma a uma, arrastadamente:

— Que é que vai ser de nós? Faz alguma coisa...

João Benévolo fecha o livro e começa a assobiar o *Carnaval de Veneza*. O retrato de Napoleãozinho Bonaparte está impassível na parede: o imperador olha o campo de batalha, embriagado de glória; não sente fome, nem sede, não tem mulher e filho para sustentar, não precisa mudar roupa. Que felizardo, esse Napoleão Bonaparte!

Laurentina continua:

— Por que não vais falar com o teu ex-patrão?

— Não adianta...

A voz lamentosa insiste:

— Conta pra ele como a gente vive...

— Não tenho jeito...

— Pode ser que ele te dê algum lugarzinho... Ou uma recomendação...

João Benévolo quisera sumir-se, transformar-se numa mosca e sair voando pela janela. Quisera ser uma mesa, uma cadeira, um armário, um rato — pelo menos agora, enquanto a voz enjoativa realeja essa canção lamurienta de miséria.

— Vai, João Benévolo, amanhã o dinheiro acaba... Queres que a gente viva à custa do seu Ponciano?

João Benévolo estremece ao ouvir o nome do outro.

— Isso não!

Mas a explosão é fraca. Depois da chama, gelo. Mal a última sílaba do nome de Ponciano se esvai no ar, João Benévolo esquece o ressentimento, o rival, a miséria. Nesse momento ele só tem uma necessidade imperiosa: livrar-se da mulher.

— Está bem... — concorda fracamente.

Laurentina torna a fechar os olhos:

— Mas vai mesmo... Vai, pede, pode ser que ele arranje.

— Pois sim.

— Mas vai agora!

João Benévolo olha para o relógio:

— Uma e dez. Ainda é cedo. Ele só chega às três no escritório...

Laurentina suspira e torna ao quarto de dormir onde o Poleãozinho está lendo um número atrasado do *Tico-Tico*.

Muito preocupado com a sorte do doutor, João Benévolo volta à novela.

205

O doutor nem pestanejou. Os olhos de ambos se cruzaram em desafio, mas o capitão logo baixou os seus e guardou a navalha; rosnando como um cão batido, voltou a sentar-se.

João Benévolo suspira, aliviado.
Ao menos no livro as coisas correm como a gente deseja.

41

Enrolada no xale (apesar do calor da hora), d. Eudóxia está sentada na sua velha cadeira de balanço que, ao oscilar para a frente e para trás, produz um ruído surdo.

Fernanda termina de lavar os pratos do almoço. Pedrinho, deitado na sua cama, lê uma velha brochura.

Fernanda pensa com desprazer no serviço que vai ter esta tarde no escritório: cartas pedindo o resgate de títulos, comunicações a bancos, memorandos a fregueses do interior... A chapa de sempre. Depois, as enormes minutas de Leitão Leiria, cheias de adjetivos complicados, pretensiosas e ocas. E quando ele a manda datilografar os seus artigos políticos para o jornal? Santo Deus!

A água escorre da torneira para a pia e, enquanto esfrega o último prato, Fernanda imagina como seria se ela conseguisse uma nomeação de professora. Uma escola num subúrbio, o convívio com as crianças, o quadro-negro, os mapas, as carinhas de todos os feitios, morenas, brancas, pálidas, coradas, gordas, magras, marotas, tristonhas, insolentes, assustadas... E o prazer de ensinar, sentar-se na classe com o aluno e, como irmã mais velha, ir lhe dizendo coisas, como quem conta uma história, sem carrancas, sem gritos, com amor, muito amor... Como ela adora as crianças e como seria bom lidar com elas...

Começa a enxugar o prato, perdida nos seus pensamentos. E quando imagina de novo as caras dos alunos, surpreende-se a descobrir no meio delas o Noel do passado, o Noel que ela levava para a escola pela mão. Mas o Noel menino que ela vê agora tem muito, muito do Noel homem com quem ela esteve ontem em Ipanema.

A voz de d. Eudóxia vem da varanda:

— Não gastes muita água. O dono da casa já reclamou.

Sem responder, Fernanda depõe o prato em cima da mesa e começa a enxugar as mãos.

Agora a aula se sumiu e só lhe ficou Noel no pensamento. E por mais que ela queira esconder, por mais que se queira iludir, a verdade se lhe revela mais uma vez.

E essa realidade que ela se tem esforçado sempre por não reconhecer, o sentimento que tem procurado abafar com escusas mentirosas agora vem à superfície, nesta hora morna e calada de repouso.

Não é possível iludir-se mais. Ela ama Noel. (Mesmo mentalmente a palavra *amor* tem um som equívoco, quase ridículo. Se inventassem outra para substituir o termo tão batido?) Seria bom que ambos pudessem seguir num prolongamento daqueles dias da infância, como dois bons amigos, sempre juntos... Afinal, por que ela não há de ter direito também a um pouco de felicidade como todo o mundo?

— Fernanda! — Outra vez a voz da mãe. — Ainda não terminaste esse serviço?

E o baque surdo e ritmado da cadeira de balanço.

— Já está pronto! Já está pronto, dona Rabugenta!

Volta aos seus pensamentos. Não, é absurdo. As linhas paralelas jamais se encontram. (Lembranças da escola de d. Eufrásia Rojão, que dizia com sua voz metálica: "Linhas paralelas são linhas retas equidistantes que por mais que se prolonguem nunca se encontram".) Ela e Noel pertencem a mundos diferentes. Os pais dele se oporiam ao casamento. Ele mesmo não teria coragem para tanto... Tão desamparado, tão sem vontade... E, além do mais, quem garante que ele a ame? Não. É melhor pensar nas cartas da firma. *Acusamos o recebimento do seu estimado favor...*

Fernanda desce as mangas do vestido e vai apanhar o seu livro, para aproveitar os minutos que lhe restam.

Pedrinho largou a novela. Não pôde ler nem duas linhas: sempre a imagem de Cacilda a persegui-lo a todo instante. Não consegue esquecer a rapariga. Pensa nela a todas as horas. Engana-se nas contas, erra nos talões, o gerente da loja já reclamou. Mas é inútil... A ideia de que Cacilda vive num beco imundo, na janela, oferecendo-se a todos os homens que passam, lhe é insuportável. No entanto Cacilda é uma boa moça. Por que será que nunca conta nada do seu passado? Parece tão conformada, tão feliz... Outras contam histórias... "Eu era noiva, meu noivo me fez mal, meu pai me botou para fora de casa e eu caí na vida." Mas Cacilda não. É um mistério. Nunca se queixa... Ah! Se ele fosse mais velho, tivesse um bom emprego, tirava Cacilda do beco, levava-a para uma casinha limpa e quieta, onde os dois vivessem felizes.

Pedrinho olha para o teto, onde uma aranha cinzenta procura atrair uma mosca. A cena é divertida. Mas dentro de poucos segundos Pedrinho esquece mosca e aranha para pensar de novo em Cacilda. Tem a impressão de que está vendo aqueles olhos verdes, sentindo o contato daquela pele, o bafo quente daquela boca, ouvindo a voz macia dizer: "Olá, nego!".

Remexe-se na cama.

Mas é uma loucura. Os amigos já descobriram a paixão e fazem troça dele. E se mamãe descobrir? E se Fernanda desconfiar?

Pedrinho se levanta.

Mas enfim Cacilda é ser humano como os outros. Ele tem visto muita mulher casada inferior a ela. Que diabo! Paixão é coisa que pode acontecer a qualquer um...

Abre a gaveta da mesinha de cabeceira. Sacode a caixa de charuto. Aqui está o dinheiro com que vai comprar um colar Sloper para ela. Mais dois mil-réis, e ficarão completos os seis...

Na janela do alto da casa fronteira aparece um vulto: o professor.

A voz de d. Eudóxia:

— Pedrinho! Fernanda! Está na hora de vocês saírem para o emprego. O professor já apareceu na janela.

Pedrinho veste o casaco com preguiça. Fernanda larga do livro e vai empoar o rosto.

O ruído surdo e ritmado da cadeira de balanço continua.

42

O professor olha a rua.

Na porta da sua sapataria, Fiorello descasca uma laranja. Um cachorro magro e pelado senta-se-lhe aos pés e ergue o focinho para o italiano, pedinchão. Um automóvel passa. Uma criança de dois anos, muito crespa, corre até a sarjeta, com as calças caídas e a cara lambuzada de caldo de feijão, e fica sentada à beira da calçada, muito quieta e atenta, como se estivesse assistindo a um espetáculo interessante. Na frente do seu mercadinho, o árabe Said Maluf conversa animadamente com um ambulante. De sua janela, o cap. Mota grita para o vizinho:

— Lindo veranico de maio!

E do outro lado vem a resposta:

— É verdade! Que Deus o conserve!

Clarimundo olha para a casa fronteira. A velha de preto está na cadeira de balanço, que oscila como um berço. A moça bonita e o rapaz barulhento estão descendo a escada, saem para a calçada e se vão, rua afora. O gramofone do outro vizinho hoje felizmente não está tocando. Mas lá está ele beijando os filhos... decerto vai sair também. (Clarimundo tem vaga ideia de que os outros homens também precisam trabalhar, têm os seus empregos, com horário fixo, etc.)

D. Veva aparece à janela e sacode para fora um tapete que desprende uma nuvem de poeira que a luz incendeia. No quintal um cachorro atropela as galinhas.

Clarimundo palita os dentes com metódica pachorra. Hoje precisa insistir com os rapazes a respeito da pronúncia de *to have*. Em sua maioria, não pronunciam o *h* aspirado. Ora, isso é um defeito horrível. Não convém escrever a pronúncia figurada,

209

pois quando os rapazes forem grafar os vocábulos ingleses correm o risco de escrever a pronúncia figurada — o que é outro desastre mui grave. Porque o ensaio das línguas hoje em dia...

Clarimundo perde-se em divagações.

Uma criança começa a chorar nas vizinhanças de sua janela. Um trem apita, longe. Uma nuvem muito grande esconde o sol, lançando sobre a Travessa das Acácias sua tênue sombra.

Clarimundo pensa no homem de Sírio.

— Vai ser uma obra muito interessante! — garante a si mesmo.

E sorri.

43

O telefone do *hall* tilinta. Vera toma o receptor.

— Alô! Quem fala?

E a voz, do outro lado do fio:

— Aqui é a Chinita! É a Vera?

O rosto de Vera se ilumina:

— Querida! Como vais?

Imagina a cara viva da outra: os olhos negros, a franja lustrosa de chinesa, o nariz petulante, os lábios polpudos.

— Vou bem. Olha, Vera, tu podias vir até aqui?

— Agora?

— Agora. Estamos arrumando a casa pra de noite. Eu queria que tu nos ajudasses... nos desses ideias. Estamos pregando os quadros... Bá! Que trabalho! Quando chegar a hora da festa acho que estou morta... Podes vir?

Vera pensa um instante.

— Está bem. Vou em seguida.

— Vou te esperar. Adeusinho.

— Adeusinho. Toma!

Vera estrala um beijo sonoro no fone. Chinita responde com uma risada. A filha de d. Dodó entra correndo no quarto.

Grita para baixo:

— Rita, mande o Jacinto tirar o auto. — E para a mãe, que está no *living*: — Mamãe, vou até a casa da Chinita.

D. Dodó ergue os olhos do livro que está lendo (*A vida de santa Teresinha*) e pergunta:

— Vais demorar?

Mas Vera já está fechada no quarto. D. Dodó baixa os olhos. Passam-se cinco minutos. Ouve-se o ruído do motor do Chrysler, na frente da casa. Vera desce a escada, apressada:

— Adeus!

— Manda logo o automóvel, minha filha, que eu tenho muitas obrigações para hoje.

D. Dodó ouve a batida da porta da rua e pouco depois o ronco do motor do carro, que arranca.

Fecha o livro por um instante e fica a pensar nos compromissos do dia. Visitar dois dos seus pobrezinhos naquela rua de Navegantes. Falar com a secretária da Sociedade das Damas Piedosas a respeito das notícias para a próxima quermesse. Passar pela casa das Monteiro para avisar que a distribuição de cobertores no Asilo ficou transferida para domingo que vem. Ir à casa da senhora do dr. Martins combinar o dia da quermesse. Passar pela loja, dar um beijo no Teotônio (detalhes indispensáveis) e levar mais um vidro de Nuit de Noël. Ah! E também comprar umas fitinhas para botar nas camisas de dormir de Vera. (Essa menina não cuida da roupa dela! Nunca vi tamanho indiferentismo. Ai!)

Com um suspiro, d. Dodó torna a abrir o livro.

Podia em tais circunstâncias alimentar esperança de ser admitida de pronto no Carmelo? Para fazer-me crescer em virtude num momento, fazia-se mister um milagrezinho, e esse milagre tão desejado fê-lo Deus no dia inolvidável, 25 de dezembro de 1886. Nessa festa do Natal, nessa noite abençoada, Jesus, meigo Infante recém-nascido, de uma hora para outra mudou as trevas da minha alma em catadupas de luz. Fazendo-se fraco e...

D. Dodó esquece o livro e pensa no seu milagre. Foi há dez anos. Teotônio tinha caído de cama com uma pneumonia dupla. Três médicos à cabeceira: dois o desenganavam, só um tinha um restinho de esperança. Um dia ela foi ajoelhar-se aos pés da imagem de santa Teresinha e pediu: *Se ele sarar, eu prometo ficar mais religiosa do que sou e só cuidar da Santa Madre Igreja e da caridade. Amém.* No dia seguinte Teotônio melhorou. A febre baixou, os médicos criaram alma nova. Explicavam: "O organismo reagiu". Mas secretamente ela sabia que não tinha sido o organismo, e sim a vontade de Deus Nosso Senhor e a mediação de santa Teresinha. Passaram-se os dias e Teotônio foi melhorando sempre. Veio a convalescença. E quando ele ficou em condições de andar, ela o levou à Igreja e contou-lhe o milagre. (Dodó ainda se recorda das lágrimas que brotaram nos olhos do marido.) E nos anos que se seguiram ambos se dedicaram de corpo e alma à Igreja e à Pobreza. Ela, com o auxílio moral e material do marido, organizou festas de beneficência, deu dinheiro para hospitais, asilos, creches...

Sempre que pensa no seu milagre, d. Dodó sente um amolecimento interior e tem vontade de chorar. Depois, o silêncio da casa e da hora, e a impressão funda que lhe causa essa vida de santa Teresinha, tão bonita e tão santa...

Reclina-se na cadeira e, seguindo um conselho que sempre lhe dá monsenhor Gross, procura pelo pensamento aproximar-se de santa Teresinha. Com os olhos do espírito vê a noviça de quinze anos, o Carmelo, as vigílias, as orações, a...

A campainha da porta corta-lhe a meditação. D. Dodó tem um sobressalto. A criada vai ver quem é. Rumor de vozes.

— O senhor faça o favor de passar...

D. Dodó escuta, curiosa. A esta hora... quem será?

A criada aparece:

— Um homem do jornal. Quer falar com a senhora. Mandei entrar pra sala.

D. Dodó se levanta, azafamada, põe o livro em cima da mesa, compõe a fisionomia, fabrica um sorriso e entra na sala.

O homem, que está sentado, ergue-se. Uma cabeça pontuda e calva, nariz vermelho, óculos, roupa surrada, sorriso desfalcado de dentes.

— Dona Dodó, desculpe o incômodo que lhe dou...

— Seu Marcondes, que prazer!

Durante a sua longa gestão à frente de sociedades beneficentes, d. Dodó tem tido inúmeras ocasiões de tratar com seu Marcondes. É da *Gazeta*. Muito serviçal, faz notícias elogiosas. E, depois, é um crente, toma comunhão, vai à missa diariamente, um verdadeiro católico!

Apertam-se as mãos com cordialidade.

— Sente-se, por favor.

Marcondes obedece.

— A que devo esta honra?... — começa d. Dodó.

Marcondes tosse, entorta a cabeça e solta a voz viscosa:

— Não vê que nós, jornalistas, somos muito indiscretos... — Sorriso. Olhinhos brilhantes. — E sabemos que uma certa pessoa muito querida dos pobrezinhos e da nossa alta sociedade está fazendo anos depois de amanhã.

D. Dodó procura fazer a cara mais surpreendida deste mundo. De que se trata? Palavra que não compreende... Não tem a menor ideia. Marcondes sorri.

— Então não sabe? Ora não diga, dona Dodó. Quem é a figura mais querida dos pobrezinhos? Quem é uma das damas mais distintas da nossa sociedade que faz anos depois de amanhã?

— Mas... mas... o...

Marcondes sacode a cabeça oblonga; a sua calva reluz.

— Pois então eu digo. É a muito virtuosa esposa do nosso digníssimo amigo e colaborador senhor Teotônio Leitão Leiria.

E solta uma risadinha guinchada, contente consigo mesmo.

— Oh! Esse seu Marcondes sempre com as suas gracinhas...

D. Dodó sorri com modéstia. Curto silêncio. Outra vez a voz viscosa:

— Pois, dona Dodó, a *Gazeta* quer entrevistá-la para a edição de quarta-feira. Já temos o seu clichê. Quer dar-nos a honra?

— Seu Marcondes, mas eu fico muito acanhada...

D. Dodó declara-se a mais insignificante das criaturas que Deus botou no mundo, indigna de desatar as sandálias dos mais humildes... Mas não, senhora! A quem devemos os nossos asilos, as nossas festas de caridade mais bonitas?... Não senhora!

Por fim:

— Para facilitar — diz Marcondes — eu trago um questionário.

Tira do bolso um papel.

— Para quando quer as respostas?

— Se possível, para amanhã à noitinha, o mais tardar. Pode ser? — D. Dodó sacode a cabeça: sim, com a graça do Altíssimo. — Bom!

Conversam mais alguns minutos. Por fim, o repórter, "não querendo importunar mais", levanta-se, com cumprimentos e mesuras. D. Dodó acompanha-o até a porta.

Despedida, protestos de admiração e amizade. E Marcondes se vai, de chapéu-carteira à cabeça, caminhando com os pés espalhados como Charlie Chaplin, o guarda-chuva pendente do braço.

D. Dodó fica com o seu questionário e a sua formigante sensação de felicidade.

44

Barulho e movimento no palacete de Zé Maria Pedrosa. No parque, os eletricistas atarraxam as lâmpadas grandes de mil velas e os longos colares de pequenas lâmpadas coloridas. Dentro da casa as marteladas ecoam por todas as peças. Gritos.

Vera e Chinita estão empenhadas em escolher lugares para os quadros. São telas que o coronel comprou nas últimas exposições: paisagens e nus.

Chinita, no alto de uma escada, olha para Vera:

— Acho que este quadro fica melhor no *hall*.

— Aqui na varanda já te disse que também fica bem.

Sentado na poltrona, com o jornal em cima dos joelhos, Zé Maria assiste à discussão e resolve ser o mediador.

— Deixe ver essa figura — pede.

Chinita mostra-lhe a tela. É uma paisagem: telhados e, por cima dos telhados, um céu distante de outono; no primeiro plano, roupas coloridas a secar, pendentes duma corda.

Zé Maria examina a paisagem, carrancudo. Depois decide:

— Acho que esse troço ficava muito bom se não tivesse essas roupas secando nas cordas. Onde é que se viu roupa secando na sala de jantar? Eu sou um homem rude mas compreendo as coisas.

Vera explode numa gargalhada. Chinita se torce de riso.

— Ora, papai — diz. — Se a coisa é assim, onde é que vamos botar os nus?

O coronel não se perturba:

— Os pelados? — pergunta. — Pois botem eles no quarto de banho!

Solta a sua risada gutural em *hê*. Continua a ler o jornal.

Com a presença do que a nossa sociedade possui de mais representativo, inaugura-se hoje o luxuoso e confortável palacete que o cel. José Maria Pedrosa, capitalista residente nesta cidade, mandou construir para a sua Exma. família nos Moinhos de Vento.

Zé Maria goza. A notícia é um estimulante, ele se ergue, lépido, e vai gritar na cozinha:

— Quantos croquetes fizeram? Quinhentos? Mas é muito pouco. Mandem buscar mais duzentos na confeitaria.

Faz novas recomendações sobre o champanha. "Quero da estrangera" — especifica.

Duas mulheres de vestido arregaçado lustram o parquê.

Um homem sem casaco passa carregando às costas uma barra de gelo. O pintor alemão dá o último retoque na pintura da parede do *hall*. E vem vitorioso, para o coronel:

— Eu não lhe disse? Terminei ou não terminei?

215

— Terminou — concorda Zé Maria. — Mas eu só sinto vocês não terem pintado as vacas como eu pedi. Ficava bonito, assim dourado...

Uma criada vem dizer que o chá está pronto. Chinita convida:

— Vera, vamos nos preparar para o chá?

— Vamos.

Sobem. No quarto, Chinita senta-se na cama, corada do esforço que acaba de fazer. A sua pele morena é um contraste com o pijama escuro. Os seus seios rijos sobem e descem como que querendo furar a seda. Vera senta-se também na cama e contempla a amiga longamente, pensando coisas... Chinita não sabe a força que possui, com esses olhos, esse corpo... Pena é que não tenha compostura: muito intempestiva, meio selvagem, demasiadamente preocupada com artistas de cinema. Diz asneira com facilidade, faz criancices. No entanto é tão atraente, tão apetitosa, tão...

— Estou sem coragem... — murmura Chinita.

Mas Vera nem a escuta. Está a olhar para a outra com paixão, a olhar fixamente para os lábios dela, tentando espantar, afugentar um desejo que aos poucos se vai avolumando. Mas o desejo é uma onda que lhe sobe no peito, com uma força inexplicável. Esses lábios...

De repente Vera segura com ambas as mãos a cabeça de Chinita e começa a beijar-lhe a boca com fúria. Perdendo o equilíbrio ambas tombam sobre a cama. Vera continua a beijar a amiga incessantemente, numa violência desesperada. Chinita sacode os braços, quase num abandono, surpreendida e ao mesmo tempo deliciada. Primeiro ri e pronuncia palavras que Vera lhe corta com beijos:

— Lou... quinha! Cre... do!

E depois se abandona toda às carícias da amiga, fecha os olhos e imagina que Vera é Salu.

Batem na porta. As amigas se separam, rápidas.

— Quem é? — pergunta Chinita.

Uma voz do outro lado:

— O chá está esfriando.

— Já vamos.

Agora Vera só tem vontade de bater em Chinita, esbofeteá-la. Olha-se no espelho do penteador: está corada e com a cabeleira revolta. Lavam e empoam o rosto em silêncio, penteiam-se e descem para a sala de refeições.

D. Maria Luísa está sentada na sua cadeira, imóvel. Não toma parte nos preparativos. Não diz uma palavra. Lavra assim o seu protesto mudo contra o desperdício, contra a loucura. Para que festa? Para gastar. Para que tanta comida, tanta bebida? Só para botar dinheiro fora.

Não. Ela lava as mãos, como Pilatos: Amanhã, quando todos estiverem na miséria, não podem lançar a culpa para cima dela.

— Mamãe, venha para o chá!

— Não quero.

Não tomar chá também é uma forma de protesto.

Chinita, Vera e o coronel sentam-se à mesa. Chá com torradas e presunto.

No corredor do primeiro andar passa um vulto de pijama. É Manuel, que acaba de acordar. Está pálido, amarfanhado, barba a azular-lhe as faces. Vai com a toalha debaixo do braço na direção do quarto de banho.

Por toda a casa vibra ainda a sinfonia dos martelos.

No parque os eletricistas experimentam as lâmpadas novas. Mas a luz do sol anula todas as luzes menores.

45

Fechado no quarto, Noel pega da pena e começa a lutar com a folha de papel em branco. Está resolvido a começar o seu romance. No fim de contas, quem tem razão é Fernanda. É preciso dar um passo na direção da vida, dos homens.

Mas que poderá sair do tema do homem desempregado? Como começar?

As vidraças da Floresta chamejam. Nos quintais há sombras verdes e azuis. O rio reflete furiosamente a luz do sol. Olhando da superfície do rio para a superfície do papel também inundado de sol, Noel tem a mesma impressão de impassibilidade rebrilhante.

Um nome para o herói. Flávio? Não serve. Muito romântico. Deve ser um nome simples, para dar ao leitor a impressão de verdade. Pedro? Ou José? José Pedro. O nome está escolhido.

Para começar, José Pedro está debruçado à sua janela, olhando para as crianças que brincam na rua. A roda infantil lhe traz à mente uma recordação da meninice.

Noel começa a escrever com a impressão de que Fernanda está presente em espírito, a dar-lhe sugestões, a incitá-lo.

Escreve a primeira frase:

José Pedro debruça-se à sua janela e olha para a rua. Debaixo dum plátano, na calçada, um grupo de crianças brinca de roda.

Noel relê o que escreveu. Parece ouvir a voz de Fernanda a seu lado: Vamos! Adiante!

46

Atravessando o salão grande do Bazar Continental para subir ao escritório do patrão, João Benévolo vai encolhido, procurando esconder-se no meio dos fregueses, temendo ser reconhecido pelos antigos colegas. Antigamente vinha trabalhar com roupas baratas mas discretas, limpas e bem passadas. Agora a sua fatiota cinzenta está amassada e com nódoas de sebo.

João Benévolo sabe o caminho. Lembra-se do dia em que o chamaram ao escritório para lhe dizerem que estava despedido. Sobe os degraus em silêncio. Um cartão colado à porta: ENTRE SEM BATER. Chapéu na mão, coração batendo com força,

João Benévolo entra. Na primeira sala, as duas mulheres. Ao ver Fernanda, João Benévolo se tranquiliza. É a sua vizinha, uma conhecida: provavelmente uma aliada. Sorri.

— Olá, João Benévolo. Como vai a sua gente?

— Todos bons. E a senhora? A sua mãe?

— Muito bem, obrigada.

Silêncio. Fernanda pergunta:

— Veio procurar o homem?

— Vim.

— As coisas vão correndo mal, hein?

João Benévolo tem vergonha de confessar a verdade. Mente:

— Nem tanto. Tínhamos umas economias. Em todo o caso quando a gente está trabalhando, sempre é melhor, não é? — Fernanda sacode a cabeça. — Por isso vim falar com o seu Leitão Leiria.

— Espere aqui que eu vou ver...

Fernanda entra no escritório do patrão. João Benévolo olha em torno. A moça de óculos escreve por trás do seu vaso de flores.

— Desculpe, dona Branquinha, eu não tinha visto a senhora. — Branquinha ergue os olhos e diz com indiferença:

— Bom dia!

Fernanda torna a aparecer:

— Pode entrar.

No seu embaraço, João Benévolo nem se lembra de agradecer a mediação de Fernanda. Entra no escritório de Leitão Leiria com o chapéu e o coração na mão.

As poltronas de couro, as telas na parede, o tapete verde onde os pés afundam sem ruído — tudo isso concorre para aumentar o constrangimento de João Benévolo. Sentado à sua escrivaninha, Leitão Leiria fuma um charuto, muito teso na cadeira.

— Às suas ordens.

— Não vê que... — gagueja o recém-chegado — eu sou aquele que trabalhava na loja, na seção de armarinho...

Os olhos de Leitão Leiria estão fitos nele.

— Ah! Muito bem. Como vai o senhor? Queira sentar-se!

Aponta para uma poltrona. Estas amabilidades surpreendem João Benévolo.

— Fuma charuto?

— Não, obrigado. Não fumo.

Leitão Leiria atira uma baforada de fumo para o teto, reclina-se para trás na cadeira e pergunta:

— Em que lhe posso ser útil?

O seu rosto demonstra interesse. João Benévolo está encantado.

— É que eu não arranjei emprego até agora. Se o senhor soubesse de alguma coisa... Algum amigo... Alguma outra casa que precisasse... Se não for possível, não faz mal, não quero que se incomode por minha causa... Mas acontece que estamos mal...

Leitão Leiria fica pensativo por alguns segundos. Pega da carteira e diz:

— Eu poderia auxiliá-lo com algum dinheiro...

João Benévolo ergue-se num salto para imediatamente surpreender-se da impetuosidade de seu gesto.

— Não — diz —, muito obrigado. Não é dinheiro. Eu queria um emprego...

Leitão Leiria repõe a carteira no bolso. Ergue-se e começa a passear dum lado para outro.

— Tenho uma ideia — diz ele, parando na frente do interlocutor. — Vou dar-lhe um cartão recomendando-o ao meu amigo Mendes Mota, da Fábrica Brasileira de Mosaicos. Espere.

Senta-se à mesa e começa a escrever num de seus cartões de visita:

Meu caro amigo. Tenho o prazer de apresentar-lhe o sr. ...

— Como é o seu nome? Ah!

o sr. João Benévolo, cidadão de bons costumes, trabalhador, empregado exemplar, que deseja obter uma colocação na firma de que V.Sa. é muito digno sócio. Faço questão cerrada de que V. Sa. atenda ao meu recomendado nas suas justas pretensões.

De V. Sa., etc., etc.

A assinatura numa letra miúda e clara. Mata-borrão. Envelope.

João Benévolo guarda o cartão no bolso e se desfaz em agradecimentos, arrependido de tudo quanto pensou de mal a respeito de Leitão Leiria. No final de contas, o homem é muito melhor do que parecia. *Não quer um charuto? Em que lhe posso ser útil?* Como a gente se engana com as pessoas!

Fazendo uma reverência profunda, sai do escritório tão atarantado que se esquece de dizer adeus às moças.

Leitão Leiria ergue o receptor do telefone, pede um número e depois diz um nome.

— És tu, Mendes? Aqui é o Leitão Leiria. Vou bem. Olha, mandei aí um sujeito com um cartão. Quero te avisar... Foi um desaperto, compreendes? Pediu emprego. Ia ficar me amolando a tarde toda, tive de tomar uma providência drástica. Podes rasgar o cartão. O homem não me interessa. — Pausa. — Não! Absolutamente. Os amigos são para as ocasiões. Tu sabes, nesta nossa vida de comércio acontecem dessas... Obrigado. Quando quiseres fazer o mesmo comigo... Bom. Adeus! E desculpa o incômodo, sim?

Torna a pendurar o receptor. Arruma a gravata e dá um chupão forte no charuto.

47

Quando o relógio bate cinco horas (há certas horas que têm uma significação especial na vida da gente), Virgínia dá os últimos retoques no rosto — ruge e pó de arroz nas faces, creiom nas sobrancelhas, batom nos lábios — e vai para a janela.

Ele já está lá na esquina, como de costume a esta hora, e seus olhos estão voltados para ela. Cumprimenta-a com discrição, tirando o chapéu num gesto recatado, com uma pequena curvatura. Ela inclina a cabeça. E, tendo entre ambos a largura duma rua, duma calçada e dum jardim de cinco metros, ficam a se olhar, como um par de jovens namorados.

Como no tempo em que eu era moça — pensa Virgínia.

Um bonde passa. Ela recua um pouco e fica protegida por uma das folhas da janela. Pode vir algum conhecido no bonde... E quando o elétrico passa, num clarão amarelo e numa trovoada, ela volta a debruçar-se à janela. Alcides passeia na calçada, dum lado para outro.

Ao menor ruído que se produz na casa, Virgínia se volta, sobressaltada.

Bem como antigamente — pensa ela —, bem como no tempo de moça.

O sol aos poucos desce no horizonte. As sombras crescem. E se avoluma no peito de Virgínia um quente, alvoroçado desejo de amor.

48

A baratinha corre pela faixa de cimento que margeia o rio, rumo da Tristeza. Contra o clarão purpúreo e dourado do horizonte se recorta a silhueta negra das montanhas e das ilhas. Redondo e vermelho-bronzeado, o sol vai descendo. O rio capta as cores do céu. Segurando o volante, cabelos ao vento, Salu diminui a marcha do carro e contempla a paisagem. A cidade envolta por uma névoa azulada é uma ponta que avança Guaíba adentro, uma massa violeta de recorte caprichoso, com faiscações e manchas claras. Uma chaminé solta fumaça para o céu. Os trapiches de pernas longas se refletem tremulamente na água do rio, que é negra e lustrosa junto das margens.

Do lado esquerdo da estrada aparecem chalés e bangalôs,

quintas e pomares, barrancos sangrentos vertendo água, cerca com mourões de granito, árvores isoladas. Às vezes um cachorro salta de dentro dum jardim e sai a perseguir o automóvel, latindo furiosamente.

Na ponta dum trapiche um rapazola em mangas de camisa pesca com caniço. À porta dum clube de regatas dois remadores conversam; camisetas verdes, maiôs justos, braços, coxas e pernas à mostra.

Salu vai num adormecimento... A marcha do carro é macia. A tarde, morna. Chega-lhe às narinas um cheiro fresco de mato. Cartazes anunciam terrenos em praias novas: Guaíba, Espírito Santo, Belém Novo, Ipanema... Na encosta dum morro, em meio da massa verde-escura do arvoredo, berra o telhado coralino duma casa nova. A faixa de cimento corre na frente do automóvel, torcendo-se como uma enorme jiboia cinzenta. Um automóvel bege cruza pela baratinha de Salu em sentido contrário, veloz. O horizonte está cada vez mais afogueado. A ponta do sol começa já a desaparecer na linha do horizonte. Longe, a cidade parece uma pintura de biombo chinês.

Salu não pode afugentar da mente a imagem de Chinita. É uma doença que ele agora tem no corpo, uma obsessão. Está todo impregnado de Chinita. Essa tarde cariciosa, com os seus perfumes tépidos, o seu colorido forte, a sua névoa e o seu sol de brasa — só pode avivar-lhe o desejo. Salu pensa na namorada. Num cartaz a figura duma jovem de maiô recomenda uma praia próxima. Salu recorda as cenas da piscina, os contatos deliciosos debaixo d'água, as palavras cochichadas, as insinuações...

Mal se ouve o ruído do motor. Acelera a marcha do carro, e lança um novo olhar para a paisagem. O trenzinho da Tristeza passa apitando. A noite desce de mansinho.

49

A lua brilha sobre a Travessa das Acácias.

Pela calçada passam raparigas de braços dados, sob as janelas iluminadas. Na loja Ao Trovão da Zona um negro bêbedo arranca duma cordeona acordes sem sentido. O cap. Mota está sentado com a mulher à frente da casa. D. Veva, à sua janela, queixa-se para o vizinho do moleque do bodoque.

— Pois aquele negro sem-vergonha não deixa o meu pombal em paz.

A luz dos combustores é fraca e amarelenta. Por cima dos telhados estende-se o céu claro, todo borrifado de estrelas. E na travessa tranquila a janela que está mais perto do céu é a do prof. Clarimundo.

Antes de ir para a aula, o professor recebe a visita habitual do sapateiro Fiorello.

— É como lhe digo, seu Fiorello, no fundo isso é uma questão de boa vontade.

Fiorello faz um gesto teatral.

— Mas o povo era indisciplinado...

— O povo sempre foi indisciplinado... *Panem et circenses...* é o que querem.

Fiorello dá de ombros. *Panem et circenses*? Ele não entende francês.

— Mussolini endireitou a Itália. O senhor veja...

Mas Clarimundo está firme no seu ponto de vista:

— Não acredite, seu Fiorello. Isso são coisas de jornal.

— *Ma... ma...*

Fiorello está tão excitado que não encontra palavras. O professor é um homem muito instruído, *tale e cosa*, mas nesse ponto não tem razão.

Clarimundo continua a sacudir a cabeça.

— A metade dessas histórias que os jornais contam são mentiras. Mentiras para chamar a atenção do público.

— Meu primo Salvatore que mora em Nápoles me escreveu dizendo...

— O seu primo nem podia dizer outra coisa. A censura não permitiria.

— Mas que censura!

Fiorello treme, vermelho, dá pequenos pulinhos, junta as

mãos como quem vai orar e sacode-as, sempre juntas, diante do rosto do professor, repetindo a pergunta:

— Mas que censura! Mas que censura!

Clarimundo faz um gesto apaziguador.

— Está bem. Não se exalte. Vamos dizer que alguma coisa do que se conta de Mussolini seja verdade...

— *Giá...*

Mais calmo, Fiorello torna a sentar-se.

— Tudo isso está errado, seu Fiorello. E sabe quem é que vai aclarar a história? É o meu homem de Sírio.

— O sírio?

Clarimundo sorri, com benevolência.

— Não, homem. Não. Eu explico. Estou escrevendo um livro...

— O senhor mesmo?...

— Sim, eu. Trata-se dum homem que lá de Sírio... O senhor sabe o que é Sírio? É uma das estrelas mais brilhantes do firmamento. Pois, como eu dizia, trata-se dum homem que lá de Sírio, por meio dum telescópio mágico, olha a Terra e descobre a verdade das coisas.

— Veja só...

— Essas histórias todas de Mussolini, de crise econômica, de comunismo, tudo isso vai aparecer sob um aspecto novo.

— *Giá...*

— O meu homem de Sírio fará revelações sensacionais...

— O senhor já botou tudo no livro?

— Ainda não. Qualquer dia destes começo a escrever o prefácio da obra...

Prefácio. Fiorello não entende, mas sacode a cabeça, numa aquiescência.

Clarimundo aproxima-se da janela, com um ar satisfeito e sereno fica contemplando o céu, como se fosse proprietário de todas as estrelas, de Sírio e das outras.

50

O salão de festas do palacete do cel. Pedrosa fervilha de convidados. As vozes se entrecruzam, emaranham e confundem dentro do dia artificial criado pelas lâmpadas invisíveis. A orquestra toca no *hall* estridente, abafando as badaladas do grande relógio que neste momento bate dez horas.

Pelos cantos do salão veem-se grupos. Há uma fileira de cadeiras em que se perfilam senhoras idosas que conversam e observam. (Zé Maria foi pródigo nos convites.) No meio do salão alguns pares dançam.

Um criado passa com uma grande bandeja em que as taças de champanha semelham uma pequena floresta de árvores de cristal com copas de ouro.

Na varanda — as grandes mesas de frios e doces. Cinco enormes perus recheados e crivados de palitos com fatias de limão erguem para o teto as pernas mutiladas. Os croquetes sobem em pirâmides morenas em doze pratos vermelhos de cerâmica. (O coronel pensou num churrasco ao ar livre. "Que horror!", disse Chinita. "Desista da ideia, papai. Que coisa antissocial! Olha que não estamos na estância...") Os sanduíches formam altas montanhas de neve pintalgadas do vermelho desbotado dos presuntos. Numa enorme travessa de prata a maionese (ideia luminosa do cel. Zé Maria) parodia a bandeira do Rio Grande: o amarelo do molho de ovo, o vermelho da beterraba e o verde das folhas de alface e das talhadas de pepino.

Ao lado da mesa dos perus, corre paralelamente a dos doces, que é toda ela uma confusão de cores. Os quindins são estrelas de ouro, as gelatinas (vermelhas, brancas, cor-de-rosa e âmbar) têm a forma de peixes, leões, polvos, flores. Há um grande bolo que é um arranha-céu em miniatura. Dum chafariz de chocolate jorra a água amarela dos fios de ovos. Veem-se mais algumas dúzias de pratos com doces secos, uns famosos, outros anônimos.

Quando a música cessa, aumenta o zum-zum das conversas. O coronel olha o salão com olhos contentes. Apesar do colarinho engomado que lhe comprime as carnes do pescoço, apesar da camisa de peito duro, apesar do calor forte que está fazendo ("Vai chover...", disse uma voz no meio da multidão), apesar dos sapatos de verniz que lhe apertam os calos, ele se sente feliz.

"Se o Madruga visse tudo isto!" Seus pensamentos se voltam para Jacarecanga. Valia a pena mandar buscar o patife, pagar-lhe passagem de ida e volta, dar-lhe hospedagem... Só para ele ver, só para ele se ralar de inveja...

Zé Maria não cansa de olhar para os convidados. Um sorriso para cada um. Muitos são gente que ele nunca viu, mas gente distinta, está se vendo, gente que traja bem, que sabe pisar, falar, dançar. Sim senhor! Quem havera de dizer!

A música duma marchinha invade o ar luminoso. Os pares saem dançando.

O dr. Armênio aproxima-se do dono da casa.

— Olá, doutor, como le vai? — pergunta Zé Maria, estendendo o braço.

— Muito bem, agradecido. — Apertam-se as mãos.

— Uma festa linda! — acrescenta Armênio.

E na sua mente a frase ecoa em francês: *Quelle jolie soirée!*

Ficam contemplando os pares. Os vestidos das mulheres são móveis manchas coloridas. Há decotes fundos, braços nus onde faíscam joias.

Ar perfumado, quente, entorpecedor. A música forte. Armênio tem de gritar para se fazer ouvido.

— Que grande é o seu salão, coronel! — Sente-se na obrigação de elogiar. Dever de cortesia. Está agora regando uma flor (pobre flor, rude flor) do seu jardim social.

O coronel sorri, lisonjeado, e retruca:

— É um potrero!

Armênio não confia no testemunho de seus ouvidos.

— Como diz?

— Digo que é um potrero! — repete Zé Maria, rindo em *hê*.

Armênio sente-se picado pelo espinho dessa flor silvestre. Que diferença das flores de estufa! Sorri amarelo, pede licença e sai a procurar Vera. Pensou nela por contraste. Seus olhos viajam pelo salão, fazendo pequenas escalas rapidíssimas pelos rostos femininos. Meu Deus, ela não teria vindo ainda? *Mon Dieu!* Ela virá? Tomara que venha. É possível que esta noite seja definitiva.

Sentada na sua poltrona, num canto do salão, d. Maria Luísa olha a festa como uma estranha. Não. Essa casa não é sua, nunca foi, nunca será. Ela pertence à pobreza: apesar dos dois mil contos da loteria, nunca deixou de pertencer à pobreza. O seu meio, o seu chão é a casa humilde de Jacarecanga: linguiça frita, leite com farinha de beiju na sobremesa, rosquinhas de polvilho com café, guisadinho com quibebe, cinema aos domingos, calma, conversas com os vizinhos por cima da cerca, paz... Essa luz, esses brilhos, esse barulho, essa gente — tudo apavora. A música é uma profanação: o mesmo que tocar sambas no cemitério. Não. Ela ainda continua pobre. Amanhã, quando o dinheiro acabar e a miséria negra chegar, ela não quer sentir remorso, não quer que a culpem do desperdício e das extravagâncias. Por isso fica aqui sentada, como uma convidada indesejável, respondendo com monossílabos às perguntas, retribuindo com um sorriso de canto de boca aos elogios que fazem à casa ou à festa.

D. Maria Luísa olha em torno e mentalmente vai calculando os gastos. Sempre foi fraca nas quatro operações. Mesmo com lápis na mão, ela erra. Mas há um sexto sentido por meio do qual agora ela consegue descobrir precisamente o quanto se gastou, o quanto se vai ainda gastar...

Chinita e Salu dançam, muito agarrados. *Uma festa na casa de Joan Crawford* — pensa ela. Salu sente contra a palma da mão a maciez arrepiante do vestido de veludo de Chinita; o seu polegar toca na própria carne das costas da rapariga, bem no ângulo formado pelo profundo decote do vestido.

Que perfume é esse que a envolve como uma aura? Ele não o pode identificar. Um aroma tropical, quente, que provoca na gente um desejo mole, meio sonolento e abandonado.

A orquestra toca um tango argentino. O bandônion marca

o compasso arrastado. Salu e Chinita deslizam. Sob seus pés, o parquê é liso e rebrilhante como uma pista de gelo. E eles fazem figuras sinuosas, face, peito, ventre e coxas colados. O dedo polegar de Salu comprime fortemente a carne das costas de Chinita.

— Vais ficar com a minha impressão digital... — diz ele de mansinho ao ouvido dela.

Chinita sorri, mas sem entender. Digital, digital, digital... Deve ser alguma coisa de dedo, porque ao dizer essas palavras ele apertou o polegar com mais força.

— Tu te lembras daquele verso de Guilherme de Almeida? — continua ele. — Entre nós não há espaço nem para um beijo...

Chinita sorri. Agora ela se sente à vontade porque conhece o poema. Levanta o rosto para o namorado e diz:

— Não haverá mesmo?

— Aqui na sala, talvez não... Mas quando é que vamos dar uma volta no parque?

— Mais tarde... Tem paciência.

O passeio no parque é uma obsessão do espírito de Salu. Ele formou um plano doido... Nem é bem plano... Um pressentimento, um desejo... Sei lá! Qualquer coisa há de acontecer no parque, seja como for. Hoje ou nunca. Salu não mede consequências nem quer pensar nelas. Só continua a existir para ele a necessidade clamorosa de amar Chinita, de possuir Chinita, integralmente, de extorquir com violência ou persuasão todo, todo o gozo que porventura exista em potência nesse corpo, todo, todinho, de maneira a não deixar, se possível, nem um restinho para os que vierem depois... O parque... Foi a ideia que o acompanhou durante as últimas horas do dia. O parque, a sombra das árvores, o parque...

O último gemido do bandônion marca o fim do tango. Os pares se descolam. Ao afrouxar a pressão do abraço, Salu tem a impressão de que se separa duma parte de seu próprio corpo. E essa impressão corresponde a uma dor — dor física, de dilaceramento.

Os homens batem palmas. As conversas se animam.

— Então? — cicia Salu. — Passam dez das dez... Quando queres sair?

Chinita pensa um segundo.

— Às onze me espera na área do lado. Agora me dá licença que vou atender os convidados...

Com um sorriso, despede-se, faz meia-volta e sai na direção do *hall*. Salu acompanha-a com o olhar e fica a imaginar a carne que há por baixo daquele vestido de veludo negro, continuação do campo moreno que aparece numa amostra provocante do V do decote.

Exatamente no momento em que os Leitão Leirias chegam, a orquestra rompe a tocar uma marcha. D. Dodó, faiscante e perfumada, cumprimenta os conhecidos. Vera, muito empertigada e esguia no seu vestido de lamê prateado, parece uma figura da *Vogue* — como diz Armênio. Leitão Leiria sai do vestiário, arrumando a gravata e alisando depois com as palmas das mãos os cabelos ralos por cima da calva rosada e polida.

Zé Maria vem ao encontro dos recém-chegados.

— Boa noite! Boa noite! Pensei que não queriam vir à festa porque era em casa de pobre!

Solta uma risada.

Os Leitão Leirias respondem ao cumprimento. Casa de pobre? Oh! mesmo que fosse. Todos os homens são iguais. O que se olha não é o dinheiro, mas sim a qualidade das criaturas. Que patife! — pensa Leitão Leiria com uma raivazinha fina mal contida. D. Dodó olha para o grande lustre do *hall* e lamenta que tanto dinheiro tenha sido empregado em coisas tão inúteis. Se em vez de comprar essas bugigangas pretensiosas o coronel desse o dinheiro às Damas Piedosas, ao asilo, à igreja... Mas imediatamente lhe vem à mente o que Teotônio lhe disse: Zé Maria vai fazer um donativo de vinte e cinco contos de réis às obras da catedral. Mas longe de gerar simpatia pelo doador, a lembrança cria na piedosa senhora uma espécie de ressentimento que é quase inveja.

— Façam o favor de passar! Façam o favor.

Zé Maria vai abrindo caminho. Chinita vem ao encontro da amiga. Vera estende os braços. Beijam-se.

— Vem botar pó... não queres? — convida Chinita.

Sobem a escada.

— Onde andará a Maria Luísa! Diabo — exclama Zé Maria, olhando para os lados.

— Não se incomode por minha causa — diz dona Dodó com ar evangélico.

Leitão Leiria analisa as pinturas. Que indignidade! Desenhos em cores berrantes, douraduras. Está se vendo por todos os lados o gosto do novo-rico. Os pensamentos lhe fervem na cabeça.

— Bebe um champanhazinho, patrício?

O dono da casa sorri, gentil.

— Aceito.

Uma frase esplêndida para um artigo irônico a respeito dos novos-ricos canta no cérebro de Leitão Leiria: *Por todos os cantos berliques e berloques, ouropéis e franjaduras, coruscações de ouro falso, mistura estonteante de estilos, falta de gosto e delírio de ostentação.* O coronel grita para um criado que vai passando:

— Epa moço! Me traga duas taças de champanha.

O artigo continua: *E ele quer a todo custo introduzir-se na sociedade, fazer-se querido. Não tendo valor próprio...*

— Não quer sentar um pouquinho?...

Leitão Leiria faz um aceno afirmativo de cabeça. Sentam-se. Zé Maria procura assunto. O outro prossegue na composição do artigo.

Não tendo valor próprio, veste-se do brilho ilusório dos enfeites que se compram e procura agradar com presentes pródigos, festas e banquetes.

— Gosta da casa?

— Admirável — diz Leitão Leiria com gravidade. — Verdadeiramente admirável.

Como que movido por uma mola, Zé Maria ergue-se num salto:

— Que cabeça, a minha! Vou le mostrar a casa. Vamos ver primeiro lá em riba...

Dirigem-se para a escada.

A música cessa. Palmas. O criado chega com as taças de champanha.

— Nós ia se esquecendo da beberrança — diz Zé Maria. Volta-se e estende a mão para a bandeja.

51

Maximiliano estende a mão ossuda para apanhar o copo de leite que a mulher lhe dá.

— Tome todo. O doutor mandou.

O quarto do tuberculoso está abafado. Anda no ar um cheiro pestilencial. O médico recomendou que deixasse a janela aberta, mas a mulher do doente não abre, supersticiosa. Dizem que, à noite, a morte entra pelas janelas abertas. Além disso foi uma corrente de ar que deixou o marido assim.

Maximiliano toma o leite. Um acesso de tosse o sacode e uma mancha de sangue vermelho e vivo tinge o leite.

A mulher olha, com cara impassível. Na porta, os dois filhos espiam. Que é que ela vai fazer? O doutor disse que não tem jeito. É questão de mais um dia, menos um dia. Agora, o remédio é esperar. A morte chega, ele para de tossir, para de sofrer. O velório, o enterro e depois todos descansam. Pode ser que aconteça alguma coisa de bom. Mesmo que não aconteça não faz mal. Sem ele ali na cama, sofrendo e vendo miséria, vai ser melhor. Ela tem tempo de trabalhar, procurar uma ocupação, mandar os guris para a escola.

Maximiliano está agora com a cabeça atirada para trás, cansado do esforço. Sua respiração é estertorosa e difícil. A luz da vela alumia apenas uma parte do quarto. Ao redor da zona de luz, a sombra. Na sombra os ratos correm e conspiram. Faz calor. A rua hoje está alegre. O gramofone do vizinho continua a tocar. A mesma valsa.

Os olhos de Maximiliano se voltam para a porta. Ele diz alguma coisa, baixinho. A mulher se inclina para ouvir. A voz dele é um sopro:

— Eles deviam estar dormindo...

Ela sai para ir levar os filhos para a cama.

Maximiliano compreende que o fim não tarda. E espera.

52

Os convidados cercam as mesas de doces e de frios, comem, falam, bebem, riem. Uma senhora gorda diz que tem raiva de quindins. Um rapazola de óculos confessa que adora o manjar-branco. Um senhor calvo mente que nunca comeu fios de ovos.

Há uma rapariga bochechuda que parece ter jurado demolir a pirâmide de croquetes. Outros preferem fazer alpinismo nas montanhas dos sanduíches. Os criados passam com garrafas de champanha envoltas em guardanapos, e vão enchendo as taças.

Vera mastiga miudinho um sanduíche. Armênio olha para a flor mais fina e dileta do seu jardim social e pede licença para se servir dum pepininho.

— Veja a evolução dos costumes sociais, senhorita Vera.

Vera continua a mastigar, muito distante do sanduíche e do admirador. O seu pensamento voa para o salão. Chinita deve estar com aquele odioso Salu, confundidos os dois num abraço apertado, como no fundo da piscina. A idiota não compreende que está sendo arrastada, que fatalmente terá de se arrepender um dia...

Armênio continua a falar sobre a evolução dos costumes sociais:

— Antigamente era feio misturar bailes com comidas. Uma taça de champanha no máximo. Hoje, não... Fazem-se jantares-dançantes e é com a maior displicência que o cavalheiro e a dama deixam o salão para ir comer sanduíches e croquetes com a mão. A senhorita gosta desse costume? Gosta?

A pergunta insistente desperta Vera, que volta ao mundo dos frios e de Armênio:

— Gosto, mas prefiro os de patê.

— Não. Eu estou falando é dos costumes sociais modernos...

— Ah!

A orquestra toca um samba. *Froide* — pensa Armênio —, *absolument froide. Comme une statue de marbre...* E mastiga o seu pepininho, desconsoladamente.

53

Noel e Fernanda conversam sentados nos degraus da escada. O corredor está sombrio. Lá dentro, d. Eudóxia, enrolada no seu xale, balança a sua cadeira. Enxerga-se pelo vão da porta um pedaço da rua e, lá do outro lado, a porta da casa da viúva Mendonça. De quando em quando passa alguém na calçada.

— Que é que achas? — pergunta Noel.

Os olhos de Fernanda brilham foscamente na sombra.

— Acho que vai bem. Agora é ter força de vontade e continuar. Quantas páginas escreveste?

— Vinte. Foi um esforço danado. A todo o momento eu estava caindo em narrações autobiográficas, contando coisas da minha infância. De repente comecei a sentir que perdia o contato com a realidade e que eu já estava enveredando para o domínio das fadas. O meu herói já não tinha consciência da sua miséria...

Fernanda sorri e pensa: "Quando a gente nunca sentiu a miséria, nem sequer a pode imaginar...".

Noel continua:

— Sentia-se feliz porque lhe davam paz para sonhar. A miséria de sua casa era uma miséria dourada. Ele esquecia a mulher, os filhos e a falta de emprego e começava a recordar a infância com os seus mistérios e os seus contos de fada...

Pausa. Noel fala sem olhar para Fernanda. Lá de dentro

vem o baque da cadeira de balanço e, de quando em quando, um pigarro de d. Eudóxia.

— E o mais alarmante — prossegue Noel — é que o meu homem se negava a reconhecer a sua condição de desempregado, relutava em ver a sua necessidade. Até a fome para ele era uma ilusão...

— Provavelmente escreveste depois dum almoço bem farto...

A voz é de Fernanda — pensa Noel, olhando para a porta —, mas essas palavras não são parecidas com ela. Tão amargas, tão irônicas, tão áridas... Noel volta para a amiga o rosto doloroso.

— Desculpa — diz Fernanda —, eu não quis te magoar...

A fisionomia dela está serena. Noel contempla-a demoradamente. A penumbra dá-lhe mais coragem de encarar a companheira.

O silêncio envolve-os como uma carícia inquietadora. Sim, o silêncio, porque o bam-bam cadenciado da cadeira já se integrou no silêncio geral.

O romance fica esquecido. Noel sente que agora em todo o seu ser só existe lugar para um desejo — um desejo sem nome ainda, mas delicioso, envolvente, inquietantemente misterioso.

— Fernanda... — diz ele. E não reconhece o som da própria voz. — Hoje papai me ofereceu um lugar no escritório, talvez mesmo sociedade...

Pausa. Outra vez o silêncio. E depois a voz calma de Fernanda:

— E então?

Noel passa desamparadamente a mão pela cabeça e vai dizendo, como se falasse para si mesmo:

— Custa, mas estou resolvido... Disse que aceitava... Quem sabe? Talvez me adapte. Talvez vença e consiga ficar humano. Tu te lembras daquela história do Pinitim que tia Angélica me contava? Pinitim subiu para a Lua num balão de são João e se viu no meio dos selenitas... Não entendia a língua deles, tinha fome e não sabia pedir comida, tinha sede e não sabia pedir água. Ninguém entendia a fala de Pinitim. Pinitim foi ficando magro, com saudade do seu mundo...

— E então?

— Eu sou como Pinitim... Não entendo a língua do mundo dos homens. Os homens não entendem a língua do meu mundo. Não é horrível?

Noel sente no braço a pressão dos dedos de Fernanda.

— Mas, Noel, o mundo de Pinitim existia, ele voltou e de novo foi feliz. O teu mundo é uma ilusão. Não há volta possível. O teu país maravilhoso acabou com a infância e com tia Angélica. No dia em que te convenceres disso tu te adaptarás...

— Mas é que eu procuro convencer-me e não consigo...

— Outra ilusão: não procuras. Alimentas a tua mentira com outra mentira, com livros, música, coisas que te distanciam do mundo de verdade. É preciso que te convenças de que tia Angélica te contava histórias de *mentira*...

— Mas eram histórias bonitas...

— A vida é uma história bonita. Uma aventura, eu já te disse, em que a gente nunca sabe o que vai acontecer depois. Não é sensacional? A incerteza do amanhã, as diferenças de temperamento, os choques, os conflitos, o amor e até mesmo o ódio... Não é magnífico?

Noel se lembra do entusiasmo de Fernanda no tempo em que, no colégio, ela defendia as suas ideias.

Agora ela fala com a mesma convicção, a mesma firmeza, o mesmo calor. Fernanda continua:

— Talvez seja melhor escreveres a história da tua infância. Mas escreve e analisa, disseca, decompõe e verás que tudo era mentira. Era um mundo de papel de estanho e fogos de artifício. Talvez escrevendo consigas matar a mentira.

— Talvez...

— Aceita a proposta do teu pai. Será um passo na direção da vida e dos outros homens, do mundo de verdade. Pinitim precisa convencer-se de que na Lua só há montanhas geladas.

Noel lança o derradeiro argumento:

— Mas para quê? Para quê?

Fernanda não se dá por vencida:

— Ora, olhando o mundo com os olhos humanos, estarás

em condições de descobrir a beleza de certas paisagens que eu te quero mostrar.

— Tu?

— Eu. Levando-te pela mão como nos outros tempos... Então?

— Seria lindo!

Agora Noel sente na mão a morna pressão dos dedos da amiga.

54

Salu e Chinita caminham pelo parque de mãos dadas. Por cima das árvores se estendem os colares de lâmpadas coloridas. O céu está claro e estrelado, o ar parado e quente.

Pelos caminhos que cortam o parque em diversas direções passam pares de namorados, conversando baixo. Lá de dentro, escapando-se pelas janelas iluminadas, vêm a música da orquestra e o rumor das conversas.

Salu e Chinita seguem em silêncio.

— Linda noite — diz ele.

— Um pouco quente.

— Vai chover.

O silêncio cai de novo. Que diabo! — pensa ele. — Estou me comportando como um colegial. Essa bichinha me deixa tonto.

Continuam a andar, entram por uma alameda de pinheiros europeus cuja folhagem em forma de cone desce quase até o chão. As sombras das árvores sobre a relva dos canteiros são dum verde veludoso e escuro.

— Queres sentar? — perguntou Chinita.

— Não. Vamos pra mais longe. Quero te dizer uma coisa...

A voz dele é estrangulada. Chinita percebe a expressão do rosto do namorado e fica presa dum temor agradável. Salu sente o pulsar de suas têmporas.

— Queres ver a vista lá do fundo?

Ele faz que sim com a cabeça. Seguem, contornam a casa e chegam ao fim do jardim, que termina num gradil sobre um barranco. Lá embaixo brilham as luzes da cidade, que sobem para o céu noturno numa poeira de ouro. O rio é uma chapa de aço. Piscam luzes na silhueta negra das ilhas. No centro da cidade, dominando o casario, pisca um letreiro luminoso azul e vermelho. As torres da Igreja das Dores silhuetam-se contra o céu.

Salu e Chinita ficam olhando sem ver. Ela treme toda na antecipação de algo muito grande que ela pressente vai acontecer. E a sensação é tão estranha que ela diz, quase sem pensar:

— Que frio!

E se encolhe toda, muito embora *sabendo* que a noite está abafada e faz calor.

Salu aproxima-se dela por trás, passa os braços por baixo dos braços dela e, segurando-lhe os seios no côncavo das mãos, puxa o corpo da moça contra o seu. Chinita se retorce toda, num desfalecimento, e deixa cair a cabeça para trás. Os lábios de ambos se procuram e se mordem. Ela se vai voltando aos poucos. Abraçam-se com violência, frente a frente. Os olhos de Salu procuram, rápidos... Entre o muro e o contraforte da piscina, num ângulo morto, há um canteiro de relva e o nicho formado pela folhagem dum pinheiro. Num segundo, Salu decide...

Como se dançassem, colados um ao outro, os dois deslizam tremulamente para o canteiro. Salu conduz a rapariga, manso. Mas quando pisam na relva, a suavidade se transforma em fúria.

Salu tomba Chinita, que deixa escapar um grito sem vontade:

— Não!

Mas ele continua. Ela sente contra as costas nuas a aspereza fresca da relva. Vai dizer novamente não, mas os lábios de Salu lhe esmagam na boca a negação fraca. Chinita se entrega. Por uma falha na folhagem do arvoredo ela vê duma maneira quase inconsciente uma nesga do céu onde brilha uma estrelinha.

De braços inertes, Chinita está num abandono absoluto. A cabeça de Salu cresce diante de seus olhos e, interpondo-se entre eles e o pedaço de céu, esconde a estrelinha cintilante.

* * *

Às três horas da madrugada saem os últimos convidados. Apagam-se as grandes luzes do parque. Agora só se ouve o rumor dos criados que fecham portas e janelas.

— Que festão! — exclama Zé Maria descalçando os sapatos e desabotoando o colarinho.

Sentada na sua poltrona, d. Maria Luísa mantém-se ainda em silêncio, olhando para o salão iluminado e vazio como quem avalia os estragos dum terremoto. Mais de cinco contos de réis postos fora. Talvez oito. Talvez mesmo dez. Para quê, Santo Deus, para quê?

Zé Maria espreguiça-se e boceja:

— Onde está a Chinita?

Maria Luísa encolhe os ombros. Sei lá!

— E o maroto do Manuel? Por que não ficou pra festa?

A voz de d. Maria Luísa parece que está anunciando uma catástrofe:

— Decerto foi ver as mulheres à toa. É a vida dele. Parece que não mora aqui. Quando amanhece, ele volta, para dormir até as quatro...

Passam-se os minutos. Os criados apagam as luzes e se retiram.

— Vamos embora? — convida Zé Maria. E sobe para o quarto descalço, com os sapatos na mão.

D. Maria Luísa fica no escuro. Assim é melhor. Ela não vê os vestígios do desperdício, não enxerga os espelhos, os lustres, as douraduras, os jarrões...

Jacarecanga. Zé Maria está jogando escova com o vizinho. Manuel foi para o bilhar com os amigos. Chinita passeia na frente da casa e anda de namoro com o juiz distrital, bom moço, inteligente e muito sério. O pé de madressilva do muro está florido, seu aroma enche a casa toda, misturando-se com o cheiro de açúcar queimado que vem da cozinha. Paz. Paz. Paz.

D. Maria Luísa baixa a cabeça e desata a chorar baixinho.

A chuva lá fora começa a cair violenta, em pingos grossos.

TERÇA-FEIRA

55

— Que dia brabo! — exclama Fiorello para Clarimundo, que passa sob o aguaceiro, de guarda-chuva aberto.

O professor faz alto.

— Neste século, seu Fiorello, até o tempo anda maluco. Ontem, céu limpo. Hoje, esta chuva...

— Não quer entrar?

— Não, obrigado. São quase oito. Tenho de ir para o colégio. Até logo.

— Até logo, *professore*.

Clarimundo retoma a marcha. A chuva cai forte desenhando nas pedras da calçada uma esquisita flora de respingos. Uma criança sai correndo do vão duma porta, com um barquinho de papel na mão, agacha-se na sarjeta, larga o barco na correnteza e volta para casa correndo. Encolhido mas indiferente à chuva, Clarimundo continua a caminhar.

O que convém frisar é o absurdo do infinito pessoal na nossa língua. Pois ora muito bem! O francês tem infinito pessoal? Não. O inglês tem? Também não. No entanto o infinito pessoal existe, é preciso acatá-lo, empregá-lo com correção. Pois ora muito bem!

Clarimundo vai compondo mentalmente a sua lição.

No rio encapelado da sarjeta navegam cascas de laranja, gravetos, folhas secas, pedaços de papel...

Como seu guarda-chuva está furado, o professor sente no rosto os respingos frios. Não tem, entretanto, consciência do que está acontecendo. Está de guarda-chuva, logo é impossível que a chuva lhe esteja batendo no rosto.

Com o seu passo miúdo ele caminha sempre. Na esquina, para junto do poste e fica à espera do bonde.

Os trilhos se espicham rua afora, a água escorre-lhes pelos sulcos. Um bonde se aproxima. Clarimundo dá dois passos e ergue a mão esquerda. Com um ranger de freios o elétrico estaca.

Durante alguns minutos Clarimundo luta para fechar o guarda-chuva, mas a mola não obedece. Desesperado, rosto em fogo, o professor sobe para a plataforma, ficando com a copa do guarda-chuva para fora. O bonde põe-se em movimento. Clarimundo, que tem ambas as mãos ocupadas com o maldito guarda-chuva, perde o equilíbrio e vai de encontro ao motorneiro, que o ampara.

— Desculpe — diz o homem de Sírio, embaraçado. — Esta coisa emperrou.

E, segurando o balaústre com uma das mãos, faz movimentos incríveis com a outra, procurando fechar o guarda-chuva.

Depois de alguns segundos de luta, consegue fazer funcionar a mola. Suspira, sorri para o motorneiro um acanhado sorriso de quem se desculpa e vai sentar-se num banco. Vermelho, ofegante do esforço, coração batendo, como se acabasse de ser vítima dum desastre.

Vejam só o que me aconteceu... — pensa ele. E fica ruminando o incidente. — Que estupidez!

O bonde corre. A chuva continua a cair. As caras dos passageiros são cinzentas e flácidas. Cheiro de roupas e de couro molhados. O condutor aproxima-se para cobrar a passagem. Para na frente de Clarimundo, que ainda pensa no "desastre". Ora essa é muito boa! Que estupidez!

— A passagem, moço!

Clarimundo procura o dinheiro atarantado. Bolsos do colete: vazios. Bolsos do casaco, de dentro e de fora: vazios. O constrangimento de Clarimundo aumenta. Senhor! Quando um homem sai de casa com o pé esquerdo... O condutor espera, com relativa paciência. Clarimundo se apalpa, revira os bolsos, sorri amarelo... E por fim, com uma sensação de alívio, encontra no fundo do bolso das calças uma moeda de mil-réis.

243

Recebe o troco e fica todo encolhido no seu banco, sem ousar olhar para os lados, com a certeza dolorosa de que toda a gente no bonde viu o seu ridículo, o seu embaraço.

Ao desembarcar sai tão estonteado, que se esquece de abrir o guarda-chuva. À porta do colégio esfrega os pés no capacho e olha o relógio. Atrasado cinco minutos. O contínuo, um mulato de dentes de ouro, cumprimenta:

— Bom dia!

Clarimundo tira o sobretudo, as galochas e o chapéu. O mulato se aproxima para ajudá-lo.

— Aconteceram-me dois desastres no bonde... — começa a explicar o professor.

E conta sua odisseia.

56

O frio e a umidade se vão aos poucos infiltrando na casa e no corpo de João Benévolo e de sua gente. Começam a pingar goteiras no teto da varanda. Laurentina distribui pelo chão bacias de folha e caçarolas para aparar a água.

Encolhido de frio, João Benévolo se acocora em cima duma cadeira.

— Que casa horrível! — diz. E acrescenta, já de antemão convencido de que nunca há de fazer o que vai dizer: — Vou reclamar pra viúva. É um abuso.

Laurentina limita-se a olhar para o marido com o rabo dos olhos. E o seu olhar diz tudo. Reclamar? Tem graça. A gente está devendo três meses de aluguel...

O concerto das goteiras começa. Bem no centro da sala de jantar a água cai em pingos grossos sobre a bacia de folha, produzindo um som agudo, metálico e irregular: o solo. Outras goteiras menores, caindo regularmente contra o fundo das panelas, produzem um som cavo de acompanhamento.

Poleãozinho, sentado na cama e especado entre travesseiros, desenha bonecos com um toco de lápis num pedaço de

244

papel de embrulho. Um círculo com dois pingos e um traço dentro, um risco vertical espetando o círculo, mais dois riscos — um homem. O homem é Tom Mix. Falta o cavalo. Cavalo é mais difícil de desenhar. A língua de fora, Napoleão risca o que para ele é a imagem de um cavalo. Pronto! Tom Mix vai montar no seu pingo e dar tiros nos bandidos que roubaram a mocinha.

A chuva bate contra a vidraça. Uma luz cinzenta, pegajosa e fria, invade o quarto. Sentada na cama, remendando uma camisa de dormir, Laurentina bate queixo.

Novas goteiras rompem. Já não há mais bacias nem panelas para aparar a água. Laurentina se deixa ficar onde está, desalentada. O soalho da varanda vai ficando aos poucos alagado. A música dos pingos continua, cada vez mais forte.

João Benévolo se enfurna no quarto, fugindo à inundação. Faz de conta que está na China. Um aventureiro inglês... O rio Amarelo cresce, inundando as margens. O aventureiro sobe para o seu iate. (João Benévolo sobe para cima da cama.) Capitão, faça andar as máquinas. Todos a postos! E o iate começa a trepidar, a âncora sobe, a hélice gira. O barco aventureiro se vai... Pelo rio passam juncos com velas cor de bronze. Chineses de chapéus cônicos remam com longos remos. Nas margens erguem-se pagodes. A bela princesa que o explorador inglês vai libertar chama-se Jade.

Napoleão desenha uma casa com a chaminé a fumegar. Um coqueiro do lado. Tom Mix chega, bate na porta... (As figuras continuam imóveis, mas na imaginação de Poleãozinho elas ganham movimento, voz, vida.) Pan-pan-pan! Quem é lá? Aqui é Tom Mix! Abra esta porta senão eu meto bala!

Laurentina espeta a agulha na ponta dum dedo. Perdeu o dedal. Seus olhos estão anuviados. "Estarei precisando de óculos? Era só o que faltava..." Suspira baixinho, e vai fazendo a agulha varar a fazenda, distraidamente enquanto o seu pensamento voa...

No tempo em que morava com as tias, era como uma princesa. Não trabalhava, vivia à janela, ia ao cinema, tinha roupas. E era tão boba que se queixava, julgando-se uma pobre mártir...

245

Agora o que ela tem é frio, medo, um marido sem coragem nem energia, um filho doente, uma casa onde chove como na rua, dívidas e essa vontade de nunca ter nascido...

Lá fora a chuva continua a chiar. As goteiras tamborilam na varanda. A parede do quarto é um grande mapa branco com ilhas e continentes escuros de umidade. De onde será que vem este ventinho fino de gelo?

— Estará aberta alguma janela, Janjoca?

João Benévolo alça para a mulher uns olhos sem vida e responde:

— Xangai.

Tina fita o marido com uma expressão de estranheza no rosto.

— Estás maluco?

João Benévolo desperta para o mundo real.

— Que foi que perguntaste?

— Perguntei se tinha alguma janela aberta...

— Ah! Não tem.

Laurentina baixa os olhos para a costura. O relógio estertora nove badaladas e por um instante a música das goteiras fica abafada. Tina começa a chorar baixinho.

Se ela tivesse casado com o Ponciano teria sido melhor. Ele não fazia versos, não dizia coisas bonitas, mas tinha dinheiro, era organizado, não havia de sujeitá-la a essa situação de miséria e vergonha.

— Papai, o Tom Mix tem dois revólve?

— Tem, meu filho.

— De quantos tiro?

— De seis cada um.

— Por que é que não é de vinte?

— Porque não é.

Napoleão volta para o mundo de Tom Mix. João Benévolo ancora o seu iate em Xangai. Onde estás, Jade de minha alma?

Laurentina pensa no dinheiro que Ponciano lhes emprestou. Hoje se vão os últimos cinco mil-réis. E amanhã, que será deles?

246

57

À frente do espelho Leitão Leiria dá o último toque na gravata-borboleta. Acordou azedo. Deu com o dia chuvoso e escuro e ficou mais azedo ainda. Um gosto amargo na boca e uma dor no fígado fazem-no pensar no champanha do cel. Pedrosa.

Nós ia se esquecendo da beberrança!

Não lhe saem dos ouvidos as palavras do outro. Que indignidade! E é um homem malfalante, vulgar e boçal como esse que pretende entrar na sociedade, fazer-se querido do arcebispo, candidatar-se, talvez, a um cargo público. Que indignidade!

Leitão Leiria levanta o pulverizador de perfume à altura do peito, aperta na pera e recebe no rosto a poeira líquida e perfumada.

O bico dourado do pulverizador lembra-lhe os ouropéis da mobília do palacete do coronel. Leitão Leiria exclama mentalmente adjetivos depreciativos. Esnobe! Novo-rico! Espalhafatoso! Tartufo! E procura com essa balbúrdia esconder o ciúme e o despeito que desde a noite anterior o estão roendo. Porque lhe fez mal ver que o *outro* tinha um palacete caro e confortável, mobílias deslumbrantes, um parque imenso com árvores europeias, repuxo, piscina. Fez-lhe mal ver que o "guasca" oferecia à sociedade uma festa animada e concorrida. E, acima de tudo, lhe é doloroso saber que Pedrosa auxiliou com vinte e cinco contos de réis — que indignidade! — as obras da catedral. Adulão! Hipócrita!

Leitão Leiria passa a escova pelos cabelos e por fim volta para o quarto.

D. Dodó acha-se ainda deitada, com as cobertas puxadas até o queixo.

Seu rosto redondo e gordo contrasta, amarelo, com a brancura das fronhas. Sua cabeça está envolta numa touca de seda circundada por uma fitinha cor-de-rosa. Seus olhinhos, espremidos ainda de sono, miram com simpatia o marido.

— Estou atrasado! — diz Teotônio, inclinando-se sobre a cama para beijar a mulher na testa.

— Meu filhinho, não te esqueças da recomendada de monsenhor Gross.

Leitão Leiria faz um gesto de enfado.

— É verdade! Que buraco!

Imediatamente arrepende-se do plebeísmo.

— Perdão, Dodó!

Os olhos da esposa mostram compreensão e tolerância. Essas coisas escapam. Ninguém está livre...

Leitão Leiria fica pensativo.

— Tenho de arranjar um jeito...

Monsenhor Gross pede com empenho um lugar no escritório para uma recomendada sua. Diz que é moça muito culta, muito séria, datilógrafa hábil, com conhecimentos de inglês e correspondência comercial.

— Faze o possível, sim? Ela é filha de Maria.

— Filha de quem?

— De Maria.

— Ah! Mas o diabo é que lá no escritório...

— Faze o possível. Foi monsenhor que pediu... Com tanto empenho, com tanto interesse...

— Vou fazer o possível...

Trocam-se sorrisos de despedida.

Leitão Leiria desce para o andar térreo, enfia o chapéu e o impermeável, sai, recebe um respingo de chuva e penetra no interior morno e perfumado do Chrysler.

D. Dodó levanta-se pensando no questionário da *Gazeta*.

58

Salu acorda com sede. Levanta-se de corpo dolorido, cabeça zonza e vai beber um copo d'água. Olha para o relógio, que está sobre a mesa de cabeceira: dez horas.

Espreguiça-se, abre a boca para um bocejo cantado e vai deitar-se de novo. Fica estendido na cama, de costas, com as mãos cruzadas atrás da cabeça. Recorda-se vagamente dum sonho: imagens esfumadas, coisas sem contornos definidos, sombras confusas. Mas a recordação de Chinita agora domina todas as outras. E ele recorda, rumina o seu gozo. Tudo foi fácil, bem como ele esperava. Nada de palavras: ação. E como o rosto dela se contorceu na surpresa da dor aguda, como o seu corpo moreno se dobrou num movimento de onda, e com que prazer violento e ao mesmo tempo terno e comovido ele a penetrou! Naquele instante tudo em torno se esvaeceu, recuou para um último plano remoto. Os sons do *jazz* que vinham do palacete, o cheiro da relva, os ruídos dos bondes e das buzinas lá embaixo, na Floresta. Ele só tinha sentidos para a presença daquela carne quente que palpitava, daqueles olhos que brilhavam na sombra, daqueles lábios mornos e úmidos que ele mordia, daqueles lábios abandonados a dizerem palavras que ele mal e mal ouvia. E, envolvendo tudo, aquele perfume de Chipre que emanava dela e lhe chegava à consciência como a fragrância mesma daquele gozo intenso e ansiado.

Pouquíssimos minutos. Depois a sensação de torpor e frescura que dá o desejo satisfeito. De novo ele sentiu sob as mãos o contato desagradável do veludo do vestido e compreendeu nitidamente o ridículo de sua posição. Levantou-se, compondo-se, Chinita se erguia devagar. E ele só tinha um desejo: fugir dali o mais depressa possível. Mas ela choramingava, terna. Ele se inclinou para ouvir melhor.

— Que é que estás dizendo?

A voz dela era como de uma criança mimosa:

— Tu gostas mesmo de mim?

Abraçaram-se.

— Está claro que gosto, meu bem.

Os olhos dela brilhavam na sombra verde. A música do *jazz* chegava mais forte até eles, de mistura com vozes humanas.

— E agora?

Salu encolheu os ombros. Que resposta podia dar? Agora... amanhã se vê. Depois conversariam.

— Vamos embora. Pode vir gente.

— Vai tu na frente — pediu ela.

— Está bem. Adeus.

Beijaram-se. E ele se foi, meio trêmulo, com um calor no rosto, pisando a relva dos canteiros, rumo do palacete.

Recordando, Salu torna a desejar Chinita. Levanta-se de novo e vai até a janela. A chuva cai. As chaminés das fábricas dos Navegantes atiram uma fumaça parda contra as nuvens cinzentas.

Que estará ela fazendo a estas horas?

Entra para o quarto de banho, despe-se, abre o chuveiro e mete-se debaixo dele.

Dez minutos depois está vestido, fumando e caminhando no quarto dum lado para outro. Vêm-lhe agora ao espírito as primeiras dúvidas.

E se a pequena conta tudo aos velhos? Não, não pode contar, impossível. E se ela vem com choros falar-lhe em casamento? Isso sim é que é possível. Mas uma moça rica não precisa casar...

Batem à porta.

— Quem é?

— O café.

— Pode entrar.

A camareira entra com a bandeja do café. É uma chinoca baixa, vestida de preto, de avental e touca branca. Entra, cumprimenta e depõe a bandeja sobre a mesa.

— Já bati mais cedo, o senhor decerto estava dormindo.

— Está bem. Pode ir.

Salu fica olhando a criada. É uma mulher de pernas curtas e tortas, pés enormes. Que diferença!

De novo pensa em Chinita. A criada sai e fecha a porta. Salu despeja café na xícara e toma um gole.

No bule niquelado vê refletido o seu rosto: uma figura grotesca, de cara oblonga e chata, numa caricatura ridícula e desagradável. Se ele fosse assim disforme, com essas mãos desproporcionais, esse aspecto de microcéfalo... Não teria possuído Chinita ontem, nenhuma mulher havia de querê-lo. Se fosse assim deformado, que significação podia ter para ele a vida?

250

Que seria o mundo sem essa sensação esquisita de ser admirado, invejado, cobiçado?

As recordações se lhe atropelam na mente. Salu relembra o colégio. Os colegas o respeitavam porque ele era forte. As meninas o admiravam porque ele era bonito. Quando o grupo de amadores levava os seus dramas, sempre o escolhiam para galã. Com que entusiasmo representava! O Pereirinha se vestia de mulher e caía em seus braços: *"Meu querido Edvino, sou toda tua!"*. E a castelã se abandonava ao bravo cavaleiro andante, largando sobre ele todo o peso do corpo. Salu falava num cochicho com o canto dos lábios: *"Não seja besta, não larga o corpo assim que tu rasgas a minha armadura"*. A armadura era de papelão... E no final, quando Edvino, resistindo à tentação, fugia para a montanha e, renunciando à vida, internava-se num monastério, a plateia rompia em aplausos, o pano caía e o padre-prefeito vinha felicitá-lo: "Muito bem, Salustiano, admirráfel!". Ganhava merenda especial, tinha licença de sair no domingo seguinte. E recebia bilhetinhos clandestinos das meninas do arrabalde:

Mando-lhe esta violeta, veja o que quer dizer no livro dos significados das flores. Sua admiradora Pearl White Brasileira.

E em casa nas férias, todos achavam: "É a pérola da família". E na cidade do interior o mocinho estudante que vinha de férias era disputado...

Ainda a contemplar a cara feia que o espelho mentiroso do bule lhe mostra, Salu lembra-se da sua primeira aventura de verdade. Ela se chamava Manuela e era filha dum coronel do Exército. Tinha vinte e oito anos e ia casar com um guarda-livros de trinta e sete. Salu tinha dezoito. Amaram-se, encontravam-se às escondidas. O coronel fazia gosto no casamento com o guarda-livros. Os pais de Salu se opunham ao namoro. Mas o romance floresceu. Era na primavera e uma tarde Salu possuiu Manuela debaixo de pessegueiros floridos. Fugiu alarmado. A moça passou um mês fechada em casa. Ao cabo de quinze dias,

Salu verificou que sua paixão era apenas um desejo de aventura. O que ele amava era o amor e não Manuela. Veio fevereiro e ele voltou para o colégio e para as outras mulheres. Manuela não teve outro remédio senão ir para o guarda-livros. E casou-se de véu e grinalda.

Tinha um bonito corpo e lindos olhos — pensa agora Salu, sorrindo. E vê com a memória Manuela deitada de costas contra a terra roxa pintalgada de flores rosadas. Mas de repente a terra não é mais terra, é a relva verde e Manuela se transforma em Chinita. Um desejo quente começa a apossar-se do corpo de Salu. Ele se levanta brusco, aproxima-se do telefone e faz o disco girar quatro vezes.

— Alô? — Pausa. — Alô? Casa do coronel Pedrosa? Faça o obséquio de chamar a Chinita ao aparelho... Não, é um amiguinho. Ela sabe. Obrigado. — Pausa. Salu esmaga a ponta do cigarro no cinzeiro, estranhando a própria ansiedade, esse desejo absurdo de ouvir a voz de Chinita, essa vontade latejante de vê-la de novo, tocá-la, beijá-la... Com o receptor ao ouvido, Salu percebe ruídos secos de passos ecoando numa grande sala. Deve ser ela. — Alô?

59

Com as mãos enfurnadas nos bolsos do roupão de flanela, Noel encosta a testa na vidraça fria e olha para fora. A chuva cai sobre o seu jardim e sobre os telhados da Floresta. No fundo do pátio os coelhinhos brancos estão muito juntos, encolhidos dentro de sua casinhola. O vento sacode as árvores.

Noel sente um grande amolecimento interior, como se sua própria alma estivesse sendo batida pela chuva.

Tudo cinzento, tudo sombrio. Ainda há pouco, quando pegou da pena para escrever, a pena era fria, o papel era frio. As ideias lhe fugiam, esquivas. A sua personagem negava-se a viver. Inveterava-se na sua atitude parada: olhando da janela as crianças que brincavam de ciranda na rua. Sempre à janela, como uma estátua, como uma coisa de pedra, sem calor, sem alma, sem vida.

Tentou a leitura. Nesse dia gris de duas dimensões, nem os livros têm sentido. As palavras não querem dizer nada. Parece que tudo se imobiliza num silêncio polar. Procurou um romance tropical. Encontrou nele um sol de gelo, uma vegetação de cinza e criaturas que diziam palavras brancas de sentido. Abriu cinco livros para fechá-los logo em seguida. Botou um disco no gramofone. A música lhe deu um pouco de calor, mas um calor tímido que se fundia no ar, devorado pela luz neutra dessa manhã de chuva. Por fim ficou sentado, de olhos fechados, caçando recordações.

A casa velha da rua da Olaria, o colégio, tia Angélica e as suas histórias. Uma noite de verão. Lua cheia, dessas que brotam de dentro das florestas encantadas. A casa em silêncio. Ele via um livro com figuras. Tia Angélica cochilava a um canto. Pela janela Noel olhou o céu onde de repente uma estrela caiu, riscando de fogo o fundo azul.

— Tia Angélica! — gritou ele, apontando para fora. — Eu vi uma estrela caindo.

Então tia Angélica contou a história do fim do mundo. Deus disse que os homens eram muito maus e que então Ele ia mandar uma chuva de estrelas para acabar com o mundo. Derrubou sobre a Terra todas as estrelas do céu. Foi uma coisa tremenda: casas e gentes esmagadas, homens, mulheres e crianças gritando de medo e dor, muitos ficaram loucos.

Encolhido de susto, Noel arriscou uma observação:

— Como é que o mundo nasceu de novo?

Tia Angélica não explicava. O céu noturno continuava impassível.

Mas nem as recordações da infância satisfizeram Noel. E ele está agora aqui com o rosto colado à vidraça, a olhar para a chuva.

Pensa em Fernanda. A estas horas decerto ela está trabalhando, escrevendo cartas enfadonhas, aturando as cretinices do patrão. Ela, uma mulher! Noel se recorda do que Fernanda lhe disse um dia: *"Não imaginas como é bom, depois dum dia aborrecido de trabalho, a gente voltar para casa e se entregar inteiramente aos livros. Eles assim têm um sabor diferente, maior, mais profundo"*.

Noel volta para a sua cadeira, senta-se e fica olhando a sala quieta. Os livros de lombadas coloridas se enfileiram nas prateleiras. Nas paredes — os retratos de Debussy, de Beethoven, de Verlaine, de Ibsen. A vitrola de nogueira, o rádio. Livros, retratos de homens mortos, discos — Noel está cansado de fantasmas. O que sente é a necessidade de uma presença humana, dum ser de carne, osso e sangue, que tenha um coração, respire, fale, sinta, ame.

Um ser que o desperte, arrancando-o dessa prisão e transformando-o de bicho de concha em pássaro livre para os grandes voos. Um ser que, levando-o pela mão... Pela mão, como Fernanda nas manhãs em que iam para o colégio...

E no silêncio do seu gabinete, Noel decide que é preciso dar um novo rumo à sua vida. Um homem não pode viver eternamente só. Precisa libertar-se do mundo dos fantasmas e entrar definitivamente no mundo dos vivos. O tempo passa e é urgente fazer alguma coisa positiva. Escrever um livro talvez. Conseguir uma posição na sociedade. A troco de que ele há de ser diferente dos outros? A troco de que deve considerar vergonhosos os desejos da carne? Tudo o que se sente é legítimo. No fim de contas ele tem dentro de si grandes coisas em potência, uma energia adormecida. E, bem analisado, seu caso não lhe parece de uma dificuldade invencível. Aceitar o oferecimento do pai, fazer um esforço de concentração, matar o mundo de mentiras de tia Angélica, dedicar-se ao trabalho. E depois... depois...

Noel caminha agora dum lado para outro. É preciso sair dessa prisão, voar para o ar livre.

Fica durante vários minutos a girar em torno desses pensamentos.

Mas tem inteligência bastante para compreender que tudo isso, bem no fundo, se resume numa coisa simples: ele está irremediavelmente apaixonado por Fernanda.

A chuva continua a cair.

60

Com o fone ao ouvido, Chinita fala em surdina:

— Sim... Eu vou. No Woltmann? Às cinco? Está bem. Adeus!

Larga o fone e sobe para o quarto. Fecha a porta, atira-se sobre o divã e fica ali deitada em silêncio.

Tudo tão confuso... Ela nem sabe que pensar. De noite teve sonhos horríveis. O pai morto, ela de luto, a mãe degolada, no meio dum campo sem fim, e por toda a parte o rosto de Salu, que ao mesmo tempo não era Salu, mas sim o dum namorado antigo de Jacarecanga... De manhã, ao despertar, sentiu o corpo dolorido, como se tivesse tomado uma sova antes de deitar. Sensação de febre, e o amargor da decepção. O que ela julgava fosse uma coisa misteriosamente boa lhe tinha ferido os nervos com uma dor brutal. Pelo que lia em novelas proibidas para moças, pelo que insinuavam as amigas sabidas, ela como que já conhecia todos os segredos do amor. No entanto, secretamente, numa camada muito profunda do seu ser, esperava algo de melhor, de mais gostoso e menos violento.

Ainda agora Chinita parece sentir nas costas a aspereza da relva. E ver a cara de Salu na sombra. E estremece de novo à pressão ardente daquelas mãos, daqueles lábios.

Quando voltou para dentro de casa, estava tão perturbada, que parecia ia entrar toda nua no salão iluminado e cheio de olhos curiosos.

Chinita vê sua imagem no espelho do penteador, e contempla-se com amor e uma certa autocomiseração. Joan Crawford depois do encontro com Clark Gable no parque...

Mas num momento a provinciana que há dentro dela desperta e toma o lugar da menina que se traveste de estrela de Hollywood. E então todas as coisas lhe aparecem com a sua realidade indisfarçável. Ela perdeu a virgindade. Não é mais *moça*, como se diz lá fora, mas uma mulher à toa como aquelas muito pintadas e espalhafatosas que moram nos casebres do BarroVermelho. Uma pessoa pode lhe atirar na cara aquele palavrão de quatro letras...

Chinita franze a testa a um pensamento alarmante. E se ficar grávida? À medida que os segundos se escoam a sua inquietude vai crescendo. Não é impossível... Ela conhece casos. Uma prima que morava na estância... Um belo dia apareceu grávida... Escândalo. O pai quis dar um tiro nela. Tinha desonrado o nome da família. Choro na casa toda. A moça em segredo confessou a Chinita que tinha estado com o rapaz só uma vez. Só uma vez.

Agora Salu lhe telefonou marcando-lhe um encontro e ela não teve coragem de recusar. Apesar da decepção, apesar da dor, apesar da vergonha...

É estranho — reflete Chinita, sem compreender. Ela sente que agora gosta mais de Salu. Gosta dum modo mais profundo, mais sincero. Vontade de estar com ele, de passar a mão pelos seus cabelos. Vontade de viver com ele, sempre e sempre, ouvindo aquela voz metálica, vendo aquela cara morena. Sempre, sempre...

As lágrimas brotam nos olhos de Chinita.

De tristeza? De contentamento? De felicidade? De remorso?

Dentro do espelho Joan Crawford também chora.

61

Na porta da sala branqueja a placa:

DR. ARMÊNIO ALBUQUERQUE — ADVOGADO

Sentado à mesa de trabalho, Armênio escreve a sua crônica para o *Pathé Baby*, semanário de vida social.

Na linda tarde outonal, o Poeta visita o seu jardim social.

Afasta-se do papel e olha o período com carinho. O poeta é ele. Armênio sempre se julgou poeta. Um soneto aos vinte anos, depois poemas soltos em revistas mundanas, nas páginas literárias dos jornais, sem prejuízo dos arrazoados, requerimentos, petições. Porque o homem moderno mistura poesia com batatas; é poeta e ao mesmo tempo pedreiro; romancista e representante comercial. Ele se gaba de seu grande dinamismo, que lhe permite ser com sucesso e a um tempo advogado de dois sindicatos, cronista social duma revista, correspondente de dois jornais do Rio e leão da moda.

Armênio ergue os olhos e fica pensando. Depois a sua caneta de novo corre sobre o papel.

A rua é uma vitrina de brinquedos bonitos. Vemos Mlle Nilda Bragança, com o seu ar de dama antiga, Mlle Zaida Almeida qual fino bibelô de Saxe, com o seu *lorgnon* impertinente assestado para a fileira de jovens elegantes que estão parados às vitrinas, assistindo *The big parade*.

Armênio continua a citar. A srta. Fulana com o seu vestido de tal cor e o seu jeito assim. A srta. Beltrana com seus olhos de amêndoas e a sua boca de rubi. E o desfile das flores continua. O Poeta olha para tudo, deslumbrado.

O cronista, que é amante do belo sexo...

Armênio, escrupuloso, arrisca a palavra amante. Vai dar o que falar. Alguém pode maliciar. Melhor substituir por *admirador*.

... admirador do belo sexo, olha para o espetáculo maravilhoso de graça e donaire e exclama: *Mon Dieu! je vous remercie pour ce magnifique spectacle!*

Mas agora o Poeta vê no meio da multidão uma figura que apaga todas as outras.

Surge de repente, como uma aparição do céu, uma silhueta que parece saída das páginas da *Vogue*. É Mlle Vera Leitão Leiria, esguia...

Leiria... esguia. Não fica bem. Melhor escrever:

esbelta, vestida de verde, com "Ses yeux bleus de Prusse..."
— como disse Verlaine. O cronista sente fugir-lhe a terra
aos pés e tem ímpetos de ajoelhar-se quando ela passa, fria,
hierática, com o seu ar de sacerdotisa antiga.

Armênio larga a caneta e relê a crônica. Esplêndida! Os rapazes do clube vão comentar. O número de *Pathé Baby* correrá
entre as moças, de mão em mão. No dia seguinte elas lhe hão
de sorrir agradecidas. Sim, porque todas sabem que Maurice
des Jardins é ele. E Vera? Não se comoverá?

De repente Armênio se lembra de que d. Dodó está fazendo anos amanhã. Naturalmente haverá recepção na casa dos
Leitão Leirias. Uma bela oportunidade para ele. Vai fazer uma
tentativa. Quem sabe?

Vera é bela e educada. Sua família tem nome. A loja do velho prospera. (Armênio, como homem moderno, não despreza
o dote. *Não digo que um homem se case só por dinheiro. Mas quando pode unir o útil ao agradável, está claro que é melhor...*) Haverá
mais seguro partido para ele, para um bacharel, para um homem
de futuro? Claro que não. Com o apoio de d. Dodó, que é um
trunfo social, com o valor semioficial de Leitão Leiria, homem
influente na política, provável futuro deputado — ele irá à Fama.

Por ora Armênio contenta-se com ir até a janela.

A chuva insiste.

62

As três portas da loja de ferragens de Brito, Moura & Cia.
se abrem para a rua reluzente de umidade. Passam vultos. Com
intervalos longos cruzam bondes, barulhentos. Os caixeiros
estão recostados ao balcão. De quando em quando pinga um
freguês. As luzes acesas. Junto da registradora, a caixa — uma
moça loura e nariguda — cochila.

Pedrinho olha o relógio de parede: onze e meia.

Como o tempo anda devagar nos dias de semana! Como corre aos domingos! Mana Fernanda também deve estar se aborrecendo no escritório. Mamãe decerto está na cadeira de balanço, encolhida debaixo do xale. E Cacilda?

Uma ternura mole como a chuva, mas quente como um sol, lhe invade o corpo. Pedrinho fica olhando para a porta, mas não enxerga a porta nem a rua. Está na casa de Cacilda, deitado com ela na mesma cama, acariciando os cabelos dela. Parece que está vendo de verdade aqueles olhos verdes, aquele sorriso bondoso, aqueles seios miudinhos empinados, rijos, que ele já beijou quase chorando. Que bom se ela não fosse mulher da vida...

Se em vez de se conhecerem no beco eles se tivessem encontrado num baile de gente direita, tudo seria diferente... Noivavam, casavam, tinham filhos...

Por mais que faça, Pedrinho não pode afastar o pensamento de Cacilda.

Antigamente gostava de andar pelos cinemas e pelos salões de bilhar com os outros rapazes. Agora só deseja que o dia passe, a noite chegue e a aula acabe para ele poder ir ver Cacilda. Por que é que ela não gosta de mim? Pedrinho sente que ela o trata bem por pena, só por compaixão, porque ele é um menino... Tudo hoje está mudado. Em casa já notaram o jeito dele. Qualquer dia lhe descobrem o segredo. Três vezes faltou à aula só para ir ver Cacilda mais cedo. E sempre tem de esperar porque ela está com outros homens. É horrível.

— Seu Pedrinho!

A voz do gerente da loja. Pedrinho se sobressalta.

— Senhor!

— Que é que estava fazendo?

— Pensando.

— Pensando morreu um certo animalzinho...

O rapaz sorri tristemente. O gerente continua:

— Aproveite a folga e passe um espanador nas caixas de talheres, nas prateleiras. Vamos! Faça alguma coisa.

— Sim senhor.

Pedrinho pega o espanador. Amanhã vai comprar o colar bonito que viu na Sloper. Cacilda há de ficar alegre com o presente.

Entra um freguês. Tira o chapéu e o sacode no ar.

— Que tempo brabo! Nossa Senhora!

63

Cacilda olha primeiro para as suas cartas, depois para a companheira, e diz:

— Quem joga é tu.

A mulher gorda de olhos pintados atira uma carta para cima da mesa. Cacilda sorri e atira outra.

A sala está sombria. Um sofá de palhinha e duas cadeiras, almofadas com bordados berrantes, um calendário na parede, retratos de artistas, abajur vermelho pendente do teto.

Ouve-se o tamborilar da chuva sobre um telhado de zinco. Uma goteira pinga dentro de um pote de barro. Vem do quarto próximo uma voz rachada e áspera:

> *Esta noche me emborracho, bien!*
> *Me mamo bien mamao...*

Anda no ar um cheiro enjoativo de extrato barato.

— A Rosa está alegre — diz Cacilda.

A mulher gorda sorri.

— O teu guri vem hoje?

Cacilda encolhe os ombros:

— Sei lá!

— Que negócio é esse de andar tirando crianças dos cueiros?

Cacilda não responde. Continuam a jogar, carta sobre carta. A mulher gorda ganha a partida.

— Me deves dois pilas.

— Ahan.

Cacilda põe-se de pé.

— Não queres jogar outra?

— Não.

Vai para o quarto, olha para fora. Do outro lado do beco, a francesa está à janela por trás do vidro, atenta.

— A Liana está caçando... — diz Cacilda.

Da sala vem a voz da outra:

— Com este tempo é *pescando...*

Cacilda acende um cigarro. Sábado feliz aquele! Nunca em sua vida teve uma sorte tamanha. De manhã, cinquenta mil-réis do rapaz moreno do Edifício Colombo. De noitezinha cem do velhote no *rendez-vous* da Travessa das Acácias. Mas tudo se foi. Dívidas, aluguel, armazém, um par de sapatos, batom, pó de arroz. Falta pagar a modista. Se viesse outro sábado como aquele... Mas qual! Sorte é para quem tem. Dia bom só acontece uma vez na vida. Para ela só aparecem estupores como aquele bobo do Pedrinho, guri recém-saído do berço. Fica ali sentado com um ar de idiota, dizendo bobagens, trazendo livrinhos, barras de chocolate.

Cacilda solta uma baforada de fumaça.

Mas ele é tão criança... Coitado, não tem culpa. São coisas da vida. Enfim... Não vale a pena tratar mal os outros. Ela não tem jeito. E depois não custa. A gente sempre se lembra do irmão...

A voz rachada torna a cantar o tango argentino. A chuva continua a cair sobre o telhado de zinco. A goteira pinga no pote.

64

No *living room* da casa dos Leitão Leirias, enrodilhada num canto do sofá, Vera lê uma novela suspeita às escondidas da mãe. Para despistar, cobre a capa do livro uma sobrecapa de papel pardo.

D. Dodó, inclinada sobre a sua escrivaninha, responde à enquete da *Gazeta*.

Em cima da mesa, um vaso bojudo com zínias. Sobre o parapeito da lareira, um relógio quadrado com ponteiros e algarismos de prata. Pequenos quadros pelas paredes, almofadas por toda a sala, tapetes.

A *Gazeta* pergunta: *Qual é o traço característico de seu caráter?* D. Dodó hesita. A bondade? A caridade? O amor ao próximo? A humildade?... Soa bem. Fica tão delicado, tão modesto. Monsenhor Gross vai gostar. Bom. Melhor botar três traços — caridade, bondade e humildade —, depois o Teotônio vai escolher.

Que pensa da vida? Meu Deus! Aqui está uma pergunta difícil. Dodó levanta os olhos na direção de Vera:

— O que pensas da vida?

— A vida é uma droga! — diz Vera, e termina a frase mentalmente. Chove, os homens são uma espécie aborrecida, as mulheres são atraentes mas idiotas. Armênio é um pobre de espírito, os novelistas não têm imaginação, Chinita está cretinamente caída por Salu, não lhe deu a mínima atenção na festa de ontem, os calos doem por causa do tempo. Sim: a vida é uma droga.

— Minha filha, não diga isso. A vida é boa, vale a pena viver para praticar a caridade e servir os pobrezinhos.

Pronto! Aqui está uma resposta magnífica. Nasceu naturalmente, portanto maior é o seu valor. D. Dodó escreve-a, contente.

Onde quisera ter nascido e em que tempo?

O assunto é delicado. D. Dodó morde a ponta da caneta, pensativa. A ideia lhe vem... com a ajuda do Anjo da Guarda.

— Eu quisera ter nascido na Galileia, no tempo em que Jesus Cristo andava pela terra.

Que pensa da missão da mulher no mundo moderno?

A resposta brota logo. Como é bom a gente ter um Anjo inteligente!

— A missão da mulher é no lar. Educar os filhos, dirigir a casa, adorar o Senhor e o esposo legítimo.

Qual o momento mais emocionante de sua vida?

— Foi quando me tornei religiosa.

Dodó reconta a história da doença do marido, da promessa e da conversão.

Quais os seus autores prediletos?

— São Francisco de Assis, José de Alencar, Júlio Diniz e todos os autores católicos.

E os músicos?

— Verdi, D'Annunzio e o nosso glorioso Carlos Gomes.

As outras perguntas se seguem. *Que pensa da educação moderna? Que pensa da moda? Que pensa do cinema?* ("O cinema", responde d. Dodó, "está corrompendo os nossos costumes patriarcais." A frase é do marido ou de monsenhor Gross, ela não se lembra bem...)

Vem por fim a derradeira pergunta:

Está satisfeita com a sociedade em que vive?

O Anjo da Guarda é inflexível ao lhe impor a resposta:

— Não. Há muito vício e maldade entre nós. Só seremos felizes no dia em que todos abraçarem a Santa Madre Igreja Católica Apostólica Romana e compreenderem os ensinamentos de Jesus, que disse: "Amai-vos uns aos outros". Com o dinheiro que hoje se gasta em bebidas e outros vícios poderíamos construir muitos asilos e hospitais para os desprotegidos da sorte.

D. Dodó termina o questionário. Suspira, aliviada. Foi um esforço regular. Que tudo seja pelo amor de Deus!

Vera fecha o livro e mete-se no quarto. Vontade de ver Chinita, sentir o perfume de Chinita, ouvir a voz de Chinita, apalpar o corpo de Chinita, morder os lábios de Chinita.

Senhor! Quando é que vai parar esta chuva? Quando? Quando? Quando?

65

O caso do cel. Zé Maria Pedrosa é uma espinha que Leitão Leiria tem atravessada na garganta. Agora no silêncio do seu escritório as recordações voltam e com elas as reflexões amargas. Que indignidade!

Leitão Leiria atira o corpo para trás, a cadeira giratória inclina-se com um ranger de molas. E, com os polegares nas cavas do colete, charuto aceso no canto da boca, ele fica de testa franzida, compondo um artigo que nunca há de escrever. Assim, desabafa. As frases lhe ocorrem, rápidas. As palavras vão tomando direitinho os seus lugares, como soldados acostumados à rígida disciplina militar:

A sociedade moderna apresenta surpresas espantosas. Exemplifiquemos. Antigamente prevalecia nela a tradição das famílias. Já não era questão propriamente de sangue azul. Era a nobreza da educação, da honra, da tradição e do cavalheirismo. A nata da nossa sociedade era composta de famílias cuja árvore genealógica... cuja árvore genealógica... podia ser traçada desde a raiz até os ramículos mais insignificantes sem a menor falha, sem a menor mancha, sem a menor dúvida.

Leitão Leiria dá um chupão forte no charuto, contente consigo mesmo. Continua o processo mental de composição:

Ora, pois, meus senhores!

(Agora já não é mais artigo, e sim um discurso.)

Que vemos nos nossos dias? Vemos a hierarquia do dinheiro, a aristocracia do vil metal. Vencem os que têm dinheiro no banco. São considerados beneméritos, entram na sociedade e a sociedade não lhes pede credenciais, não lhes vasculha a vida, não lhes devassa o passado!

Leitão Leiria ouve mentalmente uma voz: Apoiado!

Índios boçais que mais parecem ter sido agarrados a maneador surgem e se impõem à nossa mais fina sociedade à custa de suborno, com o prestígio duma fortuna adquirida de maneira inferior: a loteria! Cortejam os pró-homens da política.

(E Leitão Leiria modestamente se inclui no número dos pró-homens.)

Adulam os prelados, cuja boa-fé procuram ilaquear despudoradamente!

O entusiasmo que lhe ferve no peito é tão grande que Teotônio se levanta e começa a caminhar em cima do seu tapete verde, de lá para cá. Sim. Zé Maria se vai impondo aos poucos. Vinte e cinco contos de réis para as obras da Catedral Metropolitana. Amanhã será conselheiro municipal. Mais tarde, deputado. Quem sabe? Não. Os homens como ele, Leitão Leiria, que têm um nome a zelar, uma filha a defender, devem arvorar-se em paladinos da causa do saneamento moral da sociedade. Ficar inerte é um crime. Agir! Mas de que forma? Escrever pela imprensa: descobrir as baterias, terçar armas em campo aberto? Claro que não, seria improfícuo. Melhor é lançar mão dos recursos da estratégia moderna. Guerra subterrânea, gases asfixiantes, submarinos, aviões, bombardear das nuvens. Sim, porque ele precisa pairar alto para que os respingos da lama não o atinjam.

Monsenhor Gross precisa saber, a qualquer preço, seja como for. Uma carta... Anônima, naturalmente, porque ele não pode expor-se. Assiná-la seria imprudência. Podiam pensar que a inveja o movia... sim, uma carta.

Quando o fim é bom, todos os meios são justificáveis. De antemão Leitão Leiria se absolve do pecadilho.

Senta-se à mesa, toma dum papel sem timbre, da caneta e começa a escrever com letra de imprensa:

Ilustre prelado: Vejo-me na obrigação de lhe dizer que esse sr. José Maria Pedrosa que parece um cidadão decente e procura imiscuir-se nos meios católicos da nossa *urbs* é um

265

homem sem moral que se dá o luxo depravado de ter uma amante. Sou um servo fiel da Igreja, por isso me julgo na obrigação moral de fazer esta denúncia. E para provar que a minha delação é bem fundada, digo-lhe o nome da Messalina teúda e manteúda pelo referido cidadão e o número da casa em que ambos escondem a sua ligação vergonhosa.

Mas de repente Leitão Leiria — tomado duma estranha sensação de culpa que lhe afogueia o rosto — rasga o papel em muitos pedaços miúdos e joga-os dentro da cesta.

Levanta-se e continua a caminhar dum lado para outro. Não, mas aquele bugre boçal precisa levar a sua dose! A coisa não pode ficar assim. E se ele escrevesse um bilhete denunciando-o à mulher? Havia de amargar-lhe pelo menos algumas horas...

Mas de novo Leitão Leiria repele a ideia.

De súbito lembra-se do pedido de monsenhor Gross. Arranjar um emprego para uma protegida. Que fazer? Só há uma saída. Despedir Fernanda. Mas não se pode mandar embora uma criatura assim sem mais nem menos... Se ela desse motivo... Leitão Leiria pensa. Não pode botar d. Branquinha no olho da rua: é recomendada dum político. Na loja não há vagas, e mesmo a protegida do monsenhor é datilógrafa... Sim, o lugar ideal para ela seria o de Fernanda. E então? Admiti-la sem despedir a outra? Impossível. As vendas diminuem, os tempos andam maus. Não atender ao pedido do monsenhor? Também inadmissível.

Para na frente do espelho, alisa o cabelo, ajeita a gravata e resolve: Fernanda tem de ser despedida. Custa, é duro, mas não há outra saída. Que diabo! Um homem não é dono do seu nariz, senhor de sua própria casa? Então? A gente deve botar de lado sentimentalismos tolos, quando estão em jogo interesses mais vitais. A amizade de monsenhor Gross lhe é preciosa. E, depois, ele tratará de arranjar outro emprego para Fernanda. Sim, não há dúvida. Fernanda vai ser despedida. Mas é uma coisa desagradável... (Leitão Leiria discute mentalmente com Leitão Leiria.) É duro mas não há outro jeito... Mas e o sindicato? Se houver protesto? Qual! Fernanda nem se lembra... Como descalçar a bota? Com energia, com franqueza. Mas acontece que a pobre moça... Qual pobre! Já me disseram que ela tem ideias vermelhas, lê livros comunistas. Se é assim... É, sim senhor, seja duro... Mas... Qual! Toque para a frente. O fim justifica os meios...

Leitão Leiria toca a campainha.

Fernanda aparece.

— Dona Fernanda...

Ela se aproxima do chefe. Alguns segundos de espera.

Leitão Leiria pigarreia, finge que está procurando na gaveta um papel. A moça continua na sua frente, imóvel, esperando. Os olhos brilham no rosto moreno. Que olhar decidido, que ar confiante...

— A senhora está satisfeita com o seu emprego?

— Se estou satisfeita? Claro que estou.

— Mas, quero dizer... não preferia ganhar mais?

Será que ele me vai aumentar o ordenado? — pensa ela.

— Bem, naturalmente seria muito melhor...

Leitão Leiria invoca o seu Anjo da Guarda, mas o anjo não responde. Silêncio. Fernanda olha para o patrão e espera.

— Acontece que... que infelizmente a casa...

Pausa. Ela o incita:

— Sim?

Os modos dele são estranhos. Que haverá por trás de suas palavras? Leitão Leiria brinca com a medalha da corrente do relógio.

— Acontece que nós não podemos lhe aumentar o ordenado...

Fernanda sacode levemente os ombros.

— Paciência...

— Nem agora nem mais tarde.

— Não compreendo...

Nervoso, Leitão Leiria joga o charuto na cesta de papéis

267

usados. Onde a sua energia? Onde a sua habilidade oratória? Onde a sua autoridade patronal?

De repente, sem transição, ele lança no rosto dela estas palavras desesperadas:

— Me disseram que a senhora é comunista!

Respira forte, começa a sacudir a perna, num frenesi. Fernanda mantém a serenidade:

— Não é verdade.

— A senhora nega?

— Nego.

O Anjo da Guarda, porém, está presente e Leitão Leiria se enche de coragem.

— Pessoa fidedigna me afirmou que a viu com livros vermelhos.

— É mentira.

Impassível, o rosto de Fernanda.

— Senhorita Fernanda, não diga *mentira*, é uma desconsideração.

Sem argumentos, Teotônio se refugia na indignação. Ela disse *mentira*. Ele foi, portanto, desconsiderado. Agora o caso é outro. Agravante para a ré.

— Repito que é mentira.

— Apresente então as provas...

— Apresente primeiro provas da acusação que me faz.

— Basta-me a palavra da pessoa que a denunciou...

— Pois para mim não basta. Nem a sua.

Leitão Leiria se empertiga:

— A senhora está me ofendendo. Não gosto de cometer violências. Sempre fui inimigo das soluções drásticas. No entanto tenho ligações com o catolicismo... Sou um homem de ideias, de responsabilidade... Não me seria conveniente que soubessem que tenho empregados com ideias... com ideias...

— Já sei... — atalha Fernanda. — Não é preciso gastar palavras. Está procurando me despedir, não é mesmo?

— Sou forçado, em vista de tod...

Fernanda estende a mão como quem diz: Pare.

— Está bem. Quando quer que eu saia? Hoje?

Leitão Leiria agora é todo magnanimidade.

— Seria absurdo! Dou-lhe quinze dias de prazo e um mês de ordenado. Durante esse tempo pode procurar outra colocação. Se quer que eu...

— Não se incomode que eu mesma cuidarei da minha vida.

— Quero que compreenda...

— É só o que desejava?

— Por enquanto...

— Pois passe muito bem.

Fernanda faz meia-volta e se retira.

Leitão Leiria fica esfregando as mãos e gabando a sua tática. Guerra moderna: cercar o inimigo, solapar-lhe as trincheiras e por fim: carga de baioneta.

Vai ao telefone, pede ao centro da loja ligação para a sua casa. Alguns segundos depois a voz de Dodó viaja pelo fio.

— Meu amor, és tu? Comunico-te que a recomendada de monsenhor Gross já está colocada.

Dois beijos estralados que partem simultaneamente de cada extremidade do fio pingam o ponto final ao rápido diálogo telefônico.

66

Virgínia não acha paradeiro em casa. A solidão a sufoca. Saudade do sol, saudade de vozes humanas. Tem a impressão de estar num presídio. Caminha do quarto para a sala de jantar, desta para o *hall*, do *hall* para o escritório do marido, do escritório para o *living*. Abre livros e revistas para tornar a fechá-los logo depois com impaciência. Senta-se, ergue-se de novo. Liga o rádio para verificar em seguida que a estação local ainda não começou a irradiar.

Que fazer? Não há remédio senão ficar deitada, parada, pensando. Estende-se no divã. Vem da cozinha um cheiro adocicado de carne assada. Esses cheiros domésticos a mareiam. O cheiro do marido, o cheiro das criadas, o cheiro da cozinha, o cheiro especial de cada peça da casa... Tudo sempre igual, repetido, sem surpresa. Eternamente a rotina familiar, o horário invariável, os mesmos assuntos e probleminhas...

E chove por cima de toda essa chatice. Chove sem a menor trégua.

Na varanda Querubina põe a mesa para o almoço. Noca passa por uma porta carregando pratos, com o seu caminhar de angolista. Virgínia tem vontade de atirar-lhe um chinelo na cabeça. Um bando de fêmeas inúteis e indecentes, ganhando um ordenado mensal para não fazer nada, para andar se esfregando no chofer, no guarda-civil, no homem do gelo...

Um rumor. Virgínia volta a cabeça. Noel acaba de entrar. Mãe e filho entreolham-se em silêncio. Virgínia desvia o olhar. Noel fica junto duma prateleira de livros, a ler os títulos.

Na presença do filho, Virgínia lembra-se de Alcides. São da mesma altura e têm o mesmo porte. Por um instante ela vislumbra o seu próprio ridículo. Mais tarde ou mais cedo *aquilo* tem que acabar. Um capricho? Talvez? Mas por enquanto é uma obsessão. Depois, tudo conspira contra ela: as pessoas da casa, o tempo, a chatice da vida, a imbecilidade espessa do marido, a frieza do filho — tudo. Ela fica sem defesa. Se ao menos tivesse uma ocupação... Uma vez chegou a sugerir a Honorato que fossem viajar. Buenos Aires, Montevidéu ou Rio... Mas ele vem sempre com a desculpa dos negócios e ela continua dentro dessa prisão enervante, com o relógio a dizer em surdina que o tempo passa, com os espelhos a gritarem que ela envelhece. As criadas a miram com surdo ódio. Só os olhos de Noca é que a seguem com uma paixão servil e irritante de cão abjetamente fiel. Noel lhe foge sempre. Honorato a contempla com aquele ar tranquilo de dono seguro de sua posse. A seu redor, nenhuma simpatia, nenhuma compreensão. Entre ela e todas as outras pessoas da casa, léguas e léguas de separação. Como fugir ao assédio do outro? É o único que a olha com ternura humana, o único que se interessa por ela.

270

De resto, para que tantos escrúpulos? A vida passa, a velhice se aproxima. Por que não fazer uma escapada, já que viveu vinte e cinco anos acorrentada ao comerciante Honorato Madeira? Por quê?

Mas a presença de Noel lhe cria uma inibição. Olhando para o filho, ela sente o absurdo de seu amor por Alcides. Noel apanha finalmente um livro e sai em silêncio.

Longe dele, Virgínia sente-se mais à vontade.

É preciso decidir: ata ou desata. Assim como está a coisa simplesmente não pode continuar.

Mas outra dúvida lhe vem... Se o marido descobre? Enfim ela não pode ter com Alcides ilusões dum amor duradouro. Para ele tudo deve ser um capricho passageiro, uma extravagância... Honorato, de qualquer modo, é a garantia duma vida confortável: boa casa e bons vestidos, uma posição na sociedade, um lar.

Mas que lar! Acaso isto merece o nome de lar? (Outra vez a revolta.) Uma casa assombrada, isso sim. Fantasmas por todos os cantos. O fantasma do marido, do filho, e o fantasma de tia Angélica, o mais pavoroso de todos, porque ainda assombra a alma de Noel.

A porta da rua se abre.

É Honorato que chega. Irritada, Virgínia sobe e vai fechar-se no quarto. Imagina a cara do marido: gorducha, imbecil, feliz. Como sempre ele dirá: *Trabalhei como um burro!* E estralará o seu chocho beijo matrimonial.

No vestíbulo, Honorato Madeira tira as galochas, o impermeável e sai a gritar pela casa:

— Gigina! Ó Gigina!

67

Na sala de jantar do palacete do cel. Pedrosa a ceia de Cristo do vitral hoje está apagada e sem fulgor.

Servido o almoço. Os pratos fumegam, o coronel come com

entusiasmo, na sua frente d. Maria Luísa, de cabeça baixa, olha o prato vazio.

A criada entra para avisar:

— Dona Chinita diz que não quer almoçar.

A cara de Zé Maria é toda um espanto:

— Ué? Que será que ela tem?

A mulher dá de ombros. A criada se retira.

— E o Manuel? — torna a perguntar o coronel.

— Não dormiu em casa. Ainda não veio.

— Que barbaridade! Esse menino ainda acaba ficando tísico.

E sorri, com uma pontinha de orgulho, pensando nas farras do rapaz.

— O pai não se importa... — diz Maria Luísa, como se falasse do marido para uma terceira pessoa invisível. — O pai acha até bonito.

— Ora. São coisas da mocidade. De repente ele cansa e senta o juízo...

— Sentava...

— Eu vou falar com ele.

— Ias...

Vendo que é inútil insistir, o coronel se refugia no churrasco com farofa.

Maria Luísa resmunga baixinho suas queixas, como se continuasse a falar com a terceira pessoa invisível.

— Eu não gosto de falar pra ele. Não tenho direito. A casa não é minha. O pai não tem energia, o chefe não tem juízo, que é que se pode esperar dos filhos? — Suspira. — Eu quero só ver onde vai parar tudo isso. A filha dele se desfruta com os rapazes, o filho vive na casa de mulheres à toa. Mas não falo porque não sou ninguém.

O relógio de três contos de réis canta doze badaladas, que ecoam com alguma solenidade pelo casarão.

68

Fernanda faz o prato do irmão. Pedrinho está pensativo, d. Eudóxia come o seu mingau em silêncio.

— A vizinha me contou — resmunga ela — que o seu Maximiliano está morre não morre.

— Também este tempo... — diz Fernanda.

— Os ricos não sentem. Têm tudo — insiste a velha. — Por que será que Deus não soube dividir direito?

— Deve estar tudo certo, minha mãe — retruca Fernanda sem nenhuma convicção.

— Qual!

— Coma, Pedrinho, que é que você tem? Está sentindo alguma coisa?

— Nada, mana, estou bem.

Se Cacilda — pensa ele — pudesse estar sentada ali no lugar vago da mesa... Se ela fosse uma moça de família. Era tão bom...

— Que gente triste, santo Deus! Criem ânimo! Um pouco mais de alegria! — anima-os Fernanda.

D. Eudóxia levanta os olhos de cachorro escorraçado:

— Para vocês, moços, fica muito bem dizer isso...

Fernanda sorri. Mas sorri nos lábios. Dentro, uma coisa lhe dói. Uma angústia. Não pode esquecer o que aconteceu. A princípio teve ímpetos de ir embora do escritório imediatamente, sem esperar o prazo, sem aceitar a gratificação. Mas depois pensou na mãe, no irmão, nos compromissos, e ficou. Agora tem de procurar trabalho em silêncio, esconder tudo da mãe e do irmão. Se a mãe soubesse, desandaria a chorar, agourando desastres tremendos, fome, miséria, morte. Fernanda está resolvida a guardar segredo a todo o custo. Por isso sorri.

O silêncio se prolonga. Pedrinho come, pensativo. D. Eudóxia empurra o prato vazio. Estará farejando alguma desgraça? Tem os olhos na porta.

— Se o seu Maximiliano morrer eu tenho de ir ao velório.

Espanto de Fernanda:

— Mas a troco de que veio essa ideia?

— Ué! A gente precisa estar preparada.

— Mas ele não morreu.

— Garanto que morre hoje.

— Pode ser que não morra!

Outra vez o silêncio. Fernanda bate com a colher na mesa.

— Vamos, Pedrinho, acorda! Parece que andas apaixonado!

Pedrinho sorri sem vontade. Ouve-se agora nitidamente o barulho da chuva, que cai com mais força. O gramofone do vizinho começa a tocar a valsinha de todos os dias.

69

Os Leitão Leirias conversam.

— Que dizes? — pergunta d. Dodó ao marido.

— Muito bem, minha querida. Tiveste apenas um pequeno engano. D'Annunzio não é músico.

— Não é músico? Ora! Eu pensava...

— D'Annunzio é poeta e prosador.

— Que pena! E o resto?

— O resto está admirável.

— E ali naquela pergunta do traço característico do meu cáráter... qual daquelas respostas tu achas que eu devo dar?

— Todas, Dodó, todas aquelas virtudes tu tens em quantidade.

D. Dodó sacode a cabeça, sorrindo.

— Não digas isso, meu filho.

Vera contempla os pais em silêncio. Um observador agudo veria desdém, zombaria nesses olhos claros e frios. O respeito que Vera tem pelos autores de seus dias é um respeito muito longínquo e divertido. Intimamente, sem nunca dar expressão à sua crítica, ela acha ridículos os exageros caritativos da mãe, o afã de aparecer como líder de todos os movimentos de beneficência, a ânsia de imitar santa Teresinha. Vê, julga e cala. Não adianta falar. Vai à igreja porque a mãe lhe suplica que não deixe de ir. Mas não acredita muito na religião. No colégio das freiras que frequentou, sempre foi uma rebelada. Lia às escondidas livros proibidos, continuou a lê-los depois que deixou o internato. A mãe lhe passa sermões diários. O pai tenta catequizá-la com palavras retumbantes. Monsenhor Gross pega-lhe no queixo e lhe diz com os seus gritinhos desafinados: "Ofelinha tresmalhata!". Mas ela continua no seu mundo: num mundo sem cor nem interesse, um mundo sem rumo certo, um mundo invertido. Bailes onde atura as impertinências do dr. Armênio. Amizades periódicas: um caso com uma amiga que dum instante para outro passa a ser a preferida. Passeios de automóvel, tardes juntas, ciúmes, arrufos e reconciliações... Agora Chinita...

Pensando na amiga, Vera não pode deixar de pensar numa palavra — *idiota*.

E a chuva continua a cair.

70

Cabeça mergulhada no travesseiro de fronha encardida, olhos em branco, boca aberta, respiração estertorosa, Maximiliano agoniza.

Perto da cama a mulher espera, desejando a morte do marido com certa ansiedade. Todo o amor se acabou. Maximiliano não é mais um homem. É uma coisa, uma espécie de bicho, mas um bicho que é ou, antes, foi o pai de seus filhos. Ela suporta tudo por um sentimento subterrâneo e misterioso de dever. Mas é melhor que ele acabe duma vez.

O quarto está sombrio. Ratos movem-se pelos cantos. Maximiliano volta os olhos para a mulher, parece querer balbuciar alguma coisa, mas de seus lábios brancos só sai aquele som rouco. Em seu rosto, só os olhos têm um pouco de vida: pretos, saltados, brilhantes, olhando com ânsia para a companheira, dizendo algo que ela não entende, pedindo uma coisa que ela não lhe pode dar.

71

Clarimundo esfrega a palma da mão na vidraça embaciada e abre nela uma clareira para espiar a rua. A chuva continua a cair, as sarjetas estão inundadas, as telhas escuras das casas têm lampejos metálicos.

Clarimundo sente contra a ponta do nariz o contato frio do vidro e imediatamente se recorda duma situação igual a essa, duma impressão idêntica: frio na ponta do nariz, parado atrás duma vidraça, espiando... Foi há vinte anos. Era inverno e chovia. Na pensão onde ele morava havia um silêncio gelado. Os homens estavam fora, trabalhando. As mulheres faziam tricô no refeitório. Ele tinha acabado de ler Le Dantec e se erguera com os olhos acesos, tonto ante a grande revelação. A alma não era imortal. A alma não sobrevivia ao corpo. E de resto, que é isso a que se chama *alma*? (Clarimundo tinha vinte e oito anos e um amigo padre que lhe metia ideias na cabeça.) Sim, agora Le Dantec lhe revelara a verdade esmagadora. Ele tinha vontade de sair gritando pela casa toda: "Dona Maroca, a alma não existe! Seu Menandro, a gente morre e se acaba, está ouvindo? O padre Lousada está enganado! O padre Lousada não sabe!". Teve vontade de sair gritando, mas não saiu. Ninguém compreenderia: haviam de pensar que ele estava maluco... Ficou parado. A verdade, porém, era-lhe insuportável. Não pôde mais ler, acercou-se da janela, esfregou o bafo da vidraça e ficou a olhar para fora. Não viu a chuva, nem as casas do outro lado da rua, nem o céu, nem os bondes que passavam. Via abstrações: a alma, a imortalidade, a verdade, a ciência. Tudo se corporificava, tudo tinha uma forma, tudo era visível. A alma era um homem gordo que usava batina. A verdade tinha a cara de Le Dantec, que aparecia no frontispício do livro, numa água-forte. A imortalidade era um anjo branco com uma trombeta de ouro. A ciência tinha a figura dum professor velho, seu conhecido. Por mais que ele quisesse espantar do espírito aquelas corporificações absurdas, não conseguia: elas resistiam, impunham-se. E a discussão se estabelecia. Dum lado a verdade e a ciência: o professor barbudo e Le Dantec de braços dados. De outro lado o pe. Lousada gesticulava, amparado pelo anjo. E Clarimundo se perdia, vendo e ouvindo mentalmente a disputa. O inesperado frio do vidro na ponta do nariz chamou-o à realidade.

Clarimundo recorda. Depois de Le Dantec, sua vida mudou de rumo. Podia acabar no seminário, levado pelas cantigas do pe. Lousada, mas enveredou para a ciência.

Os anos passaram. Livros e solidão. Vida tranquila, algumas gripes, meia dúzia de conhecimentos novos, mais livros e mais solidão. Seis anos na pensão de d. Candoca. Cinco num hotelzinho barato. Depois: quartos em subúrbios. Até que um dia uma impressão de frio na ponta do nariz faz a gente recuar vinte anos...

Clarimundo sorri. Através da cortina cinzenta da chuva ele vê as janelas do outro lado da rua. A moça está falando com a velha de preto. Fraco, fraco, o som do gramofone do vizinho chega-lhe até os ouvidos. O pombal de d. Veva está empapado d'água, cabeças inquietas apontam nas janelas minúsculas. No quintal do cap. Mota uma galinha arrepiada encolhe-se debaixo duma laranjeira. Passa na rua um homem de capa cinzenta e pés descalços.

Clarimundo pensa em Le Dantec, em seguida, bruscamente, tem consciência de uma grande necessidade doméstica: precisa comprar uma cafeteira para, numa hora como esta, depois do almoço, saborear a sua xicrinha de café.

72

— Que é que a gente vai fazer?

A pergunta de Laurentina cai no silêncio úmido como uma voz de náufrago perdido. E a voz se esvai no ar. O mar não tem mais fim. Por cima, o céu impiedoso. Não se avista terra. Nenhum navio nas proximidades. E os companheiros do naufrágio que estão com Laurentina na jangada são silenciosos e inúteis.

— Hein? — insiste ela. — Que é que a gente vai fazer?

Uma hora. Ninguém ainda falou em almoçar. As goteiras pingam agora dentro das latas transbordantes. O soalho da varanda está ensopado, a água começa a invadir o quarto de dormir onde Poleãozinho folheia uma revista velha. João Benévolo, enrodilhado em cima da cama, anda perdido pelo seu mundo glorioso e impossível. Laurentina torna a fazer a pergunta e espera.

— Pois é... — diz João Benévolo com ar remoto. — Pode ser que hoje o doutor Pina resolva...

No íntimo ele sabe que o dr. Pina nunca resolverá nada pela simples razão de que o dr. Pina não existe. E é estranho, muito estranho... Apesar da necessidade, apesar da ameaça da miséria, intimamente, profundamente, ele tem o desejo de que as coisas continuem assim, sempre assim... É doloroso, não há dúvida... Melhor seria se a gente tivesse um palácio, automóveis, criados, roupas boas, perfumes... Mas já que se é pobre, o melhor é poder ficar quieto, de pernas cruzadas, pensando em coisas, pensando...

Laurentina não acredita no marido nem nas promessas do dr. Pina, um homem que ela nunca viu. E se esse tal doutor das promessas fosse uma invenção, puramente, simplesmente uma invenção de João Benévolo? Oh! Mas seria o cúmulo se o marido além de moloide desse agora para mentiroso.

Napoleãozinho sorri para uma história do Pato Donald. Laurentina torna a baixar a cabeça. João Benévolo, embora a fome esteja a lhe dar cãibras no estômago, se compraz com imaginar que um dia se levanta de manhã, vai como de costume ao quintal, vê perto da figueira uma coisa brilhante no chão, abaixa-se... É uma chapa de ferro. Que será? De noite, quando todos dormem (a lua cheia ilumina o pátio, as estrelas palpitam), ele começa a cavar em torno da chapa de ferro. Cava, cava, cava até que descobre uma grande arca roída de ferrugem. Abre-a e recua, deslumbrado. Dentro da arca faíscam diamantes e dobrões de ouro. Conta tudo à mulher, em segredo. Fazem planos. Comprar um palácio, dar um banquete e depois fazer uma viagem... E imediatamente João Benévolo está já viajando no *Neptunia*. Mas...

— Janjoca!

A voz dolorida da mulher.

João Benévolo como um náufrago relutante dá às praias da realidade.

— Que é?

— Quanto sobrou do dinheiro do seu Ponciano?

— Dois mil-réis.

Laurentina suspira. Depois:

— Vai ali na esquina, compra um pouco de leite pro menino e o resto traz de salame pra nós. Compra também um pão.

João Benévolo se levanta, contrariado, e vai buscar o chapéu. Laurentina fica pensando no dia de amanhã. Morrer de fome ninguém morre, é verdade; em último caso se pede ajutório aos vizinhos... Mas e o aluguel da casa? E a conta do armazém? E os remédios para o Poleãozinho?

Pensa em Ponciano, com raiva. Raiva porque ele tem dinheiro. Raiva porque ele insiste nas visitas. Raiva porque o homem olha para ela daquele jeito desagradável. Raiva porque ela sabe que um dia, um dia...

— Tina!

A voz de João Benévolo, da porta da rua.

— Que é?

— Salame ou presunto?

— Salame, que é mais barato.

João Benévolo ergue a gola do sobretudo e se precipita para a rua, enfrentando a chuva. Como um herói.

73

A casa de chá está quase vazia, numa penumbra tranquilizadora e morna. Num canto, duas inglesas louras e feias bebericam coquetéis, fumam e conversam animadamente.

No primeiro momento Chinita só tem olhos para Salu. Este está aqui na sua frente. Por baixo da mesa seus joelhos tocam os dela. Por cima da mesa as mãos de ambos se enlaçam. Salu sorri, Chinita o contempla com uma pontinha de vergonha que não consegue apagar.

Um garçom se aproxima, atencioso.

— Que vai tomar? — pergunta Salu.

A voz dele é natural, firme, confiante — como se nada tivesse acontecido.

— Qualquer coisa.

— Coquetéis?

Chinita diz que sim com um sinal de cabeça. Salu ergue os olhos para o garçom:

— Dois martínis secos.

Silêncio. Palavras soltas, vindas da mesa das inglesas, chegam aos ouvidos de Chinita. *Well, my dear, I...* Uma risada musical. *Sure.* Uma baforada de fumaça. Pausa curta. Depois: *But you must know...*

E de repente Chinita de novo se imagina em Hollywood: Joan Crawford na frente de Clark Gable. Pouco depois o garçom chega com os coquetéis bem no momento em que entra na sala um homem alto, de sobretudo escuro.

E a ideia de o recém-chegado ser um conhecido que pode sair a contar que a viu sozinha numa casa de chá com um homem — quebra o encantamento de Chinita, que esquece Hollywood.

— Salu, e se alguém nos vê aqui?

Outra vez a provincianazinha — pensa ele.

— Que mal faz?

A palavra *mal* lembra a Chinita o que aconteceu ontem. Ela se cala mas seus olhos dizem tudo. Salu compreende. Ergue o cálice.

— Saúde!

Bebe. Chinita o imita. A conversa das inglesas ganha vida. O homem de sobretudo escuro pede um chá com torradas em voz alta.

Os olhos de Chinita se fixam no rosto de Salu e estão perguntando: "E agora que vai ser de mim?".

Inclinando-se bem para a frente como se fosse beijá-la, ele pergunta com voz macia:

— Arrependida?

Por um instante Chinita fica indecisa. Não esperava que ele tocasse no assunto assim dessa maneira... Podia começar com rodeios. Arrependida?

Ela sacode a cabeça, fazendo que não. Mas intimamente não sabe realmente o que sente. Aquilo tudo foi tão ligeiro, tão violento, tão doloroso, tão inesperado...

E Salu (efeitos da bebida? sugestão do ambiente?), de repente dominado por uma onda de ternura, começa a falar. Ao mesmo tempo que fala se despreza a si mesmo por ser tão idiota, tão tolo, tão piegas.

— Chinita, eu sei o que estás pensando de mim. Mas pouco me importa. Ainda hei de te provar que te amo de verdade.

Amo... — pensa ela. — Nunca pensei que ele pudesse falar assim.

As inglesas pagam a despesa, amassam a ponta dos cigarros contra o cinzeiro, erguem-se e vão embora. Salu continua:

— Não, nem podes imaginar o que é o amor. O que aconteceu ontem foi uma coisa brutal mas inevitável. (Como isso parece uma cena de romance barato! — pensa ele.) Mas tu vais ver... Eu te mostro. O amor é lindo, lindo mesmo. Não foi Deus que fez o amor? Pois tudo que Deus fez é bom...

Para que meter Deus nesse negócio? — pensa ela, defendendo-se contra a onda quente que também ameaça arrastá-la. Ela veio decidida a falar em casamento, em arranjar um meio de reparar o mal. No fim de contas, gosta de Salu, gosta de verdade. Por ele é capaz de todas as loucuras. E depois do que aconteceu, que loucura maior poderá cometer?

A voz dele continua, envolvente:

— Não me queiras mal. Eu te prometo um gozo tão grande, tão intenso...

A palavra *gozo* gera na cabeça de Salu uma visão tão perturbadora que de repente ele tem vontade de derrubar a mesa e devorar Chinita a beijos. Todo o discurso preparado se perde, e ele exclama numa surdina apaixonada:

— Chinita, vamos até o meu apartamento, por favor!

Ela sente o choque da surpresa. No apartamento dele?

— Mas Salu!

— Aqui é impossível conversar...

— Mas... mas Salu!

Ela não atina com dizer outra coisa.

— Lá ninguém nos vê. Ficamos à vontade. Eu te mostro. Oh! Deixa disso, vamos embora.

A persuasão se vai transformando em raiva. A ternura se funde com um desejo animal. Agora ele só vê em Chinita a fêmea convidativa que não merece gastemos com ela palavras escolhidas, a fêmea que deve ser submetida à força.

Chinita franze a testa, relutando.

— Vamos embora!

Os dedos de Salu se crispam em torno do pulso da moça. Ao contato quente, à pressão forte, Chinita sente um formigamento estranho no corpo. No entanto ontem tudo foi tão sem gosto, tão desagradável... Mas essa excitação está de novo a lhe dizer que existe um prazer misterioso que ela ainda não conhece, um gozo doido que estará um dia a seu alcance. E como Salu fica bonito e tentador assim de testa franzida, olhos brilhantes, boca retorcida! Como lhe fica bem esse ar autoritário...

— Que mais tens a perder? — continua ele, brutal. — Vamos!

— Mas...

— Olha, rapariga. — A palavra rapariga magoa de leve Chinita, que reconhece nela uma significação pejorativa. Mas a mágoa é um pingo d'água naquele deserto escaldante. — Olha, rapariga — repete ele —, tu pensas que sempre vais ter dezoito anos? E esse corpo bonito? E esses olhos? E esses seios? Não demora muito e estás franzida, murcha, velha (Salu vai num crescendo), horrorosa! E que fizeste da tua mocidade? (Repete a frase dum romance que leu recentemente. O herói se chamava Henry e a sua técnica de conquista era esta: mostrar à mulher desejada que a vida passa, o corpo envelhece e o milagre da mocidade não se repete.)

Chinita fica olhando para Salu. Nunca o viu tão entusiasmado. Será mesmo que ele a ama de verdade?

282

Silêncio breve.

— Então? — torna a perguntar ele. — Vamos ou não vamos?

E os seus olhos se fixam insistentemente no rosto de Chinita. E ela sente que vai ceder, não por causa das palavras, que mal e mal ouviu; não por causa do fantasma da velhice, mas sim porque gosta de Salu e porque o calor dessa mão peluda e morena, malvada e musculosa lhe está dizendo que existe no amor outra sensação que não é de dor nem de desgosto.

74

O cel. Pedrosa dá palmadinhas repetidas nas ancas de Mlle Nanette Thibault, manicure, com um ar feliz, risonho e confiante de proprietário.

Nanette tudo suporta, passiva. Hoje precisa fazer um grande pedido. Todo o mundo tem automóvel. Por que ela não pode ter um também? Viu um Chevrolet moderno, novo, muito barato. O velho não vai negar... Bem preparado o caminho — carícias, elogios, provas de amor —, a coisa não será difícil.

Zé Maria se refestela numa poltrona. Nanette se senta aos pés dele. Parece uma gata ruiva — pensa Zé Maria. *Il me semble un cochon!* — pensa ela. Mas para Zé Maria gata ruiva é um símile carinhoso, um elogio. Ele não resiste à tentação de dar voz ao pensamento:

— Tu parece uma gatinha amarela sentada nos pés do dono. E ri — *hê! hê! hê!*

Nanette põe-se de quatro pés, arqueia o dorso e faz: *Miau! Miau!*

A risada do coronel cresce: *hê! hê! hê!* Ela continua: *Mi-au! Mi-au!*

Se eu fosse vinte anos mais moço — pensa ele —, eu também me parava de quatro e ia brincá de gato com ela. Mas os seus cinquenta anos, as botinas apertadas e o ventre bojudo não lhe permitem a travessura.

Nanette levanta o braço, como um gato que ergue a pata para tapear um novelo de lã.

— De quem é essa gatinha bonita?

E Nanette faz de novo: *Miau! Miau!* — apontando com o dedo para o coronel, como quem diz: De você!

Zé Maria se fina de riso.

A hora é boa — pensa Nanette —, eu vou pedir.

Levanta-se, senta-se no colo do amante, passa-lhe a mão pelos cabelos.

— Eu vou te pedir um favor...

— Ai! Ai! Ai! — faz Zé Maria, farejando pedido de dinheiro. — Olha que eu já lhe dei uma pelega de quinhentos trás-ant'ontem...

Nanette faz um muxoxo.

— *Non!* — E finge indignação. — *Non* é dinheiro.

— Então que é?

— Zé Maria fica hoje para jantar com Nanette, *oui?*

75

Sete andares acima do apartamento de Nanette, Chinita agora tem a grande revelação. O quarto de Salu está imerso numa penumbra doce. O silêncio se prolonga, parece que a vida parou. Agora só existe um lago de prazer, um lago fundo de águas quentes, encrespadas, cheio de arrepios e redemoinhos. Chinita fecha os olhos e se abandona, submerge sem pensar, sem ver. O rosto de Salu é uma mancha confusa na sombra. Ela só tem consciência dum contato esfrolante e morno, aflitivamente gostoso.

Salu se surpreende por descobrir uma nova Chinita. Uma Chinita sem solecismos, sem tolices, sem atitudes idiotas. Uma rapariga desamparada que coleia num movimento de onda, que balbucia palavras que nem ela mesmo entende, que se abandona e crispa toda sob suas carícias. E ele chega a sentir por ela, de mistura com esse desejo violento de posse, uma ternura mole, boa, com um pouquinho de piedade — qualquer coisa de mais profundo e mais sério do que ele próprio desejava.

O silêncio. E depois, quando Chinita sobe de novo à tona, o seu primeiro movimento é de pudor. Puxa apressada as cobertas até o queixo. Pela bandeira da janela agora se insinua uma réstia clara de sol.

76

Sol! — exclamou Virgínia mentalmente. E vai abrir a janela que dá para a rua. Grandes clareiras azuis no meio das nuvens cor de ardósia. Um vento frio vai empurrando as nuvens rumo ao norte. Nas calçadas as poças d'água coruscam. Das árvores pingam gotas iridescentes.

Virgínia pensa em Alcides. Está na hora de ele aparecer. Naturalmente virá, como sempre. A chuva parou. E por que será que depois dum dia triste de chuva a saudade fica maior? Por que será?

Virgínia olha a rua. Passam bondes, as rodas esguicham água para os lados. Por trás dos morros da Glória e de Teresópolis ergue-se uma nuvem que é um paredão sombrio. Mas por cima da barreira escura, o céu é todo um clarão azul! As vidraças chamejam. Nos morros, zonas verde-escuras e verde--iluminadas.

Os minutos passam. O relógio bate cinco horas. Mas Alcides não vem.

Virgínia, entretanto, espera.

77

D. Maria Luísa torna a ler a carta, pela terceira vez. Há frases que já sabe de cor...

seu marido, esse homem que, não respeitando os cabelos brancos que tem na cabeça nem a virtuosa esposa que recebeu no altar perante Deus e a Sociedade, compartilha do leito duma prostituta que vive a suas expensas num luxuoso apartamento do Edifício Colombo.

A princípio ela não compreendeu. Tanta palavra amontoada e difícil... Mas depois a luz se fez. A carta queria dizer que o marido dela tinha uma amásia. Dizia até onde ela morava.

A carta foi entregue na porta. Anônima! Ela sempre teve medo das cartas anônimas.

D. Maria Luísa apaga a luz e senta-se no sofá, com a carta na ponta dos dedos. Silêncio no casarão, um silêncio frio de cemitério. Anoitece aos poucos.

D. Maria Luísa rumina a sua desgraça. Tudo está acabado. O rapaz se fina aos poucos, consumido pelas farras, pelas noites passadas em claro, pela bebida. A filha perdeu todo o respeito pelos pais, vive na rua, solta, como uma mulher da vida, desbocada, atrevida. Zé Maria perdeu o governo da casa e agora arranjou uma amante. Amigado! Maldito dinheiro! Ela bem sabia que dinheiro de loteria traz desgraça.

A escuridão se faz mais funda.

D. Maria Luísa recorda.

Está em Jacarecanga e a hora do jantar se aproxima. Vem da cozinha um cheiro de churrasco. Na frente da casa brincam as crianças da vizinhança. A negra Arminda caminha dum lado para outro diante do fogão, mexendo nas panelas. Manuel vem chegando da rua, vai para o banheiro, cantando. Chinita acabou de se vestir, está falando em ir ao cinema com as filhas do coletor. Zé Maria há pouco veio da loja e pede água morna para lavar os pés. O armário da varanda cheira a noz-moscada. A madressilva do muro tem um perfume mais forte quando anoitece. Tudo tão bom, tão calmo... Depois a família se reúne ao redor da mesa. Zé Maria conta coisas da loja: discussões com o Madruga, boatos da política. Manuel fala numa fita boa que vão passar no Ideal. Chinita diz que o vestido amarelo pode ser reformado, fica muito bonitinho com um enfeite marrom...

D. Maria Luísa começa a chorar.

O relógio grande bate sete badaladas que ficam ressoando pelas peças grandes da casa.

Zé Maria telefonou: "Não me espere. Vou ficar na cidade até de noite". Chinita também mandou um recado igual. Manuel não dorme em casa há dois dias...

D. Maria Luísa sente vontade de morrer. Porém mais forte que essa vontade de morrer é a de voltar para Jacarecanga, à procura da vida antiga.

Agora em torno dela — o silêncio, o frio, a noite e a carta.

78

A luz do luar se mistura com a do lampião da varanda de João Benévolo. Cheiro de umidade. Frio.

Ponciano, palito no canto da boca, fala do tempo, indiferente.

— Ninguém dizia que ia parar a chuva de repente. Esse tempo ninguém sabe direito.

Laurentina sacode a cabeça. João Benévolo tem vontade de esbofetear o outro. Ponciano continua:

— Eu me lembro que no inverno de 1912...

O que ele diz depois João Benévolo não escuta, porque agora anda perdido no seu mundo impossível. Uma dor no estômago fá-lo voltar à realidade.

— É o diabo... — está dizendo Ponciano.

Napoleãozinho choraminga no quarto. O gramofone do vizinho começa a tocar. Laurentina suspira.

Sempre a fome — pensa João Benévolo —, a gente é como um saco sem fundo. Não há comida que chegue. Que bom se inventassem um meio da gente não precisar comer! Ficava tudo mais fácil, não havia tanta necessidade de trabalhar.

Ponciano coca Laurentina com o seu olhar frio. Ela está mais magra, mais abatida. Mas é a mesma. O jeito de falar fechando os olhos, os gestos lentos, a voz de nenê dengoso. Se a situação dura, ela se acaba. Mas antes que ela se acabe há de vir para ele. Agora é preciso ter paciência. Ele podia arranjar um emprego para o marido. Mas melhor é deixar assim, para Tina ficar cansada. Um belo dia ele chega e diz: "Laurentina, o Janjoca não presta, deixe ele. Isso de viver assim na miséria é o diabo. Venha comigo. Pode trazer o filho, não faço caso". Ela não resiste e vem. Paciência. Quem esperou até agora, pode esperar mais.

Silêncio na varanda, só quebrado pela música distante do gramofone.

— Deve ter uma fresta na janela — diz Laurentina tremendo de frio. — Estou sentindo uma corrente de ar.

João Benévolo encolhe os ombros.

— Corrente de ar é o diabo...

Outra vez o silêncio.

Ponciano olha para Laurentina e faz planos. Manda botar mais uma cama no quarto. Ah! É verdade! Mais outra para o guri. Bom. Compra-se um guarda-roupa barato, uns quarenta mil-réis... ou sessenta que seja... Mando pedir mais um mil-réis de comida no restaurante. Pode ser que a dona da casa dê o estrilo... Que se lixe! Eu pago. Se ela não se conformar, perde o inquilino.

Os minutos passam.

Irá deixar mais dinheiro hoje? — pensa João Benévolo, odiando Ponciano.

Laurentina costura roupas do filho. E sente que os olhos de Ponciano estão postos nela, daquela maneira insistente, desagradável, como os olhos duma cobra. Decerto hoje ele comeu bem. Está de sobretudo — um sobretudo bonito, peludo, e manta de lã; em casa naturalmente tem cobertores grossos...

— Está úmido o chão — diz João Benévolo, só para dizer alguma coisa.

— Umidade é o diabo.

No outro quarto Napoleão da cama olha a Lua através da vidraça. A Lua! Se a gente pudesse voar como um passarinho e ir para a Lua? Que será que tem na Lua? Gelo? Água? Queijo? Decerto na Lua tem Tom Mix. Aquela coisa escura dizem que

288

é são José puxando o burrinho com a Virgem Maria e Jesus no colo. Mas será mesmo que tem gente na Lua?

79

Começa o serão dos Leitão Leirias.

Sentada no divã, Vera continua a leitura de sua novela. D. Dodó faz tricô — um casaquinho para uma velha do asilo de mendigos. De quando em quando ergue os olhos para olhar o escritório. Pela porta aberta vê o seu Teotônio de quimono azul, com a mão esquerda apoiando a fronte e a direita segurando um livro.

D. Dodó pensa no seu aniversário e dá graças ao Senhor. Mentalmente vai contando os pontos do tricô, as agulhas verdes de galalite se lhe agitam nos dedos ágeis. Enfim ela chega feliz e cheia de saúde aos cinquenta e dois anos — um pra cima, uma laçada —, marido bem de negócios — três pra baixo —, filha criada —, um pra cima, uma laçada — (as agulhas se movem, rápidas) —, só o que me dói — três pra baixo — é que ela não seja filha de Maria — um pra cima...

Vera esquece o livro e pensa em Chinita. Não a viu todo o dia. Telefonou. Disseram que não estava em casa. Que andaria fazendo na rua? No mínimo o idiota do Salu estava atrapalhando. Podiam estar as duas conversando agora, fechadas no quarto. Tanta coisa a dizer... No entanto ela tem de ficar aqui neste serão aborrecível, os velhos cada qual no seu canto, em silêncio. Depois vem a hora do chá. Mamãe fala mais uma vez no desejo que tem de que a sua querida filhinha resolva ficar filha de Maria. "Será o dia mais feliz da minha vida!" O pai repetirá como sempre: "A sua mãe tem razão, Vera!". E fará a cara mais grave deste mundo. Finalmente a hora de dormir, o quarto silencioso e aquela saudade de Chinita...

Leitão Leiria lê a vida de Bismarck. Sempre é bom a gente conhecer a intimidade dos grandes homens, como ele, o que faziam, as lutas que travaram, as suas fraquezas, as suas peculia-

289

ridades... Instruem muito, as leituras desse gênero. São um estímulo. Precisamos beber coragem e sabedoria nessas fontes...

E agora, lutando contra a página de composição maciça em caracteres miúdos, Teotônio se sugestiona para poder continuar a leitura. Há dentro dele duas personalidades distintas.

— Uma é a do homem sensato que acha que o livro deve ser lido porque é instrutivo e edificante. O outro é o Leitão Leiria verdadeiro, o animal livre que acha mais sabor num romance policial ou numa história galante do que nas páginas sisudas e graves. — Continua — diz um. — Minhas costas estão doendo — queixa-se o outro. — Mira-te neste espelho que é Bismarck: ele era forte e constante. — Mas eu posso ler outro dia. — Leia agora, veja que homem! — Eu sei, mas estou aborrecido. — Queres seguir a política? Então? Procura imitar Bismarck! Haverá padrão melhor?

E Leitão Leiria, ao chegar ao fim duma página, verifica que não compreendeu nada do que acaba de ler. Volta à primeira linha. O autor conta da mocidade de Bismarck. Descobrindo um trecho admirável, Leitão Leiria levanta-se com o livro na mão e vai mostrá-lo à mulher:

— Olha, olha só que bonito. — E lê:

De noite, quando bate duas horas, infelizmente com mais fervor do que se orasse pela salvação da minha alma, eu oro pelos meus.

— Isto é um trecho da carta que Bismarck escreveu à mulher. D. Dodó sorri.

— Não sei quem é esse Bismarck, mas já estou simpatizando com ele...

Entre paternal e importante, Leitão Leiria explica:

— Bismarck, minha filha, foi um grande estadista. Alemão.

Volta para o escritório e retorna à posição.

A luta recomeça. Leitão Leiria faz um esforço heroico para continuar a leitura. Acha a cadeira muito dura, as costas lhe doem, a luz é fraca, as letras do texto são muito miúdas.

E um desejo traiçoeiro e mau lhe vai invadindo o ser. Como uma criança que planejava uma travessura, ele olha com o rabo dos olhos na direção da mulher. D. Dodó continua a movimentar as agulhas do tricô, absorta no seu trabalho. Leitão Leiria ergue-se de mansinho.

— Queres alguma coisa, meu filho? — pergunta Dodó. Teotônio sente um pequeno sobressalto desagradável.

— Não, minha filha, não é nada...

Dodó não desvia os olhos do trabalho. Silenciosamente Teotônio vai até a prateleira de livros e tira dela um volume de capa amarela. Mansamente volta para a mesa e abre o livro, dissimulando, conservando aberto a pequena distância o *Bismarck*. E à sombra do Chanceler de Ferro, Bocaccio conta as suas histórias. (É preciso conhecer os clássicos.)

D. Dodó pensa nos pobrezinhos da China — um pra cima, uma laçada —, no dia de amanhã, que naturalmente vai ser agitado — três pra baixo —, felicitações, convidados para o almoço — um pra cima, uma laçada —, recepção à noite...

Vera boceja.

80

Noel passou todo o dia a desejar esta hora. Agora os dois estão sentados na escada, o luar clareia a rua, d. Eudóxia se balança lá dentro na sua cadeira, o corredor está envolto numa doce penumbra. Como Fernanda fica bonita assim na meia-luz, como os seus olhos brilham, como se emana dela um calor que dá confiança, vontade de ficar — ficar para sempre... Se tivesse coragem, ele lhe falaria com franqueza, diria tudo. Tomaria a mão dela, trazendo-a para bem juntinho de si, e ficariam depois os dois abraçados, sem necessidade de dizer mais nada. E o mundo passaria a ter uma significação nova, a vida lhe mostraria uma face diferente, a sua solidão se quebraria, ele teria sempre junto de si uma criatura que o compreendesse, uma criatura terna e ao mesmo tempo decidida e forte. Se ele tivesse coragem... Sim, a penumbra lhe dá mais ânimo. Sempre é melhor falar e dizer coisas íntimas quando o interlocutor não nos vê a face... Mas o que Noel teme é o som das próprias palavras morrendo no silêncio, sem eco. Apavora-o sobretudo o ridículo da situação.

O silêncio já dura alguns minutos.

Fernanda olha para Noel e tem vontade de afagar-lhe a cabeça de menino desamparado. Ele sempre lhe despertou instintos maternais: é um pobre ser sem vontade que precisa duma pessoa que o guie pela vida em fora, levando-o pela mão. E ela nem ousa pensar em que a amizade de ambos possa tomar outro rumo. De sua parte não há de dizer nada. No entanto *sente* todas as palavras que Noel não diz. Lê fundo nos pensamentos dele, adivinha-lhe os desejos. No colégio sempre foi assim. Quando Noel se revolvia na classe, inquieto, tímido, sem coragem de pedir, e lançava para ela um olhar suplicante, Fernanda se erguia, compreendendo tudo, levantava e dizia: "Fessora, o Noelzinho quer ir lá fora". Os outros riam. Mas era assim... Ela sabia quando Noel não tinha estudado a lição, sabia quando ele estava com medo. E agora ela pressente que o amigo tem uma confissão a fazer. Podia, como outrora, servir de alto-falante para seus pensamentos ou ir até ao encontro dele, esperando-o na metade do difícil caminho.

O silêncio persevera. Por mais que busque um assunto, Noel não encontra outro além do desejo que tem de dizer a Fernanda que a ama. Ela sorri e continua calada. Noel sorri em resposta.

Lá de dentro vem a voz de d. Eudóxia:

— Olhem o frio, meninos! Podem apanhar um resfriado, uma pneumonia. Por que não entram?

— Estamos bem aqui — responde Fernanda. E em voz mais baixa, para Noel: — Mamãe sempre agourenta. Nunca vi tanta facilidade para inventar desgraça...

Outra vez o silêncio.

— Por que estás tão triste hoje, Fernanda?

— Triste, eu? Mas não!

Ri. Está claro que Noel não deve ficar sabendo que ela

perdeu o emprego. Contar-lhe tudo poderia parecer uma insinuação, o mesmo que dizer: "Vês? Perdi o emprego, estás na obrigação de me arranjar uma colocação, de me dar um amparo. Não somos amigos? Não fomos camaradas de colégio? E, a propósito, por que não me propões casamento?".

Não. Ela não dirá nada enquanto não encontrar novo emprego. Se dissesse, Noel ficaria numa situação embaraçosa. A notícia viria aumentar-lhe o desalento e a sensação de inferioridade.

E como nenhum dos dois acha o que dizer, o silêncio perdura.

81

Parado à esquina, Pedrinho olha para a casa de Cacilda e tirita de frio. O vento, encanado no beco, é fino e gelado. As estrelas piscam. Lua cheia.

Pedrinho espera. A janela de Cacilda está fechada, sinal de que alguém está com ela. Deve ser o tal amigo...

Passa o vulto dum guarda encolhido dentro do capote. Uma risada solta de mulher. Por trás duma casa sobe um clarão violáceo, rápido como um relâmpago. Vozes.

Na janela de Cacilda aparece agora a luz vermelha. Pela porta da casa um vulto sai. O coração de Pedrinho começa a bater de esperança e ele se põe a andar apressado.

E na sombra da saleta já se vê aquela silhueta familiar, parada, tranquila. E a voz conhecida, calma e boa, lhe diz:

— Olá, nego, entra que está frio.

QUARTA-FEIRA

82

Seis horas da manhã. Clarimundo já pôs a água a ferver, lavou o rosto, escovou os dentes, arrancou a folhinha e agora está lendo Einstein. Lá fora os galos cantam, passam carroças. Aqui dentro o fogareiro chia.

Clarimundo olha longamente para o relógio. Fiorello virá? Naturalmente vem. O convite foi bem claro, *amanhã às seis e dez, vamos inaugurar a cafeteira*. O professor olha para a cafeteira de folha que está em cima da mesa, projetando na parede uma sombra azulada. Custou vinte mil-réis numa loja do Caminho Novo. Dentro de alguns minutos — com ou sem o Fiorello — ela será solenemente inaugurada.

Clarimundo esquece Einstein por alguns instantes para fazer algumas variações sobre o tema — cafeteira. No fim de contas o café faz falta: de manhã, uma hora depois do chimarrão, ao meio-dia, depois do almoço, à noitinha, depois do jantar, e antes de dormir, quando faz frio. Ora, o homem que vive preocupado com problemas transcendentes vai esquecendo as pequenas coisas da vida, os pequenos objetos que lhe podem proporcionar conforto. Que diria o homem de Sírio sobre a cafeteira nova? Qual a sua impressão? Enfim, uma cafeteira não deixa de ser uma novidade nesta vida em que nunca acontece nada. Sua existência se escoa regulada por um horário rigoroso: tudo sempre às mesmas horas, sem o menor imprevisto. De repente acontece uma novidade assim como a cafeteira, convida-se um amigo, um vizinho para vir provar o primeiro café, conversa-se um pouco e quebra-se a monotonia do dia a dia opaco e repetido. Mas deixa estar que uma cafeteira...

Batem à porta.

— Quem é?

E uma voz do corredor:

— O Fiorello, sô professor!

Clarimundo abre, Fiorello entra. Cumprimentam-se.

O sapateiro fala do tempo: o dia vai ser lindo, o frio é de rachar, nenhuma nuvem no céu, quem diria? com o tempo que fez ontem...

— Sente-se, seu Fiorello.

O sapateiro obedece. Clarimundo, esfregando as mãos, vai ver se a água já ferveu. Abre a lata do café, pega da cafeteira e com o maior cuidado do mundo dá início à cerimônia.

— Porque tudo tem a sua ciência na vida, meu amigo.

O italiano sacode a cabeça num silêncio de respeito e conformidade. Clarimundo continua:

— Não pense que estou fazendo isto à toa. Procurei numa enciclopédia, quis ver como se fazia café. Não achei nada. — Despeja uma colherada do pó marrom dentro do saco. — Felizmente eu tinha um *Manual da boa dona de casa...*

Pega na chaleira, que já está exalando vapor pelo bico, e despeja a água na cafeteira. O fresco aroma do café espraia-se no ar.

Fiorello boceja. Um tanto alvoroçado, Clarimundo vai buscar as xícaras e o açúcar.

— Tudo na vida tem a sua ciência, seu Fiorello!

83

Fernanda acorda indisposta, meio estonteada, o corpo levemente dolorido, mas o sol da manhã lhe dá algum ânimo. Enfim a vida começa outra vez. E ela tem uma compreensão nítida e quase dolorosa da sua situação: é preciso que tudo continue a marchar em ordem, que o irmão vá direitinho para a loja, tenha o seu café com pão e mel todas as manhãs; que a mãe tome o seu leite na cama e siga ignorando que ela foi despedida do escritório; é preciso arranjar uma colocação e continuar mostrando para toda a gente uma cara alegre.

Abre as janelas, acorda Pedrinho e vai até a porta apanhar a garrafa do leite. Depois tira do peitoril da janela os pães que o padeiro ali deixou pela manhã e vai acender o fogareiro. A garrafa de espírito de vinho está no fim: tem de mandar buscar outra. A torneira da pia está estragada: telefonar para a prefeitura. Reclamar também ao leiteiro: que bote menos água no leite. Comprar mais uma xícara...

Fernanda estende a toalha sobre a mesa. Um sol louro ilumina a sala. A última ruga de descontentamento se apaga no rosto dela. O dia está tão lindo, o céu tão azul... Ruído no quarto de Pedrinho; pouco depois, o som da água a escorrer no quarto de banho, a voz do rapaz cantando uma canção de Carnaval.

Fernanda parte o pão em fatias finas, para render mais. E ela mesma vai passando nele o mel, para evitar os excessos do irmão. A toalha está enodoada, mas hoje não é possível mudar porque a lavadeira... e por falar em lavadeira é preciso dizer à velha Arcanja que ultimamente as roupas têm vindo muito amareladas e com um cheiro de fumaça.

Fernanda volta para a cozinha, abre a janela que dá para o quintal, estreito e sujo, recoberto de ervas, juncado de caixões velhos e montes de lixo. Mas até o quintal está bonito sob o sol matinal. As ervas rebrilham nas gotas de sereno. Uma galinha do vizinho está empoleirada na última tábua da cerca. Os quintais das redondezas, onde galos cantam, ganham vida. Ouvem-se vozes conhecidas, alguém racha lenha.

Fernanda olha para o céu e pensa em Noel. Queda-se imóvel e esquecida por alguns instantes, contente de sentir no rosto a carícia do sol e do vento brando e frio. Na sua vida, toda feita de preocupações miúdas, de quando em quando se abre uma clareira onde a figura de Noel aparece. E ela sente que é inútil continuar procurando iludir-se, inútil querer esconder de si mesma a verdade que vive dentro de seu coração...

Passa as horas distraída a escrever cartas comerciais no escritório, a fazer o serviço da casa ou a ler os seus livros — mas lá de repente, a propósito dum raio de sol, dum pedaço de céu,

298

duma nota de música, lhe vem à memória a imagem do amigo — aquele menino de olhar bom, aquela cabeça frágil que desperta, que lhe dá vontade de acariciar.

Mas a água já deve estar fervendo. Fernanda volta-se rápida e grita:

— Pedrinho, venha tomar café!

Põe a aquecer o leite para a mãe. D. Eudóxia geme no quarto.

Os cabelos lambidos e úmidos, Pedrinho entra na varanda.

— Bom dia.

Assobiando, senta-se à mesa. Fernanda serve-lhe café e observa:

— Por que botaste hoje a roupa nova?

— Ora, mana...

— Vais estragar a fatiota no serviço...

Pedrinho não responde.

Fernanda toma o seu lugar à mesa.

— E quando tiveres tempo, corta essas unhas...

Pedrinho, que estava com a mão direita estendida, encolhe depressa os dedos.

Fernanda despeja café na sua xícara. O rapaz perde-se em pensamentos. Vai hoje pedir ao gerente para sair meia hora mais cedo. Quer ter tempo de passar pela Sloper a fim de comprar o colar para Cacilda. Ela naturalmente vai ficar satisfeita. Deus queira que fique.

— Pedrinho, não voltes muito tarde para o almoço.

Ele sacode a cabeça.

À flor do lago preto que há na xícara de Fernanda, reflete-se a janela iluminada. Ela pensa em Noel.

84

Contente da vida, Armênio sai para a rua assobiando uma valsa de Strauss. Que dia bonito para descrever numa crônica! *Na manhã de ouro as silhuetas gráceis das nossas beldades...*

Armênio para diante duma vitrina que expõe artigos para homens e namora uma gravata cor de vinho com bolotas dum verde-oliva. Deve ser pura seda e deve sentar admiravelmente bem com a minha roupa castanha. Vou comprar.

Mas continua a andar. Para na frente de outra vitrina. Chapéus Stetson. Um manequim de cera — a paródia dum homem de cabelos louros, sobrancelhas hirsutas, lábios e faces muito carminados — exibe uma gabardina que os vendedores e os fabricantes garantem que é impermeável. Qual impermeável qual nada! — pensa Armênio. Ele já teve uma que tomou chuva, deixou passar a água e encolheu.

No fundo da vitrina, um espelho. De súbito, no meio dos chapéus, Armênio dá com uma fisionomia conhecida. Olá! E vê que a sua gravata está um pouco torta — que horror! Corrige a laçada, puxa um pouco para baixo a aba do chapéu, mira-se por alguns instantes mais e continua o seu caminho.

As fachadas das casas estão alegres, batidas de sol.

As torres da igreja do Rosário se recortam contra o azul, e o vento faz rodopiar mansamente os galos dos cata-ventos. Vendo as torres, Armênio pensa em d. Dodó e no motivo principal que o trouxe à rua. Toma o rumo do edifício dos Correios e Telégrafos.

Ao guichê, pede um papel e rabisca o telegrama:

D. Dodó Leitão Leiria

Av. 13 de maio, 2654

Respeitoso venho depor vossos pés meus afetuosos cumprimentos motivo seu natalício, fazendo votos vida perene e feliz.

DR. ARMÊNIO ALBUQUERQUE

Relê o telegrama, satisfeito. Risca *seu* e escreve *vosso*, para ficar tudo direitinho.

O empregado do telégrafo não aceita a emenda. Levemente contrariado, Armênio passa a limpo o telegrama e substitui *afetuosos* por *respeitosos*. Mas descobre a seguir que a palavra *respeitoso* já foi escrita e amassa, quase irritado, o papel. Na terceira tentativa, vence. Paga, mete o recibo no bolso e sai para a rua. Na praça, admira os ombros de atleta da estátua do barão do Rio Branco, pensa nas vantagens e glórias da carreira diplomática e a seguir se entrega todo em pensamento à sua esquiva, *exquise* Vera.

Hoje à noite, na recepção de Mme Leitão Leiria, como me tratará a ingrata?

85

De repente, Laurentina sentiu o que nunca tinha sentido em toda a sua vida: uma coisa estranha que lhe subia no peito, cada vez maior, mais quente, mais forte — uma coisa que se continuasse presa dentro dela era capaz de dilacerar-lhe as carnes.

E, sem pensar no que fazia, como que levada por uma força misteriosa, ela avançou para o marido de mãos erguidas e punhos cerrados.

— Pamonha! Nulidade! Água-morna!

João Benévolo recuou, assustado, correu para a sala de jantar e entrincheirou-se atrás da mesa. Ficou ali de olho arregalado, branco, sem fala, trêmulo. Nunca tinha visto a mulher daquele jeito. Ela nunca dizia nomes, nunca se revoltava. E agora, de repente, sem mais nem menos...

Depois de soltar aquela *coisa* sufocante, Laurentina atirou-se sobre a cama e ficou chorando sentidamente. Napoleãozinho desatou também o choro.

João Benévolo agora espera, o coração batendo com força, desgraçado, desamparado, sem voz nem ação.

Os minutos passam. Ele vai se aproximando da mulher, devagarinho, receoso. O corpo de Laurentina está sacudido de soluços.

— Tina... Tina... Que foi que eu fiz? — E a sua voz é trêmula, humilde, abjeta, a voz dum derrotado, do homem que perdeu o último vestígio de orgulho. — Que foi, meu bem?

E no momento mesmo em que repete a pergunta, João Benévolo compreende tudo. Não precisa que ela responda. Ele sente tudo, embora preferisse não sentir. O dinheiro acabou. Onde se vai arranjar comida? Os dias passam e ele continua desempregado sem nenhuma esperança. Só mentiras e promessas que não se cumprem. Os credores batem à porta a todo o instante. Já não há mais desculpas a inventar. Qualquer dia a velha Mendonça bota os trastes deles no olho da rua. Não, não precisa que ela diga. Ele sabe. E como sabe, não torna a perguntar.

— Tu vais ver — promete. — Hoje volto empregado ou então não volto mais.

Quisera dizer estas últimas palavras com energia, como as personagens de romance nos momentos bem dramáticos. Mas não pode, falta-lhe força, falta-lhe vontade.

Laurentina e Napoleão continuam a chorar.

João Benévolo joga o chapéu e sai para a rua em silêncio.

86

Quando, ao despertar, encontra à cabeceira uma enorme corbelha em forma de coração, d. Dodó tem um sustinho agradável. Olha para o lado. O marido não está na cama. E num instante ela compreende que hoje é o dia de seu aniversário e que aquele coração florido é uma delicadeza do seu Teotônio. Que lindo!

Ergue-se e vai acariciar as flores. No cesto há um pacotinho feito com papel de seda cor-de-rosa e amarrado com uma fitinha da mesma cor. D. Dodó desata a fita, desdobra o papel e descobre um estojo de veludo azul. Abre-o. Uma faiscação multicor contra um fundo de seda branco... Uma cruz de brilhantes! Ai! O que ela tanto desejava! Pregado ao forro da tampa, um cartãozinho pequeno com estes dizeres:

Para a minha querida Dodó, companheira fiel de vinte e oito anos, esta humilde lembrança daquele que a tem guardada no escrínio do coração.

TEOTÔNIO

Uma onda de ternura a arrebata, fazendo-a esquecer o frio do soalho sob os pés descalços.

E, toda alvoroçada, corre para o banheiro a fazer-se bonita para esperar o beijo matinal do marido.

Vera toma café na cama e passa os olhos pelos jornais da manhã. Nada de novo. Discursos de Mussolini, discursos de Hitler. Um reide aéreo fracassado. Explode uma fábrica de munições na Bélgica. Os reis de Sião visitam Londres. Na quinta página, com títulos graúdos:

A "GAZETA" ENTREVISTA UMA DAS NOSSAS
DAMAS DE CARIDADE

E pouco abaixo, o retrato de d. Dodó, sorridente, em clichê de retícula grossa, quase irreconhecível. Vera sorri ironicamente para a entrevista da mãe e passa adiante. (Essa velha — é o seu pensamento mais íntimo e mais sincero —, essa velha não cria juízo. Gosta de exibições, dá um dente por um retratinho no jornal. Depois faz ares de surpresa e modéstia quando vê a sua cara nas folhas...) Na sexta página, um crime. Os cabeçalhos são berrantes.

LAVANDO O SEU NOME COM O SANGUE DOS ADÚLTEROS

É a história de sempre: marido, mulher e amante. As fotografias são impressionantes. Vera franze a testa e examina: o cadáver da esposa infiel é uma massa informe no segundo plano da fotografia. Mas já o amante aparece em primeiro plano, noutro clichê. Está no leito do hospital onde morreu, e parece sorrir: dentes muito brancos, cara morena, um fio de sangue que lhe corre no canto do olho esquerdo e vem terminar no pescoço. A história é simples: o marido desconfiava da mulher, o amante lhe rondava a casa. Um dia saiu, voltou inesperadamente e encontrou mulher e amante aos beijos. Dois tiros na mulher e três no amante. Os nomes são desconhecidos para Vera. Mas a fotografia do rapaz, o seu sorriso branco e fixo, o fio de sangue... Repugnada, Vera volta a página depressa.

Chega-se a perder o apetite com essas histórias de crime. Não devia ser permitido publicar reportagens assim...

Levanta-se cantarolando. E como a manhã é clara e límpida ela esquece a tragédia e pensa em Chinita.

Sentada à mesa do café, d. Dodó relê com delícia a sua entrevista. Por trás dela, com as mãos nos ombros fofos da esposa, Teotônio lê também. De quando em quando assobia baixinho.

Quando Dodó termina a leitura, ficam ambos combinando providências para o almoço e para a recepção da noite. Monsenhor Gross aceitou o convite para almoçar. O dr. Armênio — que moço atencioso! — virá também. À noite só aparecerão os íntimos e a comissão das Damas Piedosas, que vai prestar uma homenagem à sua incansável presidenta.

Quando Vera desce e, cumprimentando os pais com indiferença, se esquece de que a mãe está fazendo anos, a felicidade de d. Dodó se turva por um instante. Leitão Leiria pigarreia repetidamente, e o seu pigarro insistente quer dizer: "Vera, minha filha! Que é isso? Não sabes que tua mãe está de aniversário?".

— Noêmia! — d. Dodó grita para a criada. — Traga a corbelha para a sala.

Então de súbito Vera compreende. E salta cheia de desculpas:

— Ora, mamãe, me perdoe. Que cabeça a minha! — E abraça-a, beijando-lhe o rosto. — Muitas felicidades.

De novo brilha o sol na alma de d. Dodó.

Ah! estas meninas modernas! — pensa Leitão Leiria, sacudindo a cabeça.

E acende um charuto.

304

87

Chinita abre os olhos e a primeira imagem que lhe vem à mente se relaciona com aquela tarde inesquecível. Debaixo das cobertas quentes ela como que tornou a sentir de novo as carícias reveladoras de Salu. Já não há mais lugar para remorsos, escrúpulos, cuidados. Porque ela conheceu finalmente o gozo misterioso de cuja existência sabia por intuição. Agora deseja a repetição daquele instante convulsivo que a projetou no paraíso.

A fita de sol que entra pela fresta da janela se estende até a cama. A manhã deve estar linda. Chinita toca a campainha, a criada aparece e ela pede:

— Chocolate.

A rapariga torna a sair. Chinita se espreguiça. Um bocejo cantado. Outra vez Joan Crawford. O seu mundo do cinema renasce. O resto, que importa? Salu já lhe fez a grande revelação. E ela tem a impressão de ouvir as suas palavras: *A vida é curta, a gente morre mesmo. Por que não aproveitar? Deixa de bobagem!*

E a vida acaba mesmo.

Chinita fica pensando em Salu. Quando será que vai vê-lo de novo? Se fossem casados...

Mas não. Casamento é tolice. Primeiros meses, aquela fúria — como ele explicou. Depois — aborrecimento, frieza. Tudo fica visto, igual, repetido. Ao passo que dois amantes (apesar da palavra feia — *amante*) podem continuar a achar sempre no amor uma coisa gostosa, proibida, esquisita.

Minutos depois a criada entra com o chocolate.

— Que tal está o dia?

— Lindo.

Quando a mulata torna a sair, Chinita fica pensando: Será que ela também já...?

88

De pé, firme, junto da cama do marido, a mulher do tuberculoso espera o fim. A agonia começou. De olhos arregalados, agarrados às saias da mãe, os dois guris olham sem compreender.

Maximiliano está com uma vela na mão. Alguns vizinhos foram chamados. D. Veva veio, de avental, enxugando as mãos. O cap. Mota apareceu de chinelos. O sapateiro italiano. O empregado do açougue. Todos agora esperam em silêncio. (O médico olhou, disse que era o fim e foi embora.)

A vela treme. Maximiliano está de olhos revirados, respiração difícil. Os segundos se arrastam. O gramofone do vizinho começa a tocar a sua valsa de todos os dias.

— Mande parar essa gaita! — diz o capitão para o empregado do açougue, com voz indignada e trêmula.

Depois que o capitão termina de falar, o silêncio de novo cai. A respiração do moribundo é tão fraca que às vezes parece que cessa por completo. Todos sentem a presença da morte.

O rosto lívido de Maximiliano é uma máscara transparente, dolorosamente tranquila, e ele agora está imóvel.

— Se finou — diz o capitão.

O rosto de pedra da mulher do morto não tem a menor contração.

— Vão lá para dentro — pede ela aos filhos.

E muito tranquila tira a vela das mãos do marido, põe-lhe os braços debaixo das cobertas e puxa o lençol, cobrindo-lhe a cabeça.

De repente o gramofone se cala. Do peito da viúva de Maximiliano escapa-se um suspiro de alívio.

89

João Benévolo caminha sem rumo. Já esqueceu a cena que teve em casa, esqueceu que está desempregado e que a sua gente hoje não tem dinheiro para comprar comida.

O sol brilha. Os bondes passam trovejando. As pessoas caminham e se cruzam com caras indiferentes. Parece que reina paz no mundo. Não há dores nem necessidades. Num café um rádio despeja a música de uma banda. Um vendedor de frutas canta o seu pregão. Um velho de sobretudo por cima do pijama cultiva o seu jardim. Na janela duma casa grande uma rapariga de cabelos quase brancos de tão claros sacode um tapete, cantando. Cheiro de café torrado no ar. Buzinas grasnam. No meio da rua os guardas estendem as mãos, dirigindo o tráfego.

João Benévolo segue. De repente seus passos começam a levá-lo para um rumo familiar e antigo. Janjoca volta para a sua infância. Obscuramente ele conhece o seu destino, e sabe que não deve ir... As esperanças de trabalho estão para outras bandas. Mas ele vai... Faz de conta que não sabe. Entrega tudo ao acaso... O acaso sempre é que tem culpa. Quando cai em si, está na rua da Margem. O seu coração se aperta. (Será o coração ou é o estômago vazio que dói?) Essas pedras, essa terra, essas árvores, esse ar são para ele imagens queridas e familiares. João Benévolo tem a impressão de que ouve vozes amigas, distantes e apagadas; vislumbra acenos... De repente se surpreende a olhar de frente para o Janjoca magriço e pálido de doze anos que brinca na frente da Padaria Trípoli. Mas, reparando bem, percebe que quem ele está vendo é um menino desconhecido que passa pela rua carregando um cesto.

Ali ficava a Padaria Trípoli. Hoje é um armazém de secos e molhados. A casa não mudou, só a pintura é que é nova. Que fim levaram os gringuinhos? João Benévolo dirige-se para a ponte do Riacho. Um cachorro morto e inchado boia à flor da água parda. João Benévolo olha "seu mar". Aqui ele vinha brincar de guerra. Tinha feito um cruzador de madeira e lata. Chamava-se *Minas Gerais*. Travavam-se batalhas navais. Os guris da padaria tinham torpedeiros com nomes italianos. Brigavam. Mas depois faziam as pazes. João Benévolo dizia que ia ser almirante quando ficasse homem. Ou general, ou explorador na China, ou na Índia.

No entanto aqui está, simplesmente um pobre-diabo sem eira nem beira, com mulher e filho, sem dinheiro e sem emprego — olhando a água do riacho onde antigamente singravam os seus couraçados e os seus sonhos.

No espelho pardo refletem-se os vultos das árvores. Passa uma catraia por baixo da ponte. João Benévolo esquece a infância e a realidade presente e projeta-se num outro mundo. Viaja pelas florestas virgens da África, à caça de diamantes. O cachorro morto à flor da água é um hipopótamo. Então, o heroico explorador leva o seu rifle à cara e faz pontaria...

Dois moleques que passam ficam rindo daquele homem que fala sozinho e levanta as mãos assim com o jeito de quem está dando um tiro de espingarda...

90

Virgínia prefere tomar o café no quarto. Ver a cara do marido seria estragar a manhã, que está bonita.

Toma uma pérola Juventus e espera que Honorato vá para o escritório.

Na varanda Honorato toma café, pensando no trabalho do dia. É preciso providenciar para dar um destino àquela mercadoria que ficou à disposição no Rio Grande. Noel aparece à porta.

— Bom dia!

Honorato nota logo que o filho está com a fisionomia mais alegre.

— Bom dia! Como passaste a noite?

— Esplendidamente.

Noel senta-se. A criada serve-lhe chá.

— Que dia! — comenta o pai.

— Notável.

Honorato estranha o entusiasmo. Noel mexe o chá animadamente. Acordou alegre e decidido. Teve durante a noite um sonho bom. Ia caminhando por uma estrada junto com Fernanda. Era primavera e — estranho — ao mesmo tempo caía neve. O sol brilhava sobre a neve e dava uma sensação boa de calor. Eles estavam casados e eram muito felizes. Até sua mãe sorria um sorriso bondoso e inédito. Ao acordar viu que fazia sol, bem como no sonho, e sentiu uma saudade toda especial de Fernanda.

— Papai.

— Que é?

— Lembra-se da proposta que me fez ontem?

— Da sociedade no negócio?

— Sim.

— Não esqueça que eu disse que aceitava.

O rosto de Honorato se abre como se um sol de repente tivesse brilhado sobre ele.

— Não diga! É mesmo?

Noel sacode a cabeça, cara alegre.

— Vai ser muito bom! — Honorato não encontra palavras. — Tu vais ver... Sim senhor... Vai ser uma coisa... uma coisa... — Não encontra o adjetivo. — Quando é que queres começar?

Quando o marido sai de casa, Virgínia desce.

Caminha até a janela. Na calçada fronteira — ninguém. Foi uma esperança tola a que ela teve. *Ele* nunca aparece pela manhã... Mas por que não teria vindo ontem?

Virgínia volta para a sala de jantar. Senta-se no divã, toma duma revista, vê as figuras, larga-a, pega do jornal da manhã, passa os olhos pelos títulos e torna a atirá-lo depois para cima da mesa.

Encolhida a um canto, como um bicho arisco, Noca contempla a patroa com olhos apaixonados.

— Que é que estás fazendo aí, sua china sem serventia?

Noca solta uma risada gutural.

— Vá já pra cozinha!

Noca retira-se resmungando.

Virgínia vai de novo até a janela. Sol nos montes de Teresópolis, nas ruas, nos jardins. Que vontade de sair! Sair à toa, sem rumo, de automóvel ou a pé, para a cidade ou para os subúrbios — simplesmente sair, deixar essa prisão enervante...

Virgínia percorre mentalmente a lista das amigas. Vai ao telefone, faz girar o disco.

— Alô? — Pausa. — Alô? É da casa do doutor Savério? A

309

Sílvia está? Não? Saiu? — Pausa. — Muito bem. Depois eu
torno a telefonar.

Com uma ruga de aborrecimento na testa, volta para o divã. Pega de novo no jornal. Duas gravuras chamam-lhe a atenção. Uma mulher caída no chão... E de repente Virgínia sente
um choque. Aquela cara ali no outro clichê — santo Deus! —
aquela cara morena, os dentes brilhando... Não é possível! Não
é possível! Não é possível! Seus olhos se agrandam, seu coração
pulsa rápido, ela fica por alguns segundos, estonteada, incapaz
dum pensamento, de um gesto. Suas mãos tremem.

Ela lê... As letras primeiro estão baralhadas, mas depois se
desenham, nítidas... A legenda do clichê não deixa dúvidas:

ALCIDES PORTELA NO SEU LEITO DE MORTE.

E então tudo de repente escurece. Os sons que vêm da
cozinha parecem saídos dum outro mundo remoto, as figuras
da página do jornal se esfumam, confusas. E por muito tempo
Virgínia fica como que suspensa no ar, tendo apenas consciência das batidas dolorosas de seu coração. Um vulto passa pela
varanda: alguma criada ou Noel? Ela não sabe, não vê, não
ouve.

Passam-se os minutos. Depois vem uma sensação descon-
fortante de febre. E de novo Virgínia pega no jornal, olha o retrato, relê a legenda, procura os pormenores do drama. Não há
dúvida. É Alcides mesmo. O que aconteceu com aquela outra
mulher que o retrato mostra caída de borco, lavada em sangue,
podia ter acontecido com ela... Não. Não podia. Honorato seria incapaz, não teria coragem. E de súbito, inexplicavelmente,
Virgínia se descobre a odiar o marido com mais força, como se
ele fosse o culpado de tudo.

E durante alguns instantes ela odeia Honorato. Depois o
ódio morre para dar lugar a uma sensação de ciúme, a uma
impressão de quem foi logrado, traído. Então Alcides fazia com
outra mulher o que fazia com ela? Ficava à esquina, olhando
para a outra, esperando a oportunidade para entrar na casa... E

310

a sensação de ciúme dura apenas alguns segundos para dar lugar à impressão maior, mais forte, mais dolorosa — à sensação da perda irreparável, da morte. A morte...

Virgínia dá dois passos às tontas. Tudo isso parece um sonho, um pesadelo, um... O seu mal-estar aumenta. Um círculo de ferro lhe aperta a garganta. Se ela ao menos pudesse chorar!

Sobe para o quarto, fecha-se a chave e atira-se na cama. Ah! Se pudesse derramar lágrimas... Seria um alívio, um conforto. Não lhe sai da mente aquela cara escura de dentes arreganhados num sorriso defunto, o filete de sangue, os detalhes do crime — *surpreendendo os adúlteros... — a bala atravessou-lhe a testa, indo alojar-se... — o marido tresloucado...* E a essas imagens se misturam outras — os olhos brilhando, o sorriso vivo, o cigarro fumegando, a aglomeração no Bar Metrópole, a música, os perfumes...

E de repente, como se se rompesse uma represa gigantesca, as lágrimas lhe brotam nos olhos aos borbotões.

Virgínia chora incessantemente durante largo tempo.

Depois, mais calma, se levanta, enxuga os olhos e sente uma vontade absurda de chamar Noel e de, pela primeira vez na sua vida, acariciar-lhe maternalmente a cabeça.

91

Ao despertar, Salu verifica com certo alarma que seu primeiro pensamento é para Chinita. O desejo dela é agora como uma doença de sua carne. Um dia há de acabar — ele sabe — como acabaram outros desejos, mas por enquanto é imperioso, exclusivo, dominador.

Embaixo da porta há uma carta. Salu se inclina para apanhá-la. É da mãe e está cheia de recomendações. Ela lhe pergunta:

Meu filho, quando é que te resolves a trabalhar? O Pereira que veio daí me disse que contaram para ele que tu vives na pândega e não estudas nem fazes nada. Por quê?

A carta termina com novas recomendações e beijos. Salu dobra-a com carinho, sorrindo.

No espelho do quarto de banho mira-se com amor. Descobre um fio de cabelo branco nas têmporas. Vinte e oito anos! Não é tempo de cabelos brancos. Incômodos? Não. Ele nunca se amofina. Sempre alegre, mantendo o sorriso. A vida é fácil, as mesadas gordas. As mulheres o procuram. Que diabo! Que quererá dizer esse cabelo branco?

Salu pensa nos tempos de colégio. Tinha projetos tão sérios... Queria ser homem famoso, banqueiro ou industrialista. Atleta que fosse. Mas famoso. Nome nos jornais. Falado, discutido, querido ou odiado. O que não lhe servia era o esquecimento, o anonimato.

No entanto agora... A vida rola sem projetos maiores. Uma mulher como centro de suas atenções, e a sua vida toda se desenrolando em função da conquista. Depois, a posse, noites e dias de delírio, até o dia em que ao despertar ele descobre que está achando tudo muito aborrecido e sem imprevisto.

Mas Chinita — reflete Salu tirando a roupa para entrar para baixo da ducha do chuveiro —, Chinita ainda é senhora... Que surpresa! A provinciana tola lhe aparece agora sob um aspecto novo. Despida de roupas e de atitudes falsas, ela apenas é uma fêmea deliciosa, encantadora na sua inexperiência, submissa, paciente, dócil...

Salu tem uma ideia... O dia está bonito. Podiam combinar um passeio de automóvel... Nu e alvoroçado, corre para o telefone.

92

O sol do meio-dia elimina as sombras.

João Benévolo caminha à toa. Não tem coragem de tornar à casa com as mãos vazias. Desde que saiu pela manhã ainda não aconteceu nada fora de sua cabeça. Dentro dela ele já achou emprego, salvou uma criança que se afogava no lago do parque, ganhou uma recompensa em dinheiro... Fora, só o dia luminoso, os ruídos da rua: nada mais.

João Benévolo senta-se no banco duma praça e fica pensando. O chão está cheio de folhas secas. As árvores desgalhadas recortam contra o céu o rendilhado de seus ramos. Um cachorro se deita num canteiro de relva.

Acariciado pelo sol, João Benévolo vai ficando numa dormência preguiçosa, esquecido de tudo, nem feliz nem infeliz — simplesmente esquecido.

93

O corpo de Maximiliano está agora em cima da mesa da sala maior, coberto com algumas flores. Quatro velas ardem. A mulher continua firme, perto do defunto, como esteve firme perto do doente. De vez em quando chega um conhecido. O cheiro da sala é nauseante. O rosto de cera do morto está levemente azulado.

D. Eudóxia, enrolada no seu xale, abraça a viúva e dá-lhe pêsames. Fica por um instante olhando para o cadáver e depois vai sentar-se a um canto.

Um velório! Dum modo obscuro e subterrâneo essa cena não deixa de constituir para ela uma alegria. Sempre vai aos velórios, quando pode, embora não conheça a família do morto. Um hábito. Também não perde agonia de doente. Sentiu muito não assistir à de Maximiliano. (*Também não sei por que não me chamaram*...)

Agora ela contempla detidamente a mulher de Maximiliano. Ela está magra, pálida, abatida. Naturalmente já pegou a doença; o micróbio é danado... Essa não se escapa. Quando muito tem alguns meses de vida. E os guris? Dificilmente filho de tuberculoso escapa...

D. Eudóxia suspira e fica gozando o seu velório como quem saboreia um prato raro.

94

O almoço dos Leitão Leirias se prolonga.

Monsenhor Gross come peito de peru. É um homem vermelho e forte, sorridente e simpático, de grandes mãos onde os fios louros de cabelo parecem faíscas de fogo. Vera come ervilhas com arroz. Leitão Leiria, muito teso na sua cadeira, elogia o vinho. O dr. Armênio, ao lado de Vera, não sabe que fazer nem que dizer para parecer mais distinto, mais simpático, mais polido e brilhante. Já falou em religião (para agradar o monsenhor e d. Dodó), já falou em política e em comércio (para agradar Leitão Leiria), e agora está falando em figurinos, convencido de que assim agradará Vera.

Junto de d. Dodó um senhor de cabelos grisalhos e cara escanhoada sorri em silêncio. Uma senhora magra, que está ao lado de Leitão Leiria, olha fixamente para uma rodela de limão.

— Então — diz ela, com uma voz grossa e pausada —, quando é que a nossa Verinha se decide a ficar filha de Maria?

D. Dodó suspira.

— Ai, dona Camila! Chego até a perder o sono por causa dessa menina... — Dirige-se a monsenhor Gross. — Monsenhor, veja se o senhor consegue converter a Vera.

O pedido é metade troça, metade sério.

Monsenhor desvia a atenção da carne branca do peru e sacode no ar na direção de Vera um dedo repreensivo:

— Deixe estar, deixe estar... Um dia eu chamo ao rebanho essa ofelinha tresmalhada.

Sua voz é aguda e de quando em quando pontilhada de gritinhos desafinados.

— Não sei, monsenhor — comenta Leitão Leiria —, como é que dum casal religioso foi possível sair uma filha tão avessa às coisas da alma...

— Caprichos da natureza... — sorri o senhor grisalho, em cima dum gole de vinho.

— Caprichos da natureza — concorda Armênio, dedicado. E pensa: *Délicieux caprice!*

314

A senhora magra torna a falar:

— Quem sabe se algum moço bonito não é capaz de convencer Vera?

E dizendo isso olha intencionalmente para Armênio, que cora de leve e sorri, num agradável constrangimento. Vera olha para o teto, indiferente. *Que turma cretina!* — pensa ela.

Felizmente o homem de cabelos brancos começa a falar de política. Monsenhor diz do papel da Igreja na política. D. Dodó e o marido escutam com atenção.

Armênio olha para Vera: seus olhos são uma súplica.

Os criados vêm e trocam os pratos. Tinem cristais.

As conversas se animam.

E depois — pensa d. Dodó — o som dessas vozes, o barulho dos pratos, o reflexo dos cristais — tudo parece deixar o ar ainda mais luminoso. Mas de repente, no meio de toda essa claridade, um pensamento horrível lhe ocorre. Uma lembrança que lhe dá um desfalecimento muito suave. Meu Deus! Como é que fui esquecer?

— Que é que tens, Dodó? — pergunta o marido, solícito.

— Oh! Mas é uma coisa horrível... Imaginem que eu me esqueci de mandar levar aquele doente da Travessa das Acácias...

(Ao som de "Travessa das Acácias" Leitão Leiria tem um sobressalto. Os olhos verdes. A velhota gorda e odiosa. A cama que rangia. Oh!)

— ... para o hospital — termina d. Dodó.

E toda trêmula e azafamada, com as bolsinhas dos olhos a se balouçarem piedosamente, ela pede licença, levanta-se e vai ao telefone dar uma ordem ao hospital.

Retornando à mesa, explica:

— É um doente muito grave. Coitadinho! A mulher está que é um fantasma. Dois filhinhos. Deixei-lhes lá uns dinheiros no sábado passado. — Suspira de novo. — Às vezes a gente não compreende por que é que há ricos e pobres. Por que será, monsenhor?

Volta-se para ele como para um oráculo que deve dizer a última palavra. Monsenhor encolhe os ombros: intimamente só sabe que o peru está delicioso e o vinho é velho e generoso.

315

Leitão Leiria socorre o hóspede de honra:

— Existem pobres porque Deus, na sua infinita sabedoria, quis experimentar os homens. Deu dinheiro aos ricos para ver se eles no meio da opulência não esquecem os desgraçados. Deu miséria aos pobres para ver se eles na sua desolação sabem guardar os seus santos mandamentos. Aí está.

E arruma o plastrom, contente consigo mesmo.

Existem pobres — explica Vera mentalmente — porque existem ricos como papai que gastam mais do que deviam, e querem ganhar mais do que precisam.

E Armênio, também interiormente, responde à sua maneira: — Há pobres porque deve haver contrastes: luz e sombra, alegria e tristeza, riqueza e miséria. Desse desequilíbrio é que nascem os poemas e os romances. Que belo assunto para uma crônica! Ou para uma palestra num baile! Ou num almoço...

E, aceitando a própria sugestão, dá voz aos seus pensamentos:

— Existem pobres porque deve haver contrastes...

Vera fixa nele um olhar de censura. Armênio, desconcertado, corta o discurso.

C'est dommage!

95

Mal deixa a mesa, d. Eudóxia quer voltar para o velório.

— Espere um pouco, mamãe — pede Fernanda. — A senhora acabou de almoçar. Passou toda a manhã lá. Vá mais tarde...

— Me deixa, Fernanda, que mal há nisso?

Atira uma ponta do xale por cima do ombro e sai na direção da porta. Fernanda compreende que toda a resistência é inútil. Ela vai mesmo, digam o que disserem. Passou o mês inteiro a agourar a morte do vizinho e agora quer ter a sua recompensa, a sua parte naquele dividendo de miséria e desgraça.

— Pois então vá e tire bom proveito.

D. Eudóxia na porta se detém, resmunga qualquer coisa e some-se no corredor.

Fernanda vai lavar os pratos. Como a água está fria! Os pratos nadam na pia. No pequeno mostrador do relógio de pulso os ponteiros fazem a sua viagem circular. Parecem imóveis, mas no entanto o tempo passa. Daqui a pouco é hora de voltar para o trabalho. No escritório, o mesmo quadro baço. Branquinha por trás do seu vaso de flores, as cartas cacetes de Leitão Leiria, o cheiro de sarro de charuto no escritório dele, os ruídos da loja. E o pior é que já se passou um dia e ela não viu ainda esperança de arranjar emprego. Se lhe dessem uma nomeação de professora, seria ideal. Ir para um colégio tranquilo e lidar só com as crianças... Mas qual! É inútil. O remédio é continuar no comércio. Escritórios... Não será difícil. Em quase todos os patrões que ela tem conhecido mora um conquistador em potência. Eles olham: se a cara não lhes desagrada, o emprego está garantido. Mas depois vêm os olhares insistentes, as perguntas, as insinuações; os outros empregados tomam liberdades; as empregadas cochicham.

Fernanda termina de enxugar os pratos e vai sentar-se na cadeira de balanço. Pega dum livro e abre-o no lugar onde terminou a última leitura.

No quarto contíguo, Pedrinho abre a sua caixa de charutos e conta o dinheiro. Aqui estão os seis mil-réis para o colar. Cacilda vai ficar contente. Contas coloridas. Senta bem com o vestido vermelho que ela tem...

Mete o dinheiro no bolso e vai enfiar o casaco. Passa pela varanda:

— Então, seu Maximiliano esticou mesmo?

E Fernanda, sem erguer os olhos do livro, responde:

— Esticou.

— Eu já vou. Quero chegar mais cedo.

— Pois sim. Passa pela casa do morto. Mamãe está no velório, diz a ela que venha antes de eu sair. Não posso deixar a casa sozinha.

— Ahan.

Fernanda continua a ler. Olívia é a heroína do romance.

Amanhece no dia do seu aniversário, recebe os beijos e os presentes. Dão-lhe um corte de vestido cor de chama. Olívia está pensando com insistência num baile que se vai realizar dentro de poucos dias. Agora ela e a irmã, Kate, lutam com grande dificuldade: a falta dum par para o baile. Não há rapazes na vizinhança. Que angústia!

Fernanda ri do "problema" de Olívia. Como o seu draminha é inocente! Ela tem um lar, pai e mãe, vida tranquila e só se julga infeliz por não achar um par para o baile! Olívia não tem de cuidar duma casa, de fazer as vezes de mãe de sua mãe. Olívia não tem de se preocupar com um emprego, com as contas do fim do mês. A sua vida toda está concentrada no baile. Como vai ficar lindo o seu vestido cor de chama! Os rapazes virão tirá-la para dançar? Ah! Olívia, menina boba, tu não sabes como és feliz! Tudo isso passa, bailes e vestidos, rapazes para dançar e o mais que agora te preocupa!

Um dia te encontrarás face a face com a vida... e que será de ti?

Fernanda lê mas não pode evitar os comentários mentais. O livro, no entanto, é encantador. E então ela procura meter-se dentro dele o mais que pode.

Mas a maquinazinha implicante palpita e cochicha em seu pulso. Faltam dez minutos para uma hora. Já é tempo de ir andando. Fernanda se ergue e olha para fora. O professor já está como de costume à sua janela.

96

Clarimundo contempla os seus domínios. As pombas de d. Veva voam no ar luminoso. Na casa fronteira a moça bonita está botando a boina para sair. Por que será que o gramofone hoje está calado?

O professor debruça-se à janela. Passam pessoas pelas calçadas. Fiorello lhe faz um sinal com a mão, da porta de sua sapataria. Clarimundo responde com outro aceno.

Comunicação interplanetária. Clarimundo pensa no seu homem de Sírio. Só ele enxerga a verdade das coisas. Todos os outros homens da Terra estão iludidos. O observador de Sírio vai falar, contar o que vê. As criaturas vulgares do mundo ficarão surpreendidas. O livro será um sucesso, os jornais falarão no nome do prof. Clarimundo Roxo e no seu notável livro científico-literário. Clarimundo esfrega as mãos numa antecipação feliz.

O dia está bom e, se eu continuar assim disposto, hoje à noite meto mãos à obra e começo o Prefácio.

De repente uma agitação quebra a paz da paisagem. Outra vez o negro filho da cozinheira do cap. Mota toca uma pedrada na vidraça da casa de d. Veva e quebra um vidro. Num relâmpago o moleque se esconde. D. Veva aparece à janela, vermelha e indignada:

— Quem foi o sem-vergonha?

Ninguém viu. Só o homem de Sírio que mora num ângulo privilegiado é que pode contar a verdade a todos os homens.

Clarimundo sorri interiormente e vai fazer um café na cafeteira nova.

97

O relógio da casa de João Benévolo bate uma pancada, que fica pairando longamente no ar. E estaca de súbito, com um ruído seco.

Falta corda — pensa Laurentina.

Mas agora na sua vida falta tudo. Por onde andará João Benévolo, que não veio à hora do almoço?

A viúva Mendonça entra, já nem bate mais, não tem a menor consideração. E nem pode ter. Eles devem aluguéis atrasados. São como cachorros. Qualquer um lhes dá pontapés.

A velha está parada no meio da sala.

— Então?

— Nada ainda... — responde Laurentina, fracamente.

— E o seu marido?

— Anda na rua procurando emprego.

A viúva Mendonça sorri, e o seu sorriso está dizendo: Essa eu não como, ele anda mas é na vadiação.

Silêncio. A dona da casa suspira, queixa-se da vida. Tudo muito ruim, muito caro, pela hora da morte.

Fica esfregando as mãos, olhando para o soalho, enquanto Laurentina procura algo para dizer. De repente a viúva fita com insistência os olhinhos miúdos no rosto da outra e pergunta, com uma voz em que se esconde um mundo de intenções:

— E o seu Ponciano, hein?

Pescoço esticado para a frente, o rosto fixo numa expressão de interrogação — olhinhos brilhando, muito abertos, testa pregueada de rugas, sobrancelhas alçadas, a velha repete:

— Hein?

Laurentina fica por um momento sem compreender.

98

João Benévolo tem a impressão de que criou asas e anda voando. Uma dor continua no estômago, fome, cabeça oca, moleza no corpo.

O relógio do edifício dos Correios e Telégrafos diz que são quatro horas e vinte. O sol brilha, as pessoas, os automóveis e os bondes passam indiferentes. Os edifícios sobem para o céu e o céu parece não ver a desgraça dos homens.

João Benévolo para na frente da vitrina dum restaurante: empadas, croquetes, perdizes assadas, um peru enorme pelado e temperado, pronto para ir para o forno; presuntos cor-de-rosa, frutas...

João Benévolo olha e come mentalmente. O rei Baltasar está no seu festim. Os pajens entram trazendo enormes travessas onde os faisões assados fumegam. Os molhos vêm em terrinas de prata, perfumados e brilhantes. Mas a gente não pode ficar a vida inteira parado diante duma vitrina...

João Benévolo continua a andar. Que estará acontecendo lá em casa? Faz... — ele conta nos dedos, uma, duas, três... — faz oito horas que saiu. Decerto não comeram nada. Ou comeram: d. Veva ficou com pena e mandou um prato. Ninguém morre de fome no Brasil. Já ouviu dizerem isso...

O sol bate em cheio nas fachadas. Os edifícios do outro lado já vão projetando uma sombra violeta sobre o calçamento da rua.

Muita gente que vai e vem. *Parece que ninguém me enxerga. Chegam a dar encontrões na gente. Fraco como estou...*

Os bondes passam num trovão, amarelos e hostis. João Benévolo pensa em Xangai. Será que em Xangai há bondes? Deve haver.

Mas que fazer? Voltar para casa com as mãos abanando? Não. Com que cara ele vai se apresentar à mulher? Ora, pode inventar que encontrou um amigo de infância, muito rico e muito bom que lhe prometeu um emprego. Pode inventar outras coisas... Não propriamente mentiras — porque nada é impossível... Suponhamos que de repente surge um conhecido bem-arranjado na vida: "João Benévolo, que é isso, rapaz? Queres um emprego? Vem comigo".

Mas não aparece ninguém. As pessoas passam sem olhar. As vitrinas mostram comidas que ele não pode comprar. João Benévolo de repente começa a sentir uma vergonha muito grande, pois lhe ocorre que todos podem saber da sua história, ler na sua cara e na sua roupa que ele deixou abandonados em casa, sem dinheiro e sem nada, uma mulher e um filho.

Não. É preciso voltar. João Benévolo continua a andar, procurando as ruas de mais movimento, mas os seus passos o levam para direção oposta à da Travessa das Acácias.

Melhor é ir distrair-se no cais, olhar o rio. Deve estar bonito. Ficar triste não adianta. Tristeza não mata a fome de ninguém.

Fome. Muito engraçado este mundo. Fartura na maioria das casas, os restaurantes até botando comida fora... E no entanto ele aqui, de barriga roncando e doendo, cabeça oca, burlequeando sem rumo, louco de fome. Bastava-lhe chegar e pedir: "Estou com fome, me deem um prato de comida". Davam. Brasileiro tem bom coração. Não se nega nada a ninguém nesta terra, graças a Deus. Deus. Deus bem podia dar à gente outra sorte. Autos. Palacetes. Por que é que só eu é que não tenho? Ora, no fim quem sabe se não é assim que está certo?

Cansado, senta-se num banco da praça e fica olhando para o céu: nuvens contra o azul resplendente.

Cinco minutos. Vontade de deitar e dormir, dormir e esquecer. Esquecer de que é casado e que está sem emprego, esquecer a mulher, o filho, as dívidas, a vida...

Uma vez, num conto, um homem dormiu num banco da praça e ao despertar deu com um velho de barbas brancas que o levou para um palácio, dizendo: "Toma, homem, tudo isto é teu. Passei a vida acumulando riquezas à custa da desgraça alheia. Hoje quero me redimir. Dou-te este palácio". E o vagabundo ficou morando no palácio. Vida de príncipe, dinheiro, criados, comidas saborosas, divãs fofos, mulheres. Mas o pobre-diabo acordou e viu que tudo tinha sido sonho.

João Benévolo acha melhor não dormir. Sonhar... também se sonha de olhos abertos.

Segue na direção do cais.

O rio fulgura, grandes navios de cascos negros estão atracados no porto. Guindastes e armazéns. As ilhas verdes, lá longe. Catraias, dragas, veleiros.

João Benévolo caminha. Tem o cuidado de evitar a beira do cais. Tonto como está, é perigoso perder o equilíbrio e cair n'água. O pior é que não sabe nadar...

Envolve-o um vento que cheira a peixe e a umidade. Marinheiros pintam o casco dum navio.

Viajar. João Benévolo para e sonha. Vai na proa, o vento do mar é como este, fresco e cheirando a distância. Céu e água. Simbad, para onde vais? Onde ficam as ilhas dos tesouros escondidos? Onde?

— Olha o guindaste, moço!

João Benévolo dá um salto, assustado. O guindaste geme,

322

pega as cargas à porta dum armazém e as leva para o porão do navio.

João Benévolo continua a andar. Outros navios, escotilhas debruadas de latão — *Afastem-se das hélices* —, mastros, salva-vidas, botes, cordas grossas, cheiro de tinta fresca.

A claridade é tão forte, que João Benévolo tem de olhar com olhos semicerrados. Dois biguás passam voando bem baixo, quase a tocar a água. As chaminés e as casas dos Navegantes se recortam ao longe em silhuetas dum azul enfumaçado e vago contra o céu claríssimo.

João Benévolo tem a impressão de que já não é mais deste mundo, já não tem mais corpo. Agora até a dor do estômago desapareceu. Se de repente ele saísse voando por cima d'água como os biguás, não era de admirar. Fez a última refeição na tarde de ontem: mais de vinte horas sem comer.

E de súbito — olhando para uma lancha que passa no meio do rio a toda velocidade — João Benévolo pensa em fugir. A ideia lhe brinca no espírito por alguns segundos. Fugir... Não ser mais João Benévolo, não ouvir mais chamarem-lhe Janjoca com voz chorona, não ser mais pai dum filho tristonho, um pobre-diabo... Fugir... Outras terras, outras gentes, outra vida, vida de herói. Fugir... João Benévolo imagina o que pode, será uma nova personalidade. O esquecimento completo de tudo que ficou para trás, de tudo que é triste, pobre, feio, sujo...

Mas a fuga dura apenas um minuto. A lancha já vai longe, quase diluída contra o fundo escuro das ilhas.

Com que cara eu vou chegar em casa?

João Benévolo pensa até mesmo na possibilidade de não voltar mais. Ele já está sentindo mesmo a sensação de que é um fugitivo, um desertor. Se ficar na rua, no outro dia os jornais falarão no desaparecimento, dando os sinais: baixo, magro, encolhido, cara de menino medroso, malvestido, barba de dois dias... É assim que a notícia do jornal vai dizer. Mas não é assim que ele se vê, não é assim que ele *realmente* é. Não!

O estômago lhe dói de novo. O dia é belo, mas ele está com fome. Os veleiros vogam no rio, mas a sua cabeça está oca.

João Benévolo volta para a cidade.

Nem pensar vale a pena, não adianta, o melhor é entregar-se. Há de acontecer alguma coisa de bom. Assim de repente, como nos livros...

Sai assobiando baixinho, tremido, o *Carnaval de Veneza*.

E para se distrair brinca de pisar na própria sombra.

99

Enquanto a água na banheira escorre, Armênio lê *As memórias de Casanova*. De quando em quando a imagem de Vera se mistura com as letras do livro e ele não compreende o que lê.

Diabinha! A mesma esfinge de *yeux verts*, durante todo o almoço, indiferente e distante. De nada valeram as frases que ele preparou. Tudo perdido. Monsenhor Gross comia e bebia, rindo. D. Dodó era um anjo de solicitude e delicadeza. Leitão Leiria, teso e discreto como um *gentleman*. Os outros dois convidados, simplesmente ignorados, apagados, inexistentes. Sim, o peru estava delicioso, mas Vera não lhe dera o menor sorriso.

Armênio fecha o volume e atira-o para cima da mesa de cabeceira. Ergue-se da cama, tira o pijama e mete-se num roupão de banho. (*Très chic*, igual ao que ele vira na *Vogue*, edição francesa: todo em marrom, bege e vermelho.) A aspereza do tecido felpudo contra a pele. Cheiro de roupa limpa.

Vai para o banheiro, experimenta a água com a ponta dos dedos, fecha a torneira de água quente e deixa jorrar a de água fria. Tira o roupão e mete-se no banho, com um oh! prolongado de prazer.

Epicurismo — pensa ele. Epicurismo temperado com forte dose de idealismo. Gostar dos bons perfumes, das mulheres bonitas, do conforto e da boa mesa — gostar de tudo isso sem desprezar a alma, sem esquecer o espírito. Eis o verdadeiro ideal do homem moderno.

Armênio estende o braço e tira da prateleira aberta um frasco de sais para banho. Despeja uma boa pitada na água e infla as narinas para sentir o suave perfume. E com um ai de abandonado gozo, ele remergulha n'água, ficando só com o rosto de fora.

E se entrega aos pensamentos mais agradáveis do mundo.

Vera capitula, marca-se o casamento. *Grand événement social. Demoiselles d'honneur.* O dote, uma promessa de deputação. Aaaah!

100

De sua mesa Fernanda vê a monótona paisagem de telhados escuros e uma pálida nesga de céu. Cinco horas. Rumores de vozes sobem lá de baixo, do salão da loja.

Por trás de suas flores, Branquinha está batendo no teclado da Royal.

Fernanda sente uma lassidão boa. Vontade de sair para a rua, livre de preocupações, e misturar-se na multidão, entrar nas casas de chá, ser como as outras raparigas, esquecer... Vontade de ter sobre o corpo um vestido bonito, de ser mais feminina, pensar menos na sua condição; vontade de ter a liberdade de ao menos sonhar sonhos bons.

Do escritório de Leitão Leiria vem o zum-zum de vozes animadas. Entraram dois cavalheiros há mais de vinte minutos. Deve ser alguma conferência importante. De quando em quando a voz de Teotônio se levanta, dominando as outras.

Fernanda vai até a janela, respira forte. Sombras e sol sobre os telhados, vento fresco, um aeroplano vermelho passa lá no alto, soltando boletins.

Branquinha para por um instante de datilografar, levanta os olhos:

— Lindo dia, hein?

— Muito — responde Fernanda.

Branquinha baixa a cabeça: seus dedos tornam a dançar sobre o teclado.

Fernanda pensa em Noel. Naturalmente hoje à noite ele

tornará a aparecer. Conversas na escada, como sempre: livros, discos... Silêncios longos. O ruído da cadeira de balanço na varanda. De quando em quando, a voz de d. Eudóxia, saindo da escuridão. E o rosto pálido de Noel, os seus olhos tristes, e aquela coisa que ela pressente, enorme e reveladora, aquela confissão que ele não tem coragem de fazer, que talvez não faça nunca.

Outra vez a voz pastosa:

— Fernanda, você já aprontaste aquela carta para o diretor do *Correio do Povo*?

Fernanda se volta, contrariada. Não *aprontaste*. Vai fazer agora.

Senta-se à mesa.

Quando acabará essa situação? Não se terá direito nem a um pouquinho de felicidade?

101

Virgínia abre os olhos dentro da penumbra do quarto.

Quanto tempo dormiu? Duas horas? Três? Nem sabe... Só tem certeza de que dormiu porque se recorda vagamente de que houve um período de esquecimento absoluto, de repouso e de treva.

Haverá sol lá fora? Ou já terá caído a noite?

Alcides já deve estar enterrado. Tudo acabou... ou foi tudo um pesadelo?

Virgínia não tem coragem de se levantar. Corpo dolorido, lábios ressequidos. Impressão de febre, opressão no peito, gotas frias de suor na testa, na ponta do nariz, no buço.

Os objetos familiares se vão definindo aos poucos dentro da sombra do quarto.

E ela sente vontade de dormir de novo, dormir muito para não acordar mais ou despertar num mundo diferente.

Passam-se os minutos.

E de repente a velha sensação de sufocamento e o velho medo da solidão tomam conta dela.

Virgínia salta da cama apressada e vai abrir a janela. A luz da tarde jorra para dentro do quarto.

O céu, o sol, as casas, as pessoas, os bondes, movimento, ruído... Sim, graças a Deus está viva. Viva!

E para ter uma certeza mais funda de que tudo não acabou, abre a porta do quarto e grita para baixo:

— Querubina! Noca! Venham cá. Depressa!

102

— Até que enfim! — exclama o coronel, olhando para o filho que vem descendo a escada.

Três dias sem aparecer em casa. Com efeito!

— Onde é que andou, menino? — pergunta.

Manuel coça a cabeça, testa enrugada, a boca torcida, um ar de cansaço e aborrecimento. E diz num tom sonolento:

— Por aí...

Vai até a cristaleira e despeja num copo a água da jarra de prata.

— Por aí, onde?

— Por aí...

Bebe com sofreguidão, até a última gota.

Zé Maria contempla o filho. Nos seus olhos não há a menor reprimenda. Quando se é rapaz... E depois, mesmo quando se está começando a envelhecer, todos fazem das suas...

— Pai, estou precisando duns cobres...

— Ai-ai-ai...

— Deixa disso, passa o dinheiro...

— Mas...

Manuel estende a mão. Zé Maria vai fazer uma observação, tentar um sermão. Mas nos olhos do rapaz ele vê que o filho sabe de tudo. Não pode deixar de saber. Talvez já tenha dormido com Nanette.

— Quanto queres, maroto?

— Quero a cara do Zé Bonifácio...

— Uma pelega de quinhentos?

Manuel sacode a cabeça afirmativamente.

Não há remédio. Estes meninos agora tomam conta da gente. Anda tudo de pernas para o ar. Antigamente, lá em Jacarecanga, eles tinham respeito. Papai, posso ir ao cinema? Papai, me dá cinco mil-réis? Papai, o senhor deixa eu sair com a Ernesta? Papai isto, papai aquilo... Hoje Chinita sai sem dizer aonde vai, Manuel passa três dias sem aparecer em casa... É preciso ajeitar essa droga de novo. Assim não está direito.

E interiormente Zé Maria faz planos de botar a casa nos eixos, fazer voltar o antigo respeito, restabelecer a autoridade paterna. Mas hoje não. Fica para amanhã. Tem tempo.

— Toma, safardana — diz, sorrindo e passando para o filho uma cédula de quinhentos mil-réis.

Manuel contempla com simpatia o retrato do Patriarca. Depois, amarrotando a nota, mete-a no bolso e se vai.

103

Pedrinho consegue licença para sair mais cedo da loja.

Vai agora abrindo caminho por meio da multidão que formiga nas calçadas e no centro da rua.

Depois que a gente trabalha um dia inteiro e que sai para a rua, de tardezinha, fica tonto no meio do tumulto. Parece que tudo gira. As pessoas dizem as coisas e a gente fica por um momento sem compreender, com ar de palerma.

Apalpa o bolso. Ali estão as seis moedas de mil-réis. Vai escolher o colar mais bonito.

No meio da multidão passam mulheres bem-vestidas e perfumadas. Nenhuma tão bonita como Cacilda. Oh! Se ela não fosse uma mulher da vida... Bom, não há de ser nada. Um dia tudo melhora, aparece um emprego de maior ordenado, a vida muda. Então ele vai arranjar uma casinha para Cacilda num arrabalde. Ninguém ficará sabendo.

Casa Sloper. Pedrinho olha as vitrinas: ali está o colar, parece uma cobra de brinquedo. Entra, caminha para o balcão.

— Já foi atendido?

É uma caixeirinha de preto, bonitinha, mas não tanto como Cacilda.

— Eu queria ver um colar ali da vitrina...

Fala meio tremido, a comoção a apertar-lhe a garganta. Que bobo que sou! A coisa mais simples do mundo: comprar um colar de seis mil-réis...

No entanto ele mal sabe se exprimir, está todo confuso, com as orelhas em fogo.

104

Noel avisa em casa que não vai ficar para a ceia, e sai para a rua.

Contente! Mas dum contentamento inexplicável, que ele não sabe se vem da tarde bonita e calma, do fato de ter resolvido mudar de vida ou se tudo o que sente de alegria lhe nasce de saber que se aproxima a hora em que ele vai ver Fernanda de novo.

Tomar o bonde numa hora como esta é tolice. Melhor seguir a pé.

A luz da tarde é uma carícia. Os jardins a esta hora têm um perfume todo particular. As luzes ainda não se acenderam. O céu no alto é desbotado e igual. O horizonte, uma poeira vermelha e dourada.

O ar está frio. Num jardim, sobre um canteiro de relva uma criança loura vestida de verde brinca com uma bola vermelha. No alpendre uma *nurse* uniformizada e muito branca faz tricô sentada numa cadeira de vime.

Um dia ele e Fernanda poderão ter um bangalô assim.

Talvez mesmo um garoto louro brincando sobre a grama...

Um garoto que há de ser alegre e vivo como ele não foi. Um garoto que será criado ao ar livre, quase nu, e não terá a cabecinha cheia de fadas e mentiras. Sim, Fernanda há de dar-lhe uma educação exemplar.

Mãos nos bolsos do sobretudo, cabeça erguida, Noel caminha, sentindo-se um homem novo. Uma vida diferente vai começar para ele.

Há de ter forças para suportar o escritório, as faturas, as cartas comerciais, os algarismos e os assuntos áridos. Por amor de Fernanda, por amor de si mesmo. Fará o possível para descobrir na vida pura, sem as mentiras literárias, a poesia e a aventura de que Fernanda lhe falou.

Para a uma esquina. Vem da praça uma fragrância fresca de folhagens. A noite cai. Brotam janelas iluminadas em várias fachadas.

Noel retoma o seu caminho. Os combustores se acendem de repente. Piscam estrelas no céu.

105

Vera desce para a varanda.

Azáfama na casa toda. D. Dodó prepara-se para receber as visitas da noite. A diretoria das Damas Piedosas vai comparecer com representantes dos jornais, famílias amigas. Um mundo de gente. Ela não queria... Preferia uma festinha íntima... Pouca gente... Mas que é que se vai fazer?

D. Dodó anda dum lado para outro, ofegante, a carne flácida do rosto balouçando-se tremulamente, como gelatina.

— Limpem bem os móveis! Não deixem nem um pozinho!

Põe flores nos vasos. Zínias e margaridas, rosas e malmequeres. Ajeita-as com amor, depois se afasta um passo para admirá-las. Dá ordens, faz recomendações, escreve bilhetes.

Vera olha tudo com indiferença, incapaz de um movimento para ajudar a mãe. Sem entusiasmo, sem interesse.

Pouco se me dá! Não sou obrigada a acompanhar todas as cretinices da família.

— Vera, minha filha, tu não te entusiasmas?

Vera encolhe os ombros.

— A troco de quê? Amanhã a gente está estafada, tudo passou, vieram algumas pessoas, comeram e beberam como animais, disseram asneiras e se foram...

D. Dodó sacode a cabeça, penalizada.

Vera aproxima-se do telefone, comunica-se com a casa de Chinita.

— És tu, querida? Como estás? — Pausa. — Por que não apareceste hoje? Quero que venhas à nossa festinha... Sim. Às nove. Sim. Posso contar contigo? Sim... Adeusinho.

Larga do fone. Chinita vem... Ao menos hoje poderão conversar sem que o idiota do Salu as interrompa. Ele não tem relações na casa e será o maior dos cínicos se aparecer sem ser convidado...

Os outros podem ficar na varanda. Ela levará Chinita para o quarto. Mais liberdade para conversar. É preciso tirar do corpo daquela bobinha a paixão por Salu. Ele é perigoso, por força tudo acabará mal. É preciso falar francamente a Chinita, antes que seja tarde.

D. Dodó está sentada numa poltrona, olhos fechados, mão no peito, cansada.

— Ai, minha filha, que trabalheira...

Vera sacode a cabeça e sobe para o quarto em silêncio.

106

Então, como não há outro remédio, João Benévolo resolve voltar para casa. Está mais morto que vivo. O estômago continua a roncar e a doer. Sensação de vazio. Tontura.

Vai caminhando devagar. A rua está escura, lá em casa a luz do lampião é fraca, ninguém poderá ver direito a vergonha estampada na cara dele.

O dia perdido. Nenhuma esperança. Que irá acontecer?

João Benévolo chora. Um ventinho frio lhe bate no rosto. Bem lá no fim da rua, contra o céu azul fundo, uma grande lua cheia.

A subida é forte, mas ele prossegue, gola do casaco levantada, tiritando de frio, mãos metidas nos bolsos.

Seus olhos continuam fixos no disco claro da lua.

Tem a impressão de que vai subindo para o céu, tem quase certeza (nessa tontura que sente, nesta sensação de irrealidade) de que quando chegar lá em cima, no fim da subida, ele poderá pegar a lua. E caminha...

Agora tudo vai ficando esfumado. Ele já não se lembra de que tem uma mulher e um filho que o esperam, já nem sabe mais que rumo leva. Só tem consciência de três coisas: do frio, da dor aguda no estômago e daquele clarão branco contra o céu. Caminha e as forças lhe vão faltando, seus joelhos se dobram.

O frio cresce, a dor aumenta, o clarão cega.

Sem força, João Benévolo cai de joelhos sobre a calçada, com ambas as mãos apertando o estômago. Depois vai se estirando no chão de mansinho. E a última impressão que ele tem antes de perder os sentidos é a do contato gelado das pedras.

107

Honorato Madeira janta sozinho, muito triste. Que diabo!

A gente chega do escritório cansado e com vontade de conversar e ver os seus, e no entanto não enxerga ninguém. A mulher mandou dizer que estava com dor de cabeça e não ia descer. O filho saiu, dizendo que só voltaria às dez.

Que pena!

A criada entra, trazendo os pratos. Honorato serve-se. À vista da comida fica alegre. Afrouxa o nó da gravata, desabotoa o colete, enfia o guardanapo no colarinho e começa a comer.

Noca espia pela fresta da porta.

— Querubina, onde é que vocês estão comprando carne agora?

— No seu Militão.

— Esta carne anda muito dura. Por que não mudam de açougue?

A criada dá de ombros.

— Mudem. Comprem no Açougue Humanidade. Eu me dou muito com o proprietário.

Mete uma garfada de comida na boca. E entra no paraíso.

108

O carro da Assistência chega.

Um guarda-civil abre caminho na multidão. Erguem João Benévolo numa maca e o levam para dentro da ambulância.

Comentários. Coitado! Bebedeira na certa... Quem sabe se foi briga? Eu acho que o homem sofria do coração. Qual, isso é carraspana...

E um senhor de sobretudo cinzento e chapéu preto diz para o companheiro:

— É bem como disse dona Dodó Leitão Leiria na sua entrevista hoje para a *Gazeta*. Se todo o dinheiro que se gasta com o vício fosse juntado para construir sanatórios, hospitais, asilos...

— É verdade.

O carro da Assistência arranca e sai rua em fora, a grande velocidade. Sua buzina é um gemido longo, desesperado que se vai sumindo até perder-se no meio dos rumores da noite.

109

Laurentina está com os olhos inchados de tanto chorar.

Passou o dia inteiro esperando o marido e, como ele não aparecia, ficou imaginando mil coisas. Não fossem os amigos eles estariam até agora sem comer.

O relógio parado. A luz do lampião morrendo. O gramofone do vizinho tocando a valsa enjoativa de todos os dias.

E ali no canto, palito na boca, olho cravado nela com insistência, Ponciano está sentado, esperando, esperando...

Laurentina tenta fazer alguma coisa, cerzir uma meia, pregar botões. Mas não consegue. Vista turva. Indisposição. Que teria acontecido a João Benévolo? Decerto ficou debaixo dum bonde, ou foi preso como vagabundo. Ou caiu no rio. Qualquer coisa de ruim.

E a voz de Ponciano, áspera e sem cor.

— Ele não presta...

Ela fica olhando para o homem com olhos espantados. Sem se perturbar, o olhinho frio brilhando, Ponciano prossegue:

— Eu sabia que ele não prestava. Nunca se importou com você.

Laurentina de novo desata a chorar baixinho, e as lágrimas lhe correm pelo rosto maltratado. A voz de Ponciano insiste:

— Olha... — agora é um cochicho baixo, imoral. — Por que não vai viver comigo? Han?

Ela continua a chorar. A proposta veio finalmente. Tinha custado. Ela tremia só em pensar que um dia ele lhe pudesse fazer esse convite. Aceitava o homem por delicadeza, porque ele nunca tinha faltado com o respeito. Vinha, ficava ali quase sem falar; quando falava era do tempo, da política... Mas ela sentia que Ponciano andava procurando outra coisa. Os olhinhos dele contavam. E por isso ela vivera em sobressaltos. No entanto agora que o convite foi feito, Laurentina não tem coragem nem para reagir, para se revoltar.

— Ele não vale nada. Garanto que ficou bebendo por aí, ou metido com mulheres. Você vai morrer de tanto se incomodar, Tina. O guri está doente. Quem é que vai comprar remédio?

Pausa. Laurentina tem o rosto escondido nas mãos.

O gramofone continua a berrar a sua valsa. Não demora o querosene se acaba e o lampião se apaga. Que bom se João Benévolo aparecesse de repente na porta. Que bom!

Ponciano tira a carteira do bolso.

— Olhe aqui... — Sua voz não denuncia a menor comoção. — Veja só... — Ele ergue os olhos. A carteira está recheada de notas. — Tudo isto vai ser teu. Eu estou bem. Vá morar comigo, ele não presta, caiu na farra, não se importa com a família.

334

Laurentina continua a chorar. Ponciano espera. Não faz mal — pensa ele —, se não é hoje, é amanhã. Se não é amanhã, é depois. Quem esperou dez anos...

E seus olhos despem Laurentina. Apesar da magreza ela ainda é bonita. Apesar dos maus-tratos. Bonita e apetitosa como no tempo do noivado; na sala das titias solteironas, as mobílias de rodinha, o gato cinzento...

Ponciano pigarreia.

De novo a voz asmática:

— Ele não presta. Venha comigo.

Os olhinhos brilhando com uma sensualidade fria, Ponciano espera.

110

Lado a lado, sentados no mesmo degrau da escada, Noel e Fernanda se contemplam em silêncio.

O coração dele bate com mais força, porque chegou a hora de dizer tudo. Ele sente que, se não disser agora, não dirá nunca mais...

— Fernanda...

A voz lhe sai abafada. Fernanda o interroga com os olhos. Noel chega a sentir no rosto o bafo morno da respiração dela. E essa proximidade o perturba tanto, que ele perde a fala.

Pausa longa. Vem de fora, pela porta aberta, uma golfada de vento gelado. Fernanda estremece e se encolhe toda. Lá na sala de jantar, no escuro, d. Eudóxia resmunga, conversando com os seus mortos. E a sua cadeira de balanço segue num bam-bam ritmado e surdo.

Os dois amigos continuam a se olhar em silêncio.

Noel torna a falar.

— Fernanda, quando nós éramos meninos, tu sempre adivinhavas os meus pensamentos...

Fernanda sacode a cabeça afirmativamente.

Ele prossegue:

335

— Não podes adivinhar agora o que eu tenho pra te dizer, o que há muito te quero dizer?

Cala-se. A comoção lhe torna a respiração difícil. Fernanda sorri na sombra, compreendendo tudo. Sem dizer palavra, pega na mão do amigo e se aproxima mais dele.

Todo trêmulo, admirado da própria ousadia, Noel abraça-a com suavidade.

Com as cabeças encostadas, silenciosos e comovidos, os dois ficam olhando para o pedaço de rua que a porta enquadra. Mas cada um vê uma paisagem diferente.

Noel tem a impressão de que está pairando no ar, liberto da condição humana. Tudo parece um sonho. Pela primeira vez a vida se parece com os contos de fadas de sua infância, as histórias maravilhosas que terminavam assim: "E os dois se casaram, tiveram muitos filhos e viveram felizes longos anos".

Fernanda deixa-se ficar passivamente sob o abraço leve e tímido de Noel. Sente-se ao mesmo tempo feliz e apreensiva. Compreende que as suas responsabilidades maternais agora vão ficar maiores. De hoje em diante terá mais um filho para cuidar. Um filho louro de olhos tristes, um menino que precisa ser acariciado e repreendido. Mas que importa? Esse é o seu destino.

Noel tem medo de falar porque sua voz pode quebrar o sortilégio. É que ele sabe que os sonhos do mundo são tão tênues, tão frágeis, que ao menor sopro se esboroam para sempre.

Então ele se cala sabiamente e fecha os olhos para prolongar a ilusão.

111

O palacete de Leitão Leiria está cheio de luzes e vozes, parece um viveiro de pássaros assanhados.

Chegam mais convidados. Abraços em d. Dodó, risos. Entram as comissões com flores e presentes.

D. Dodó sente-se transportada ao céu. Correndo dum lado para outro, procura agradar a todos os amigos.

Servem guaraná em taças de champanha. Uma mocinha nariguda, de óculos de tartaruga, canta ao piano uma canção de Tosti. Aplausos.

Armênio pergunta a Vera:

— Qual é a sua opinião sobre a música italiana?

E Vera:

— Chata.

Armênio sorri amarelo, tenta outro assunto.

— Que livro está lendo agora? — E mentalmente acrescenta — *Dites-moi, ma chérie!*

— Nenhum — responde Vera.

A um canto da sala, Teotônio conversa com dois amigos. — Eu sou pela indissolubilidade do matrimônio — afirma.

Discutem. Teotônio expõe teorias, anima-se, chupa o charuto com ferocidade.

Noutro canto, d. Dodó procura converter ao catolicismo uma amiga que anda inclinada para o espiritismo.

Chegam novos convidados. D. Dodó se ergue, ágil, como se tivesse asas. Cumprimentos, abraços, beijinhos.

— Cante de novo outra canção, dona Leontina — pede alguém.

Onde estará Chinita, que não vem? — pergunta Vera a si mesma.

A seu lado, fiel como um cachorrinho, Armênio cavouca no cérebro à procura dum assunto.

112

Pedrinho entra no beco. Coração batendo.

Pensa no que vai dizer: "Boa noite. Como vais? Olha aqui uma coisa que eu te trouxe. Adivinha só o que é...". Ela pensa que é chocolate. Então ele tira o colar e mostra... Não. Melhor é dizer diferente: "Uma lembrancinha pra ti" e ir dando logo o presente. Mas se tiver gente? Se ela estiver ocupada? Nesse caso ele espera... Não pode deixar de entregar hoje.

Passou a semana inteira pensando nessa hora, desejando esse momento.

Pedrinho avança... Sim, Cacilda vai ficar contente e decerto há de tratá-lo com mais carinho. E ele como que já sente o sabor do beijo dela, antevê a expressão feliz daquele rosto, o brilho daqueles lindos olhos verdes.

Lá no fundo da rua, bem perto da casa de Cacilda, nota-se uma desusada aglomeração de gente. Vozes, correrias, confusão. De repente o carro da Assistência passa a toda velocidade, com a sereia gemendo.

Pedrinho acelera o passo. Cabeças curiosas assomam às janelas.

Passam pessoas comentando. Pedrinho ouve frases soltas. "Uma facada no peito..." "... o amásio fugiu..."

De repente sente um amolecimento de pernas, uma opressão estranha no peito. Meu Deus, foi a Cacilda! Quer perguntar a alguém... Mas lhe falta coragem.

Não há dúvida, a aglomeração é na frente da casa em que Cacilda mora. Vozes desencontradas, ordens gritadas. O carro da Assistência começa a gritar de novo, a multidão se parte, se afasta para os lados, como laranjas que rolam dum cesto que emborca. E o automóvel sai aos solavancos sobre o calçamento irregular.

A multidão se dispersa. Parado a uma esquina, encostado a um muro, Pedrinho aperta no bolso o colar. O vento frio encanado no beco lhe chicoteia a cara.

Um guarda passa calmamente, as mãos metidas no capote de mescla.

Pedrinho caminha para ele:

— Que foi que houve?

O guarda, sem parar, responde seco:

— Esfaquearam uma mulher.

A voz de Pedrinho é um fio fino quando ele indaga, lábios trêmulos:

— Como é o nome dela?

O guarda dá de ombros e se vai.

Pedrinho continua parado. A multidão se dispersa.

Foi Cacilda — pensa ele. Ela sempre falava no amigo. Dizia que ele era ciumento, violento, mau. Foi Cacilda quem levou a facada. Decerto vai morrer. Morrendo, tudo acaba... O mundo não tem mais graça...

Apertando no bolso o colar de seis mil-réis, Pedrinho começa a andar devagarinho. Psius e vozes abafadas brotam das janelas. A vida do beco recomeçou dentro da normalidade.

Pedrinho vai seguindo como num sonho. Janelas com luzes vermelhas, caras pintadas, o vento, os homens que passam rindo e conversando alto.

Finalmente — a casa de Cacilda. À porta, três mulheres conversam, comentando. Falam todas ao mesmo tempo, desencontradamente. *Eu dizia sempre pra ela... Quando ouvi o grito corri e... Foi um susto... ela estava lavada em sangue... Eu sempre dizia... Homem comigo não tira farinha... Coitada, pegou o pormão...*

Pedrinho para na frente da janela. Vontade de chorar, as mãos geladas, coração batendo com força.

Na penumbra do quarto um vulto se agita. Um vulto que se vai definindo, familiar, contra o fundo de sombra. Uma figura calma que ali está, com os olhos brilhando, a cabeça atirada para trás.

— Cacilda!

Os olhos de Pedrinho se turvam de lágrimas: outra vez a imagem imóvel fica toda trêmula e esfumada. Ele aperta o colar no bolso. Então não foi ela! Oh! Deus, que bom, que bom, que bom!

De dentro do quarto vem a voz tranquila e macia:

— Entra nego, que está frio.

113

O velório de Maximiliano está concorrido: vizinhos curiosos.

Num canto, d. Eudóxia conversa com d. Veva. D. Veva se queixa do negrinho do cap. Mota.

— Aquele desgraçado me mata. Toca pedra nas minhas pombas, me quebra as vidraças.

— Faça queixa pro patrão — sugere d. Eudóxia, com os olhos no defunto.

— Não adianta. Já fiz. É o mesmo. O capitão acha graça.

— Dê parte na polícia.

— Ora qual...

D. Veva encolhe os ombros.

A varanda está escura. As conversas se animam. Fiorello a um canto fala em Mussolini com o português da venda, que lhe responde com Salazar. A viúva do Maximiliano — uma cara de pedra, de olhos sem cor, parados, a que nem o sofrimento dá expressão — está calada perto da mesa em que se acha estendido o corpo do marido.

D. Eudóxia puxa assuntos de morte e desastre.

— Outro que qualquer dia amanhece morto é o professor...

— O inquilino da viúva Mendonça? — indaga d. Veva, admirada.

— É. É o fim desses solteirões que vivem sozinhos. Um dia, quando acordam, estão mortos. Conheço casos.

D. Veva faz um gesto de dúvida.

— Mas é um homem forte, moço...

— Qual, vizinha, aquele tem cara de sofrer do coração...

— Não diga...

— E depois essa força que faz todos os dias pra subir a escada...

— Por falar em escada, o seu João Benévolo saiu de manhãzinha e não apareceu até agora...

Os olhos de d. Eudóxia brilham:

— No mínimo tomou uma bebedeira e caiu no rio...

— Eu acho que ficou na casa de alguma mulher...

— Boa coisa não foi, isso eu garanto...

Silêncio por alguns segundos. Uma das velas do castiçal que fica ao lado do pé direito do defunto está morre não morre.

Perto da janela um homem magro e de cabeleira romântica fala na imortalidade da alma e nos livros de Flammarion. O

340

homem calvo e de barba crescida, que fuma tranquilamente um cigarro de palha, não acredita na alma desde que leu um livro não se lembra de que autor.

De quando em quando estrala uma viga no teto. O gato aparece no vão duma porta, olhos verdes brilhando. D. Eudóxia se lembra de histórias de assombrações.

— Quando eu era menina, na revolução de 93, degolaram um homem perto duma figueira grande no meio do campo. Diz que de noite...

D. Veva se encolhe toda, tem muito medo de almas do outro mundo. D. Eudóxia lembra-se de outros casos.

Fiorello e o bodegueiro discutem. O homem de cabeleira insiste numa pergunta:

— Me diga então para onde vai a inteligência das criaturas, a sua bondade, a sua... a sua... beleza espiritual. Será que morrem com o corpo?

O homem do cigarro de palha solta uma baforada de fumo e, muito calmo, aponta para o defunto:

— Olhe só... Isso é o fim.

Os outros conversam. A viúva se levanta para pedir a um vizinho que lhe vá arranjar uma vela.

Só Maximiliano continua silencioso, de olhos fechados, cara tranquila, como que mergulhado num sono doce e profundo.

114

As irmãs Bandeira tocaram uma sonatina a quatro mãos. Aplausos.

Leitão Leiria discorre sobre música. Monsenhor Gross fala de Palestrina. Um amigo da casa pede mais guaraná. D. Dodó vai à cozinha fazer recomendações.

Vera olha para o relógio de pulso. Nove e meia. Por que Chinita não apareceu ainda?

Armênio não se afasta do lado dela.

— Tem ido ao cinema? — pergunta.

— Não. — A resposta é seca. O assunto está morto. O remédio agora é procurar outro. *Chercher un autre sujet.*

Um cavalheiro bate palmas. Faz-se silêncio. Chegou a hora do discurso. As Damas Piedosas vão entregar uma lembrancinha a d. Dodó.

Os convidados cercam o homem que deu o sinal. Leitão Leiria ergue os olhos, procurando.

— Onde está a Dodó? Dodó! Dodó!

D. Dodó surge, toda afogueada, mão no peito, com cara de surpresa.

Silêncio. D. Maria da Glória Bento, com mãos trêmulas, tira da bolsa uma folha de papel e começa a ler o discurso que o marido lhe escreveu:

Minha querida Dodó. Permite que eu te trate assim. Quem como tu tem a alma bem formada e o coração dos simples e dos bons, não pode ser amiga das cerimônias e dos protocolos. Por isto eu me dirijo a ti chamando-te Dodó. (E pronuncia as sílabas bem destacadamente. D. Dodó escuta, comovida. Leitão Leiria, muito teso, baixa os olhos com modéstia. Vera, junto da janela, olha para fora, fazendo o possível para não ouvir. Armênio sacode a cabeça para Vera, como para lhe dizer que concorda com todos os elogios que a oradora fez e até com os que ainda vai dizer à virtuosa homenageada.) *A Sociedade das Damas Piedosas* — continua a oradora com voz tremida —, *que tanto deve à tua inteligência, à tua atividade, à tua dedicação sem par...*

A enumeração vai num crescendo, subindo a escala cromática. Depois há uma pausa. Todas as caras estão atentas. O momento é grave.

Por que será que Chinita não vem? — pensa Vera.

115

Abraçados, Chinita e Salu estão num paraíso de gozo. Tudo em torno deles se esfumou e sumiu. O quarto com os seus móveis, o ruído duma torneira pingando na pia do banheiro, os ruídos abafados, que sobem da rua, os gritos destacados das buzinas dentro da noite, a vida com as suas criaturas, as suas convenções, as suas limitações... são coisas que agora não existem. Só esse luxo de contatos.

Na sombra Salu murmura palavras sem sentido. Esquece que as horas correm, os dias passam e que um dia a sua vida fácil terá de acabar. Esquece que não tem rumo, que nem sempre hão de durar as mesadas fartas. Esquece que amanhã a sua ligação com Chinita lhe poderá trazer complicações e dissabores. Esquece porque esse momento é bom, porque no fundo ele acha que a vida deve ser isto mesmo: despreocupação do bom animal que não se deixa perturbar por convenções absurdas. Agora só uma coisa o preocupa: prender Chinita, gozar Chinita e, gozando-a, inventar para a amante novas fontes de prazer, para que ela volte, para que se lembre dele, para que não se arrependa nem pense noutro homem.

Chinita recebe passivamente todas as carícias. E cada carícia para ela é uma revelação, maior, muito maior do que podia esperar. Abandonou-se a Salu como uma coisa inerte, mas secretamente confiada em que ele era senhor de todos os maravilhosos segredos do amor.

A torneira que pinga na pia é agora para eles o único vestígio do outro mundo.

116

Alguns andares abaixo do apartamento de Salu, deitado de barriga para o ar numa larga cama de casal, Zé Maria respira com dificuldade, um braço pendendo para fora da cama, cansado e feliz.

Nanette, metida num roupão de veludo negro, senta-se ao lado do amigo e faz-lhe cócegas no queixo. O coronel desata a rir, numa convulsão que o deixa todo afogueado.

— Pare, seu diabo! Não vê que eu estou mais morto do que vivo?...

— *Mon joujou.*

— Não diga essas coisas que eu não sei...

— Querido...

— Ah! Isso sim...

— Quando é que vai dar o automóvel que Nanette pediu?

— Sua interesseira! Amanhã vamos ver na agência.

Nanette se inclina e dá um beijo estralado na boca de Zé Maria.

Zé Maria exulta. Eu só queria ver a cara do Madruga!

117

A oradora perora:

... e peço-te que aceites, como prova de nossa gratidão e da nossa estima admirativa (pausa, nova entonação na voz)*, este humilde presente, que é o símbolo da nossa amizade reconhecida.*

Palmas. D. Dodó recebe o presente, beija a oradora nas duas faces e começa a destilar lágrimas de comoção. Vêm as criadas, muito limpinhas e uniformizadas, e servem champanha.

Leitão Leiria pigarreia. Novo silêncio. O marido de d. Dodó faz o discurso de agradecimento. Fala na comoção do casal diante dessa prova de apreço e amizade duma sociedade distinta e limpa. E, olhando para dentro de sua taça, continua:

— A nossa vida é de sacrifícios e renúncias. Horas e horas dedicadas à pobreza e à meditação religiosa. A minha querida Dodó perde noites de sono pensando nos seus pobrezinhos! Refeições fora de horas, canseiras, caminhadas longas — e tudo por quê, senhores e senhoras? Tudo para que os seus pobrezinhos tenham o amparo que merecem. Quantas vezes ela não penetra, com o risco de sua própria saúde, na casa dum tuberculoso, para lhe levar, de envolta com o auxílio pecuniário, uma palavra de consolo!?

Continua a enumerar os sacrifícios de dinheiro e termina falando na honra da Família, na dissolução da Sociedade e na necessidade de se opor "um dique à onda de comunismo e ateísmo que ameaça tragar a civilização cristã".

Palmas, abraços. Servem mais champanha.

Vera pede licença para Armênio e vai ao telefone perguntar por Chinita.

118

D. Maria Luísa responde:

— Mas ela saiu há duas horas para ir até aí... Não está? Não sei... — Pausa. — Está bem.

Larga do fone e vai sentar-se numa poltrona.

Chinita mentiu que ia à casa de Vera e não foi. Onde estará? Decerto com *ele*. No quarto *dele*. Como uma mulher da vida.

Zé Maria — nem há dúvida — está com a amásia...

D. Maria Luísa fica sentada, pensando. A casa enorme está mergulhada num silêncio ainda maior. Os criados foram dormir. Ninguém em torno, só ela, nesse salão grande. Ela e as suas recordações do tempo em que tudo andava direito. A família unida e amiga. A vida tranquila. Os meninos obedientes e bons.

Jacarecanga... Quando Chinita nasceu, ela passou mal, quase morreu. Chinita cresceu forte e bonita. Falou aos oito meses, todos gostavam dela. Manuel foi criado solto, mas sempre bonzinho. Zé Maria nunca saía de casa à noite. Tudo tão calmo, tão amigo... Até que um dia, aquele maldito dinheiro da loteria...

O tempo passa. D. Maria Luísa rumina recordações. E acha-se a criatura mais infeliz do mundo.

Mas duma maneira obscura, subterrânea e misteriosa, por se sentir desgraçada, d. Maria Luísa sente-se quase feliz.

119

As últimas pessoas que ficaram no velório desertam às dez e meia. As chamas das velas estão morrendo.

345

A mulher de Maximiliano permanece sentada ao lado do defunto.

Amanhã ao clarear do dia vão trazer o caixão. Depois, às nove horas, aparece meia dúzia de vizinhos e conhecidos e levam o seu homem para o cemitério.

A vida vai mudar. Casa nova, cuidar mais dos guris, costurar e lavar para fora. Quem sabe se fornecer comida em marmita dá mais dinheiro?

Fazendo mentalmente os seus planos, a mulher se volta para o morto e por um instante tem vontade de lhe perguntar como fazia sempre que queria a opinião dele:

— Não achas bom, Maximiliano?

120

O prof. Clarimundo volta da aula, sobe as escadas com um fósforo aceso na mão, abre a porta do quarto, entra, acende a luz e torna a fechar a porta com cuidado.

Um dia cheio. Boas aulas. Finalmente as equações de primeiro grau entraram na cabeça do filho do dr. Florindo.

Senta-se à mesa, abre um livro e torna a fechá-lo em seguida.

E se aproveitasse essa noite para começar o *seu* livro?

Sim, a ideia é tentadora, a noite está bonita, o silêncio é absoluto.

Acende o fogareiro para aquentar água para o café. Café dá inspiração.

Tira da gaveta um maço de papéis. Bota uma pena nova na caneta e resolve começar o famoso prefácio de *O observador de Sírio*.

Hesita um instante. Prefácio ou antelóquio? Melhor escrever antelóquio. É menos vulgar e fica mais sonoro. Escreve com letras de imprensa, graúdas e caprichadas: ANTELÓQUIO.

Olha para a lombada dos livros na prateleira para criar coragem, fica alguns segundos mordendo a ponta da caneta, pensativo. Depois escreve:

Apresentando este modesto livrinho, fruto...

Mas fruto de quê? Não serve. Risca o que escreveu. Nova folha de papel. Repete o título e recomeça:

Antes de iniciar a narrativa...

Qual! Também não presta. O livro tem de sair fora dos moldes comuns. O melhor é atacar o assunto diretamente.
Crava a pena no papel, que geme. A pena desliza:

A vida, prezado leitor, é uma sucessão de acontecimentos monótonos, repetidos e sem imprevisto. Por isso alguns homens de imaginação foram obrigados a inventar o romance.

O Homem, na Terra, nasce, vive e morre sem que lhe aconteça nenhuma dessas aventuras pitorescas de que os livros estão cheios.

Debalde os romancistas tentam nos convencer de que a vida é um romance. Quando saímos da leitura duma história de amor, ficamos surpreendidos ao nos encontrarmos na vida real diante de pessoas e coisas absolutamente diferentes das pessoas e coisas das fábulas livrescas.

Repito: a vida é monótona. Queres um exemplo frisante, vivido, observado, verificado? Ei-lo, leitor amigo: moro numa rua suburbana cujo ponto culminante é a janela do meu quarto. E que vejo eu do meu posto de observador céptico? O mesmo ramerrão cotidiano, os mesmos quadros monótonos. Na casa fronteira há sempre uma senhora vestida de preto que fica sentada na sua cadeira de balanço enquanto a filha anda dum lado para outro, fazendo eu nem sei quê. Mais adiante vejo um homem que se senta numa preguiçosa para ler o jornal, cercado dos filhos que berram,

347

enquanto o seu gramofone toca uma música aborrecível que se repete todos os dias. No quintal próximo um moleque ladino joga pedras no pombal da casa vizinha.

São cenas de todo o dia. Nenhum acontecimento romântico quebra a calma desta rua e de seus habitantes. Onde os dramas de que falam os romancistas? Onde as angústias que cantam os poetas?

Foi depois de muito observar e meditar que eu cheguei à conclusão de que um observador colocado num ângulo especial poderá ter uma visão diferente e nova do Mundo.

Daí a ideia de escrever este opúsculo. Nele ciência e fantasia se combinam. Imagine-se um ser dotado da faculdade de raciocínio postado em Sírio e de lá olhando a Terra com um telescópio poderoso... Que visões terá ele do nosso planeta? Está claro que não poderia ver as criaturas e as coisas da vida como nós, pobres terrenos, as vemos.

Pois eu te vou contar, leitor amigo, o que o meu observador de Sírio viu na Terra.

Clarimundo pinga o ponto final com entusiasmo.

Olha para a chaleira e tem um sobressalto. A água ferve, a tampa dá pulinhos, ameaçando saltar, enquanto pelo bico jorram pingos de água fervente. Clarimundo ergue-se num pincho e vai tirar a chaleira do fogo.

Quase me acontece um desastre! — pensa. E fica-se, muito alvorotado, a preparar o café.

CRÔNICA LITERÁRIA

Paira sobre Erico Verissimo, e também sobre muitos escritores da geração que se afirmou literariamente a partir de 1930, o preconceito contra uma escrita "convencional", "transparente", "mecânica", que "retomara o naturalismo do século XIX". Seriam hoje escritores obsoletos, e já anacrônicos naquele tempo, por estarem em descompasso com os melhores avanços da ficção de outros países e com as vanguardas nacionais.

Esse preconceito se apoia numa aparente sofisticação acadêmica, porém renega o espírito de universalidade que deve reger a crítica praticada de modo sistemático e com método. Erico e seus contemporâneos descortinaram um novo Brasil, até então pouco conhecido e pouco integrado, e deixaram um legado extraordinário para as futuras gerações.

São companheiros dessa aventura: Rachel de Queiroz, Graciliano Ramos, José Américo de Almeida, Cyro dos Anjos e Jorge Amado, entre muitos outros ficcionistas.

Erico ocupa um papel proeminente, tanto pelo mundo de personagens que criou, mostrando ao Brasil inteiro e ao mundo uma Porto Alegre e um Rio Grande do Sul que os brasileiros — entre eles muitos gaúchos também — desconheciam, como pela originalidade e riqueza de seu estilo preciso e despojado de escrever.

Mas precisão e despojamento não implicam carência de complexidade e arrojo, como o autor demonstra neste *Caminhos cruzados*. Erico se impressionara pelo menos duas vezes com a técnica narrativa que explora simultaneamente uma multiplicidade de pontos de vista. Deparou com ela, ainda em floração, no romance *Merry-Go-Round* [Carrossel], de William Somerset Maugham, publicado em 1904. Depois a reencontrou, já fruto

349

maduro, em *Point Counter Point*, de Aldous Huxley, romance que lhe fora apresentado pelo escritor Augusto Meyer. Erico convenceu Henrique Bertaso, da Livraria do Globo, a publicar o livro e o traduziu. A obra foi lançada no Brasil em 1933 com o título *Contraponto*.

Cativado pela técnica de Huxley, que em teoria literária acabou recebendo o nome do romance, "técnica do contraponto", Erico a adotou, ampliou, revirou: em lugar de um grupo restrito de personagens, uma cidade inteira, como em *Caminhos cruzados*.

Neste romance, ele recria, ou melhor, cria literariamente a cidade de Porto Alegre. Focaliza não um grupo, mas vários grupos de personagens que atravessam simultaneamente um período de cinco dias: da manhã de um sábado, no começo do outono, à noite de quarta-feira. O primeiro dia começa nevoento, envolto em cerração; depois o tempo fica quente, abafado, então chove, refresca, esfria e a temperatura se estabiliza.

Essa sucessão de estados da natureza define um ritmo comum para os grupos e os personagens do romance, que começam envoltos em propósitos nebulosos, definem objetivos, entram em conflito, desarticulam e articulam sonhos e pesadelos para afinal se confrontarem com o espelho, com suas limitações, trancafiados numa estrutura social que sistematicamente impede a realização dos mais pobres, atravanca o caminho dos remediados e exige dos abastados a destruição de qualquer veleidade ética.

Erico desenha assim um painel multifacetado mas unitário, apreensível pelo olhar do escritor/leitor que vai acompanhando tudo com avidez.

O escritor dizia que *Caminhos cruzados* é um romance de caricaturas e que nisso houvera algum exagero de sua parte. É verdade, mas deve-se descontar o exagero do severo crítico de si mesmo que ele era. As visões de *Caminhos cruzados* não são reproduções descritivas de quadros sociais, como num romance de Émile Zola. Seus personagens aparecem leve mas significativamente deformados pelo olhar de uns sobre os outros.

Quando dois dos protagonistas, Noel e Fernanda, descobrem o amor que os envolve, ficam sem ação, sentados numa escada, olhando a rua. "Mas cada um vê uma paisagem diferente", diz Erico. Noel se perde em devaneios que lhe lembram os contos de fadas preferidos. Fernanda, ainda que enlevada, vê diante de si um "menino", um "filho" louro que terá sob seus cuidados. Os devaneios, as apreensões, os caminhos se cruzam e realçam para o leitor traços marcantes das personalidades em jogo, "multifacetando" o ponto de vista, costurando imagens subjetivas que estão longe de uma pretensa objetividade pura, mesmo nesse momento em que há apenas dois personagens. Existe aí uma ironia: o encontro amoroso esperado durante todo o romance, e que seria o clímax num melodrama, se transforma numa espécie de duplo monólogo interior, ressaltando a solidão em que cada um permanece. Essa é a marca do novo espaço urbano (na década de 1930) em que ambos vivem e no qual decidiram *cruzar* suas vidas. É bom lembrar que *cruzar* não é *fundir* e que em *cruzamento* coexistem o sentido de encontro e afastamento.

A técnica do contraponto nunca mais abandonou de todo os escritos de Erico. Ele a aplicou, em maior ou menor grau, nos romances posteriores em que prossegue narrando as vicissitudes desse "grupo de Porto Alegre". É claro que uma vez ou outra ressalta o olhar de algum personagem ou sobre algum personagem, como o Eugênio de *Olhai os lírios do campo* (1938) ou Vasco, primo de Clarissa, que domina o ponto de vista em *Saga* (1940). Mas esses olhares nunca deixaram de ser vistos e revistos por outros que os acompanham, ou mesmo relativizados por olhares de personagens em outros grupos e espaços sociais, como em *O resto é silêncio* (1943), obra que encerra esse ciclo de Porto Alegre.

Depois de *Caminhos cruzados*, Erico aventurou-se com sua versão original do contraponto também pelo tempo. Isso começou em *Olhai os lírios do campo*. O romance abre com uma viagem de automóvel: o médico Eugênio quer rever o grande amor de sua vida, Olívia, que está à beira da morte e com quem tem uma filha. Durante a viagem se cruzam lembranças de diferentes momentos de sua vida, de sua carreira, de seus encontros e desencontros com Olívia, do casamento ambicioso e fracassado com Eunice, filha de um poderoso empresário da capital gaúcha. Na segunda parte do livro, quando Eugênio decide recomeçar a vida com a filha, voltam a aparecer as cenas, ainda que sob o seu olhar, das múltiplas faces dos dramas urbanos e suburbanos da Porto Alegre que cresce sem parar. Mas nesse momento fazem-lhe contraponto o olhar desencantado de seu colega mais velho, dr. Seixas, e também uma correspondência secreta de Olívia, cartas que ela nunca lhe enviara. Eugênio e Olívia travam assim um diálogo de tempos diversos, um diálogo que tem algo de monólogo. Ou Eugênio desenvolve um monólogo que tem algo de diálogo... Esse movimento mostra uma maestria notável em matéria de escrita, por ser continuada e mantida ao longo de muitos capítulos.

Depois de *O resto é silêncio*, Erico dá a dimensão máxima à técnica narrativa do contraponto em *O tempo e o vento* para cobrir duzentos anos de história da fictícia Santa Fé, do Rio Grande do Sul, do Brasil e da violenta formação das nações e sociedades modernas e seus confrontos, pois a trilogia (*O Continente*, *O Retrato* e *O arquipélago*) atravessa tanto os conflitos locais e regionais, as guerras civis, as de fronteira, a Guerra do Paraguai, como as duas guerras mundiais do século XX e a Guerra Civil Espanhola. O escritor atinge aqui o apogeu de sua técnica de narrar, cruzando tempos históricos diferentes, alternando descrições e narrações separadas por dezenas ou mais de uma centena de anos, cruzando continuamente olhares diversos — dos senhores e dos escravos, dos homens e das mulheres, das esposas e das amantes, dos que vão morrer e dos que vão viver, do homem quando jovem e vitorioso e do mesmo homem já velho e derrotado. Um dos pontos mais altos da arte de Erico Verissimo é o contraponto de toda a história máscula e viril da família Terra Cambará com o ponto de vista de Sílvia, moça agregada à família pelo casamento. Em "Do diário de Sílvia", no final do último volume de *O arquipélago*, também se repassam a Guerra Civil Espanhola e a Segunda Guerra Mundial sob o olhar de uma mulher casada que desabrocha para a vida amorosa numa pequena cidade do interior, nos confins do Brasil.

Até o fim da vida, Erico permaneceu fiel ao contraponto. Em seu último romance, *Incidente em Antares*, além de conviverem diários, relatórios de pesquisa, reportagens de jornal e diálogos, o autor recorre ao intrigante cruzamento do ponto de vista de vivos e mortos no incidente que dá nome ao livro.

Erico Verissimo é um mestre na capacidade de entrecruzar olhares de diferentes grupos, classes, espaços e tempos humanos, aparentemente desconexos e fragmentados. Sem deixar de reconhecer altos e baixos em sua obra — que o próprio autor era o primeiro a apontar —, só nos resta um consolo diante dos que insistam em considerá-lo um autor menor, "convencional" etc.: que sejam perdoados, pois não sabem o que estão perdendo...

CRÔNICA BIOGRÁFICA

Caminhos cruzados foi um dos romances, junto com *Música ao longe*, que abriram caminho para o reconhecimento nacional de Erico Verissimo. Ambos foram escritos em 1934 e publicados em 1935. *Música ao longe*, continuação de *Clarissa*, foi concebido especialmente para concorrer ao Prêmio Machado de Assis, da Companhia Editora Nacional, que Erico ganhou, dividindo a premiação com seu conterrâneo Dyonelio Machado e também com Marques Rebelo e João Alphonsus. *Caminhos cruzados* daria a Erico o prêmio anual da Fundação Graça Aranha, do Rio de Janeiro.

Em suas memórias, Erico assinala que, apesar dos triunfos literários, o ano de 1934 foi um momento bem difícil de sua vida. Mas foi também marcado por alegrias, como a gravidez de sua esposa, d. Mafalda, que deu à luz uma menina em 9 de março do ano seguinte. O bebê recebeu o nome da personagem que praticamente lançaria Erico no mundo literário: Clarissa. No mesmo mês em que a menina nasceu, ele foi informado da morte de seu pai, Sebastião Verissimo, que morava em São Paulo. A notícia o perturbou bastante, pois sabia que o pai vivia com muitas dificuldades financeiras, ainda que em fotos tentasse parecer sorridente, bonachão e bem-vestido. Erico nunca conseguiu localizar o túmulo do pai, o que lhe magoou de forma irreparável.

O escritor morava com a esposa e a mãe numa casa na rua Riachuelo que hoje fica praticamente no centro de Porto Alegre. Naquele tempo, quando a cidade era muito menor, não era bem assim. O "Centro" — antes se escrevia assim com maiúscula — era formado por um quadrilátero limitado ao norte pelo cais do porto, voltado para o "rio Guaíba" (hoje chamado de *lago* em documentos oficiais, mas ainda conhecido como *rio* pela população); ao sul, pelo recém-construído viaduto Otávio Rocha, inaugurado em 1932. Por baixo dele se construía a avenida Borges de Medeiros, pela qual se rumava em direção a "bairros afastados", como a Cidade Baixa e o Menino Deus. A leste, o limite do Centro era a praça do Portão, onde no tempo em que ela era murada houvera uma entrada para a cidade, no fim da rua dos Andradas, até hoje chamada de rua da Praia. Em frente à praça havia o quartel do 7º Batalhão de Caçadores, hoje demolido, onde, na noite do dia 3 para o dia 4 de outubro de 1930, se deu um dos tiroteios mais cruentos da história, no começo da revolução que levaria Getúlio Vargas ao poder. Um pouco mais adiante ficava o imponente casarão da Santa Casa de Misericórdia e se iniciava a avenida Independência, que levava aos bairros ricos da cidade.

A oeste, em direção ao pôr do sol — tão enaltecido por Erico em seus romances e considerado um dos cartões-postais de Porto Alegre —, o limite era a chamada praça da Alfândega (oficialmente praça General Osório), onde hoje ficam o Memorial do Rio Grande do Sul e o Museu de Artes do estado. Dali em diante, a popular rua da Praia mudava de nome, passando a se chamar rua da Graça, ainda que oficialmente permanecesse como rua dos Andradas. Seguindo-se em frente, ia-se em direção à Volta do Gasômetro, ponta Guaíba adentro, onde terminava aquele lado da cidade. A partir desse local, rumo ao sul, subindo as ladeiras em direção à rua Duque de Caxias (então rua Formosa) e à praça da Matriz (ainda hoje conhecida por esse nome, mas oficialmente praça Marechal Deodoro), passava-se pela rua Riachuelo e chegava-se ao Alto da Bronze, uma praça assim chamada por causa de uma índia (dita "a Bronze") que morara por ali e predizia a sorte e os azares da vida.

Em 1934, Erico morava entre o Centro e os altos da rua Duque. Podia ir a pé para a Livraria do Globo, que ficava na rua da Praia, perto da avenida Borges de Medeiros — hoje esse cruzamento se chama "Esquina Democrática", por conta das manifestações e passeatas contra a ditadura militar de 1964, que convergiam para lá. Em caso de chuva muito forte, Erico podia pegar o bonde na rua Duque para descer ao centro da cidade.

A mãe do escritor, d. Abegahy, conhecida como d. Bega, morava junto com o casal. Trouxera de Cruz Alta a máquina de costura para ajudar nas rendas da família, que eram parcas e mal davam para o sustento. Naquele tempo, em Porto Alegre, havia muito o que costurar, sobretudo botões nas fardas dos militares que se enxameavam no centro da cidade, tomado ou cercado por vários quartéis…

Na casa, os móveis eram caixotes improvisados em mesas e bancos, recobertos com um tecido barato para disfarçar o aspecto rústico. Esse é um aspecto de difícil compreensão para o público leitor de hoje: Erico e Mafalda eram um casal de classe média, ou remediada, como se dizia na época. Ele era escritor nas horas vagas e tinha um emprego fixo na Livraria do Globo, onde era amigo de seus patrões. Podia ir a pé para o trabalho, almoçar em casa e depois voltar à livraria. Mas a família levava uma vida que hoje seria descrita quase como "pobre". Este era o Brasil de então: os recursos eram parcos, os produtos do consumo cotidiano custavam muito caro, carro era coisa de rico.

Como Erico trabalhava durante o dia todo na Livraria do Globo, só podia se dedicar a seus livros à noite ou nos fins de semana. *Caminhos cruzados* foi escrito em algumas tardes de sábado. O romance se passa naquela Porto Alegre que tinha pouco mais de 200 mil habitantes e que atualmente nos remete, nas lembranças apagadas ou nas fotos amarelecidas pelo tempo, a uma cidade quase bucólica, apesar da pobreza que o próprio Erico denuncia. Pois é nessa cidade que hoje se cobre de nostalgia e saudades um tanto românticas que os personagens e o próprio Erico se preparavam para mostrar e enfrentar aquela "trepidante vida urbana"…

Além do reconhecimento da crítica, *Caminhos cruzados* lhe trouxe outra forma de notoriedade, decididamente incômoda. A liberdade, o tom direto com que o escritor descrevia os problemas morais da burguesia porto-alegrense (e brasileira por extensão), a naturalidade com que retratava cenas e envolvimentos amorosos, a corajosa denúncia das desigualdades econômicas e intrigas políticas, tudo isso desagradou os espíritos conservadores da cidade. Entre eles, muitos padres católicos, que passaram a atacar o romance e seu autor nos sermões dominicais e em artigos na imprensa.

Pela primeira vez, foi chamado de "pornográfico" e "comunista". Erico já chamara a atenção ao assinar, no mesmo ano de 1935, um manifesto condenando a invasão da Abissínia, na África, por tropas italianas. No mesmo documento, também se criticavam os regimes fascista e nazista e a ação dos integralistas brasileiros. Erico Verissimo acabou sendo chamado à polícia para depor, iniciando uma "peregrinação" que seria apenas a primeira em sua vida.

Erico Verissimo nasceu em Cruz Alta (RS), em 1905, e faleceu em Porto Alegre, em 1975. Na juventude, foi bancário e sócio de uma farmácia. Em 1931 casou-se com Mafalda Halfen von Volpe, com quem teve os filhos Clarissa e Luis Fernando. Sua estreia literária foi na *Revista do Globo*, com o conto "Ladrões de gado". A partir de 1930, já radicado em Porto Alegre, tornou-se redator da revista. Depois, foi secretário do Departamento Editorial da Livraria do Globo e também conselheiro editorial, até o fim da vida.

A década de 1930 marca a ascensão literária do escritor. Em 1932 ele publica o primeiro livro de contos, *Fantoches*, e em 1933 o primeiro romance, *Clarissa*, inaugurando um grupo de personagens que acompanharia boa parte de sua obra. Em 1938, tem seu primeiro grande sucesso: *Olhai os lírios do campo*. O livro marca o reconhecimento de Erico no país inteiro e em seguida internacionalmente, com a edição de seus romances em vários países: Estados Unidos, Inglaterra, França, Itália, Argentina, Espanha, México, Alemanha, Holanda, Noruega, Japão, Hungria, Indonésia, Polônia, Romênia, Rússia, Suécia, Tchecoslováquia e Finlândia. Erico escreve também livros infantis, como *Os três porquinhos pobres*, *O urso com música na barriga*, *As aventuras do avião vermelho* e *A vida do elefante Basílio*.

Em 1941 faz uma viagem de três meses aos Estados Unidos a convite do Departamento de Estado norte-americano. A estada resulta na obra *Gato preto em campo de neve*, o primeiro de uma série de livros de viagens. Em 1943, dá aulas na Universidade de Berkeley. Volta ao Brasil em 1945, no fim da Segunda Guerra Mundial e do Estado Novo. Em 1953 vai mais uma vez aos Estados Unidos, como diretor do Departamento de Assuntos Culturais da União Pan-Americana, secretaria da Organização dos Estados Americanos (OEA).

Em 1947 Erico Verissimo começa a escrever a trilogia *O tempo e o vento*, cuja publicação só termina em 1962. Recebe vários prêmios, como o Jabuti e o Pen Club. Em 1965 publica *O senhor embaixador*, ambientado num hipotético país do Caribe que lembra Cuba. Em 1967 é a vez de *O prisioneiro*, parábola sobre a intervenção dos Estados Unidos no Vietnã. Em plena ditadura, lança *Incidente em Antares* (1971), crítica ao regime militar. Em 1973 sai o primeiro volume de *Solo de clarineta*, seu livro de memórias. Morre em 1975, quando terminava o segundo volume, publicado postumamente.

OBRAS DE ERICO VERISSIMO

Fantoches [1932]
Clarissa [1933]
Música ao longe [1935]
Caminhos cruzados [1935]
Um lugar ao sol [1936]
Olhai os lírios do campo [1938]
Saga [1940]
Gato preto em campo de neve [narrativa de viagem, 1941]
O resto é silêncio [1943]
Breve história da literatura brasileira [ensaio, 1944]
A volta do gato preto [narrativa de viagem, 1946]
As mãos de meu filho [1948]
Noite [1954]
México [narrativa de viagem, 1957]
O senhor embaixador [1965]
O prisioneiro [1967]
Israel em abril [narrativa de viagem, 1969]
Um certo capitão Rodrigo [1970]
Incidente em Antares [1971]
Ana Terra [1971]
Um certo Henrique Bertaso [biografia, 1972]

Solo de clarineta [memórias, 2 volumes, 1973, 1976]

O TEMPO E O VENTO

Parte I: *O Continente* [2 volumes, 1949]
Parte II: *O Retrato* [2 volumes, 1951]
Parte III: *O arquipélago* [3 volumes, 1961-1962]

OBRA INFANTOJUVENIL

A vida de Joana d'Arc [1935]
Meu ABC [1936]
Rosa Maria no castelo encantado [1936]
Os três porquinhos pobres [1936]
As aventuras do avião vermelho [1936]
As aventuras de Tibicuera [1937]
O urso com música na barriga [1938]
Outra vez os três porquinhos [1939]
Aventuras no mundo da higiene [1939]
A vida do elefante Basílio [1939]
Viagem à aurora do mundo [1939]
Gente e bichos [1956]

COMPANHIA DE BOLSO

Jorge AMADO
Capitães da Areia
Mar morto
Carlos Drummond de ANDRADE
Sentimento do mundo
Hannah ARENDT
Homens em tempos sombrios
Origens do totalitarismo
Philippe ARIÈS, Roger CHARTIER (Orgs.)
História da vida privada 3 — Da Renascença
ao Século das Luzes
Karen ARMSTRONG
Em nome de Deus
Uma história de Deus
Jerusalém
Paul AUSTER
O caderno vermelho
Ishmael BEAH
Muito longe de casa
Jurek BECKER
Jakob, o mentiroso
Marshall BERMAN
Tudo que é sólido desmancha no ar
Jean-Claude BERNARDET
Cinema brasileiro: propostas para uma
história
Harold BLOOM
Abaixo as verdades sagradas
David Eliot BRODY, Arnold R. BRODY
As sete maiores descobertas científicas da
história
Bill BUFORD
Entre os vândalos
Jacob BURCKHARDT
A cultura da Renascimento na Itália
Peter BURKE
Cultura popular na Idade Moderna
Italo CALVINO
Os amores difíceis
O barão nas árvores
O cavaleiro inexistente
Fábulas italianas
Um general na biblioteca
Os nossos antepassados
Por que ler os clássicos
O visconde partido ao meio
Elias CANETTI
A consciência das palavras
O jogo dos olhos
A língua absolvida
Uma luz em meu ouvido

Bernardo CARVALHO
Nove noites
Jorge G. CASTAÑEDA
Che Guevara: a vida em vermelho
Ruy CASTRO
Chega de saudade
Mau humor
Louis-Ferdinand CÉLINE
Viagem ao fim da noite
Sidney CHALHOUB
Visões da liberdade
Jung CHANG
Cisnes selvagens
John CHEEVER
A crônica dos Wapshot
Catherine CLÉMENT
A viagem de Théo
J. M. COETZEE
Infância
Juventude
Joseph CONRAD
Coração das trevas
Nostromo
Mia COUTO
Terra sonâmbula
Alfred W. CROSBY
Imperialismo ecológico
Robert DARNTON
O beijo de Lamourette
Charles DARWIN
A expressão das emoções no homem e nos
animais
Jean DELUMEAU
História do medo no Ocidente
Georges DUBY
Damas do século XII
História da vida privada 2 — Da Europa
feudal à Renascença (Org.)
Idade Média, idade dos homens
Mário FAUSTINO
O homem e sua hora
Meyer FRIEDMAN,
Gerald W. FRIEDLAND
As dez maiores descobertas da medicina
Jostein GAARDER
O dia do Curinga
Maya
Vita brevis
Jostein GAARDER, Victor HELLERN,
Henry NOTAKER
O livro das religiões

Fernando GABEIRA
O que é isso, companheiro?
Luiz Alfredo GARCIA-ROZA
O silêncio da chuva
Eduardo GIANNETTI
Auto-engano
Vícios privados, benefícios públicos?
Edward GIBBON
Declínio e queda do Império Romano
Carlo GINZBURG
Os andarilhos do bem
História noturna
O queijo e os vermes
Marcelo GLEISER
A dança do Universo
O fim da Terra e do Céu
Tomás Antônio GONZAGA
Cartas chilenas
Philip GOUREVITCH
Gostaríamos de informá-lo de que amanhã
seremos mortos com nossas famílias
Milton HATOUM
A cidade ilhada
Cinzas do Norte
Dois irmãos
Relato de um certo Oriente
Um solitário à espreita
Patricia HIGHSMITH
Ripley debaixo d'água
O talentoso Ripley
Eric HOBSBAWM
O novo século
Sobre história
Albert HOURANI
Uma história dos povos árabes
Henry JAMES
Os espólios de Poynton
Retrato de uma senhora
P. D. JAMES
Uma certa justiça
Ismail KADARÉ
Abril despedaçado
Franz KAFKA
O castelo
O processo
John KEEGAN
Uma história da guerra
Amyr KLINK
Cem dias entre céu e mar
Jon KRAKAUER
No ar rarefeito

Milan KUNDERA
A arte do romance
A brincadeira
A identidade
A ignorância
A insustentável leveza do ser
A lentidão
O livro do riso e do esquecimento
Risíveis amores
A valsa dos adeuses
A vida está em outro lugar
Danuza LEÃO
Na sala com Danuza
Primo LEVI
A trégua
Alan LIGHTMAN
Sonhos de Einstein
Gilles LIPOVETSKY
O império do efêmero
Claudio MAGRIS
Danúbio
Naguib MAHFOUZ
Noites das mil e uma noites
Norman MAILER (JORNALISMO LITERÁRIO)
A luta
Janet MALCOLM (JORNALISMO LITERÁRIO)
O jornalista e o assassino
A mulher calada
Javier MARÍAS
Coração tão branco
Ian McEWAN
O jardim de cimento
Sábado
Heitor MEGALE (Org.)
A demanda do Santo Graal
Evaldo Cabral de MELLO
O negócio do Brasil
O nome e o sangue
Luiz Alberto MENDES
Memórias de um sobrevivente
Jack MILES
Deus: uma biografia
Vinicius de MORAES
Antologia poética
Livro de sonetos
Nova antologia poética
Orfeu da Conceição
Fernando MORAIS
Olga
Toni MORRISON
Jazz
V. S. NAIPAUL
Uma casa para o sr. Biswas

Friedrich NIETZSCHE
Além do bem e do mal
Ecce homo
A gaia ciência
Genealogia da moral
Humano, demasiado humano
O nascimento da tragédia
Adauto NOVAES (Org.)
Ética
Os sentidos da paixão
Michael ONDAATJE
O paciente inglês
Malika OUFKIR, Michèle FITOUSSI
Eu, Malika Oufkir, prisioneira do rei
Amós OZ
A caixa-preta
O mesmo mar
José Paulo PAES (Org.)
Poesia erótica em tradução
Orhan PAMUK
Meu nome é Vermelho
Georges PEREC
A vida: modo de usar
Michelle PERROT (Org.)
História da vida privada 4 — Da Revolução
    Francesa à Primeira Guerra
Fernando PESSOA
Livro do desassossego
Poesia completa de Alberto Caeiro
Poesia completa de Álvaro de Campos
Poesia completa de Ricardo Reis
Ricardo PIGLIA
Respiração artificial
Décio PIGNATARI (Org.)
Retrato do amor quando jovem
Edgar Allan POE
Histórias extraordinárias
Antoine PROST, Gérard VINCENT (Orgs.)
História da vida privada 5 — Da Primeira
    Guerra a nossos dias
David REMNICK (JORNALISMO LITERÁRIO)
O rei do mundo
Darcy RIBEIRO
Confissões
O povo brasileiro
Edward RICE
Sir Richard Francis Burton
João do RIO
A alma encantadora das ruas

Philip ROTH
Adeus, Columbus
O avesso da vida
Casei com um comunista
O complexo de Portnoy
Complô contra a América
A marca humana
Pastoral americana
Elizabeth ROUDINESCO
Jacques Lacan
Arundhati ROY
O deus das pequenas coisas
Murilo RUBIÃO
Murilo Rubião — Obra completa
Salman RUSHDIE
Haroun e o Mar de histórias
Oriente, Ocidente
O último suspiro do mouro
Os versos satânicos
Oliver SACKS
Um antropólogo em Marte
Enxaqueca
Tio Tungstênio
Vendo vozes
Carl SAGAN
Bilhões e bilhões
Contato
O mundo assombrado pelos demônios
Edward W. SAID
Cultura e imperialismo
Orientalismo
José SARAMAGO
O Evangelho segundo Jesus Cristo
História do cerco de Lisboa
O homem duplicado
A jangada de pedra
Arthur SCHNITZLER
Breve romance de sonho
Moacyr SCLIAR
O centauro no jardim
A majestade do Xingu
A mulher que escreveu a Bíblia
Amartya SEN
Desenvolvimento como liberdade
Dava SOBEL
Longitude
Susan SONTAG
Doença como metáfora / AIDS e suas metáforas
A vontade radical
Jean STAROBINSKI
Jean-Jacques Rousseau
I. F. STONE
O julgamento de Sócrates

Keith THOMAS
O homem e o mundo natural
Drauzio VARELLA
Estação Carandiru
John UPDIKE
As bruxas de Eastwick
Caetano VELOSO
Verdade tropical
Erico VERISSIMO
Caminhos cruzados
Clarissa
Incidente em Antares
Paul VEYNE (Org.)
História da vida privada 1 — Do Império
Romano ao ano mil

XINRAN
As boas mulheres da China
Ian WATT
A ascensão do romance
Raymond WILLIAMS
O campo e a cidade
Edmund WILSON
Os manuscritos do mar Morto
Rumo à estação Finlândia
Edward O. WILSON
Diversidade da vida
Simon WINCHESTER
O professor e o louco

1ª edição [1935] 28 reimpressões
2ª edição revista [2002]
3ª edição [2005] 4 reimpressões
1ª edição Companhia de Bolso [2016] 10 reimpressões

Esta obra foi composta pela Verba Editorial
em Janson Text e impressa pela Gráfica Bartira em
ofsete sobre papel Pólen Soft da Suzano S.A.

A marca FSC® é a garantia de que a madeira utilizada na fabricação do papel deste livro provém de florestas que foram gerenciadas de maneira ambientalmente correta, socialmente justa e economicamente viável, além de outras fontes de origem controlada.